dtv

Berlin 1926. Im Hof einer eleganten Wohnanlage in Kreuzberg wird die Leiche einer Frau entdeckt, die mit einer Scherbe aus rotem Glas erstochen wurde. Kommissar Leo Wechsler muss am Tatort erkennen, dass es sich bei der Toten um Marlen Dornow handelt, zu der er vor Jahren eine sehr persönliche Verbindung hatte. Er erzählt niemandem davon, auch nicht seiner Frau Clara, sondern stürzt sich verbissen in die Ermittlungen. Wie sich herausstellt, hatte Marlen sich von wohlhabenden Männern aushalten lassen, zuletzt von einem Politiker, der ein enger Mitarbeiter des Außenministers Gustav Stresemann ist. Kurze Zeit später gibt es einen zweiten Toten: Viktor König, ein gefeierter Regisseur, wurde nach der Premiere seines großen Films über den sogenannten »Magier von der Pfaueninsel« ebenfalls mit einer roten Glasscherbe erstochen ...

»Was diesen Krimi auszeichnet, ist der sorgfältig recherchierte, bis ins Detail stimmige historische Background und die authentische Atmosphäre.« (Marion Lühe in der ›Literarischen Welt‹ über ›Die Tote von Charlottenburg‹)

Susanne Goga lebt als Autorin und Übersetzerin in Mönchengladbach. Sie hat außer ihrer Krimireihe um Leo Wechsler mehrere historische Romane veröffentlicht. Bei dtv sind auch die anderen Leo-Wechsler-Krimis erschienen.

Susanne Goga

Mord in Babelsberg

Kriminalroman

Deutscher Taschenbuch Verlag

Von Susanne Goga
sind im Deutschen Taschenbuch Verlag erschienen:
Leo Berlin (21390)
Tod in Blau (21487)
Die Tote von Charlottenburg (21381)

Ausführliche Informationen über
unsere Autoren und Bücher
finden Sie auf unserer Website
www.dtv.de

MIX
Papier aus verantwortungsvollen Quellen
FSC® C019821

Originalausgabe 2014

Vermittelt durch die Literarische Agentur
Thomas Schlück GmbH, Garbsen
Umschlagkonzept: Balk & Brumshagen
Umschlaggestaltung: Wildes Blut, Atelier für Gestaltung,
Stephanie Weischer unter Verwendung
von Fotos von Corbis und ullstein bild
Satz: Fotosatz Amann, Memmingen
Gesetzt aus der Sabon LT Pro 9,75/12,25
Druck & Bindung: Druckerei C.H.Beck, Nördlingen
Gedruckt auf säurefreiem, chlorfrei gebleichtem Papier
Printed in Germany · ISBN 978-3-423-21486-5

Für meinen Papa –
1926 war ein gutes Jahr.

Harriet –
Jenny Blau dankt für die Songs.

1

Freitag, 4. Juni 1926

»So etwas wie diesen Wagen hat es noch nie gegeben«, sagte Kriminalrat Ernst Gennat begeistert und beugte seinen massigen Körper über den großen Tisch im Besprechungszimmer der Inspektion A. »Ich habe ihn selbst entworfen, meine Herren, und die Firma Benz wird den Wagen nach unseren Anforderungen konstruieren. Auf der Polizeiausstellung im September werden wir ihn den Besuchern präsentieren.«

Die Kollegen betrachteten bewundernd die Konstruktionszeichnungen, die der Leiter der Zentralen Mordinspektion vor ihnen ausgebreitet hatte.

»Als Grundlage dient eine Limousine 16/50 PS der Firma Benz«, verkündete Gennat stolz. Er deutete mit einem dicken Finger auf die Einzelheiten. »Das Innere lässt sich bei Bedarf in ein Büro umwandeln. Zwei versenkbare Tische, ein Platz für die Stenotypistin, Klappstühle und Klapptisch, wenn wir draußen arbeiten müssen.«

»Wie sieht es mit der Kriminaltechnik aus?«, erkundigte sich Leo Wechsler.

»Keine Sorge, das habe ich alles bedacht. Die Ausstattung für die Spurensicherung wird ebenso untergebracht wie Werkzeuge, Spaten, Scheren und die Ausrüstung für Messarbeiten. Gummischürzen und -handschuhe. Behälter für die Aufbewahrung von Beweisstücken. Alles, was wir am Tatort benötigen. Bedenken Sie, wie viel Zeit wir im Einsatz sparen, wenn wir wichtige Untersuchungen sofort durchführen können.«

Sein Stellvertreter Dr. Ludwig Werneburg pfiff durch die Zähne. »Das ist beeindruckend, Herr Gennat.«

Gennat lächelte zufrieden. »Natürlich werden andere nachziehen, wenn wir damit Erfolg haben. Aber wir können immerhin von uns behaupten, dass wir die Ersten waren, die ein solches Automobil entwickelt haben.«

»Schade, dass wir den Wagen erst nach der Ausstellung einsetzen können«, sagte Leo mit einem anerkennenden Blick auf die Pläne. Heute Abend würde er Georg davon erzählen, sein Sohn interessierte sich brennend für alles, was mit Autos zu tun hatte. Nachmittags drückte er sich gern in einer benachbarten Werkstatt herum und sah den Mechanikern bei der Arbeit zu. Vermutlich hatte er sogar ein Zigarettenbild dieser Limousine in seinem Sammelalbum.

»Meine Herren, ich möchte, dass unsere Abteilung die beste Mordinspektion Deutschlands wird«, verkündete Gennat und blickte in die Runde. »Der Anfang ist gemacht. Seit der Neuorganisation läuft die Arbeit deutlich besser.«

Zum 1. Januar war auf Gennats Initiative die Zentrale Mordinspektion eingerichtet worden, die von ihm selbst geleitet wurde. Man hatte mehrere neue Dienststellen geschaffen, darunter eine für Vermisstenfälle und unbekannte Tote und eine weitere für die Zentralkartei, in der sämtliche Tötungsdelikte und tödlichen Unfälle registriert wurden. Auf diese Weise wurden endlich alle Fälle erfasst, in denen keine natürliche Todesursache nachgewiesen werden konnte. Gab es Ähnlichkeiten zu einem anderen Fall, die auf einen Mehrfachtäter deuteten, wurden umgehend Ermittlungen eingeleitet. Das war bisher nicht möglich gewesen.

Leo war fasziniert von den neuen Aussichten, die sich für die Aufklärung von Kapitalverbrechen boten. Er hatte Gennat immer geschätzt, doch sein Vorgesetzter war ein ungewöhnlich bescheidener Mensch, der lange auf die verdiente Beförderung gewartet hatte. Seit dem vergangenen Jahr war er Kriminalrat, ein Dienstgrad, der dem legendären Ermittler längst zugestanden hätte.

»Bevor wir uns nun ein Stück Kuchen genehmigen, wie es bei mir Sitte ist«, fuhr Gennat fort, »möchte ich eine weitere Veränderung ankündigen. Der Kollege Wechsler übernimmt mit sofortiger Wirkung die Leitung der Reserve A 1.«

Leo sah ihn überrascht an. In den letzten Monaten hatte er in der Aktiven Mordkommission unter Gennat gearbeitet, in einer großen Gruppe, zu der sechs bis zwölf Kriminalbeamte, eine Stenotypistin und weitere Kollegen gehörten.

»Gucken Sie nicht so, Wechsler«, sagte Gennat grinsend. »Das ist keine Degradierung, ganz im Gegenteil. Sie haben in einer kleinen Gruppe immer besonders gut gearbeitet und sind schon lange Kommissar. Es wird Zeit, Sie auf neue Aufgaben vorzubereiten.«

Die Beförderung zum Oberkommissar, dachte Leo erfreut. Eigentlich hatte er gern mit den Kollegen Walther, Berns und Sonnenschein zusammengearbeitet, sie waren ein verschworener Kreis gewesen, in dem jeder die Macken und Stärken der anderen kannte. Berns war kürzlich pensioniert worden, doch Leo hoffte, die beiden anderen in seiner Kommission zu behalten. Mit Robert Walther war er seit langem befreundet, und Jakob Sonnenschein hatte sich in den vergangenen drei Jahren zu einem ausgezeichneten Kriminalbeamten entwickelt.

»Wer wird dabei sein?«

»Glauben Sie allen Ernstes, ich würde es wagen, Ihnen Walther und Sonnenschein wegzunehmen?«, fragte Gennat lächelnd. »Nachdem Sie brauchbare Ermittler aus ihnen gemacht haben?«

»Danke, Herr Kriminalrat, ich werde mich bemühen.«

»Das will ich hoffen. Und nun, meine Herren – Schwarzwälder Kirsch oder Stachelbeer?«

Viktor König warf einen Blick aus dem Fenster. Sein Sinn für Dramatik hatte eigentlich nach Fackeln verlangt, die den Weg zur Haustür säumen sollten, ein lodernder Kontrast zu den klaren, vollendet symmetrischen Linien des Gebäudes. Doch sie wären nicht zur Geltung gekommen, weil es Juni war, kurz vor der Sommersonnenwende, und die Dunkelheit erst in einigen Stunden hereinbrechen würde. Also hatte er sich für senkrechte Quader aus schwarzem Glas entschieden, die wie eine Allee abstrakter Bäume zu der weißen Villa führten. Er trat einen Schritt zurück, um die Inszenierung in Augenschein zu nehmen, und nickte zufrieden. Schwarz und Weiß, rechte Winkel, nichts Weiches oder Fließendes, ganz wie er es sich erhofft hatte. Von einem Filmregisseur erwartete man roten Plüsch und vergoldetes Louis-seize-Mobiliar, Gemälde in barocken Rahmen und orientalische Teppiche. Nichts davon würden sie hier finden. Er war ein Mann, der überraschen wollte, der alle Regeln brach, der unberechenbar blieb. Das machte seinen Erfolg und sein Charisma aus.

Der Architekt Ludwig Mies van der Rohe hatte ganze Arbeit geleistet, obwohl es nicht leicht gewesen war, ihn zu dem Entwurf zu überreden. Er war stets sehr beschäftigt, entwarf Wohnsiedlungen in verschiedenen deutschen Städten, so demnächst in Stuttgart, und hatte gezögert, den privaten Auftrag zu übernehmen. Es hatte Königs ganzer Beredsamkeit bedurft – eine seiner Stärken, die er gewöhnlich einsetzte, um die begehrtesten Schauspieler und besten Techniker für seine Filme zu gewinnen. Letztlich hatte der Architekt zugesagt, vorausgesetzt, man ließe ihm völlig freie Hand bei der Gestaltung des Hauses und des Grundstücks in Neubabelsberg, das König vor drei Jahren während der Inflationszeit von einem bankrotten Unternehmer erworben hatte.

König hatte sich an die Abmachung gehalten und war während der Bauzeit nicht ein einziges Mal dorthin gefahren. Er hatte Mies van der Rohe sogar erlaubt, die Innenarchitekten auszuwählen, damit das gesamte Gebäude seinen Vorstellungen entspräche. Und der Architekt hatte ihn nicht enttäuscht. Vom Mobiliar über die Vorhänge bis hin zu Porzellan und Besteck war alles wie aus einem Guss, ohne künstlich oder vorgefertigt zu wirken. Böden aus Naturstein, viel Glas, klare Linien und die vorherrschenden Farben Schwarz, Weiß und Beige mit einigen goldenen und chromfarbenen Akzenten. Die Ledersessel im Wohnzimmer hatte er sogar selbst entworfen und anfertigen lassen.

Und heute Abend gab Viktor König hier einen Empfang, bei dem er seinen neuesten Film vorstellen wollte. Er hatte lange nach einem Thema gesucht, mit dem er an seinen letzten Erfolg *Undine* anknüpfen konnte, ohne ihn zu imitieren. Er gehörte nicht zu jenen Regisseuren, die einen Film nach dem anderen abdrehten, getrieben von der Schnelllebigkeit des Geschäfts und der Sensationslust der Zuschauer, die nun, da das Geld endlich wieder etwas wert war, nach immer neuen Zerstreuungen verlangten. Seine Filme waren kostspielig, weil er sich auf allen Gebieten nur mit dem Besten zufriedengab, doch die Mühe lohnte sich, denn seine Werke wurden von Kritikern und Publikum gleichermaßen gefeiert.

»Bist du fertig, Viktor?«

Elly stand in der Tür und sah ihn schmollend an. Er ging rasch zu ihr, wobei er mit den Fingern flüchtig über einen der schwarzen Quader strich. Sie gefielen ihm, vielleicht würde er sie behalten. Sie wirkten wie schwarze Wächter, die sein neues Heim beschützten.

Er ergriff Ellys Hand, um sie zu beschwichtigen, und zog sie an sich. »Ihr Haus, Frau König.«

Sie lächelte geschmeichelt. Er tätschelte ihre Wange, schaute aber an ihr vorbei ins Wohnzimmer, in dem schon weißgedeckte Tische mit Getränken bereitstanden.

»Wirst du denn auch hier sein? Öfter als bisher, meine ich?«, fragte sie.

Ein ewiger Streitpunkt. Er hatte Elly Pawlak vor drei Jahren geheiratet. Es war das Beste, was der jungen Frau, die von einer Karriere als Schauspielerin träumte, und auch ihm selbst hatte passieren können. Das war zumindest seine Überzeugung. Mit einer großen Karriere beim Film war nicht zu rechnen, doch Elly besaß außer ihrem hübschen Gesicht und der erotischen, unmodern rundlichen Figur einen nicht unwesentlichen zusätzlichen Reiz: Ihr Vater, der in Schwerin Sanitärbedarf produzierte, hatte ihr bei der Heirat eine gewaltige Mitgift übereignet. Königs Filme kosteten nun einmal viel Geld.

Er seufzte. »Goldkind, du weißt doch, dass ich ein vielbeschäftigter Mann bin.«

»Und ich habe deinen neuen Film mitproduziert. Aber du hast mir keine Rolle gegeben. Wenn ich etwas vorschlage, lächelst du lieb und tust doch nur, was du willst.«

»Es gab keine passende Rolle für dich«, sagte er mit unterdrückter Ungeduld. Dieses Gespräch hatten sie schon hundertmal geführt.

»Das ist nicht wahr. Bei einem historischen Stoff können auch Frauen mitspielen, die nicht wie Hungerhaken aussehen. Damals wussten die Männer es zu schätzen, wenn eine Frau …«

»Heute Abend bist du doch dabei.«

»Ja. Und sehe den Film zusammen mit allen anderen«, erwiderte sie unzufrieden.

Sie verlangte mehr, als er ihr geben wollte, das war schon immer so gewesen.

»Bei dieser Gelegenheit weihen wir den Vorführraum ein. Es sind Leute von allen großen Zeitungen eingeladen. Ich habe gehört, dass Fritz ein sensationelles Werk plant, angeblich hat ihn seine Reise in die Vereinigten Staaten dazu inspiriert. Vermutlich wird es ein modernes Thema sein. Also habe ich etwas ganz anderes gemacht.«

»Aber was ist mit mir?«, fragte sie beharrlich.

»Du wirst an meiner Seite sein, wenn ich den Film ankündige, und ich stelle dich als meine Mitarbeiterin und Produzentin vor.«

Elly gab sich noch ein bisschen zögerlich, doch als die Lieferanten mit dem kalten Büfett eintrafen, gab König der Haushälterin ein Zeichen, sich darum zu kümmern, und zog seine Frau in einen mit schwarzem Marmor ausgelegten Flur. Dort schob er sie sanft in eine Nische und küsste ihren Ärger einfach weg.

Clara Wechsler saß reglos da und schaute zu Boden. Von der Praxis aus war sie sofort zu ihrer Freundin Magda gefahren und hatte sie mit Ilse beim Kaffee angetroffen. Clara hatte einen Augenblick gezögert, als die alte Unsicherheit wieder in ihr aufstieg, doch dann hatte sie sich einen Ruck gegeben und war ins Wohnzimmer getreten. Ihre Bekanntschaft mit Ilse hatte schwierig begonnen, doch seit ihre Schwägerin sich eine eigene Wohnung genommen hatte und bei Magda als Sprechstundenhilfe arbeitete, waren sie einander nähergekommen. Sie hatte von ihr nichts zu befürchten.

Nachdem Clara es ihnen erzählt hatte, trank sie einen Schluck Kaffee. Ihr Mund war trocken. Dann sagte sie leise: »Es war … seltsam. Als würden wir gar nicht über mich sprechen, sondern über irgendeine Frau, die ich nur flüchtig kenne. Ich weiß gar nicht, wie ich mich fühle. Am ehesten leer, glaube ich.«

Die beiden anderen saßen auf dem Sofa, Clara auf einem Stuhl, und sie kam sich plötzlich vor, als sei sie wieder bei der Ärztin.

»Damit war zu rechnen«, sagte Magda, die rational dachte. »Du warst vier Jahre mit diesem von Mühl verheiratet und bist nicht schwanger geworden.«

Clara biss sich auf die Lippen. »Vier Jahre, auf dem Papier. Das will nichts heißen.«

»In dieser unsäglichen Ehe wohl nicht«, bemerkte Magda nüchtern.

»Es ist eine Fehlbildung der Gebärmutter«, sagte Clara rasch, um es hinter sich zu bringen. »Ungefährlich. Aber inoperabel.«

Magda und Ilse schauten einander an. Man hörte nur das Ticken der Uhr auf der Anrichte und das Klirren des Löffels, als Ilse ihren Kaffee umrührte. Clara versuchte ihren Gesichtsausdruck zu deuten. Dachte sie an ihren Bruder? Fragte sie sich, ob er sich weitere Kinder wünschte? Oder hatte er vielleicht sogar mit ihr darüber gesprochen? Nein, das passte nicht zu Leo.

Schließlich hielt Clara es nicht mehr aus. »Sagt doch etwas! Ich bin zu euch gekommen, weil ich mit jemandem reden wollte, und jetzt sitzt ihr da und seht überall hin, nur nicht zu mir.«

»Möchtest du denn Kinder?«, fragte Ilse.

Clara war verblüfft. Ging man nicht davon aus, dass jede Frau sich Kinder wünschte, vor allem wenn sie den Mann geheiratet hatte, den sie über alles liebte? Sie spürte, wie ihr die Hitze vom Hals ins Gesicht stieg, und schob die Kaffeetasse von sich.

»Es ist so warm heute. Fast zu warm für Kaffee.«

Sie merkte, dass die anderen auf eine Antwort warteten. Welche wäre richtig?

Magda stellte ihre Tasse ab und beugte sich vor. »Du musst es uns nicht sagen, wenn du nicht möchtest.«

Ilse erhob sich halb von ihrem Stuhl. »Wenn ihr lieber allein …«

»Nein.« Clara stand auf und trat ans Fenster. Ein leichter Wind ging durch die Bäume und ließ die Schatten auf dem Pflaster tanzen. Kinder hatten mit Kreide Hinkelkästchen auf den Gehweg gezeichnet und hüpften konzentriert umher, wobei sie den Stein vorsichtig mit dem Fuß voranschoben. Clara schaute ihnen zu, ohne Wehmut zu empfinden. War das ein Zeichen?

Sie wandte sich um und sah die beiden Frauen offen an. »Ich wollte immer nur Leo.« Sie schluckte. »Ich betrachte Marie und Georg als meine Kinder. Aber ... ich glaube, ich brauche kein eigenes Kind, um glücklich zu sein. Ich hatte früher so wenig und habe jetzt so viel. In den letzten Jahren bin ich glücklicher gewesen als je in meinem Leben. Nur weiß ich nicht, ob Leo ...« Ihre Stimme wurde unsicher.

»Das kann er dir nur selbst sagen«, meinte Ilse. »Du solltest mit ihm darüber sprechen.«

»Ich weiß.«

»Lass dir ein wenig Zeit und warte den richtigen Moment ab«, fügte Magda hinzu. »Alles wird gut. Ganz sicher.«

Clara atmete tief durch. Hoffentlich würde sie den richtigen Moment erkennen.

Um sieben hatten sich die Gäste in der Villa König versammelt und bildeten einen Halbkreis um das Rednerpult aus Ebenholz, das in der Mitte des Raums aufgebaut war. Viele Journalisten waren gekommen, wie König sich erhofft hatte, dazu einige enge Freunde und Schauspielerinnen und Schauspieler, die in seinem neuen Film mitwirkten. Sein Freund und Kompagnon Alfred Hahn, mit dem zusammen er die Gallus-Filmgesellschaft gegründet hatte. Alle waren bis zur offiziellen Premiere zu strengem Stillschweigen verpflichtet worden.

Die diskreten Leuchten an den Wänden warfen gedämpfte Lichtkreise in den Raum, und es wurde still, als er ans Pult trat und sich räusperte. Elly stand an seiner rechten Seite, einen Schritt hinter ihm, um ihre Bedeutung zu betonen, ohne jedoch die Aufmerksamkeit zu sehr auf sich zu lenken. So hatten sie es besprochen.

»Meine Damen und Herren von der Presse und den Wochenschauen, liebe Freunde«, begann König und schaute in die Runde. Obwohl seine Darsteller in den Filmen stumm agierten, wusste er aus seiner Zeit beim Theater, wie wichtig Intonation und dramatische Pausen waren. »Es ist schon ein Jahr her, dass mein letzter Film *Undine* in den Lichtspielhäusern Premiere gefeiert hat, und man hat mich oft gefragt, wann endlich ein neues Werk zu erwarten sei. Ich halte es mit meinen Plänen wie mit einem guten Wein: Ich gebe ihnen Zeit, um zu reifen und ihr volles Aroma zu entfalten. Nach dem Erfolg von *Undine* hätte ich rasch ein ähnliches Werk nachschieben können, doch genau das wollte ich vermeiden. Ich bin nicht wie manche Kollegen, die ihre Filme wie in einer Fabrik produzieren und Dutzendware liefern, weil sie fürchten, das Publikum könnte sie sonst vergessen.« Er legte eine erneute Pause ein. »Doch ihre Werke werden ebendarum vergessen, denn an ihnen ist nichts Besonderes, es mangelt ihnen an Sorgfalt, an Mühe, an Phantasie.«

Er konnte sich diese Worte erlauben, auch wenn sie nicht zu seiner Beliebtheit beitrugen. Doch die hatte Viktor König noch nie interessiert. Wenn er rief, sollten die kommen, die wichtig waren, das allein zählte. Er brauchte zuverlässige Mitarbeiter, die besten, die zu haben waren, und es war bekannt, dass er gut zahlte. Er verlangte höchste Hingabe von allen, die an seinen Filmen mitwirkten, nicht zuletzt von sich selbst. Diese unbedingte Liebe zur Arbeit war nötig, wenn er Lang übertreffen wollte. Und genau das war seine Absicht.

»Ich habe mich mit dem Stoff, den ich verfilmen wollte, so gründlich beschäftigt, als müsste ich eine Doktorarbeit darüber schreiben.« Leises Gelächter. »*Die Insel des Magiers*.« Er ließ die Worte fallen wie Kiesel in einen Teich, ließ sie Kreise ziehen und sich in alle Richtungen ausbreiten, bevor er fortfuhr. »Johann Kunckel von Löwenstern, Wissenschaftler und Scharlatan, Alchemist, Apotheker und Glasmacher. – Elly.« Er streckte ihr mit einer fließenden Bewegung die Hand hin und hielt gleich darauf eine goldene Kugel in die Höhe. Ein

Raunen ging durch den Raum. »Man erzählt sich, der Kurfürst von Sachsen habe ihm tausend Taler im Jahr geboten, damit er Gold für ihn herstellte. Später trat er in die Dienste des Großen Kurfürsten von Brandenburg, der ihm die Pfaueninsel schenkte. Eine Insel, deren eigene Geschichte schon geheimnisvoll ist. Man hat dort Schmuckstücke aus uralter Zeit gefunden. An diesem Ort stellte Kunckel kostbares Glas her, während die Menschen in der Umgebung an Hexenwerk glaubten, weil dunkler Rauch und seltsame Gerüche ans Ufer herüberwehten.«

Er gab Elly die Kugel zurück. »Diesem faszinierenden Mann habe ich meinen neuen Film gewidmet. Seiner Lebensreise von den Anfängen als Apotheker, dem Aufenthalt in Murano, wo er die Glasherstellung studierte, den Versuchen der Goldherstellung für den Kurfürsten von Sachsen. Sie können erahnen, welch prächtige Kulissen sich da bieten.«

Er machte eine ausladende Bewegung mit dem Arm, als deutete er auf eine Leinwand. »Venedig – der Hof in Dresden – die Universität Wittenberg – die unberührte Schönheit der Pfaueninsel – Stockholm. Die prunkvollen Kostüme des 17. Jahrhunderts. Und was wäre all das ohne eine hinreißende Liebesgeschichte?« Die frei erfunden war, aber dazugehörte, denn die Menschen wollten keine Geschichten ohne Liebe sehen.

»Die Vorführung heute Abend ist ausdrücklich für einen ausgewählten Kreis bestimmt – für Sie. Niemand in Berlin wird diesen Film früher erleben. Für die Titelrolle habe ich Rudolf von Hagen gewinnen können. Leider kann er heute Abend nicht unter uns sein, weil er sich zurzeit noch auf der Rückreise aus den Vereinigten Staaten von Amerika befindet, wo er einen Film mit dem berühmten D. W. Griffith gedreht hat. Er wird jedoch am kommenden Mittwoch zur Premiere erwartet. Und nun habe ich das große Vergnügen, Ihnen meine Hauptdarstellerin Carla Vasary vorzustellen.«

Applaus brandete auf, als eine zarte junge Frau mit kurzem goldbraunem Haar in die Runde lächelte. Er legte sich erst, als König die Hand hob.

»Bevor wir uns nun der Vorführung widmen, möchte ich Ihnen meine Frau Elly vorstellen, die diesen Film mitproduziert hat.«

Freundlicher Beifall, als Elly neben ihn trat und in die Runde nickte. »Ich bin sehr gespannt auf den Film meines Mannes und war stolz, bei den Dreharbeiten an seiner Seite zu stehen.« Sie hatte den Satz auswendig gelernt, um bei ihrem Auftritt ja nicht ins Stocken zu geraten.

»Und jetzt folgen Sie mir bitte in den Vorführraum«, sagte Viktor König und breitete die Arme aus wie ein gütiger Monarch, der seinen Untertanen eine Audienz gewährt.

Als Leo mit Clara das Haus verließ, fragte er unvermittelt: »Weißt du noch? Es war im Juni.« Mehr brauchte er nicht zu sagen.

»Natürlich. Seitdem ist das mein Lieblingsmonat.«

Er zog lächelnd die Tür hinter sich zu. Georg und Marie durften noch draußen spielen, weil es so hell und warm war, und so hatten sie Zeit für einen Spaziergang zu zweit. Als er von der Arbeit gekommen war, hatte er schwungvoll den Hut auf die Garderobe geworfen, Clara hochgehoben und im Kreis gedreht. Sie hatte ihn überrascht angesehen, als sie wieder Boden unter den Füßen hatte. »Was ist los? Gute Neuigkeiten?«

Er hatte sie auf die Folter gespannt, in aller Ruhe die Krawatte abgenommen und den Hemdkragen aufgeknöpft. »Wie würde es dir gefallen, mit einem Oberkommissar verheiratet zu sein?«

»Du wirst befördert?«, hatte sie geantwortet und so viel Freude wie möglich in ihre Stimme gelegt. »Das ist wunderbar, du hast es verdient. Schon längst.«

»Gennat hat mir die Leitung einer der Reservekommissionen übertragen. Dort arbeite ich mit Robert und Sonnenschein zusammen, etwas Besseres kann mir gar nicht passieren. Im Augenblick ist so viel Bewegung im Dezernat, Gennat hat Großes vor.«

Er hatte nicht bemerkt, dass Clara zur Seite schaute, um ihm die Freude nicht zu verderben. Sie hatte ungeduldig darauf gewartet, dass er nach Hause kam, weil sie das Gespräch nicht aufschieben wollte, doch nun fürchtete sie sich davor, seine unbeschwerte Stimmung zu zerstören.

»Wo sind die Kinder?«, fragte Leo.

»Im Hof nebenan. Sie spielen noch. Falls sich Georg nicht wieder in der Werkstatt herumtreibt.«

»Dann lass uns spazieren gehen. Ich genieße es immer, meine schöne Frau auszuführen, und sei es nur um die vier Ecken.« Und so waren sie hinausgegangen.

»Dein Lieblingsmonat? Meiner auch. Vier Jahre.« Leo blieb stehen und zog sie an sich. Als sie seine Lippen spürte, vergaß sie für einen Moment, was sie bedrückte.

»Immer ran, bevor se dir verduftet«, rief ein Mann im Vorbeifahren, und Leo löste sich lachend von Clara. Dann bemerkte er ihren Blick. »Du … wirkst so verändert. Was ist denn?«

Er schaute sie an, alle Leichtigkeit war verflogen, und es versetzte ihr einen Stich. Sie waren seit zweieinhalb Jahren verheiratet, und doch spürte sie manchmal seine Angst, sie zu verlieren. Dabei war sie es doch, die ihn am liebsten nie mehr loslassen würde, weil sie immer noch nicht glauben konnte, dass er ihr Mann war.

Sie wandte sich ab und kniff die Augen zu, um die Tränen einzusperren. Sie holte zitternd Luft und zuckte zusammen, als sie Leos Hand auf ihrer Schulter spürte. Er drehte sie zu sich um und nahm ihr Gesicht in die Hände. »Sieh mich an, Clara. Was ist mit dir?«

Sie schüttelte den Kopf. »Ich weiß nicht, wie ich anfangen soll.«

»Möchtest du wieder nach oben?«, fragte er, und sie hörte die Ratlosigkeit in seiner Stimme.

»Nein.« Sie schluckte. »Lass uns ein Stück gehen.«

Leo legte den Arm um ihre Schulter, doch sie wich kaum merklich zur Seite, und er ließ ihn wieder sinken. Sie musste etwas sagen, dachte sie verzweifelt. Sie hatte ihm schon die Stimmung verdorben, und er hatte die Wahrheit verdient.

»Es geht um Kinder«, begann sie schließlich. Dumm, das klang dumm. »Ich ... wir haben nie darüber gesprochen, ob du dir noch ein Kind wünschst.«

»Natürlich hätte ich gern ein Kind mit dir. Die letzten Jahre waren schwer, da habe ich gedacht ...«

Sie schaute ihn von der Seite an. Er hatte die Hände in die Hosentaschen gesteckt und ging leicht vorgebeugt, wobei ihm eine widerspenstige dunkle Haarsträhne ins Gesicht fiel. In diesem Augenblick liebte sie ihn so sehr, dass sie kaum atmen konnte.

»Wir haben gewartet, auf bessere Zeiten. Aber jetzt, wenn du möchtest ...« Er blieb stehen und schaute sie erwartungsvoll an.

»Leo, ich ... ich war bei einer Ärztin.«

Sie sah, wie sich seine Augenbrauen zusammenzogen. Eine dünne Falte grub sich in seine Stirn. Dann veränderte sich sein Gesichtsausdruck, und sie begriff, was er dachte. Sie streckte unwillkürlich die Hand aus und berührte seine Wange. »Es geht mir gut. Ich bin nicht krank.« Er sprach selten über Dorothea, doch sie hatte die Angst in seinen Augen gesehen. Der Tod seiner ersten Frau in der großen Grippeepidemie war schrecklich für ihn gewesen. »Aber – die Ärztin hat mich untersucht und festgestellt, dass ich keine Kinder bekommen kann.« Es war heraus. Sie atmete tief durch und schaute ihn an.

Er sagte nichts, sondern legte seine Hand über ihre und

hielt sie fest. »Ich bin froh.« Er wurde rot. »Unsinn, ich meine, ich bin froh, dass es nichts … dass du gesund bist.«

Clara spürte, wie eine gewaltige Last von ihr abfiel. Der erste Schritt lag hinter ihr. »Lass uns weitergehen.«

Er legte ihr den Arm um die Schultern und zog sie wieder an sich. Sie ahnte, dass er etwas sagen wollte, aber noch nach den richtigen Worten suchte.

»Ist es sehr schlimm für dich?«, fragte er dann. »Wir haben Georg und Marie, und ich weiß, dass du sie lieb hast, aber wenn du dir ein eigenes Kind wünschst …«

»Leo, ich wünsche mir vor allem, mit dir zusammen zu sein«, sagte sie mit fester Stimme. »Natürlich wäre ich sehr glücklich gewesen, wenn wir ein gemeinsames Kind bekommen hätten, aber – mein Glück hängt nicht davon ab.« Sie zögerte. »Wir haben zwei Kinder, die ich beide sehr liebe. Und da ist die Bücherei. Du weißt, wie wichtig sie mir ist.« Sie verstummte, weil ihr die Worte plötzlich kalt erschienen, obwohl sie so nicht gemeint waren.

»Mein Leben mit dir ist vollkommen, und es ist mehr, als ich mir vor vier Jahren erhofft hätte«, sagte er leise und sah zur Seite, als schämte er sich seiner offenen Worte. »Wenn du mit diesem Leben, das wir haben, glücklich bist, bin ich es auch.«

Sie blieb unvermittelt stehen. Als er sich zu ihr umdrehte, lehnte sie sich an ihn und atmete seinen Geruch ein.

2

Montag, 7. Juni 1926

Leo verließ die S-Bahn am Hackeschen Markt und ging das letzte Stück zu Fuß. Die Sonne schien ihm warm auf den Rücken, und er bedauerte, dass er den größten Teil des Tages im Büro würde sitzen müssen. Es war ihm gelungen, von dem schönen Sonntag, den er mit Clara und den Kindern am Wannsee verbracht hatte, ein bisschen Unbeschwertheit in die Woche hinüberzuretten. Er hatte Claras Erleichterung gespürt, sie schien beinahe zu schweben. Nach dem Bad im See hatten sie sich auf einen Steg gesetzt und den Kindern beim Schwimmen zugesehen.

Sie waren die ganze Zeit über Hand in Hand gegangen wie ein junges Paar. Clara drückte wiederholt seine Hand, als wollte sie ihm eine Botschaft übermitteln, und er wusste genau, was sie meinte. Sie waren eine Familie. Worte waren dafür nicht nötig.

Schon jetzt freute er sich darauf, sie nach Dienstschluss zu sehen, und spürte, wie sich etwas in seinem Inneren schmerzlich und wunderbar zugleich zusammenzog. Über ihm ratterte die S-Bahn in Richtung Friedrichstraße, doch der Lärm war so vertraut, dass er Leo nicht in seinen Gedanken störte, während er sich dem gewaltigen roten Bau des Präsidiums näherte. Selbst Herbert von Malchow, der in der Eingangshalle an ihm vorbeiging und so knapp nickte, dass es auch ein nervöses Zucken des Kopfes hätte sein können, gelang es nicht, ihm diesen Montagmorgen zu verderben.

Leo begrüßte Fräulein Meinelt und betrat sein Büro, in

dem schon Robert Walther und Jakob Sonnenschein warteten.

»Freut mich, Leo, das war mehr als überfällig«, sagte Walther strahlend und schlug seinem Freund auf die Schulter, bevor er sich wieder auf den Stuhl fallen ließ. »Dann dürfte die Beförderung nicht lange auf sich warten lassen. Lass uns nach Dienstschluss einen darauf trinken.«

»Die Runde geht auf mich«, sagte Leo. »Sind Sie dabei, Sonnenschein?«

Er nickte. »Freut mich sehr, Herr Wechsler.«

Leo stellte die Aktentasche neben den Schreibtisch. »Noch ist es natürlich nicht so weit. Aber wenn wir den nächsten Fall nicht vermasseln, sieht es ganz gut aus.« Dann warf er Walther einen prüfenden Blick zu. »Du grinst wie ein Honigkuchenpferd. Das kann doch nicht nur die Freude über meine beruflichen Perspektiven sein.«

Sein Freund wurde rot.

»Na los, raus mit der Sprache«, sagte Leo belustigt.

»Sie heißt Jenny.«

»Schöner Name«, meinte Leo anerkennend. »Und was hat sie sonst noch zu bieten?« Er genoss es, Robert ein bisschen aufzuziehen. Dieser hatte ihm oft genug vorgehalten, er sei zu ernst, doch heute Morgen war Leo übermütig gestimmt.

»Sie ist Sängerin.«

Ein Leuchten ging über Sonnenscheins Gesicht. »Oh, eine Künstlerin? Das ist ja interessant.«

Leo grinste. »Und diese Jenny bringt dich dazu, uns einladen zu wollen? Ein Wunder von einer Frau muss das sein.«

Walther holte tief Luft, streckte die Beine vor sich aus und verschränkte die Arme. »Dann erzähle ich eben nichts über sie.«

»Ich würde es gerne hören«, warf Sonnenschein ein wenig schüchtern ein. »Ich liebe Musik.«

»Tut mir leid, Sonnenschein, aber der Kollege Walther ist anscheinend beleidigt. Dann müssen wir uns wohl gedulden.« Leo tat, als suchte er etwas in den Akten auf seinem Schreibtisch, bis Walther es nicht mehr aushielt.

»Na gut. Sie tritt demnächst im Continental-Keller in der Charlottenstraße auf.«

»War das nicht früher die Weiße Maus?«, unterbrach ihn Leo.

»Nein, die ist um die Ecke in der Jägerstraße. Anita Berber hat dort getanzt. Sie und ihre hübsche Freundin, du weißt schon, der Fall mit dem Maler in den Rehbergen – Thea Pabst, so hieß sie. Jedenfalls gibt es dort donnerstags eine Talentveranstaltung, ähnlich dem ›Kabarett der Namenlosen‹. Jeder, der möchte, kann dort auftreten.«

»Augenblick mal«, warf Leo ein. »Wirklich jeder? Egal wie untalentiert?«

Sonnenschein sah etwas gequält drein, sagte aber nichts.

»Es ist ein Anfang, und nicht alle sind unbegabt«, erklärte Walther eifrig. »Jenny ist ein prima Mädchen und schreibt alle Lieder selbst. Und es geht angeblich nicht so schlimm zu wie bei den ›Namenlosen‹.«

»Was für Lieder singt sie denn?«, wollte Sonnenschein wissen. Leo, der die Liebe des Kollegen zur klassischen Musik kannte, seufzte leise. Sonnenschein hatte sogar ein Abonnement auf einen Stehplatz in der Oper.

»Freche Chansons. Ein bisschen wie die Waldoff. Nicht ganz jugendfrei, aber die Jugend kommt ohnehin nicht ins Continental. In einem heißt es: ›Als er mein Strumpfband um seinen Rumpf wand …‹«

Leo, der gerade Kaffee trinken wollte, verschluckte sich und musste husten, bis ihm die Tränen kamen. Dann warf er einen Blick zu Sonnenschein und lachte noch lauter. So laut, dass er das Klopfen an der Tür nicht hörte.

Fräulein Meinelt trat ein und schaute fragend in die Runde.

»Herr Walther hat einen Witz erzählt«, sagte Leo und wischte sich die Augen.

»Den würde ich auch gern hören.«

Walther räusperte sich. »Verzeihung, aber er war nicht für Damen.«

»Wer sagt, dass ich eine Dame bin?« Sie legte Leo eine Mappe auf den Tisch. »Der Bericht von Dr. Lehnbach im Fall Schwarz ist gerade gekommen. Sie wollten ihn sofort haben.«

»Danke, Fräulein Meinelt.«

Er schlug die Mappe auf und überflog den gerichtsmedizinischen Befund. »Hab ich's mir doch gedacht.«

»Was denn, Herr Kommissar?«, fragte Sonnenschein und beugte sich gespannt vor.

Leo schob den Kollegen die Mappe hin. »Es waren die Bohnen. Lehnbach hat Botulinumtoxin in der Konserve gefunden, das zum Tod der Frau geführt hat.«

»Hätte sie nicht merken müssen, dass die Bohnen verdorben waren?«, warf Walther ein, der von der Schuld des Ehemanns überzeugt gewesen war.

»Nicht unbedingt. Selbst wenn der Deckel des Einmachglases lose war, hat sie sich womöglich nichts dabei gedacht. Am Geschmack kann man es nicht immer erkennen. Die Symptome waren allerdings ziemlich eindeutig, Lehnbach dürfte nicht lange nach dem Erreger gesucht haben.«

»Also doch kein Mord?«, fragte Walther.

Leo schüttelte den Kopf. »Frau Schwarz hat sich unwissentlich selbst vergiftet. Der Mann hat nichts von der Konserve gegessen, weil er laut eigener Aussage keine Bohnen mag. Das können wir ohne weiteres bei Verwandten überprüfen.« Er klappte die Mappe zu und lächelte. »Der Tod der Frau ist wohl ein bedauerlicher Unfall. In diesem Fall war der Täter ein Bakterium, das wir nicht zur Rechenschaft ziehen können.«

Sein Telefon klingelte. »Wechsler. Ja, ich komme.« Er stand

auf und ging zur Tür. »Robert, du rufst den Richter an, dann fragt ihr bei den Verwandten der Toten nach, ob der Mann tatsächlich keine Bohnen mochte. Ich muss zum Chef.«

Gennats normalerweise gerötetes Gesicht war blass, der ganze gewichtige Mann wirkte ungewöhnlich ernst, als er Leo empfing. »Ganz Breslau ist in Aufruhr, es herrscht Ausnahmezustand«, sagte er. »Angesichts der besonderen Tatumstände sieht sich die dortige Polizei außerstande, den Fall allein zu bewältigen, und hat um sofortige Amtshilfe ersucht.«

»Fahren Sie persönlich hin, Herr Kriminalrat?«, fragte Leo.

»Nein, ich fliege.«

Dann war es wirklich dringend.

»Ich muss noch einige Angelegenheiten regeln. Danach packe ich zu Hause das Nötigste und fahre von dort aus sofort nach Tempelhof.«

»So eilig?«, fragte Leo.

Gennat nickte. »Ich werde Ihnen die Sache kurz schildern, damit Sie wissen, womit wir es zu tun haben. Möglicherweise benötige ich Informationen von hier, die müssten Werneburg oder Sie zusammenstellen.«

Schon nach wenigen Sätzen wünschte Leo sich, Gennat hätte nie davon angefangen.

Ein Paket, eingewickelt in hellbraunes Papier und fest verschnürt, war am Samstagabend von Spaziergängern aufgefunden worden. Es lehnte an einer Mauer in der Nähe der Technischen Hochschule. Darin eine Mädchenleiche. Grausam verstümmelt. Und der Kopf eines Jungen.

»Könnte es sich um einen – wie Sie es nennen – Serientäter handeln?«

Gennat nickte. »Das befürchten die Kollegen in Breslau auch. Daher muss es so schnell gehen. Dr. Werneburg übernimmt stellvertretend die Leitung der Inspektion A. Wie Sie wissen, sind wir noch mit den Raubmorden in Zehlendorf befasst. Um herauszufinden, ob es sich bei dem Fall in Breslau um einen Serientäter handelt, werden wir vermutlich für das gesamte Reichsgebiet überprüfen müssen, ob es in den letzten Jahren Morde mit einer ähnlichen Vorgehensweise gegeben hat. Falls das Personal knapp wird, zieht Werneburg Ihre Kommission hinzu.«

»Gewiss.« In diesem Augenblick klingelte das Telefon, und der Kriminalrat bedeutete ihm, noch sitzen zu bleiben. »Gennat. Stellen Sie durch, Trudchen.« Er hörte schweigend zu. »Mein Gott. Ja. Sicher. Ich nehme die nächste Maschine. Auf Wiederhören.«

Er legte auf und schaute Leo an. »Man hat den Rumpf und die Gliedmaßen des Jungen in einer Parkanlage gefunden.«

Leo versuchte, die aufsteigende Übelkeit zu unterdrücken, und ertappte sich bei der Hoffnung, Gennat möge ohne seine Unterstützung auskommen.

Er dachte wieder an den Wannsee, sah Georg und Marie mit einem Ball im Wasser planschen und seinen Sohn dazwischengehen, als ihr jemand den Ball wegnehmen wollte. Immer noch der große Bruder, auch wenn Marie sich manchmal dagegen wehrte, dass er den Beschützer spielte. Sie war neun und wollte nicht mehr nur die Kleine sein.

Gennat sah ihn an, als könnte er seine Gedanken lesen, sagte aber nur: »Wenn ein neuer Fall hereinkommt, übernehmen Sie ihn.«

»Selbstverständlich.« Leo stand auf und ging zur Tür. Dann drehte er sich noch einmal um. »Ich wünsche Ihnen Erfolg und das nötige Glück, Herr Kriminalrat.«

Trotz der Hängebacken war zu sehen, wie Gennats Kiefer mahlten. »Das kann ich weiß Gott gebrauchen, Wechsler.«

Leo lehnte sich mit geschlossenen Augen von innen an die Toilettentür und wartete, bis sein Atem wieder ruhig ging. Dann wusch er sich das Gesicht mit kaltem Wasser und schaute in den Spiegel. Kindermorde waren das Schlimmste für jeden Polizisten, es waren Bilder, die man nie loswurde, die einen bis in die Schutzlosigkeit der Träume verfolgten.

Junge und Mädchen. Selbst das Alter war fast gleich. Er fuhr sich mit der Hand durch die Haare, atmete noch einmal durch und kehrte in sein Büro zurück.

Fräulein Meinelt sah ihn fragend an, doch er winkte ab. »Was ist mit dem Bericht über den Fall Schwarz?«

»Bin dabei, Herr Kommissar.«

Er nickte und schloss die Tür des Vorzimmers hinter sich. Nebenan hörte er Walther und Sonnenschein miteinander reden. Vorhin erst hatten sie über Walthers neue Flamme gescherzt. Es kam ihm vor, als wären seither Stunden vergangen, doch der Blick auf die Uhr verriet ihm, dass es nur zwanzig Minuten gewesen waren.

Er hörte Gelächter, dann klopfte jemand an die Verbindungstür. »Ja, bitte?«

Walther steckte den Kopf zur Tür herein. »Leo, um noch mal auf die Sache mit dem Continental …« Er trat näher. »Wie siehst du denn aus?«, fragte er besorgt.

»Setz dich, Robert.«

Wie sie da im Gras saß, hätte man sie für gesund halten können. Der Kittel wirkte von weitem wie ein weißes Sommerkleid, und das Bild erinnerte ihn an das letzte Picknick vor dem Krieg, am Tegeler See, als Erika noch gelebt hatte. Sie hatten einen Korb mit dem Essen dabeigehabt – belegte Brote, Buletten, eingelegte Gurken, Obst, sogar eine Schüssel Vanillepudding hatte sie mitgeschleppt. Dazu eine Flasche Limonade und eine Flasche Moselwein.

Dr. Erich Hartung schüttelte den Kopf, um die Gedanken zu vertreiben, die sich störend auf seine Arbeit auswirkten. Er war Arzt, Sentimentalität gegenüber Patienten konnte er sich nicht leisten. Sie war nicht Erika Hartung, sondern Johanna

Gerber, und ihr Kleid nur ein Anstaltskittel. Dennoch erregte ihr Fall sein besonderes Interesse.

Seit ihrer Einlieferung hatte sie apathisch im Bett gelegen oder dort gesessen, wo man sie hinbrachte, wehrte sich nicht, sprach nicht, zeigte keine Reaktion. Wenn sie einschlief, litt sie unter Albträumen, und schließlich verweigerte sie den Schlaf ganz. Sie lag reglos da und hielt angestrengt die Augen offen, bis man ihr Veronal spritzte. Doch das Mittel bewirkte keinen natürlichen Schlaf, sondern eine Betäubung, ein gewaltsames Aussetzen des Bewusstseins, als hätte man einen Schalter umgelegt, um ein schmerzhaft grelles Licht auszuschalten. Er wusste, dass man aus diesem Zustand nicht erholt erwachte, weil er ein künstlicher, nicht aus dem natürlichen Bedürfnis geborener war. Etwas an der jungen Frau rührte ihn, und er musste verhindern, dass sie sich selbst zerstörte.

Er wandte sich um und trat wieder in sein Arbeitszimmer. Seufzend setzte er sich an den Schreibtisch, der sich unter Patientenakten und anderen Unterlagen bog. Entwürfe für wissenschaftliche Vorträge, Korrespondenz mit Kollegen im In- und Ausland, all das, was er neben seiner eigentlichen Tätigkeit erledigte. Er nahm die Brille ab und massierte seinen Nasenrücken. Er war dreiundfünfzig und recht gesund, doch an Tagen wie diesen fühlte er sich alt. Nicht nur, weil sich seine Haare endgültig vom Oberkopf zurückgezogen hatten und zu einem grauen Kranz geschrumpft waren, der den Schädel wie ein verrutschter Heiligenschein umrahmte. Nein, auch weil ihm seit seinem Wechsel von der Universität hierher nach Wittenau sein jugendlicher Idealismus abhandengekommen war, die Zuversicht, fast jeden Patienten heilen und in ein normales Leben zurückführen zu können.

Er war stets ein Optimist gewesen, jedenfalls bis Erika gestorben war, und auch danach noch, denn ihr Unfalltod war für ihn zwar kaum erträglich, für sie aber ohne Schmerz und

Leid gewesen. Ein Lastwagen, der auf vereister Straße ins Schleudern geraten war, eine Frau am Bordstein, die gerade die Fahrbahn überqueren wollte ... Er konnte es rational erklären, was die Trauer nicht geringer machte, ihm aber half, den Verstand nicht zu verlieren.

Doch wenn ein Mensch den Verstand verlor und niemand ihn zurückgeben konnte? Eigentlich durfte er nicht in diesen Begriffen denken. Man »verlor« nicht den Verstand, es waren physiologische und psychische Vorgänge, die das Denken und die Wahrnehmung störten. Und doch – er stand auf und schaute aus dem Fenster. Sah das junge Mädchen auf dem Rasen sitzen.

Er fragte sich, was ihre Augen gesehen haben mochten, bevor ihr Geist sich vor der Welt zurückzog.

Leo und seine beiden Kollegen waren in eine Kneipe in der Nähe des Alexanderplatzes gegangen, in der man in aller Ruhe nach dem Dienst seine Weiße trinken konnte. Hier verkehrten kaum Polizeibeamte. Im Präsidium hatte sich schnell herumgesprochen, weshalb der Chef der Inspektion A nach Breslau gereist war, aber Leo wollte nach Feierabend nicht darüber reden. Er hatte Walther und Sonnenschein davon erzählt, das musste reichen. Er konnte immer noch darüber nachdenken, falls Gennat tatsächlich seine Unterstützung benötigte.

»Der Buddha dürfte inzwischen angekommen sein«, bemerkte Walther, der offensichtlich in Gedanken ebenfalls bei ihrem beleibten Chef war, und stellte drei Gläser auf den Tisch.

»Hm«, sagte Leo nur und hob sein Glas, um mit ihm anzustoßen. »Trinken wir lieber auf Jenny und das Strumpfband.«

Sonnenschein lachte. »Auch wenn es nicht Verdi ist, würde ich mir gern einmal anhören, was Ihre Verlobte singt.«

Walther verschluckte sich fast an seinem Bier. »Immer langsam, Herr Kollege. So weit sind wir noch nicht. Ich kenne sie erst seit vier Wochen.«

»Nun, das ist doch eine lange Zeit«, sagte Sonnenschein lächelnd. »Sehr viel länger kenne ich meine Esther auch nicht, und wir wollen bald heiraten.« In letzter Zeit sprach Sonnenschein ständig von seiner Verlobten und hatte schon angedeutet, dass Leo und Walther eine Einladung ins Haus stünde.

Leo versuchte, sich auf das Gespräch zu konzentrieren, konnte aber nicht verhindern, dass seine Gedanken immer wieder zu dem grausamen Geschehen in Breslau wanderten. Er schreckte auf, als Walther ihn anstieß. »Hörst du mir eigentlich zu?«, fragte er. »Jenny überlegt, ob sie sich lieber auf dem Akkordeon oder der Ukulele begleiten soll.«

»Ich persönlich bevorzuge das Akkordeon«, erklärte Sonnenschein.

»Für mich hat das immer etwas Maritimes«, gab Walther zu bedenken. »Es klingt nach Reeperbahn und Großer Freiheit, nach Matrosenliebchen. Ob das in Berlin ankommt, wage ich zu bezweifeln.«

»Aber eine Ukulele ist so … so exotisch. Ob die hierher passt?«, fragte Sonnenschein, der sich vom Akkordeon anscheinend nicht so rasch verabschieden mochte.

»Exotik ist in Mode«, sagte Walther eifrig. »Denken Sie an Josephine Baker.« Die amerikanische Tänzerin war im Winter mit ihrer Revue Nègre am Kurfürstendamm aufgetreten.

»Die spielt doch nicht Ukulele«, meinte Sonnenschein.

»Aber sie hat ein Röckchen aus Bananen«, warf Leo ein.

»Also die Ukulele«, sagte Walther. »Jenny schreibt nämlich an einem Lied über Hawaii. ›Mit meiner Lula tanz ich den Hula‹ oder so ähnlich. Ihr müsst mal mitkommen, wenn sie auftritt. Ich würde euch gern mit ihr bekannt machen.«

Nachdem Leo sein Bier getrunken hatte, fühlte er sich besser. Es gelang ihm endlich, die Gedanken an die Kindermorde beiseitezuschieben und sich auf den Augenblick zu freuen, in dem er die Wohnungstür aufschloss und wieder bei seiner Familie war. Vielleicht würde er dann die Leichtigkeit vom Morgen wiederfinden.

3

Dienstag, 8. Juni 1926

Oberwachtmeister Schmehl ging die übliche Streife, die ihn jeden Morgen durch die Yorckstraße führte. Es war schon warm und hell, und er genoss die ersten Sonnenstrahlen auf dem Rücken seiner Uniformjacke. Später würde es unangenehm heiß werden unter dem Tschako. An der nächsten Straßenecke würde er sich eine Schrippe kaufen, wie er es immer tat, wenn er um diese Zeit die Runde Yorckstraße–Großbeerenstraße–Hagelberger Straße–Belle-Alliance-Straße ging. Von der belebten Belle-Alliance hörte er schon das Dröhnen des Verkehrs, doch hier war es noch ruhig.

Er prallte beinahe mit der Frau zusammen, die völlig unvermittelt aus dem imposanten Eingang von Riehmers Hofgarten stürzte. Sie ergriff seinen Arm und zerrte ihn wortlos durch den gewaltigen Torbogen, der in die Wohnanlage führte.

»Moment mal«, sagte Schmehl, als er sich gefasst hatte, hielt die Frau an beiden Armen fest und drehte sie zu sich um. »Nicht so schnell. Was ist denn mit Ihnen los?«

Sie war ordentlich gekleidet und frisiert, nur ihr panischer Blick verriet, dass etwas nicht stimmte. »Kennen Sie moderne Kunst?«

Mit dieser Frage hatte er nicht gerechnet. Hatte sie getrunken?

»Jetzt beruhigen Sie sich mal.«

Die Frau ignorierte seine Worte. »Ich habe es in einer Illustrierten gesehen. Lauter bunte Flecken, wild durcheinander.

Man kann nichts darauf erkennen, keine Menschen oder Häuser oder Landschaften. Nur diese Flecken.«

Oberwachtmeister Schmehl beugte sich vor und roch an ihrem Atem, woraufhin sie empört zurückwich. »Ich bin nicht betrunken. Sie sind da drüben, die Flecken. Kommen Sie.«

Er folgte ihr über das Kopfsteinpflaster in den Innenhof mit den weißen Fassaden, Rasenflächen und Bäumen, dessen Schönheit und Ruhe ihn oft erfreut hatten. Er beneidete die Menschen, die hier wohnten, mitten in der Stadt und doch fernab ihrer lauten Geschäftigkeit.

Oberwachtmeister Schmehl arbeitete erst seit einem Jahr auf diesem Revier. Er war seit fünfundzwanzig Jahren bei der Polizei und nicht mehr leicht zu erschüttern. Aber er hatte gehofft, das Elend der Mietskasernen, das er von seiner alten Streife in Friedrichshain kannte, hinter sich zu lassen. Dort hatte er abgemagerte, misshandelte Frauen und Kinder gesehen, verwüstete Wohnungen, in denen Betrunkene ihre letzten Habseligkeiten zertrümmert hatten. Jämmerliche Diebstähle, Betrügereien, Mundraub, nichts war ihm fremd. Er hatte gelernt, die Bilder nach Dienstschluss nicht mit nach Hause zu nehmen und als Erstes seine Frau zu umarmen, wenn er die Wohnung betrat. Luise hatte sich gefreut, als man ihn nach Kreuzberg versetzt hatte, in ein ruhiges Revier, in dem er hoffentlich bis zur Pensionierung bleiben würde.

Auf das, was die Frau ihm zeigte, war er trotz seiner langen Berufserfahrung nicht vorbereitet. Es stimmte, die roten Flecken auf der weißen Mauer erinnerten an ein abstraktes Gemälde. Doch das schreckliche Bild auf dem Pflaster davor hatte nichts mit Kunst zu tun.

Er zog seine Signalpfeife hervor und blies hinein: zweimal kurz, einmal lang. Damit konnte er jeden Schutzmann in der Umgebung herbeirufen.

Er führte die Zeugin zur Hausmeisterwohnung im nächsten Gebäude und klingelte. »Maletzke« stand auf dem Türschild. Eine ältere, grauhaarige Frau öffnete noch im Morgenmantel und schaute ihn erschrocken an. »Ja, bitte?«

»Die Dame muss sich setzen oder hinlegen. Und geben Sie ihr ein Glas Wasser.«

»Was ist denn passiert?«

»Das werden Sie noch früh genug erfahren. Kümmern Sie sich bitte um die Frau.« Oberwachtmeister Schmehl führte die Zeugin in die Küche und half ihr, auf einem Stuhl Platz zu nehmen. Er wartete, bis Frau Maletzke an die Spüle trat und ein Glas aus dem Regal nahm, bevor er wieder hinauslief, um den Tatort zu sichern. Er musste verhindern, dass der nächste ahnungslose Passant einen ähnlichen Schock erlitt.

Die Frau lag auf dem Rücken, die Beine ausgestreckt und leicht gespreizt. Hals, Schultern und Brust waren mit Blut bedeckt, unter der Toten hatte sich eine Lache gebildet. Schmehl fühlte sich weniger an moderne Kunst als an einen Schlachthof erinnert. Er wusste, dass er nichts anrühren durfte. Ernst Gennat hatte durchgesetzt, dass an einem Tatort nichts verändert wurde, bevor ein Ermittler eingetroffen war. Sobald genügend Kollegen da waren, um die Zugänge zum Innenhof abzusichern und Zeugen zu ermitteln, würde er die Inspektion A im Präsidium verständigen. Dies war ein Fall für Gennats Leute.

Er schaute sich um. Ein Mann ging mit seinem Hund die Hagelberger Straße entlang, ohne einen Blick in den Hofgarten zu werfen. Nur gut, dass es noch so früh am Morgen war. Wer es eilig hatte, nahm nämlich gern die Abkürzung durch die Anlage.

Schmehl betrachtete die Tote aus dem Augenwinkel und hakte im Geist einige Punkte ab: Gut gekleidet. Teure Schuhe. Seidenstrümpfe. Die Spritzer, die bis an die Wand reichten, und die Menge des Blutes deuteten auf eine Verletzung der

Halsschlagader hin. Der Täter musste mit äußerster Gewalt vorgegangen sein.

Dann hörte er ein Motorengeräusch und sah erleichtert, wie ein Mannschaftswagen vor dem Eingang Yorckstraße hielt.

Jetzt war er mit der Toten nicht mehr allein.

»Hast du gut geschlafen?«, fragte Clara beim Frühstück und schaute Leo über die Kaffeetasse hinweg an. Sie hatte das Fenster geöffnet, der frühsommerliche Duft der blühenden Linden wehte herein. »Wegen der Geschichte in Breslau, meine ich.«

Sie warf einen Blick auf die Zeitung, die groß über den Doppelmord und die nachfolgende Dienstreise des bekannten Ermittlers berichtete. In dem Artikel wurde vermutlich keine grausige Einzelheit ausgespart. Die Breslauer Presse berichtete gewiss ebenso ausführlich, und Clara fragte sich, was das für die Angehörigen der Kinder bedeuten mochte.

»Einigermaßen.« Leo hielt kurz inne und schaute sie bedrückt an. »Allerdings hoffe ich nach wie vor, dass ich mich nicht näher damit befassen muss.«

»Gennat wird den Täter finden, du sagst doch immer, er sei der Beste von euch. Er hat sogar Großmann gefasst.«

Carl Großmann sagte man nach, er habe bis zu hundert Mädchen und Frauen getötet. Er war vor fünf Jahren auf frischer Tat ertappt worden und hatte sich ein Jahr später an seiner Zellentür erhängt.

»Ja. Nachdem er in Berlin drei Jahre lang ungehindert wüten konnte«, sagte Leo. »Ich möchte mir lieber nicht vorstellen, was in drei Jahren in Breslau passieren kann. Oder schon passiert ist.«

Er schob die Zeitung beiseite und stand auf. Dann zog er Clara von ihrem Stuhl hoch, nahm sie in die Arme und drückte ihren Kopf sanft an seine Schulter. So blieben sie einen Moment lang stehen.

Das waren die besten Augenblicke.

Dann hörten sie Schritte im Flur, die Kinder kamen herein. »Vati, ich brauche neue Schuhe«, sagte Georg verlegen. Er war im letzten halben Jahr ungeheuer gewachsen, sie kamen kaum damit nach, ihm neue Kleidung zu kaufen.

Leo seufzte. »Na schön. Nicht mehr lange, dann kannst du meine auftragen.«

Clara sah auf die Uhr. »Ihr müsst los.« Sie gab ihnen die Pausenbrote und schob sie aus der Küche.

Oberwachtmeister Schmehl sah auf die Uhr. Die Kollegen von der Inspektion A mussten jeden Augenblick eintreffen. Inzwischen hatte sich herumgesprochen, dass in Riehmers Hofgarten etwas passiert war, obwohl bislang nur Gerüchte kursierten, da die Schupos an den Eingängen keine Angaben zur Tat machten. Vor den Zugängen in der Hagelberger, Großbeeren- und Yorckstraße hatten sich Neugierige versammelt und versuchten, einen Blick in den Innenhof zu erhaschen.

Schmehl hatte nie die Faszination verstanden, die Gewaltverbrechen auf viele Menschen ausübten; er selbst las solche Zeitungsberichte nur, wenn sie unmittelbar mit seiner Arbeit zu tun hatten.

Eine Frau riss sich unvermittelt los und stürzte an einem der Schupos vorbei, der kurz abgelenkt gewesen war. Der Mann lief ihr nach, hielt sie am Arm fest und führte sie zurück zur Straße. Wer sich als Bewohner ausweisen konnte, durfte sich in seine Wohnung begeben, wurde aber angewiesen, sich zur Befragung bereitzuhalten. Manche der Anwohner schauten aus den Fenstern, das konnte die Polizei ihnen nicht verbieten.

Ein Herr im hellen Sommeranzug kam auf Schmehl zu, in der Hand einen Arztkoffer.

»Danke, dass Sie so schnell gekommen sind, Herr Dr. Faber. Wie geht es der Zeugin?«, fragte der Oberwachtmeister.

»Ich habe der Frau eine Beruhigungsspritze gegeben«, erklärte der Arzt, der in der Nachbarschaft wohnte. »Sie können in wenigen Minuten mit ihr reden. Aber gehen Sie vorsichtig mit ihr um.« Er deutete mit dem Kopf auf die Stelle, an der die Leiche lag. »Hab's nur im Vorbeigehen gesehen. Kein schöner Anblick. Wissen Sie schon, wer es ist?«

Schmehl schüttelte den Kopf. »Die Kripo ist unterwegs. Danke noch mal.«

Der Arzt tippte sich an den Hut. »Ich muss in die Praxis. Auf Wiedersehen.«

Dann endlich sah Schmehl drei Männer aus Richtung Hagelberger Straße kommen. Sie sprachen mit den Schupos, die den Zugang bewachten.

Schmehl nahm den Tschako ab und rieb sich die Stirn. Er warf einen flüchtigen Blick auf das geronnene Blut, über dem Fliegen kreisten. Heute freute er sich noch mehr als sonst auf den Feierabend.

Er schaute sich die drei Männer näher an. Einer war klein und rundlich, mit dunklen Locken. Der zweite hatte rötlich blondes Haar und ein offenes Gesicht, er trug als Einziger einen leichten Sommerhut. Der dritte war groß und dunkelhaarig und hatte eine Narbe an der Schläfe. Er kam geradewegs auf Schmehl zu. Offenbar der Leiter der Kommission.

»Kommissar Wechsler, Inspektion A. Meine Kollegen Walther und Sonnenschein. Sie sind Oberwachtmeister Schmehl?«

»Ja, Herr Kommissar. Ich habe die Tote gefunden, das heißt, eine Frau hat mich auf die Leiche aufmerksam gemacht. Nachdem ich Verstärkung angefordert hatte, um den Tatort zu sichern, habe ich sofort das Präsidium verständigt.«

»Nichts verändert oder angefasst?«, fragte der Kommissar.

»Nein. Ich habe einen angemessenen Abstand zur Toten eingehalten.« Er wusste genau, was einen Schupo erwartete, der versuchte, einen Tatort »aufzuräumen«, oder eine Leiche aus Pietätsgründen anders hinlegte, wie es früher üblich gewesen war.

»Sehr gut. Wo ist die Frau, die Sie verständigt hat?«

»In der Hausmeisterwohnung. Sie wurde ärztlich behandelt und ist bedingt vernehmungsfähig.«

»Robert, das übernimmst du«, sagte der Kommissar zu dem Blonden.

Dieser nickte. »Zeigen Sie mir die Wohnung.«

Leo und Sonnenschein begaben sich zu der Stelle, an der die Tote lag.

»Schlagader«, sagte Sonnenschein.

»Offensichtlich.« Leo ging langsam im Halbkreis um die Leiche herum. »Stenographieren Sie.«

Sonnenschein holte Notizblock und Bleistift heraus.

»Dienstag, 8. Juni 1926, 9.48 Uhr. Weibliche Leiche, Fundort Innenhof Riehmers Hofgarten, Berlin-Kreuzberg. Die Tote liegt auf dem Rücken, vollständig bekleidet, auf den ersten Blick keine Anzeichen sexueller Gewalt. Gesicht nach rechts zur Hausmauer gedreht. Starke Blutung, vom Hals ausgehend. Lache aus geronnenem Blut unter Kopf und Hals. Rötlichbraune Spritzer an der Hauswand, vermutlich Blut. Kleine Handtasche in etwa einem Meter Entfernung auf dem Boden.« Er zog dünne Handschuhe aus der Jackentasche und streifte sie über, bevor er sich bückte und die Tasche vorsichtig anhob. Dunkelblaues Leder mit Knipsverschluss. Passend zu Schuhen und Mantel. Er legte sie vorsichtig wieder ab.

In diesem Augenblick kam eine Gruppe von Männern aus Richtung Großbeerenstraße auf sie zu, einer schleppte eine Fotoausrüstung. »Der Erkennungsdienst, Herr Kommissar.«

Leo erhob sich. »Morgen, Paul«, sagte er zu einem der Beamten. Paul Delbrück war ein zuverlässiger Mann, mit dem er gern zusammenarbeitete, einer der besten im Erkennungsdienst. Durch seine körperliche Fülle wirkte er träge, und Leo staunte immer wieder, wie behände er sich am Tatort bewegte.

»Morgen, Leo.« Delbrück warf einen Blick auf Mauer und Leiche. »Netter Anblick, was? Kaum zu fassen, wie wild die Leute da draußen auf so was sind.«

»Neugier, kennst du doch«, meinte Leo und trat beiseite, damit die Kollegen ihre Arbeit tun konnten. Sie begannen, die Umgebung des Tatorts systematisch nach Spuren und Beweismitteln abzusuchen. Einer zeichnete die genaue Lage von Leiche und Handtasche ein. Der Fotograf würde danach alles genau dokumentieren.

Leo schaute an den Fassaden hoch. Fenster hatten sich geöffnet, Bewohner schauten heraus, manche stützten sich bequem mit verschränkten Armen auf die Fensterbank. Eine Frau hielt die Hand vor den Mund, als müsste sie einen Schrei unterdrücken, schaute aber wie gebannt herunter. Er drehte sich zu Sonnenschein um. »Wir brauchen mehr Leute. Wir müssen eine Tür-zu-Tür-Befragung durchführen, und die Anlage ist ganz schön groß.«

»Ich bezweifle, dass es viele Zeugen gibt. Bedenken Sie die frühe Uhrzeit. Hier wohnt keiner, der zur Frühschicht in die Fabrik muss.«

Leo nickte. »Deshalb dehnen wir die Befragung auch auf den gesamten Block Belle-Alliance-, Hagelberger, Großbeeren- und Yorckstraße aus. Die Hausmeisterin hat ein Telefon, rufen Sie im Präsidium an. Sie sollen uns weitere sechs bis acht Leute schicken, ruhig aus anderen Abteilungen.«

Sonnenschein verschwand in die Richtung, in die Schmehl und Walther gegangen waren.

»Leo.« Delbrück war neben ihn getreten.

»Was gefunden?«

Der Kollege hielt einen roten Gegenstand zwischen Daumen und Zeigefinger. Er war etwa fünfzehn Zentimeter lang und lief spitz zu. Dunkel verkrustet, zweifellos mit Blut.

»Das lag neben ihrem Hals, fast darunter. War in dem ganzen Blut kaum zu erkennen. Sieht aus wie eine Scherbe.« Delbrück schob den Gegenstand vorsichtig in ein Glas mit Deckel.

»Gute Arbeit, Paul.« Leo schaute sich um. Mit Fußspuren war bei dem trockenen Wetter nicht zu rechnen. Er hoffte auf Fingerabdrücke an der Tasche oder der Toten selbst. Wenn sie Glück hatten, fand sich auch etwas an der Scherbe.

In diesem Augenblick kam ein junger Mann mit Hornbrille und strengem Seitenscheitel, den Leo noch nie gesehen hatte, auf die Gruppe zu. Er hielt sich militärisch gerade und hätte beim Grüßen fast die Hacken zusammengeschlagen. »Dr. Albertz, Herr Kommissar, Institut für Gerichtliche Medizin. Ich bin neu im Dienst. Herr Dr. Lehnbach war verhindert und lässt Grüße ausrichten.«

»Danke.« Hoffentlich nicht zu unerfahren, dachte Leo. Die Sonne stieg höher, es wurde wärmer, der Blutgeruch intensiver. Er trat beiseite und holte sein Notizbuch heraus, um einen Plan für die Befragung der Nachbarschaft aufzustellen. Sobald der Arzt seine Arbeit getan hatte und die Kollegen eingetroffen waren, würden sie damit beginnen.

Dr. Albertz wartete geduldig, bis Erkennungsdienst und Fotograf fertig waren. Dann stellte er die Tasche neben der Toten ab, kniete sich hin und streifte Handschuhe über. Er prüfte den Zustand der Blutlache und untersuchte den Körper sorgfältig auf weitere Verletzungen, bevor er die rechte Hand der Toten vorsichtig hochnahm und hin und her drehte. »Sie hat sich gewehrt.« Er deutete auf einen Schnitt, der quer über die Finger verlief. Dann schob er vorsichtig eine Hand unter die rechte Wange, an der eine blutverschmierte, silberblonde Haarsträhne klebte, und drehte den Kopf der Frau zu sich herum.

Die Hausmeisterin Maletzke sah Leo verwirrt an. »Wasser?«

»Ja. Ein Glas. Für mich.« Er sprach jedes Wort einzeln aus, als müsste er mühsam an sich halten. Sie nahm ein Glas aus dem Schrank, ging ans Spülbecken und füllte es.

Als er die Hand danach ausstreckte, merkte er, dass seine Finger zitterten. Rasch umfasste er das Glas und trank es in einem Zug aus. Die Küche kam ihm plötzlich unerträglich heiß vor.

»Ihr Kollege ist in der Stube«, sagte Frau Maletzke und deutete auf eine geschlossene Tür, an der Fotos aus Filmillustrierten hingen. *Carla Vasary – ein neuer Stern?*, las er flüchtig. »Schon die ganze Zeit. Mit der armen Frau. Wollen Sie ihr nicht ein bisschen Ruhe gönnen? Sie war völlig durcheinander. Ein Schock, hat der Arzt gesagt.«

Leo hielt ihr das leere Glas hin, ohne sie anzuschauen. »Danke.« Dann betrat er ohne ein weiteres Wort die Stube.

Auf einem dunkelbraunen Sofa mit gelb gemusterter Schondecke saß eine junge Frau – einfach, aber gut gekleidet, kurze dunkle Haare, goldgerahmte Brille. Als er Leo hörte, drehte Walther sich um. »Das ist Fräulein Gitta Bauer, die Zeugin, die die Tote gefunden hat.« Dann ging ein seltsamer Ausdruck über sein Gesicht; er stand auf und trat zu seinem Kollegen.

»Was ist mit dir?«, fragte er leise. »Du siehst furchtbar aus.«

Leo strich sich die Haare aus der Stirn und ging ohne ein Wort an ihm vorbei. Er setzte sich der Frau gegenüber. »Ich bin Kommissar Leo Wechsler.«

»Ich habe doch schon alles gesagt«, entgegnete Fräulein Bauer, die ein Taschentuch zwischen den Fingern knetete. Ihre Augen hinter der Brille waren trocken. Entsetzen war manchmal stärker als Tränen.

»Kennen Sie eine Marlene Dornow?«

»Ist das die … tote Frau?«

»Beantworten Sie meine Frage.«

Leo schaute zu Walther und bemerkte dessen überraschten Blick. »Die Handtasche. Sie hatte einen Ausweis dabei.«

Fräulein Bauer holte tief Luft. »Der Name sagt mir nichts. Und sehen konnte ich sie nicht, das Gesicht, meine ich. Die Haare waren davor. Und sie hatte den Kopf zur Wand gedreht. Ich wollte es auch gar nicht sehen.«

»Bist du mit der Befragung fertig, Robert?«, fragte Leo unvermittelt.

»Ja, ich habe Fräulein Bauers Aussage aufgenommen.« Er trat neben das Sofa und legte der Zeugin die Hand auf die Schulter. »Sie können jetzt gehen. Wir werden Ihnen die Aussage noch zur Unterschrift vorlegen. Außerdem müssen Sie sich für weitere Befragungen zur Verfügung halten.«

Walther half ihr beim Aufstehen. »Haben Sie jemanden, der sich um Sie kümmern kann?«

Sie nickte. »Meine Mutter ist zu Hause. Aber ... ich muss zur Arbeit. Ich arbeite als Sekretärin in einer Spedition. Wenn ich einfach fehle, entlassen sie mich. Keiner weiß, wo ich bin.«

»Gehen Sie zu Wachtmeister Schmehl, er wird Ihnen weiterhelfen.«

Walther führte Fräulein Bauer nach draußen und übergab sie in die Obhut des Schupos. Dann kehrte er in die Stube zurück. »Würdest du mir bitte verraten, was mit dir los ist?«

Leo rückte sein Jackett zurecht und zog das Notizbuch aus der Tasche. »Hier, ich habe einen Plan aufgestellt, wie wir bei der Befragung vorgehen. Fang schon mal an. Jeweils vier oder fünf Leute pro Haus. Ich komme nach.«

In der Küche fing Frau Maletzke ihn ab. »Herr Kommissar, ich bin hier die Hausmeisterin. Ich muss wissen, was vorgeht, meine Pflicht ...«

Leo unterbrach sie. »Mit Ihnen wollte ich ohnehin sprechen. Kennen Sie eine Marlene Dornow?«

»Ist ihr was passiert?«

»Beschränken Sie sich bitte darauf, meine Fragen zu beantworten.« Sein Tonfall ließ die Hausmeisterin zurückweichen. Sie lehnte sich ans Spülbecken und nickte. »Ja. Sie wohnt im Nachbarhaus. Dritter Stock, Hofseite.«

»Kennen Sie sie näher?«

»Wie man sich eben so kennt. Sie ist mal zu mir gekommen, als der Abfluss im Spülbecken verstopft war. Hab einen Installateur gerufen. Wir haben uns auf dem Hof gegrüßt. Das Übliche eben.«

»Was können Sie mir sonst noch über sie sagen? Arbeitsstelle? Regelmäßige Besucher? Finanzielle Verhältnisse? Mit Nachbarn befreundet oder näher bekannt?«

Leo erkannte seine eigene Stimme nicht wieder.

Er zog einen Küchenstuhl heran, auf dem ein Kissen mit buntem Kirschenmuster lag, und setzte sich. »Frau Maletzke.« Er deutete auf den anderen Stuhl. Sie zögerte.

»Möchten Sie einen Kaffee?«

»Vielen Dank.«

Sie stand auf und goss Kaffee aus einer Porzellankanne ein. Dann stülpte sie den handgestrickten Kannenwärmer wieder über und stellte Tasse, Zucker und Milch auf den Tisch.

Leo ließ ihn schwarz und trank einen Schluck. Dann holte er sein Notizbuch hervor. »Hausmeister wissen gewöhnlich mehr als die übrigen Bewohner. Erzählen Sie mir bitte alles über Marlene Dornow, und zwar nicht nur die Tatsachen, sondern auch jedes Gerücht, das Sie über sie gehört haben.«

Frau Maletzke sah ihn misstrauisch an. »Ich verstehe nicht ganz ...«

Leos Blick ließ sie verstummen. Dann seufzte sie. »Also gut. Wo sie arbeitet, weiß ich nicht. Sie geht meist abends weg. Ich habe sie nie regelmäßig morgens aus dem Haus gehen sehen, also kann sie nicht in einem Laden oder einem Büro arbeiten. Dafür ist sie auch zu ...« Sie zögerte.

»Zu was?«

»Zu schick. Sie besitzt eine Pelzstola und elegante Hüte. Schöne Schuhe, immer passend zu Mantel oder Kleid und Handtasche. Und die Wohnungen hier sind nicht billig, das können Sie mir glauben.«

»Haben Sie je gehört, ob sie die Miete pünktlich zahlt?«

»Dafür bin ich nicht zuständig, Herr Kommissar«, erwiderte die Hausmeisterin.

»Aber Sie hören so einiges, oder?«

»Ich hatte immer den Eindruck, dass sie gut situiert ist. Wegen der Kleidung und so. Von Geldproblemen habe ich jedenfalls nichts mitbekommen.«

Leo erinnerte sich an Mantel, Handtasche und Schuhe, die farblich aufeinander abgestimmt waren. Dunkelblau zu silberblondem Haar. Er sah wieder die rotverklebten Haare und schloss flüchtig die Augen.

»Verstehe. Wie steht es mit regelmäßigen Besuchern?«

»Herren.«

»Herren?«

»Ich habe öfter gesehen, wie jemand sie nach Hause begleitete oder abholte. Einmal habe ich sie auch aus einem teuren Auto steigen sehen. Groß, schwarz, glänzend. Und vor einer Weile hat mich ein Herr nach ihrer Wohnung gefragt, er hatte Blumen dabei.«

»Würden Sie ihn wiedererkennen?«

»Nein, das war abends. Und er trug natürlich einen Hut. Tief ins Gesicht gezogen.«

»Sonst nichts?«

Sie schüttelte den Kopf. »Hier ist viel Betrieb. Manche Leute nehmen auch die Abkürzung über den Hof. Es ist nicht erwünscht, aber wer hält sich schon daran?«

»Seit wann wohnt Frau Dornow hier?«

Frau Maletzke stützte nachdenklich das Kinn auf die Hand. »Drei Jahre. Ja, etwa drei Jahre. Aber das kann Ihnen die Hausverwaltung ganz genau sagen.«

Er stand auf. »Danke. Man wird Ihnen die Aussage noch zur Unterschrift vorlegen.«

Sie vertrat ihm rasch den Weg. »Was ist denn nun passiert, Herr Kommissar?«

»Marlene Dornow wurde von Fräulein Bauer heute Morgen tot aufgefunden. Sie ist allem Anschein nach einem Gewaltverbrechen zum Opfer gefallen.«

Am späten Nachmittag saßen Leo, Walther und Sonnenschein im Präsidium und gingen die bisherigen Ergebnisse der Befragung durch. Sie waren in einen größeren Raum umgezogen, da weitere Kollegen folgen würden, die noch in Kreuzberg mit Nachbarn und Anwohnern sprachen.

Leo hatte sein Jackett ausgezogen und die Ärmel aufgekrempelt. Er beugte sich über den Konferenztisch, auf dem alle bisherigen Informationen ausgebreitet waren: die Aussagen von Gitta Bauer, Oberwachtmeister Schmehl und der Hausmeisterin, dazu zweiundfünfzig Befragungsprotokolle von Hausbewohnern. Die Tote war zur Sektion in die Hannoversche Straße abtransportiert worden, Tasche und Kleidungsstücke würde der Erkennungsdienst untersuchen. Ebenso die Scherbe, die man in unmittelbarer Nähe der Leiche gefunden hatte.

Zum Glück hatte sich der Polizeifotograf mit dem Entwickeln beeilt und die Tatortaufnahmen vor wenigen Minuten vorbeigebracht. Leo wunderte sich immer wieder, wie harmlos Blut auf Fotos wirkte. Die klaffende Wunde hätte auch ein breites, schwarzes Halsband sein können. Die Flecken an der Wand unterschieden sich nicht von Ölfarbe oder Schmutz.

»Bisher gibt es keine Zeugen«, sagte Sonnenschein, der alle Protokolle durchgesehen hatte. »Niemand hat etwas bemerkt, weder auf dem Hof noch von einem der Fenster aus.«

»Wir sind noch nicht durch«, meinte Walther. »Kann sein, dass jemand früh zur Arbeit gegangen ist und Täter und Opfer gesehen hat, ohne sich etwas dabei zu denken. Und noch gar nichts von der Sache weiß.«

Er schaute vorsichtig zu Leo, der seit geraumer Zeit nichts gesagt hatte. Er kannte seinen Freund gut genug und ahnte seit ihrer Begegnung in der Hausmeisterwohnung, dass etwas nicht stimmte. Leo verhielt sich nur selten schroff gegenüber Zeugen, weil er wusste, dass eine polizeiliche Befragung vielen Leuten Angst einflößte. Daher war sein Verhalten umso auffälliger gewesen.

In den Stunden danach hatte Leo konzentriert gearbeitet, die Befragung koordiniert, neu hinzugekommene Kollegen eingewiesen und Dr. Werneburg als Gennats Vertreter über den Fall in Kenntnis gesetzt. Die Meldebehörde wurde verständigt, um die Angehörigen ausfindig zu machen. Alles nach Vorschrift.

Doch Walther kannte ihn besser. Er sah hinter die Fassade. Etwas war geschehen, und es hatte mit der Toten in Riehmers Hofgarten zu tun.

4

MITTWOCH, 9. JUNI 1926

Die Herbstastern waren wunderschön, sie leuchteten in Lila und Weiß. Er hatte nicht widerstehen können, als er die Verkäuferin an der Ecke bemerkte. Sie hatte ihm die Rosen empfohlen, vermutlich waren sie teurer, doch er hatte abgelehnt. Keine Rosen.

Er trat in den Torbogen, in dem immer ein kalter Luftzug wehte, selbst wenn es überall sonst windstill war. Er trug noch seinen Sommermantel, es war ein warmer September.

Im Hof spielten einige Kinder, sie hatten mit Kreide Hüpfkästchen gezeichnet. Ein Junge hockte auf einer Mülltonne und schnitzte mit seinem Taschenmesser an einem Stock. Eine hochschwangere Frau hängte Wäsche auf und drückte zwischendurch die Hände in den schmerzenden Rücken.

Er ging ins Treppenhaus, erwartungsvoll, sein Herz schlug schneller. Es roch angenehm nach Zitrone, als hätte jemand den Sommer hier vergessen.

Mit jeder Stufe wurde er langsamer. Blieb stehen. Wollte schon wieder die Treppe hinuntergehen. Dann wandte er sich abrupt nach vorn und stieg energisch die letzten Stufen bis zu ihrer Wohnung hinauf.

Er klingelte. Niemand öffnete. Dann bemerkte er, dass die Tür angelehnt war. Er drückte vorsichtig dagegen, die Tür schwang auf. Sie stand im Flur, hatte ihm den Rücken zugewandt. Sie trug eine weiße Bluse und einen dunkelblauen Rock. Er hielt ihr die Astern hin. »Guten Abend. Ich habe Ihnen etwas mitgebracht.«

Sie drehte sich um. Der Schnitt klaffte wie ein zweiter Mund an ihrem Hals, alles war rot, die weiße Bluse, ganz rot –

Leo fuhr im Bett hoch. Sein Herz schlug so heftig, dass er kaum atmen konnte. Er schaute zu Clara. Sie hatte nichts gemerkt.

Er presste die Hände vors Gesicht, bis sein Atem ruhiger ging. Sein Herz raste noch immer. Er sah auf den Wecker. Viertel nach fünf. Er stand leise auf, suchte seine Kleidung zusammen und verließ das Schlafzimmer. Im Bad spritzte er sich kaltes Wasser ins Gesicht und begann, sich zu rasieren. Seine Hand zitterte. Er wartete einen Moment, bevor er das Rasiermesser wieder ansetzte. Als er fertig war, ging er in die Küche und kochte Kaffee. Er sah auf die Uhr. Zwanzig vor sechs. Er würde zu Fuß zur Arbeit gehen, was er selten tat; immerhin waren es gute sechs Kilometer bis zum Alexanderplatz. Doch heute war ihm danach. Er schrieb Clara einen Zettel und legte ihn auf den Tisch; die Kaffeekanne stellte er zum Warmhalten auf den Herd. Dann holte er Hut, Jackett und Aktentasche und verließ leise die Wohnung.

Draußen auf der Straße atmete er tief durch. Es war schon warm, aus einer nahe gelegenen Bäckerei drang der Geruch von frischem Brot. Leo kaufte eine Schrippe und aß im Gehen. Der Tag war blau und golden und lud dazu ein, sich irgendwo in die Sonne zu setzen und den erwachenden Sommer zu genießen.

Gestern Abend war es ihm gelungen, sich nichts anmerken zu lassen, das hoffte er jedenfalls. Clara hatte ihn noch einmal auf die Kindermorde angesprochen, und er hatte sie in dem Glauben gelassen, dass ihn der Gedanke daran bedrückte. Robert hingegen konnte er auf Dauer nichts vormachen.

Leo blieb stehen und zündete sich eine Zigarette an. Auch das tat er sonst nie. Er rauchte abends oder gelegentlich in der Mittagspause, wenn sie bei Aschinger eine Suppe aßen, nicht aber um kurz nach sechs auf dem Weg ins Büro.

Es war ein Schock gewesen, als der Arzt den Kopf der Toten umgedreht und Leo das Gesicht gesehen hatte. Er kannte die Symptome: Herzklopfen, Schwitzen, Zittern. Als er zur Hausmeisterwohnung gegangen war, hatte er gespürt, wie ihm das Hemd am Rücken klebte. Er hatte die Hände in die Hosentaschen gesteckt, um das Zittern zu verbergen. Als er Robert gegenübertrat, hatte er die Zähne so fest zusammengebissen, dass es wehtat.

Marlen. Dass man einen Menschen so ganz und gar vergessen konnte, erschreckte ihn. Es war beinahe vier Jahre her, dass er sie gesehen hatte. Clara hatte alles verändert.

Er warf die halb gerauchte Zigarette weg, weil sich sein Magen unangenehm zusammenzog. Vor dem Warenhaus Lachmann baute gerade ein Schuhputzer seinen Stand auf.

»Schade um die Zijarette. Zwei Pfennje, der Herr, schon sind die Schuhe blank.«

Leo schüttelte den Kopf und hielt ihm die Zigarettenschachtel hin. »Mir ist heute nicht danach.« Er ging weiter, ohne auf den Schuhputzer zu achten, der überrascht und erfreut auf das unerwartete Geschenk in seiner Hand starrte. »Jenerös, der Herr.«

Die Vernunft sagte ihm, dass er den Fall abgeben musste, am besten sofort. Einfach zu Werneburg gehen und sich für befangen erklären, weil er die Tote persönlich gekannt hatte. Das wäre der saubere, ordnungsgemäße Weg; auch Robert würde ihm dazu raten.

Doch er konnte es nicht, das war ihm schnell klar geworden. Die ganze Nacht hatten ihn die Bilder verfolgt: Dr. Albertz, der neben der Toten kniete und ihren Kopf behutsam herumdrehte. Die blutverklebten Haare, das ganz besondere Silberblond, das bleiche Gesicht mit den starren, weit geöffneten Augen.

Es war nicht rational, nicht vernünftig, doch kam es ihm vor, als wäre er Marlene Dornow etwas schuldig.

Carla Vasary frühstückte im Bett. Das gönnte sie sich selten, eigentlich nur an Premierentagen oder wenn sie einen neuen Freund hatte. Am schönsten wäre es natürlich, wenn sie es serviert bekäme, aber für Hauspersonal hatte sie kein Geld. Also musste sie es sich selbst in der Küche zubereiten und zum Bett tragen, was sich weniger luxuriös anfühlte. Doch der heutige Tag konnte alles verändern. Vielleicht würde sie demnächst ein Mädchen einstellen, passend zu der hübschen Wohnung in Wilmersdorf, die sie sich schon geleistet hatte und von ihren Gagen so gerade bezahlen konnte.

Sie schlug die Zeitung auf und musste gar nicht weit blättern, bis ihr das eigene Gesicht groß entgegenblickte. Bravo, Viktor, dachte sie. Die Exklusivvorführung hatte ihre Wirkung also nicht verfehlt.

HEUTE IN BERLIN – DER NEUE GROSSFILM VON VIKTOR KÖNIG

Gelingt es Viktor König mit diesem Werk, der König des deutschen Films zu werden? Der Verfasser hatte am Freitag die Gelegenheit, Die Insel des Magiers *in einer exklusiven Vorführung im Hause des Regisseurs zu erleben. Neben Vertretern der Berliner Presse war auch die reizende Hauptdarstellerin Carla Vasary zugegen.*

Wer?, mag sich mancher fragen. Ich wage zu prophezeien, dass nach der Aufführung des Films niemand mehr diese Frage stellen wird. Carla Vasary bringt mit ihrer zarten Erscheinung und überzeugenden Darstellungskunst die Leinwand förmlich zum Leuchten und ist eine wunderbare Partnerin für den allseits beliebten und geschätzten Rudolf von Hagen. Dieser konnte leider nicht zugegen sein, da er noch in Amerika weilte, wird aber für die heutige Premiere im Gloria-Palast am Kurfürstendamm erwartet.

Natürlich will ich dem Publikum nicht die Spannung

nehmen, sondern die Vorfreude steigern: Dieser Film wird einer der großen Erfolge des Jahres 1926. Es dürfte schwer sein, ihn zu übertreffen. Aufgepasst, Herr Lang!

Carla lächelte stolz. Sie stand aus dem Bett auf, ging an den Sekretär und holte eine Schere, mit der sie den Artikel sorgfältig ausschnitt. Sie nahm eine Ledermappe aus der obersten Schublade und legte ihn hinein. Darin sammelte Carla alles, was über sie und ihre Filme in den Zeitungen und Illustrierten geschrieben wurde.

Nicht für sich selbst. Für ihren Vater. Eines Tages, wenn sie wirklich erfolgreich war, würde sie ihm die Mappe zeigen. Sie klappte sie zu und legte sie wieder in die Schublade. Wie immer, wenn sie an ihn dachte, zog sich etwas in ihr zusammen, drohte ihr die Luft abzuschnüren.

Das kleine Dorf im Bayerischen Wald, fernab jeder größeren Stadt. Ungepflasterte Straßen, schäbige Häuser. Der Hof ihres Vaters – sie erinnerte sich noch an den Schlamm, in dem man bis zu den Knöcheln versank, den durchdringenden Geruch der Ställe, die harte Arbeit, die nie weniger wurde. Die dunklen Wälder, die das Dorf umschlossen, es von der Welt da draußen abschirmten, als wären sie eifersüchtig auf deren Verlockungen. Hier war Karola Huber aufgewachsen.

Und hier hatte sie an einem Abend, als sie auf der harten Bank vor dem kleinen Marienaltar kniete, den die Mutter noch zu Lebzeiten aufgestellt hatte, den Entschluss gefasst, wegzugehen. Nur mit einer alten Tasche, in der Wäsche zum Wechseln, ihr Sonntagskleid und der Rosenkranz steckten, war sie zu Fuß in die Kreisstadt gelaufen. Dort hatte sie den Rosenkranz versetzt, immerhin war die Kette aus Perlmutt.

Die Türklingel riss sie aus ihren Erinnerungen. Gut so. Sie kehrte nicht gern dorthin zurück, nicht einmal in Gedanken.

Vor der Tür stand ein Botenjunge, der ihr eine lange, flache Schachtel hinhielt. »Fräulein Vasary?«

Sie nickte.

»Bitte hier quittieren.« Er hielt ihr einen Zettel hin und tippte sich an die Mütze, nachdem sie unterschrieben hatte. »Danke. Einen schönen Tag, die Dame.«

Sie schloss die Tür hinter sich und trug die Schachtel zum Bett. Das Geschenk war in weißes Seidenpapier mit eingeprägtem Schriftzug gewickelt und mit einer goldenen Kordel verschnürt, unter der ein Briefumschlag steckte. Carla zog ihn heraus und las die Karte, die darin lag. *Für den Abend, nach dem alle Deinen Namen kennen werden. VK.*

Sie lächelte bei sich und schlug das Seidenpapier auseinander. »Oh«, hauchte sie. Eine Stola, silbergrau, aus feinster Häkelspitze, mit winzigen glitzernden Steinchen besetzt, die wie Tautropfen schimmerten. Sie legte sie um. Ein zarter Wasserfall, der sich über ihre Schultern ergoss. Wie geschaffen für ihr Kleid. Woher hatte Viktor gewusst, was sie tragen würde?

Sie schaute kokett über die Schulter in den Spiegel, den Kopf leicht zur Seite geneigt. Ja, dies würde ihr Abend.

Im Präsidium herrschte große Unruhe. Am Vortag hatte Ernst Gennat sich mit einem Bericht über die neuesten Entwicklungen aus Breslau gemeldet, der selbst erfahrene und abgehärtete Kriminalbeamte entsetzte. Der Kriminalrat war mittlerweile davon überzeugt, dass es sich um einen Täter handelte, der schon gemordet hatte und womöglich wieder töten würde. Auf Gennats Anweisung hin hatte Werneburg eine Liste mit elf Morden aus dem Gebiet des Deutschen Reichs zusammengestellt, die mit den Kindermorden von Breslau vergleichbar und nie aufgeklärt worden waren.

»Die Sache übernehme ich selbst, Wechsler. Noch weiß niemand, wie lange der Chef in Breslau bleibt«, sagte Werneburg. »Sie bekommen für den Fall Dornow alle Leute, die Sie brauchen. Stellen Sie Ihre Kommission zusammen.«

»Wir können nur hoffen, dass er den Täter findet.«

Werneburg seufzte. »Wer, wenn nicht er?«

In Leos Büro warteten Robert Walther und Jakob Sonnenschein mit weiteren Kollegen, die er bereits für die Ermittlungen angefordert hatte.

»Wir setzen die Befragung fort, den Plan kennen Sie ja alle. Heute Nachmittag um vier treffen wir uns im Besprechungszimmer. Sonnenschein, sagen Sie Delbrück Bescheid, wir überprüfen die Wohnung der Toten.«

Walther sah ihn überrascht an. »Und ich?«

»Du koordinierst die Befragung.« Leos Tonfall ließ keinen Widerspruch zu. Walther nickte den Kollegen zu. »Meine Herren.« An der Tür drehte er sich noch einmal um. »Bis nachher.« Seine Stimme klang angespannt.

Leo war nicht sonderlich stolz auf sich, als er mit Sonnenschein das Büro verließ. Sein Kollege war zurückhaltend wie immer, doch als sie in den Wagen stiegen, sagte er: »Herr Kommissar, ich hätte ebenso gut …«

Leos Blick ließ ihn innehalten. Er wechselte rasch zu einem unverfänglichen Thema und erzählte von seiner Opernleidenschaft. »Ich habe schon zwei Karten für November vorbestellt. *Turandot*, Bruno Walter wird dirigieren.«

»Für Sie und Ihre Verlobte?«, fragte Leo, der froh war, weder über die Morde in Breslau noch über den Fall Dornow sprechen zu müssen.

»Ja. Esther liebt Musik und spielt wunderbar Violine.« Er zögerte. »Manchmal denke ich, sie könnte eine große Karriere als Musikerin vor sich haben, aber ihre Eltern … Sie wissen ja, wie das manchmal ist.«

»Oh, ja.« Leo erinnerte sich nur zu gut, wie er damals nach Berlin gegangen war, um die Ausbildung bei der Polizei zu beginnen, während Ilse zu Hause bei den Eltern bleiben musste.

Zum Glück hatte sie die Stelle in Magda Schotts Praxis gefunden, wofür er der Ärztin ewig dankbar sein würde. »Sie sollten Sie darin unterstützen«, fügte Leo hinzu.

Er spürte Sonnenscheins überraschten Blick.

»Ich spreche aus Erfahrung«, meinte er mit dem ersten Lächeln des Tages. Dann bog er schwungvoll von der Leipziger Straße nach links in die Wilhelmstraße ab. Hier waren viele förmlich gekleidete Herren mit Aktentaschen in ihre Ministerien unterwegs.

»Gut, ich werde daran denken«, sagte Sonnenschein ernsthaft. Selbst bei privaten Gesprächen kam es Leo bisweilen vor, als mache sich der Kollege im Geist Notizen.

Sie überquerten den Landwehrkanal und gelangten auf die Belle-Alliance-Straße. Als Leo nach rechts in die Yorckstraße abbog, sah er schon die Wagen der Kollegen vor dem Eingang zu Riehmers Hofgarten stehen. Walther hatte die Beamten um sich versammelt und deutete auf die Häuser, in denen sie ihre Befragung fortsetzen würden. Leo stellte den Wagen ab und überquerte mit Sonnenschein die Straße.

Als er die Gruppe erreicht hatte, blieb er stehen. »Robert?«

Sein Freund drehte sich um und sah ihn wortlos an.

»Alles bereit?«

Walther nickte nur.

»Gut. Wir sehen uns später im Präsidium.«

Leo spürte seinen Blick im Rücken, als er mit Sonnenschein in den Innenhof trat und zu dem Haus ging, in dem Marlene Dornow gewohnt hatte.

Als die Ladenglocke klingelte, stieg Clara von der Leiter und legte die Bücher, die sie gerade einräumen wollte, auf einen Tisch. Sie hatte sich in den vergangenen Wochen damit beschäftigt, den Laden umzugestalten, um die Leihbücherei deutlicher von der Buchhandlung zu trennen. Dazu hatte sie die Regale in unterschiedlichen Farben gestrichen –

weiß für die Bücher, die sie verkaufte; zartblau für die Leihbücher.

»Das sieht schon sehr gut aus«, sagte Ilse und schaute sich um. »Hell und freundlich.«

Clara schob sich die Haare aus der Stirn. »Es wird allmählich.« Sie deutete auf drei große Kartons, die sich hinter ihr stapelten. Ein Funkeln trat in ihre Augen. »Habe ich dir erzählt, dass ein Professor von der Universität bei mir war und sich meine englischen Bücher angeschaut hat? Er hat gesagt, wenn ich so weitermache, schickt er seine Studenten, die in der Gegend wohnen, damit sie bei mir kaufen.« Sie schaute Ilse erwartungsvoll an.

»Das klingt sehr gut.« Ilse war keine große Leserin, das wusste Clara, aber sie und ihre Schwägerin verstanden sich inzwischen so gut, dass sie solche Neuigkeiten gern mit ihr teilte.

Sie griff nach einem der Bücher, die sie vorhin hatte einräumen wollen, und strich liebevoll über den Einband. *A Man Could Stand Up* von Ford Madox Ford. »Das hier ist wunderbar. Der dritte Roman einer Reihe. Ganz außergewöhnlich. Und hier, *Mrs. Dalloway* von Virginia Woolf.«

Dann deutete sie auf einen Stuhl. »Setz dich doch.« Sie sah auf die Uhr. »Fast Mittag. Die Kinder kommen heute etwas später, ich habe ihnen die Suppe auf den Herd gestellt.«

Ilse schaute sie lächelnd an. »Es geht dir gut.«

Clara hockte sich auf die Leiter und strich ihre grüne Bluse glatt. »Ja. Ich habe mit Leo gesprochen, noch am selben Abend. Er … es ist alles in Ordnung.«

»Da bin ich aber froh. Ich wollte nur mal nach dir sehen, du weißt schon, nachdem du Magda und mir davon erzählt hattest.«

Clara stand auf und machte sich in einer Ecke zu schaffen. Dann kam sie mit zwei Gläsern Wasser zurück, in die sie Waldmeistersirup gerührt hatte. »Bisschen warm für Kaffee.«

»Danke.« Ilse nahm das Glas entgegen. »Ich bin froh, dass

ihr darüber gesprochen habt. Leo … ach.« Sie machte eine Handbewegung, als wollte sie etwas beiseiteschieben.

Clara lachte. »Die große Schwester, die sich Sorgen um ihren Bruder macht. Gib es ruhig zu.«

Ilse wurde ein wenig rot, sie war zurückhaltender als ihre Schwägerin und konnte deren sanfte Ironie manchmal nicht richtig deuten. »Unsinn.«

»Ich kenne dich inzwischen. Du wirst immer dann barsch, wenn dir an jemandem liegt. Du brauchst dir keine Sorgen zu machen. Er war gestern ziemlich bedrückt und ist heute Morgen sehr früh aus dem Haus gegangen, aber das hatte nichts mit uns zu tun, sondern mit diesem schrecklichen Mordfall in Breslau. Du hast sicher davon gelesen. Sein Chef musste dorthin fliegen, um bei den Ermittlungen zu helfen. Morde an Kindern sind immer … schwierig für Leo.«

Ilse trank ihr Glas aus und stellte es auf die Ladentheke. »Ich weiß. Er hat vor Jahren in einer Sache ermittelt, die sich letztlich als Unfall herausstellte. Aber er konnte die ganze Zeit nicht richtig schlafen.« Ihre Blicke trafen sich, und Clara spürte wieder die neue Verbundenheit mit Ilse.

»Ich hoffe, Gennat klärt den Fall bald auf. Ich darf gar nicht daran denken, dass es sich um einen Serientäter handeln könnte«, sagte Clara und strich sich über die Oberarme, als würde sie trotz des warmen Juniwetters frieren.

»Morgen Nachmittag habe ich frei. Soll ich vorbeikommen und euch etwas auf Vorrat kochen?«, fragte Ilse beiläufig.

Clara sah sie dankbar an. Seit ihre Schwägerin ein eigenständiges Leben führte, fiel es Clara leichter, Gefallen von ihr anzunehmen.

»Danke, das wäre lieb von dir.«

»Ich muss los. In der Praxis ist viel zu tun, dabei müssten bei dem Wetter eigentlich alle Leute gesund sein. Bis morgen, Clara.« Ilse nickte ihr noch einmal zu und verschwand mit dem Klingeln der Ladenglocke.

Viktor König saß beim Mittagessen im Klub der Filmindustrie. So hatte er es seit seinem ersten großen Film an allen Premierentagen gehalten. Um diese Tageszeit war nicht viel los, aber das störte ihn nicht. Wenn er seinen Schweinebraten mit Kartoffeln und Rotkohl und ein Glas Bier vor sich hatte, war er zufrieden. Ein bisschen Aberglaube war auch dabei.

Ob Carla seine Sendung schon erhalten hatte? Er wusste, was sein Film ihr verdankte, und wollte sich großzügig zeigen. Natürlich war Rudolf das Zugpferd, der Name, den man seit Jahrzehnten kannte, der seit der Jahrhundertwende alle großen Rollen auf der Bühne gespielt und sich erst vor wenigen Jahren auf die Leinwand herabbemüht hatte. Die Zuschauer waren begeistert, ihn endlich auch in ihren heimischen Kinos zu erleben, statt nur in den Zeitungen von seinen sensationellen Bühnenauftritten zu lesen. Aber erst Carla an seiner Seite machte den Film perfekt.

»Ach, der Herr König!« Ein Unterton wie bei einer schmutzigen Anspielung.

»Ach, der Herr Klein«, konterte König und warf dem Reporter einen abschätzigen Blick zu.

Der Mann war schmal und winzig, mit einem Menjou-Bärtchen, das ihn nicht verführerisch, sondern eher schmierig aussehen ließ. Viktor fragte sich, weshalb sie ihn überhaupt noch hereinließen. Weil die Leute seine Kolumne liebten, würde die Antwort lauten. Beim *Illustrierten Filmkurier* hatte man ihn hinausgeworfen, weil ihnen seine Artikel nicht seriös genug waren; seither verdiente er sein Geld mit Beiträgen für Tageszeitungen und – wie man munkelte – mit der einen oder anderen Erpressung.

Reinhard Klein – »klein, aber nicht rein«, wie ein Regisseur einmal angemerkt hatte – mischte Tatsachen mit Vermutungen, Hörensagen und kaum verschleierten Verleumdungen und begeisterte damit ein Publikum, das nicht genug über das Privatleben seiner Idole hören konnte. Unvergessen war sein boshafter »Nachruf« auf Pola Negri, als diese einen profitablen Vertrag mit Paramount abgeschlossen hatte und nach Hollywood gegangen war. *Pola, fahr zum Pol*, hatte die verächtliche Schlagzeile gelautet.

Klein zog einen Stuhl heran, ohne auf eine Aufforderung zu warten.

König trank Bier und goss sich Soße über den Braten. Mal sehen, wer den Wettkampf in Geduld gewann.

»Wie schade«, ließ sich Klein schließlich vernehmen, »dass ich am Freitag nicht eingeladen war. Enttäuschend. Ich hätte mich gefreut, Ihren Film vorab zu sehen und zu besprechen.«

»Besprechen?« Königs Stimme troff vor Sarkasmus. »Ich würde das, was Sie gewöhnlich produzieren, nicht als Besprechung bezeichnen. In einer Besprechung geht es um die künstlerischen Aspekte eines Films und nicht um die Brüste oder das Liebesleben seiner Hauptdarstellerin.«

Er sah, wie sich Kleins Blick verdunkelte. Seltsam, dabei wirkte der Reporter so abgebrüht. Doch wer am meisten austeilte, konnte oft am wenigsten einstecken.

»Oh, Herr König, das würde ich so nicht sagen. Das Publikum möchte nicht nur den Film sehen, sondern auch etwas über seine Lieblinge erfahren – wie sie wohnen, mit wem sie leben, was sie essen, wie sie sich kleiden, welches Parfüm sie benutzen. Und ich liefere ihnen diese Nachrichten.« Er schaute ihn mit Unschuldsmiene an und breitete die Hände aus. »Carla Vasary. Nur ein paar Worte zu ihr. Immerhin ist sie Ihre Entdeckung.«

»Carla ist eine ausgezeichnete Schauspielerin und wird mit meinem neuen Film eine große Karriere beginnen«, verkündete König in offiziellem Ton. »Reicht das?«

»Nicht ganz. Führte ihr Weg in *Die Insel des Magiers* vielleicht über … eine persönliche Beziehung?«

König zog eine Augenbraue hoch, blieb aber unbewegt.

»Ich pflege meine Besetzungsentscheidungen nicht im Bett zu treffen, Herr Klein.«

»Es muss ja nicht unbedingt Ihr Bett gewesen sein. Es gibt noch andere einflussreiche Herren, die an diesem Film beteiligt sind, Herren, die auch in Amerika Erfolge feiern«, sagte Klein selbstzufrieden.

»Fragen Sie Rudolf doch danach«, erwiderte König, der seinen Hauptdarsteller gut genug kannte. Ein Rudolf von Hagen würde Klein mit einem vernichtenden Blick durch sein Monokel bedenken und seiner Wege schicken. Er wischte sich den Mund an der Serviette ab und schob den Teller von sich.

»Wenn Sie mir ernsthafte Fragen stellen wollen, nur zu. Ansonsten möchte ich Sie bitten, mich in Ruhe meinen Kaffee trinken zu lassen.« Er winkte dem Kellner und bestellte, ohne Klein eines weiteren Blickes zu würdigen.

Dr. Erich Hartung stürmte aufgebracht ins Behandlungszimmer, in dem sich ein Assistenzarzt und zwei Schwestern um die Frau bemühten, die angeschnallt auf einem Tisch lag. Ihre Handgelenke und Unterarme waren mit Tüchern abgedeckt, der Arzt bereitete Nadel und Faden vor. Der Boden war mit braunen Flecken übersät und wies klebrige Abdrücke auf, wo mehrere Paar Schuhe hindurchgelaufen waren.

»Was ist das für eine Sauerei?«

Sie drehten sich erschrocken um. Der Chef brüllte selten. Eigentlich nie. Doch diesmal hatte er die Fassung verloren.

»Es galten strengste Sicherheitsmaßnahmen für die Patientin Gerber. Wer hat sie ohne Aufsicht ins Schreibzimmer gelassen? Und was hatte der Füller dort zu suchen?«

Der Assistenzarzt schaute betreten zu Boden. »Es muss eine Verwechslung in den Papieren gegeben haben, Herr Doktor, ich werde das gleich überprüfen. Und den Füller hat sie vermutlich ... unbemerkt mitgehen lassen.«

»Ist sie stabil?«, fragte Hartung besorgt.

Er nickte. »Wir haben sie sediert. Ich schlage vor, sie die nächsten Tage im Bett zu fixieren, bis sie sich beruhigt hat.«

»Das entscheide ich«, sagte Hartung in knappem Ton. Er wendete diese Methode nur im Notfall an, da er sie für antiquiert und grausam hielt. »Fahren Sie wie geplant fort. Wir sprechen heute Abend noch einmal über den Fall.«

Dann verließ er den Raum und zog die Tür hörbar hinter sich zu. Er ärgerte sich, weil er dem Kollegen gegenüber ungerecht gewesen war. Das war nicht seine Art, zumal er selbst die Situation möglicherweise falsch eingeschätzt hatte. Vielleicht hatte das friedliche Bild getrogen, als er die junge Frau im Gras hatte sitzen sehen. Und sie hatte ihn an Erika erinnert. Persönliche Empfindungen konnten die Objektivität beeinträchtigen. Vielleicht hatte er ihr zu früh erlaubt, nach draußen zu gehen, so dass auch andere ihren Zustand falsch gedeutet und sie allein ins Schreibzimmer gelassen hatten. In diesem Raum konnten Patienten in Ruhe Briefe oder Tagebuch schreiben und fanden dort auch leichte Lektüre, mit der sie sich ablenken konnten. Gewöhnlich duldete man dort nur Bleistifte. Jemand musste den Füller vergessen haben oder so unvorsichtig gewesen sein, ihn sich aus der Tasche stehlen zu lassen. Geisteskranke Patienten entwickelten häufig eine ungeheure Findigkeit, wenn es darum ging, sich selbst Schaden zuzufügen.

Hartung stellte sich vor, mit welcher Kraft Johanna Gerber die Feder des Füllers in ihre Arme gestoßen, wie tief sie die metallene Spitze hineingebohrt hatte, wie sich Tinte und Blut zu einer braunen Masse vermischt hatten. Er würde sie in den nächsten Tagen genau beobachten. Er musste herausfinden, warum sie so hasserfüllt gegen den eigenen Körper vorgegangen war.

5

Frau Maletzke begrüßte Leo mit einem misstrauischen Blick und führte ihn und Sonnenschein in den zweiten Stock. Das Haus war von innen ebenso elegant und gepflegt wie die ganze Wohnanlage. Läufer auf den Treppen, Topfpflanzen auf den Treppenabsätzen, ein sauberer, frischer Geruch im ganzen Haus. Aus einer Wohnung erklang Geigenspiel. Auf dem Messingklingelschild der Toten stand in Schönschrift ziseliert *M. Dornow*. Die Hausmeisterin schloss ihnen die Tür auf.

Leo drehte sich zu ihr um. »Wenn mein Kollege Delbrück kommt, schicken Sie ihn bitte herauf.«

Sie zögerte, als behagte es ihr nicht, die Polizei allein in die Wohnung zu lassen.

»Danke für Ihre Hilfe. Wir melden uns, falls wir Sie brauchen.« Leo bemühte sich, nicht barsch zu klingen, doch er wollte sich auf die Arbeit konzentrieren. Er und Sonnenschein zogen Handschuhe über. Da es sich nicht um einen Raubmord handelte, war zu vermuten, dass das Opfer den Täter gekannt hatte. Gut möglich, dass Marlene Dornow ihn am Tag des Mordes oder zu einem früheren Zeitpunkt in der Wohnung empfangen hatte und sie Fingerabdrücke fanden.

Sie ließen die Tür für Delbrück angelehnt und traten in den Flur. Es roch nach einem teuren Parfüm. Leo ging langsam durch die Wohnung, ließ die Stille auf sich wirken und betrachtete die Einrichtung, die so anders war als die, an die er sich erinnerte.

Das Wohnzimmer war ein Ensemble in Weiß und Chrom – Sofa und Sessel aus weißem Leder mit Chromrahmen, ein weißer Teppich auf honigbraunen Dielen, Beistelltische und Regale, alles in schimmerndem Metall und kühlem Weiß. Keine Pflanzen, nirgendwo die Farbe Grün. Die Bilder an den Wänden waren ebenfalls in hellen Tönen gehalten, die sich nahtlos ins Gesamtbild fügten. Er spürte einen irrationalen Ärger. Er liebte Kunst und hätte sie nie danach ausgesucht, ob sie zur Einrichtung seiner Wohnung passte. Die Bilder sahen aus, als wären sie zur Ergänzung des Mobiliars gekauft worden, so wie manche Leute Bücher meterweise und nach Farben sortiert kauften, um ihre Bibliothek zu füllen.

»Herr Wechsler, soll ich schon mal in die anderen Räume gehen?«, ließ sich Sonnenschein mit der üblichen höflichen Zurückhaltung vernehmen.

Leo drehte sich abrupt um. »Verzeihung, ich war in Gedanken. Ich übernehme Küche und Schlafzimmer, Sie Bad und Wohnzimmer.«

Die Küche war modern ausgestattet, es fehlte an keiner Annehmlichkeit. Ein neuer Gasherd, glatte Oberflächen. Das Spülbecken war makellos sauber. Er schaute in die Schränke. Viele haltbare Lebensmittel – Mehl, Nudeln, Reis, Graupen. Im Eisschrank Milch, Eier, drei Flaschen Sekt. Marlen war nie eine große Köchin gewesen.

Kein Hinweis auf einen Gast, keine Gläser, kein benutztes Geschirr. Leo wartete noch auf den Obduktionsbericht. Dr. Albertz hatte geschätzt, dass der Tod fünf bis sechs Stunden vor Auffinden der Leiche eingetreten war. Schmehl war um Viertel nach sieben vor Ort gewesen, also musste Marlen etwa zwischen eins und zwei gestorben sein. Vermutlich war sie ausgegangen, wie sie es abends fast immer tat, und kurz vor der Haustür getötet worden. Der Täter war vielleicht sogar mit ihr aus gewesen und hatte sie nach Hause begleitet. Oder er hatte ihr aufgelauert, als sie auf einer der drei umliegenden Straßen aus einem Taxi oder einem Privatwagen gestiegen und in den Innenhof gegangen war.

Es klopfte. Leo schaute in den Flur, wo Paul Delbrück gerade mit einem Kollegen hereinkam. »Morgen. Wo sollen wir anfangen?«

Leo deutete auf die Küche. »Hier drinnen. Aber es sieht aus, als wäre nicht viel zu holen.«

Er trat beiseite, um die Kollegen durchzulassen, und warf einen Blick ins Wohnzimmer, wo Sonnenschein gerade den weißen Teppich in Augenschein nahm. Er zögerte, bevor er mit zwei Fingern vorsichtig die Klinke der Schlafzimmertür hinunterdrückte.

Etwas in ihm sträubte sich dagegen, diesen Raum dem Kollegen zu überlassen, ein Gefühl, das er selbst nicht benennen konnte. Er hatte Marlen seit Jahren nicht gesehen, erinnerte sich aber an eine Zeit, in der sie ihm manchmal ein Zufluchtsort voller Wärme gewesen war, an dem er die Arbeit und die ermüdenden Auseinandersetzungen mit Ilse für ein paar Stunden vergessen konnte. Er hatte Ilses Worte nicht vergessen. »Du hast ja Marlen.« Sie waren nicht für ihn bestimmt gewesen, doch er hatte sie gehört und sich geschämt und war trotzdem zu ihr gegangen.

Als Leo die Tür öffnete, hielt er auf der Schwelle inne. Schaute über die Schulter in den Flur. Rief sich Küche und Wohnzimmer in Erinnerung, die modernen Möbel, Chrom, Glas, weißes Leder. Klare Linien, rechte Winkel, nichts Verspieltes, keine Schnörkel.

Auch das Schlafzimmer war in diesem Stil gehalten – bis auf das Bett, das sich wie ein Fremdkörper darin ausnahm. Breit, solide, mit einem geschnitzten Kopfende. Das Bett aus ihrer alten Wohnung.

Das Zimmer sah aus, als könnte seine Bewohnerin jeden Augenblick hereinkommen, die Bettdecke zurückschlagen und sich mit einem Buch hineinlegen. Oder mit ihrem Freund. Zuvor vielleicht noch einen zarten Parfümschleier versprühen.

Die Erkenntnis, dass Marlen tot war, dass rote Spritzer an der Hauswand, nur wenige Meter von hier entfernt, von ihrem gewaltsamen Tod zeugten, traf ihn noch einmal mit ganzer Wucht.

Er riss sich zusammen und überprüfte das Bett, hob die Matratze an, tastete Laken und Federbett ab. Er war erleichtert, als er die Aufgabe hinter sich gebracht hatte und dem Bett den Rücken kehren konnte.

Er öffnete den gewaltigen Kleiderschrank und stieß einen leisen Pfiff aus. Marlen musste es in den vergangenen Jahren gut getroffen haben – ordentlich aufgereiht hingen Mäntel, Abendkleider, Tageskleider, Röcke und Blusen auf Bügeln, dazu einige Pelze, eine Fuchsstola, im Regal darüber diverse Hutschachteln. In den Schubladen fand er feine Wäsche aus schimmernder Seide, meist in einem Elfenbeinton, und Strümpfe, so zart, als könnten sie bei der geringsten Berührung zerreißen. Er ging alle Schubladen durch, hob die Kaschmirpullover an und tastete darunter, fand aber nichts, das sie dort versteckt haben könnte.

Im Zimmer hing ein wunderbarer Duft, den er nicht kannte, und er trat an den Toilettentisch mit der Glasplatte, auf dem mehrere Parfümflakons standen. »Shalimar« von Guerlain, »N° 5« von Chanel, »Habanita« von Molinard, »Mon Péché/My Sin« von Lanvin. Leo hatte Clara vor einiger Zeit Parfüm geschenkt und wusste, wie kostspielig diese Düfte waren.

Puderpinsel mit edlen Holzgriffen, eine silberne Haarbürste, Gesichtscreme, Schminksachen.

Er öffnete die Nachttischschublade. Taschentücher, Aspirintabletten, eine Packung Fromms Act. Er wollte die Schublade schon schließen, als er ein kleines Lederetui entdeckte. Als er es aufklappte, fiel ein Schlüssel heraus. Kein Wohnungs- oder Hausschlüssel. Keine Beschriftung. Nicht sehr groß, auffällig geformter Bart.

Leo ging rasch in die Küche. »Paul, du kannst gleich im Schlafzimmer weitermachen. Auf den ersten Blick nichts Auffälliges. Aber ich habe diesen Schlüssel gefunden.«

Delbrück erhob sich vom Boden und warf einen Blick darauf. »Sieht nach einem Banksafe aus. Die Küche ist übrigens wie geleckt. Ich habe ein paar Fingerdrücke sichergestellt, mal sehen, was die uns sagen. Mehr war nicht zu finden. Keine Chemikalien, keine auffälligen Lebensmittel.«

Leo nickte und betrat das Wohnzimmer. Sonnenschein, der vor einem weißen Schrank kniete und in einer Schublade wühlte, drehte sich um, das Gesicht leicht gerötet. Neben ihm stand eine Kiste, in die er die persönlichen Gegenstände und Unterlagen räumte, die sie im Präsidium genauer überprüfen wollten.

»War etwas dabei?«, fragte Leo.

Sonnenschein deutete auf die Kiste. »Hier drin sind Kontoauszüge von der Dresdner Bank. Sie hat dort zwei Konten unterhalten.«

»Vielleicht ist das der Schlüssel zu einem Bankschließfach beim selben Institut. Ich setze Sie auf dem Rückweg dort ab, dann können Sie das überprüfen.«

»Sie scheint übrigens gern ins Kino gegangen zu sein, sie hatte eine ganz Schublade voller Filmprogramme.«

Marlen hatte das Kino geliebt. Einmal im Winter waren sie spazieren gegangen und hatten so gefroren, dass sie sich irgendeinen Schund angesehen hatten, nur um sich aufzuwärmen. Sie hatten in ihren Mänteln in der letzten Reihe gesessen wie ein frischverliebtes Paar, dicht aneinandergedrängt, hatten gebrannte Mandeln gegessen und einander geküsst.

»Allein die Möbel dürften ein Vermögen gekostet haben, von Kleidung und Schuhen ganz zu schweigen«, sagte Leo nachdenklich. »Wir müssen ihre Finanzen überprüfen, woher sie ihr Einkommen bezog, ob sie pünktlich die Miete bezahlte, Schulden, all das. Ich setze Walther darauf an, so etwas kann er gut.«

In einer Ecke stand ein weißes Klavier. Marlen war selbst nicht musikalisch gewesen, hatte es aber gemocht, wenn andere Leute für sie spielten.

»Herr Kommissar.« Sonnenschein hielt ihm ein in Leder gebundenes Buch entgegen. »Ihr Telefonverzeichnis.«

»Danke.« Er blätterte es flüchtig durch. Viele Namen standen nicht darin. Er legte das Buch in die Kiste.

Die moderne, puristische Einrichtung hatte den Vorteil, dass man ein Zimmer ziemlich schnell durchsuchen konnte. Als sie fertig waren, streifte Leo die Handschuhe ab und ging nach nebenan ins Schlafzimmer, wo Delbrück arbeitete.

»Etwas gefunden?«

Der Kollege zuckte mit den Schultern und deutete auf die silberne Haarbürste. »Sie muss hier auf jeden Fall Männer empfangen haben. Zumindest einen.«

Leo trat näher. Delbrück hielt einen Beutel in die Höhe. »Verschiedenfarbige Haare, die ich aus der Bürste entfernt habe. Zweierlei Längen. Ein silbriges Blond und ein deutlich dunklerer Ton. Die Bürste riecht leicht nach Pomade. Außerdem haben wir Fingerabdrücke von den Türklinken, den Griffen des Schrankes und der Schubladen, dem Fenstergriff, dem Kopfende des Bettes und so weiter genommen. Mal sehen, was sich daraus ergibt.«

»Wenn du fertig bist, kannst du im Wohnzimmer weitermachen«, sagte Leo.

Delbrück nickte und wandte sich wieder dem Toilettentisch zu.

Im Flur traf er auf Sonnenschein, der rasch wegsah, als Leo aus der Schlafzimmertür trat.

»Ist etwas?«

»Ich wollte nur Bescheid sagen, dass ich durch bin und alles eingepackt habe, das eine Untersuchung lohnt.«

Leo steckte noch einmal den Kopf durch die Tür. »Paul, wir müssen los. Gib der Hausmeisterin Bescheid, wenn du fertig bist.«

»Sicher.«

Sonnenschein schleppte schweigend die Kiste nach unten. Als er sie in den Wagen lud und auf dem Beifahrersitz Platz nahm, sah Leo ihn von der Seite an. »Sie haben doch was, Sonnenschein. Heraus mit der Sprache.«

Sein Kollege schaute geradeaus durch die Windschutzscheibe. Auf seiner Stirn glänzte ein dünner Schweißfilm, und die lockigen Haare klebten an den Schläfen. Dann zog er etwas aus der Jackentasche und hielt es Leo hin, ohne ihn anzuschauen. »Das ist vorhin aus einem Fotoalbum gefallen.«

Leo saß im Wagen, einen Arm aufs Lenkrad gestützt, in der anderen Hand das Foto. Er spürte Sonnenscheins Blick auf sich, brachte aber kein Wort heraus.

Er hatte das Foto noch nie gesehen, konnte sich aber sofort erinnern, wann sie es aufgenommen hatte. Marlen hatte eine Voigtländer Avus besessen, auf die sie sehr stolz war. Ein Freund habe gesagt, sie dürfe sich von ihm wünschen, was sie wolle, worauf sie sich für seine Plattenkamera entschieden habe. Der Mann habe sich äußerst ungern von dem Apparat getrennt, aber sein Versprechen gehalten. Marlen hatte in der ersten Zeit eine ganze Anzahl von Fotos geschossen, bevor sie die Lust daran verlor.

Es war bei einem Treffen im Frühjahr 1922 gewesen. Leo hatte im Sessel am Fenster gesessen, die Beine übereinandergeschlagen, den Kopf leicht nach hinten gelehnt, in der Hand eine Zigarette. Durch das hohe Fenster fielen schräge Sonnenstrahlen auf sein weißes Hemd. Er hatte einfach den Augenblick genossen.

Und nie daran gedacht, sie nach dem Foto zu fragen.

Marlen hatte es also behalten.

Er drehte es um. Die Rückseite war unbeschriftet.

»Herr Kommissar?« Sonnenscheins Stimme klang leise, beinahe zaghaft.

Leo hielt ihm das Foto hin, doch der Kollege schüttelte den Kopf. »Sie entscheiden, was damit passieren soll.«

Leo zögerte und schob es in die Innentasche seines Jacketts, das hinter seinem Sitz hing.

»Warum ... haben Sie es mir gegeben?«

Sonnenschein schaute auf seine Hände. »Ich weiß es nicht. Vielleicht weil ich so überrascht war. Oder damit es nicht gefunden wird, wenn die Kollegen dabei sind.«

Leo drehte sich langsam zur Seite und sah ihn an. »Danke.«

»Nichts zu danken. Sie hatten etwas bei mir gut.«

»Wieso?«

»Vor drei Jahren haben Sie meinem Vater geholfen. Sie hätten damals durchaus Schwierigkeiten bekommen können.«

»Das Gleiche könnte ich jetzt von Ihnen sagen«, erwiderte Leo. »Das ist Beweismaterial.«

»Es beweist lediglich, dass die Dame Sie fotografiert hat.« Sonnenschein holte ein Zigarettenetui aus der Tasche und bot Leo eine an.

»Ich dachte, Sie rauchen nicht.«

»Das tue ich gewöhnlich auch nicht, Herr Kommissar. Aber es hilft manchmal dabei, Leute zum Sprechen zu bringen.«

Leo seufzte. »Na schön, Sonnenschein, Sie haben eine Erklärung verdient. Fräulein Dornow und ich waren befreundet, es ist schon einige Jahre her. Ich habe sie seit 1922 nicht mehr gesehen oder mit ihr gesprochen. Ich hätte nie damit gerechnet, dass sie ein Foto von mir aufgehoben hat.« Er sah auf die Uhr. »Nach der Zigarette müssen wir dringend ins Büro.«

»Ja, Herr Kommissar.« Sonnenschein verzog das Gesicht, als ihm der Rauch in die Kehle drang.

»Machen Sie die aus, das kann man ja nicht mit ansehen. Ich weiß Ihr Verständnis auch so zu schätzen.«

Sonnenschein öffnete die Beifahrertür und warf die Kippe diskret in den Rinnstein. Dann unternahm er einen erneuten Anlauf. »Ich weiß, dass es mich nichts angeht, aber ... sollte nicht besser jemand anders die Ermittlungen leiten? Ich meine, es muss doch schwer für Sie sein, wenn Sie das Opfer kannten.«

Leo schwieg eine Weile. »Es wäre noch schwerer, den Fall abzugeben«, sagte er dann. »Ich habe lange darüber nachgedacht und kann es nicht richtig erklären, aber ... ich möchte selbst die Ermittlungen leiten. Ich werde vorgehen, als wäre sie eine völlig Fremde, wenngleich ich weiß, dass ich damit gegen die Vorschriften verstoße.« Er zögerte. »Sie müssen wissen, was Sie tun, Sonnenschein. Es ist Ihre Entscheidung. Sie könnten jederzeit mit Dr. Werneburg sprechen, wenn Ihnen nicht wohl dabei ist.«

Mit diesen Worten warf er die Zigarette weg und ließ den Motor an.

6

Robert Walther stand vor einer Fleischerei, in der er sich eine Bulette gekauft hatte, und betrachtete gedankenverloren die Kinder, die auf der Hagelberger Straße spielten. Er und die Kollegen waren stundenlang von Tür zu Tür gegangen, hatten geklingelt, sich vorgestellt und ihre Fragen wiederholt. *Ich kannte sie nicht. Ich kannte sie vom Sehen. Immer sehr schick. Ich habe nichts gehört. Ich habe nichts bemerkt. Dass so etwas in unserer Gegend passiert. Da traut man sich kaum noch auf die Straße.* Er kam sich wie ein Vertreter vor, ein Klinkenputzer, der den Leuten Haushaltswaren verkaufen wollte, und ärgerte sich, dass Leo nicht ihn, sondern Sonnenschein für die Wohnungsdurchsuchung eingeteilt hatte.

Sein Freund verhielt sich seit gestern ohnehin merkwürdig. Hoffentlich war nichts mit Clara oder den Kindern, Leo war in letzter Zeit so glücklich gewesen. Eigentlich in den ganzen zweieinhalb Jahren, seit er Clara geheiratet hatte. Die Trauung im Standesamt war eher nüchtern gewesen, das Novemberwetter unfreundlich, doch danach hatten sie in einem netten Lokal gefeiert. Ilse, die Kinder, Claras Freundin Magda Schott, die Kollegen aus dem Präsidium. Endlich, hatte Walther damals gedacht, endlich hatte sein Freund es richtig gemacht. Seitdem waren Leos dunkle Stimmungen, die er von früher kannte, selten geworden. Walther freute sich schon darauf, ihm seine Jenny vorzustellen, hatte überlegt, wann er Leo und Sonnenschein mit zu einem ihrer Auftritte nehmen könnte –

Er schluckte den letzten Bissen hinunter und wischte sich

den Mund mit seinem Taschentuch ab. Das Jammern half nichts, sie mussten bis zur Besprechung um vier Uhr fertig sein.

Er überquerte gerade die Straße, als der Kollege Fritz Hasselmann auf ihn zukam.

»Habt ihr schon etwas?«

»Bislang hat niemand etwas gesehen oder gehört. Notfalls müssen wir die Leute in den Häusern, an denen der Täter vorbeigelaufen sein könnte, erneut befragen. Oder wir verteilen Handzettel.«

»Das sollten wir nachher mit Wechsler besprechen.«

Walther nickte. »Wie weit bist du?«

»Noch drei Wohnungen.«

»Gut. Ich bin auch fast durch.«

Sonnenschein betrat die mit Marmor und Granit ausgekleidete Schalterhalle der Dresdner Bank in der Behrenstraße. Banken schüchterten ihn immer ein wenig ein. In den letzten Jahren hatte man das Gebäude um zwei Geschosse aufgestockt, was nicht nur Begeisterung in der Bevölkerung geweckt hatte, da die Bank die Hedwigskirche und die übrigen Häuser am Opernplatz zu erdrücken drohte. Auch Sonnenschein, der regelmäßig in die Oper ging, fand den Ausbau nicht sonderlich gelungen.

Er trat an den erstbesten Schalter und wies sich aus, woraufhin sich die Bankangestellte rasch umschaute, als befürchte sie, die Anwesenheit der Kriminalpolizei könne dem guten Ruf des Hauses schaden. Sie trug eine weiße Bluse mit Schleife am Kragen und eine streng wirkende Hornbrille, die sie älter aussehen ließ, als sie vermutlich war.

»Worum geht es denn?«

Er zeigte ihr den Schlüssel. »Wir ermitteln in einem Fall, der eine Kundin Ihres Hauses betrifft. Wir haben diesen Schlüssel in ihrer Wohnung gefunden. Ich möchte wissen, ob er zu einem Safe Ihrer Bank gehört, und Sie gegebenenfalls bitten, ihn zu öffnen.«

Die Frau nahm nervös die Brille ab und wischte sie an ihrer Bluse ab. Dann setzte sie sie wieder auf und beugte sich diskret vor. »Ich muss meinen Vorgesetzten holen. Einen Augenblick, bitte.«

Sie verschwand durch eine Tür und kam bald darauf mit einem untersetzten Herrn mit Stirnglatze zurück, der mit einem jovialen Lächeln auf Sonnenschein zuging.

»Ernst Schmolke, Leiter der Kassenabteilung. Kommen Sie bitte mit in mein Büro.«

Er bot Sonnenschein einen Platz an, worauf dieser sein Anliegen kurz zusammenfasste.

»Ich bin erschüttert. Eine Kundin unserer Bank ... Natürlich werde ich Ihnen helfen, soweit es in meiner Macht steht, Herr Kommissar.«

»Danke, Sonnenschein reicht.«

»Zeigen Sie mir bitte den Schlüssel.« Er warf nur einen Blick darauf. »Ja, der ist von uns. Und die Kontounterlagen, bitte.«

Sonnenschein reichte sie ihm.

»Haben Sie den Schlüssel bei den Unterlagen gefunden?«

»Nein. Aber wenn die Dame sowohl Konten bei Ihnen unterhält als auch diesen Schlüssel in ihrem Besitz hat, ist es wahrscheinlich, dass er zu ihrem Safe gehört.«

Der Bankangestellte nickte. »Gut. Ich lasse Ihnen eine Liste der Kontobewegungen zukommen, das wird allerdings bis morgen dauern. Die Kontostände kann ich Ihnen gleich mitteilen. Und nun folgen Sie mir bitte zu den Tresorräumen.«

Sie stiegen eine Treppe hinunter und gelangten zum Tresorraum unter dem Kassensaal, wo sie vor einer Metalltür stehen blieben. »Wenn Sie bitte kurz warten würden, Herr Sonnenschein.«

Herr Schmolke sprach mit dem Wachmann, der vor der Tür

stand. Dieser ließ ihn eintreten, worauf sich die Tür sofort wieder schloss. Was mochte die Frau besessen haben, das unter solchen Sicherheitsvorkehrungen aufbewahrt werden musste? Eine Wohnung in Riehmers Hofgarten, die modernen Möbel, Pelze, teure Parfüms – wovon hatte sie das finanziert? Reiche Freunde? Wie aber passte Leo Wechsler in dieses Bild?

Herr Schmolke riss ihn aus seinen Gedanken, als er mit einem Holztablett aus dem Tresorraum kam, das er auf einem Tisch abstellte. »Der Inhalt des Safes, Herr Sonnenschein.«

Auf dem Tablett lagen mehrere Samtetuis und kleine Schmuckschatullen. Sonnenschein öffnete alle nacheinander und kam aus dem Staunen nicht heraus: zwei Perlenketten. Ein goldenes, mit Smaragden besetztes Armband. Ein fein ziseliertes Medaillon. Eine Korallenkette. Ein Diamantring in modernem Schliff.

Herr Schmolke schaute ungerührt zu, als würde er jeden Tag solche Kostbarkeiten sehen.

Als Sonnenschein eine der Perlenketten wieder in das Etui legen wollte, fiel ein Kärtchen heraus. Sonnenschein warf einen Blick darauf, stutzte und steckte es in die Jackentasche.

»Außer dem Schmuck war nichts darin?«

»Nein.«

Sonnenschein schob ihm das Tablett hin. »Wir lassen die Sachen abholen. Ich kann sie aus Sicherheitsgründen jetzt nicht mitnehmen. Sie werden zwecks polizeilicher Untersuchung beschlagnahmt.« Er spürte ein heimliches Vergnügen, als er den verdutzten Gesichtsausdruck des Bankangestellten bemerkte.

»Wieso …?«

»Eine polizeiliche Untersuchung, wie ich schon sagte. War Ihnen Fräulein Dornow persönlich bekannt?«

Der Bankangestellte schüttelte den Kopf. »Wir haben viele Kunden. Da kann man nicht jeden einzelnen persönlich kennen.«

Nachdem Sonnenschein in der Schalterhalle einen Zettel mit den Kontoständen erhalten hatte, die nicht sonderlich hoch waren, machte er sich auf den Weg ins Präsidium.

Eduard Hellwig strich sich über den Kinnbart und drückte seine Zigarre in dem schweren Messingaschenbecher aus, der auf dem Schreibtisch stand.

Er wandte sich seinen Unterlagen zu, konnte sich aber nicht recht konzentrieren, obwohl sie dringend bearbeitet werden mussten. Für sechs Uhr war eine Ministerbesprechung angesetzt, und Stresemann brauchte die Papiere. In Frankreich stand der Rücktritt Aristide Briands zu befürchten, der Stresemanns engster Verbündeter für die Aufnahme in den Völkerbund war. Seit Monaten arbeiteten sie daran, seit Locarno. Und Briand hatte schon vor Jahren die Versailler Verträge kritisiert und erklärt, die Bedingungen, die man Deutschland auferlegt habe, seien zu hart. Er hatte sich als zuverlässiger Partner erwiesen, der den Frieden in Europa sichern wollte. Ohne ihn wäre alles, wofür Stresemann und auch er selbst in Deutschland gekämpft hatten, in Gefahr.

Doch es fiel ihm heute schwer, seine Arbeit zu tun. Der Minister verließ sich auf ihn; er vertraute Hellwig wie keinem anderen. Aber dessen Gedanken wanderten ab, sobald er die gedruckten Seiten vor sich sah.

Hellwig stand auf und trat ans Fenster. Er war kein junger Mann mehr, und morgens taten ihm die Knochen mächtig weh, doch seit kurzem spürte er eine Leichtigkeit, die er seit Jahren verloren geglaubt hatte. Er lächelte bei sich, als er an vorgestern Abend dachte. Natürlich würde Wilhelmine nie davon erfahren. Vielleicht wunderte sie sich, weshalb er ihr seit einiger Zeit wieder mehr Aufmerksamkeit schenkte, Blumen mitbrachte, einen neuen Hut bewunderte, und freute sich darüber. So hatten sie beide etwas davon.

Er öffnete seine Aktentasche, die auf einem Stuhl stand,

warf einen Blick über die Schulter, als könnte man ihn bei etwas Verbotenem ertappen, und schlug den Prospekt einer Pelzhandlung auf. Die Modelle waren ausgesucht schön. Nerz oder vielleicht Goldzobel? Nein, der würde nicht so gut zu ihren Haaren passen. Ein Nerz, schlicht und edel. Er stellte sich vor, wie er ihr den Mantel um die Schultern legte, wie sie ihm über die Schulter zulächelte.

Das Telefon klingelte. Seine Sekretärin. »Der Herr Minister fragt an, wann er mit den Unterlagen rechnen kann.«

»In einer Stunde.« Rasch schob er den Prospekt zurück in die Tasche. Der Nerz musste warten.

Um kurz vor vier hatten sich alle Mitglieder der Mordkommission bis auf Jakob Sonnenschein im Besprechungszimmer eingefunden. Fräulein Meinelt hatte Kaffee und belegte Brote besorgt, und die Beamten nahmen am großen Tisch Platz. In der Mitte hatte Leo sämtliche bisherigen Ergebnisse der Ermittlung angeordnet: Zeugenaussagen, Tatortfotografien, mögliche Beweismittel.

Er schaute in die Runde. »Meine Herren, wir warten noch auf Dr. Lehnbachs Autopsiebericht. Er müsste jeden Moment eintreffen. Da wir in der Wohnung einen Safeschlüssel und Kontoauszüge der Dresdner Bank gefunden haben, gehen wir davon aus, dass der Schlüssel von dort stammt. Der Kollege Sonnenschein ist in die Zentrale in der Behrenstraße gefahren, um das zu überprüfen. Er wird vermutlich gleich hier sein.« Er schaute zu Walther, der großzügig Zucker in seinen Kaffee rührte. »Robert, wenn du bitte die Ergebnisse der Befragung zusammenfassen könntest.«

Walther räusperte sich. »Wir haben sämtliche Bewohner der Anlage, die wir angetroffen haben, befragt. Keiner hat das Opfer näher gekannt. Und niemand hat etwas gehört oder gesehen. Aber es war auch mitten in der Nacht. Das ist eine gutbürgerliche Gegend, da schlafen die meisten um diese Zeit.«

»Dann müssen wir die Befragung auf die angrenzenden Straßen ausdehnen«, sagte Leo und deutete auf den Stadtplan an der Wand. »Dort gibt es Kneipen, die möglicherweise noch geöffnet hatten. Und Bäckereien, die beginnen früh mit der Arbeit.«

In diesem Augenblick klopfte Fräulein Meinelt und reichte ihm den Bericht über die gerichtsmedizinische Untersuchung. Leo war erleichtert, dass Lehnbach die Sektion durchgeführt hatte, während er mit Sonnenschein in Marlens Wohnung war. Er fand die Besuche in der Hannoverschen Straße nie angenehm, doch diesmal war ihm der Gedanke unerträglich erschienen.

Er schlug die Mappe auf und überflog den Bericht, der nach dem üblichen Muster verfasst war und keine Überraschungen bot.

»Wie wir vermutet haben«, sagte er und blickte in die Runde. »Keine Anzeichen für ein Sexualdelikt. Tod durch Schnitt in den Hals. Die am Tatort gefundene Glasscherbe wurde auf Fingerabdrücke untersucht, ohne Ergebnis. Sie wurde Lehnbach übergeben, der sie mit der Wunde abgeglichen hat. Seiner Ansicht nach kommt sie als Tatwaffe in Frage. Der Täter muss Handschuhe getragen haben, weil er so Abdrücke vermeiden und zugleich seine eigene Hand vor den scharfen Kanten schützen konnte. Danke, Paul«, sagte er zu Delbrück, der die Untersuchung der Scherbe durchgeführt hatte. »Der Stoß wurde mit großer Gewalt geführt. Der Täter hat die Frau von hinten angegriffen. Er ist Rechtshänder, der Angriff wurde von links nach rechts geführt. Die Einstichstelle ist am tiefsten, danach hat er die Waffe nach rechts gerissen. Die unregelmäßigen Wundränder sprechen für die Annahme, dass die Scherbe verwendet wurde. Die Abwehrverletzung an der rechten Hand lässt erkennen, dass sich das Opfer noch gewehrt, durch den Schock und den sofort einsetzenden starken Blutverlust aber rasch an Kraft verloren hat.« Er klappte die

Mappe zu und verdrängte die Bilder, die bei der Lektüre aufgetaucht waren. Dann rief er sich ins Gedächtnis, was er zu Sonnenschein gesagt hatte: *Ich werde vorgehen, als wäre sie eine völlig Fremde.*

»Wissen wir schon, um was für eine Scherbe es sich handelt?«, fragte Walther den Kollegen Delbrück.

»Kein Trinkglas, dafür ist sie zu dick. Sie könnte von einer Blumenvase stammen. Das würde auch die Farbe erklären. Gängige Flaschen für Bier, Wein oder Milch sind nicht rot.«

Leo nickte. »Noch etwas. Warum hat der Täter die Scherbe am Tatort zurückgelassen?«

Walther kaute auf seinem Mettbrötchen und schluckte, bevor er antwortete. »Sie kann ihm aus der Hand gefallen sein. Er hört jemand, gerät in Panik und flieht.«

Leo klopfte nachdenklich mit dem Stift gegen die Oberlippe. Dann schüttelte er den Kopf. »Die ganze Sache ist merkwürdig. Warum überhaupt eine Scherbe? Warum kein Messer mit Griff, das man leichter mit der Hand führen kann?«

»Wir wissen noch zu wenig, um das wirklich beurteilen zu können«, meinte Fritz Hasselmann.

In diesem Augenblick kam Sonnenschein herein und nickte in die Runde.

»Danke, Sonnenschein. Nehmen Sie Platz. Wir sind gerade an einem wichtigen Punkt.«

Sonnenschein nahm sich Kaffee und eine Schrippe mit Käse und setzte sich ans Ende des Tisches.

»Hasselmann, wo waren wir stehengeblieben?«

»Wir wissen noch sehr wenig. Hat der Täter die Frau gekannt? Hat er die Tat geplant? Oder war es ein spontanes Verbrechen?«

»Da es sich weder um ein Sexualdelikt noch um einen Raubmord zu handeln scheint, können wir davon ausgehen, dass er sein Opfer vorsätzlich ausgewählt hat. Daher besteht Grund zu der Annahme, dass er Marlene Dornow gekannt hat. Je mehr wir über sie und ihre Lebensumstände erfahren, desto eher werden uns die Erkenntnisse zu ihm führen«, meinte Walther.

»Ganz deiner Meinung«, sagte Leo. »Aber ich möchte noch einmal auf die Scherbe zurückkommen. Sie erscheint mir irgendwie … bedeutungsvoll. Angenommen, er hatte wirklich kein Messer zur Verfügung oder wollte keines benutzen. Warum dann nicht die erstbeste Bierflasche zerschlagen? Warum ausgerechnet rotes Glas?«

Walther sah ihn nachdenklich an. »Da ist was dran. Es könnte von Bedeutung sein. Oder der Täter ist gerissen und hofft, dass wir genau so denken.«

»Oder er hatte eben gerade so eine Vase oder etwas Ähnliches bei sich zu Hause«, meinte Hasselmann.

Leo blieb skeptisch. Sein Instinkt täuschte ihn selten, und er sagte ihm, dass die Scherbe nicht zufällig als Tatwaffe gewählt worden war. Aber die Kollegen hatten recht, sie wussten noch zu wenig.

»Was haben Sie in der Bank herausgefunden?«, fragte er Sonnenschein. Der konnte seine Zufriedenheit nicht verhehlen.

»Auf den Konten war kaum Geld. Aber das Bankschließfach ist voller Schmuck. Wir müssen ihn abholen lassen, ich wollte es nicht riskieren, damit in die Bahn zu steigen.«

»Das war richtig«, sagte Leo. »Wertvoll?«

»Ich glaube schon. Aber das ist nicht alles.« Er holte die kleine Karte aus der Tasche und reichte sie Leo.

Meinem verehrten Fräulein Dornow in tiefer Bewunderung, Eduard Hellwig, stand darauf.

Früher waren es kleinere Fabrikanten gewesen, die Marlens Lebensunterhalt gesichert hatten, Geschäftsleute, höhere Bankangestellte, der eine oder andere gut verdienende Künstler. Doch der Mann, dessen Namen er hier las, war weitaus bedeutender. Eduard Hellwig. Abgeordneter des

Reichstags. Enger Berater von Außenminister Gustav Stresemann.

Leo atmete hörbar ein und sah die Kollegen an. Dann klopfte er mit den Fingerknöcheln auf die Karte. »Ich glaube, da muss sich jemand warm anziehen, meine Herren. Und wir müssen auf Zehenspitzen schleichen.«

7

Vor dem Gloria-Palast gegenüber der Gedächtniskirche drängte sich eine Menschenmenge, die von Schutzleuten zurückgehalten wurde, damit sie nicht vor lauter Begeisterung den roten Teppich stürmte, der vor dem Eingang ausgerollt worden war. An der romanischen Fassade prangte ein riesiges Plakat, auf dem Rudolf von Hagen im Kostüm des Johann Kunckel von Löwenstern, des Magiers von der Pfaueninsel, dargestellt war. Lange Lockenperücke, elegant geschwungener Schnurrbart, brokatbesetzter Gehrock, weißes Spitzenhalstuch und ein Blick, der sich geradewegs in die Seelen der Zuschauer zu bohren schien. Links davon, kleiner als er, aber dennoch unübersehbar, war Carla Vasary abgebildet, die statt der kurzen braunen Haare eine Perücke mit blonden Engelslocken trug. Sie blickte sehnsüchtig zu dem Alchemisten empor. Der Hintergrund war abstrakt gehalten, ein Mahlstrom, in dem die Farben Rot, Grün und Schwarz dominierten.

Viktor König präsentiert
RUDOLF VON HAGEN
in
Die Insel des Magiers
Nach einer wahren Begebenheit
Als seine Gefährtin erstmals: CARLA VASARY

Eigentlich hätte Viktor König das Plakat lieber ganz schlicht gehalten, im Stil seines neuen Hauses, wusste aber, dass er die Gefühle des Publikums berücksichtigen musste. Der abstrakte

Hintergrund war ein Kompromiss gewesen, eine Hommage an *Das Kabinett des Dr. Caligari*. Das gefühlvoll gezeichnete Mädchen war sein Zugeständnis an die romantische Erwartung der Zuschauer, während die bunten Wirbel und der dämonische Blick des Hauptdarstellers seinen eigenen Wünschen entsprachen.

Er stieg aus seinem Hispano-Suiza Cabriolet, das er selbst zum Kurfürstendamm gesteuert hatte, und warf einem livrierten Portier die Schlüssel zu. Dann ging er um den Wagen herum und hielt Elly den Schlag auf. Sie trug ein Abendkleid aus weißer Seide, dessen tief angesetzter Rock glockig bis knapp unter die Knie fiel, und eine Pelzstola in derselben Farbe. Er reichte ihr den Arm und führte sie unter dem Jubel der Zuschauer zum roten Teppich.

Blitzlichter, entgegengestreckte Programmhefte, aufbrandender Applaus. Viktor König trank förmlich die Bewunderung der Menge, lächelte, winkte, immer darauf bedacht, dass Elly nicht beiseitegedrängt wurde, sondern dicht neben ihm blieb.

Dann plötzlich wurde das Geschrei lauter, die Köpfe drehten sich in eine andere Richtung, weg von ihnen und hin zu dem Daimler, der gerade vorfuhr. Rudolf von Hagen stieg aus dem Fond, elegant im Frack, und reichte einer jungen Frau in einem rosenholzfarbenen Abendkleid die Hand. Sie trug eine schimmernde Stola um die Schultern, in deren funkelnden Steinchen sich die Blitzlichter der Fotografen brachen.

»Zauberhaft«, sagte Elly neben ihm arglos.

König atmete durch und lächelte. »Nicht so zauberhaft wie du.«

Rudolf von Hagen und Carla Vasary schritten wie ein Königspaar über den roten Teppich, blieben stehen, posierten für die Fotografen, gaben Autogramme auf Programmheften und Filmillustrierten. Sie waren ein atemberaubendes Paar, auch wenn ihre Partnerschaft rein beruflicher Natur war. Von Hagens silbergraues Haar fand sein Pendant in Carlas Stola, und er lenkte sie beinahe väterlich über den Teppich, als wollte er sie vor den zudringlicheren Bewunderern schützen.

Vor dem Portal des Filmtheaters warteten König und Elly mit Alfred Hahn, um die beiden Hauptdarsteller zu begrüßen. Erneut tosender Applaus, als alle nebeneinander für die Fotografen posierten, ein letztes Mal winkten und die barocke Eingangshalle betraten.

König hatte als Werbemaßnahme hundert bevorzugte Eintrittskarten verlosen lassen. Die Gewinner würden nach der Vorführung den Hauptdarstellern persönlich begegnen und durften am Sektempfang mit Büfett teilnehmen. Diese hundert Gäste drängten sich in einer Ecke des Foyers, schüchtern und fasziniert angesichts der elegant gekleideten Menschen, die über den roten Teppich hereinströmten.

Auf ein Nicken des Kinobesitzers hin, der König und seine Begleiter in Empfang genommen hatte, ging der Regisseur zu der Gruppe hinüber.

»Ich möchte Ihnen herzlich gratulieren!« Er deutete mit einer ausholenden Geste auf die geschwungene Doppeltreppe und die Kronleuchter, die den hohen Raum in warmes Licht tauchten. »1200 Plätze, und die besten haben Sie. Mögen Sie in diesem wunderbaren Theater einen unvergesslichen Abend verbringen!«

Die Leute klatschten zaghaft, dann lauter, als würden sie sich jetzt erst ihres Glücks bewusst.

Der im Januar eröffnete Gloria-Palast war das luxuriöseste Kino in ganz Berlin. Hinter seiner Fassade mit den Bogenfenstern und spitzen Türmen verbarg sich eine Pracht, die eines Königs würdig gewesen wäre. Bei dem Gedanken musste er grinsen. Ohne jede Bescheidenheit.

Als er zu Elly zurückkehrte, reichte ihm ein Kellner im dunklen Frack ein Sektglas. Er nippte nur daran. Lieber nachher, dachte er, wenn das wohlige Kribbeln des Premierenfiebers verschwunden war.

Dann warf er einen Seitenblick auf Carla. Die Stola war die richtige Wahl gewesen, kein Zweifel. Er hatte auf der Karte, die dem Geschenk beigefügt war, nicht gelogen. Nach dem heutigen Abend würde ganz Berlin sie kennen.

»Was ist los, Leo?«, fragte Clara. Ihr Tonfall ließ ihn aufblicken. »Du schiebst seit fünf Minuten dein Essen auf dem Teller herum.«

Er legte das Besteck beiseite.

»Tante Ilse, deine Kartoffelpuffer sind am allerbesten«, sagte Marie und warf ihrer Tante einen tröstenden Blick zu. »Das sagt Vati sonst auch immer.«

Ilse legte Marie die Hand auf den Arm und schüttelte vorsichtig den Kopf.

»Hat es etwas mit diesem Fall in Breslau zu tun? Gibt es Neuigkeiten?«, erkundigte sich Clara.

»Darüber kann ich jetzt nicht sprechen.« Leo sah zu Georg und Marie, als wäre es ihre Anwesenheit, die ihn zum Schweigen zwang. Er stand auf, öffnete das Fenster und zündete sich eine Zigarette an.

Ihm war klar, dass Clara und Ilse Blicke tauschten, doch das war ihm egal. Seit zwei Tagen sah er immer wieder die silberblonden Haare und die klaffende Schnittwunde vor sich, die weiße Hauswand mit den roten Spritzern, die zwei Meter in die Höhe reichten.

Tote waren für ihn niemals nur Fälle, sondern Menschen mit einer Geschichte. Wer sie als beliebige Objekte betrachtete, als bloße Begleiterscheinungen seines Berufs, war seiner Ansicht nach falsch in der Mordinspektion. Doch das hier ging tiefer. Denn Leo erinnerte sich an Marlens Hals, wie er früher gewesen war, glatt und weiß und makellos und zart parfümiert. In der Intimität ihres Schlafzimmers hatte er sich heute wie ein Eindringling gefühlt, obwohl ihm sein Verstand sagte, dass er nur seine Arbeit tat. Er hatte kurz gezweifelt, ob seine Entscheidung, den Fall zu behalten, wirklich richtig gewesen war. Doch er hatte sich bei der Durchsuchung professionell verhalten, trotz der Gefühle, die ihn kurzzeitig übermannt hatten. Und er wollte den Täter finden, um Marlens willen. Oder – falls es ihm nicht gelingen sollte, den Fall zu lösen – wenigstens wissen, dass er alles versucht hatte.

»… Hausaufgaben?«

»Was?« Er drehte sich abrupt um und sah Georg hinter sich stehen. »Tut mir leid, was hast du gesagt?«

»Erklärst du mir die Hausaufgaben, Vati? Zinsrechnung, damit komme ich nicht zurecht.«

Leo drückte die Zigarette aus und wollte mit Georg ins Kinderzimmer gehen, doch Clara kam ihm zuvor. »Ich helfe dir.«

Ilse trug die Schüssel mit dem Apfelmus in die Küche, während Marie die leeren Teller zusammenräumte. Das Mädchen zögerte, als es den Teller des Vaters nahm, und warf ihm einen Blick zu. Leo atmete tief ein und sagte dann: »Gib mal her.«

Sie reichte ihm den Teller, und er aß, was noch darauf war.

Marie grinste. »Gut so. Du musst groß und stark werden.«

Plötzlich wurde ihm bewusst, wie sehr sie gewachsen war. Die kindlichen Formen verschwanden allmählich, ihr Gesicht war schmaler geworden. Er hatte eine hübsche Tochter. Plötzlich dachte er doch an Breslau, und sein Herz krampfte sich zusammen.

Mit einer raschen Bewegung stellte Leo den Teller auf den Tisch und zog Marie an sich, als könnte er sie so vor all dem Bösen, das draußen lauerte, schützen. Er spürte, wie sie einen Moment zögerte, dann die Arme um ihn schlang und sich an seinen Bauch drückte.

Als Ilse wieder hereinkam und sie umarmt stehen sah, lächelte sie.

Das Orchester war exzellent, die Musiker handverlesen. Sie begleiteten die Szenen des Films so vollkommen, dass die Zuschauer ganz und gar hingerissen waren. Manche pressten die Hand vor den Mund, andere umklammerten die gepolsterten Lehnen ihrer Sessel und bissen sich vor Anspannung auf die Lippen.

Die Schlösser der Kurfürsten, die Außenaufnahmen von der Pfaueninsel, die viele Besucher von Wochenendausflügen kannten, aber noch nie in solch geheimnisvollem Licht gesehen hatten, die ausdrucksvollen Gesichter der Schauspieler, die liebevoll gestalteten Zwischentitel.

Als das Orchester nach dem Abspann verstummt war und der Vorhang sich geschlossen hatte, herrschte völlige Ruhe im weiten Saal.

Genau diesen Augenblick liebte Viktor König. Es war, als stünde er am Rand eines Abgrunds. Der nächste Moment entschied über Rettung oder Absturz, über Erfolg oder Niederlage. Dann, zaghaft zunächst, als müssten die Menschen aus ihrer Verzauberung erst erwachen, regte sich etwas im Zuschauerraum, Beifall durchbrach die Stille, schwoll an, wurde zu einer gewaltigen Welle, die durch den Saal rollte und sich donnernd an den Wänden brach. Bravo-Rufe ertönten, das Publikum verlangte nach Regisseur und Darstellern, und auf ein Zeichen hin traten König, Rudolf von Hagen und Carla Vasary auf die Bühne und verneigten sich. Die Stimmung des Films schien noch in dem barocken Interieur des Filmtheaters nachzuhallen, spiegelte sich in den üppig dekorierten Decken, den geschwungenen Treppen mit dem schmiedeeisernen Geländer, die auf die Bühne führten, der Leinwand, die von verspielten Schnörkeln umgeben war wie ein antiker Bilderrahmen.

Jemand warf einen Blumenstrauß. König hob ihn auf und hielt ihn in die Höhe. Als sich der Lärm gelegt hatte, schaute er in den Saal: »Ich danke Ihnen. Zumindest werfen Sie nicht mit faulem Obst.« Gelächter. »Nein, ganz im Ernst, ich bin gerührt über den Applaus und trete nun beiseite. Die Bühne gehört den Hauptdarstellern des Abends – der reizenden Carla Vasary und unserem großen Rudolf von Hagen!«

Die Zuschauer sprangen von ihren Sitzen auf, klatschten und riefen die Namen der Darsteller. Ordner im Frack traten vor die Bühne und sorgten dafür, dass sich mehrere Schlangen bildeten, in denen die Leute geduldig auf ein Autogramm der Künstler warten konnten.

Elly zupfte König am Ärmel. »Du hast mich gar nicht erwähnt.«

Er schaute sie an, als hätte er sie vergessen, fasste sich aber sofort wieder. »Goldkind, ich habe Rudi und Carla das Rampenlicht überlassen, wie es sich gehört. An dieser Stelle werden nicht die Produzenten gelobt. Alfred hält sich auch im Hintergrund, das ist eben so.«

Sie verzog vorwurfsvoll den Mund. König fluchte innerlich und bereute es für einen Moment, sie mitgenommen zu haben, doch dann wurde er auf die Bühne gerufen, um sich mit seinen Darstellern zu verbeugen. Auf Elly achtete er nicht mehr.

Umso aufmerksamer wurde Reinhard Klein, der mit gezücktem Notizbuch an der Tür des Saals gewartet hatte. Er ging mit raschen Schritten zu Elly König und stellte sich vor.

»Sehr erfreut, Herr Klein.«

Er deutete eine Verbeugung an. »Würden Sie mir die Ehre erweisen, mir einige Fragen zu beantworten? Sie sind doch die Co-Produzentin des Films, und ich wüsste gern mehr über Ihre Mitwirkung an diesem Meisterwerk.«

Elly nickte geschmeichelt und ließ sich von ihm in den Vorraum führen, wo das Büfett aufgebaut war.

Wilhelmine Hellwig setzte sich zu ihrem Mann ins Speisezimmer. Sie waren seit zweiunddreißig Jahren verheiratet, doch es wäre ihr nie in den Sinn gekommen, ihn allein essen zu lassen. Bei ihnen war es zur Tradition geworden, dass sie ihm Gesellschaft leistete, wenn er spät von einer Parlamentssitzung kam und ein leichtes Abendessen einnahm. Die Köchin hatte Roastbeef mit Remouladensoße vorbereitet, und er ließ es sich schmecken.

»Wie war es heute?«, fragte Wilhelmine.

Eduard trank einen großen Schluck Bier und stellte das Glas energisch auf den Tisch. »Ach, viel Ärger. Der Volksentscheid zur Fürstenenteignung, du weißt schon.«

Sie schüttelte den Kopf. »Deswegen brauchst du dir doch keine Sorgen zu machen. Zwanzig Millionen Menschen werden nie und nimmer dafür stimmen, das kann ich nicht glauben. Der Staat darf den Leuten nicht einfach etwas wegnehmen und ihnen keine Entschädigung dafür zahlen, das ist nicht richtig.«

Er seufzte. »Das sagst du. Erzähle mal einem kommunistischen Arbeiter, weshalb irgendein Baron, dessen Titel seit Jahren nichts mehr wert ist, sein Schloss behalten darf oder zumindest Geld dafür bekommen soll.«

»Weil es ihm gehört«, erwiderte Wilhelmine zutiefst überzeugt. *Für dich ist die Welt immer einfach*, hatte Eduard einmal halb belustigt, halb verärgert zu ihr gesagt. Was auch stimmte. Feste Grundsätze machten das Leben leichter.

»Schon, aber der Arbeiter wird behaupten, der Baron habe mit seinem Titel auch den dazugehörigen Besitz verloren. Und wenn die Linken genügend Wähler mobilisieren, kann es brenzlig werden.« Er schob den leeren Teller beiseite und wischte sich den Mund an der Serviette ab. »So, nun mag ich nicht mehr über Politik reden, es ist Feierabend.«

Er stand auf. »Komm mit ins Wohnzimmer, ich brauche meinen Weinbrand.«

Nachdem er ihr einen Likör eingeschenkt und sie sich in die Sessel am Kamin gesetzt hatten, lächelte er nachsichtig. »So, du darfst mich ablenken. Was ist denn außerhalb des

Reichstags passiert? Dort drinnen komme ich mir manchmal vor wie auf einer einsamen Insel.«

Wilhelmine griff zum Tageblatt und überflog die Meldungen, las ihm diese und jene Überschrift vor. »Der neue Film von Viktor König, *Die Insel des Magiers* … das hört sich interessant an. Sport, nein, da haben wir nichts Besonderes. Und hier – ein ›grauenvoller Mord in Kreuzberg‹.«

Er schaute in sein Glas und ließ bedächtig den Weinbrand kreisen. »Ein Mord?«

»Ja, eine Frau wurde in einem Innenhof erstochen. Elegante Wohnlage, wie es heißt.«

Sie bemerkte, wie er zusammenzuckte.

»Wo genau?«

»Riehmers Hofgarten. Die Tote wurde als Marlene D. identifiziert. Die Kriminalpolizei ermittelt.«

Das halb leere Glas landete auf dem Teppich, zerbrach aber nicht. »Verzeih, das war ungeschickt«, sagte Eduard und bückte sich sofort danach.

8

Donnerstag, 10. Juni 1926

Die Galerie war verlassen. Er ging an den Bildern vorbei, allesamt abstrakt, bunte Kreise, Dreiecke und Quadrate, dazwischen schwarze Linien. Die Galeristin, die ihm vage bekannt vorkam, deren Name ihm aber nicht einfiel, stand am Ende des Raums, als hätte sie ihn erwartet. Haar wie Ebenholz, das Gesicht blass gepudert, die Lippen rot ummalt. Doch mit jedem Schritt, den er machte, schienen ihre Haare zu verbleichen, wurden heller und heller, bis sie einen Silberton angenommen hatten. Auch ihr Mund hatte sich entfärbt, das Rot war verschwunden, nein, nicht verschwunden, eher heruntergetropft, der rote Einschnitt klaffte jetzt an ihrem Hals. Sie deutete auf das Bild, das neben ihr an der Wand hing – weiße Leinwand, ein Regen aus roten Spritzern, die über den Rahmen hinausreichten, hoch empor bis zur Decke …

»Leo!« Er spürte, wie eine Hand seine Schulter umfasste. »Wach auf!«

Er setzte sich hin, versuchte sich im Dämmerlicht zu orientieren. Er schluckte. Sah sich um. Zu Hause. Er war zu Hause.

Clara schaltete die Nachttischlampe ein. »Du hast geträumt.« Sie sah ihn besorgt an.

Er vergrub das Gesicht in den Händen und fuhr sich dann durch die Haare. »Ja, das habe ich wohl.« Er konnte ihr nicht in die Augen sehen.

Sie legte ihm die Hand auf den Arm. »Soll ich dir ein Glas Wasser holen?«

Er nickte dankbar, legte sich hin, einen Arm über den Augen, und wartete, bis sich sein Puls beruhigt hatte. Nur in der ersten Zeit nach Dorotheas Tod hatte er schlecht geträumt, ansonsten waren ihm solche Reaktionen fremd. Wenn ihn ein Fall bedrückte, sprach er mit Clara darüber. Nur diesmal konnte er das nicht.

Sie reichte ihm das Glas, legte sich neben ihn und bettete den Kopf auf seine Schulter. Mit der linken Hand strich sie sanft über seinen Arm. »Was ist los? Gestern bist du viel zu früh zur Arbeit gegangen. Und beim Abendessen hattest du keinen Hunger. Ist es wegen der Kindermorde? Oder hat es mit deinem Fall zu tun?«

Er spürte, wie ihm das schlechte Gewissen die Kehle zuschnürte. Clara war verständnisvoll, wollte ihm helfen, und er war kurz davor, sie anzulügen. Daher zuckte er nur mit den Schultern, stellte das Glas auf den Nachttisch und drehte sich auf die Seite. »Lass uns schlafen. Es ist noch früh.«

Das Sonnenlicht, das auf dem hellgrünen Laub der Bäume in der Beusselstraße tanzte, schien Clara zu verhöhnen. Sie fühlte sich schon erschöpft, als sie die Tür der Leihbücherei aufschloss und die Handtasche auf den Verkaufstresen fallen ließ.

Nach Leos Albtraum hatte sie nicht mehr geschlafen, sondern dagelegen und gegrübelt, wie man es nur in den grauen Stunden vor der Morgendämmerung zu tun pflegt, in denen kleine Probleme zu Ungeheuern heranwachsen und der neue Tag wie ein unüberwindlicher Berg aus der Ebene der Nacht aufragt.

Etwas stimmte nicht. Sie liebte Leo und glaubte, ihn gut zu kennen, doch in den letzten Tagen wirkte er seltsam abwesend. Es kam bisweilen vor, dass ihm ein Fall zu schaffen machte; sie erinnerte sich an die Suche nach Paul Görlich, einem Jungen, der zum Mitwisser eines Mordes geworden war. Das hatte Leo sehr bedrückt, wie immer, wenn Kinder in ein Verbrechen verwickelt waren. Aber der grauenhafte Fall in Breslau war nicht seiner.

Die Ladenglocke riss sie aus ihren Gedanken. Eine junge Frau mit rundlichem Gesicht und blondem Bubikopf kam herein, sie suchte einen Ratgeber für werdende Mütter. Clara zeigte ihr ein Buch, das erst kürzlich erschienen war, und plauderte über die Beschwerden der Schwangerschaft.

Bevor die junge Frau die Tür öffnete, drehte sie sich noch einmal um. »Ich freue mich so auf das Kind.«

Dann war sie verschwunden. Als die Glocke verklungen war, trat Clara ans Fenster. Ein Gewicht legte sich auf ihre Brust, als ihr klar wurde, seit wann sich Leo so sonderbar verhielt.

Robert Walther schaute Leo scharf an, als er dessen Büro betrat, fragte aber nur: »Was machen wir mit Hellwig?«

»Hinfahren, was sonst?«

»Solltest du nicht zuerst mit Werneburg sprechen?«

Leo schloss die Schublade, in der er etwas gesucht hatte, und stand auf. »Du hast recht. Bin gleich zurück. Sag den anderen, sie sollen mit den Unterlagen der Toten weitermachen und eine Liste aller Personen aufstellen, die darin erwähnt werden. Vor allem Freundinnen und weibliche Bekannte, von denen werden wir am zuverlässigsten etwas über ihr Privatleben erfahren. Und sie sollen nach Rechnungen Ausschau halten: Modehäuser, Frisiersalons, Juweliere, Schönheitsinstitute.«

Er nickte Walther zu und verließ das Büro.

Ludwig Werneburg empfing ihn mit einem müden Lächeln. »Ich habe viel zu tun, wenn Gennat nicht da ist. Aber Sie sehen auch nicht gerade ausgeschlafen aus.«

Leo tat es mit einer Handbewegung ab. »Geht schon. Gibt es etwas Neues von Herrn Gennat?«

Ein Schatten ging über Werneburgs Gesicht. »Viel Mühe, wenig Erfolg. Man hat Leichenteile in der Nähe des Breslauer Postamts und der Technischen Hochschule gefunden. Gennat hat sämtliche Räume der beiden Gebäude mehrfach durchsuchen lassen, tagelang. Keine Spur. Gar nichts. Ich habe nicht die geringste Ahnung, wann wir mit seiner Rückkehr rechnen können. Aber was kann ich für Sie tun?«

Leo erklärte es ihm.

»Eduard Hellwig, die rechte Hand des Außenministers? Das ist nun wirklich heikel.«

»Möchten Sie, dass jemand anders die Befragung übernimmt?«

Werneburg sah ihn überrascht an. »Wieso sollte ich? Das ist Ihr Fall. Wir haben keine hauseigenen Diplomaten, die sich um solche Angelegenheiten kümmern. Ich vertraue auf Ihre Diskretion und Ihren Takt.« Er nickte bekräftigend. »Von mir bekommen Sie Rückendeckung, Herr Wechsler. Politiker haben bei uns keinen Freifahrtschein.«

»Sonnenschein kümmert sich um die Rechnungen«, sagte Walther zu Leo, als sie losfuhren. »Was hat Werneburg gesagt?«

»Wir haben seine volle Unterstützung, solange wir uns nicht wie der Elefant im Porzellanladen benehmen.«

»Das lässt sich machen.« Walther sah ihn von der Seite an. »Alles in Ordnung mit dir?«

»Sicher. Was macht eigentlich die Sängerin?«, fragte Leo rasch.

Walther schlug sich vor die Stirn. »Ein Glück, dass du das fragst! Jenny hätte mich sonst gekreuzigt. Sie hat heute ihren Auftritt im Continental-Keller. Wir könnten mit Sonnenschein nach dem Dienst auf ein Bier hingehen. Na los, wir müssen nicht bis in die Puppen bleiben, aber sie würde sich freuen … und ich mich natürlich auch …«

Leo überlegte. Vielleicht wäre ein bisschen Abwechslung ganz gut. Ein netter Abend mit Kollegen. »Warum nicht? Ist das Hula-Lied schon fertig?«

Walther grinste. »Nein. Sie hat sich für heute etwas anderes überlegt. Irgendwas mit Pelz, wie sie sagt.«

Leo überholte mehrere Autobusse und Straßenbahnen und rollte über die Kaiser-Wilhelm-Brücke auf die Linden zu.

»Klingt spannend.«

Sie fuhren die Linden entlang zum Brandenburger Tor. Dahinter bog Leo nach rechts zum Reichstag ab und zeigte dem Wachbeamten seinen Ausweis.

»Sie können den Wagen dort drüben abstellen, Herr Kommissar.«

Leo parkte an der zugewiesenen Stelle, stieg aus und schaute an der Fassade empor. »Das ist eine Premiere.«

»Was meinst du?«, fragte sein Freund, der neben ihn getreten war.

»Ich habe noch nie einen Abgeordneten befragt. Ich war überhaupt noch nie hier drinnen.«

»Einer der Vorzüge unseres Berufs – keine Tür bleibt verschlossen.«

Leo zuckte mit den Schultern. »Eigentlich mag ich es nicht, wenn ich Leute mit Samthandschuhen anfassen muss. Klare Worte sind mir lieber.«

Walther grinste, während sie auf das Gebäude zugingen. »Herr Hellwig, warum haben Sie einer Lebedame aus Kreuzberg eine Perlenkette geschenkt?«

»Taktvoll und diskret, wie Werneburg es wünscht.«

Sie wiesen sich beim Pförtner aus, der ihnen den Weg zum Büro des Abgeordneten erklärte. »Ich weiß allerdings nicht, ob Herr Hellwig im Hause ist ... Ich könnte Sie direkt hinbringen ...« Die Neugier in seinen Augen war nicht zu übersehen.

»Danke. Wir finden uns zurecht«, sagte Leo knapp und ließ den Pförtner stehen.

Sie traten ins Vorzimmer, wo eine ältere Frau mit einer altmodischen Hochsteckfrisur von der Schreibmaschine aufblickte.

»Was kann ich für Sie tun? Sind Sie angemeldet?«

Leo wies sich aus und stellte Walther vor.

Die Sekretärin nahm bedächtig die Brille ab, als wollte sie sich Bedenkzeit erkaufen, und legte sie neben die Schreibmaschine. »Die Kriminalpolizei? Aber ...«

»Bitte kündigen Sie uns an, sonst werden wir den Herrn Abgeordneten ohne Anmeldung aufsuchen«, sagte Leo kühl und höflich.

Die Frau nickte und ging zu der Verbindungstür an der linken Wand. Sie klopfte und steckte den Kopf hindurch. »Zwei Beamte von der Kriminalpolizei, Herr Hellwig.«

Sie hörten, wie ein Stuhl nach hinten gerückt wurde, dann energische Schritte. Eduard Hellwig trug einen gepflegten Kinnbart, der ebenso grau war wie sein volles Haar. Er drückte die Schultern durch, um größer zu wirken.

»Worum geht es, meine Herren?« In seiner Stimme schwang leise Ungeduld mit. »Ich habe zu tun, es stehen wichtige Entscheidungen an. Daher muss ich Sie bitten ...«

»Herr Hellwig, ich schlage vor, wir unterhalten uns in Ihrem Büro.« Leo warf einen Seitenblick auf die Sekretärin, woraufhin Hellwig nickte.

»Gut, kommen Sie. Aber, wie gesagt, ich bin in Eile. Keine Anrufe, Fräulein Merz.«

Er ließ Leo und Walther eintreten und schloss die Tür hinter ihnen.

»Bitte, nehmen Sie Platz.«

Das Zimmer war grau von Zigarrenrauch, der durch die Sommerhitze nicht angenehmer wurde. Hellwig nahm eine halb gerauchte Zigarre aus dem großen Messingaschenbecher, der auf dem Schreibtisch stand, zündete sie erneut an und setzte sich.

»Nun?«

»Kennen Sie Fräulein Marlene Dornow?«

Hut ab, dachte Leo, er hat sich ausgezeichnet in der Gewalt. Die Reaktion war kaum zu sehen, ein Schlucken, ein rascher Blick zur Tür, dann stimmte die Fassade wieder.

»Der Name sagt mir nichts. Sollte ich die Dame kennen?«

Leo überlegte, was in den Zeitungen gestanden hatte. Nicht viel, sie hatten bislang nur knappe Informationen an die Presse gegeben. Es war immer gut, wenn die Leute nicht auf Fragen vorbereitet waren.

»Sie wurde vorgestern Morgen tot aufgefunden. Sie ist einem Gewaltverbrechen zum Opfer gefallen.« Er ließ Hellwig nicht aus den Augen. »Wir haben bei unseren Ermittlungen ein Etui mit einer Perlenkette gefunden. Darin befand sich eine von Ihnen geschriebene Karte.«

Die Zigarre fiel zu Boden und rollte unter den Schreibtisch. Der Politiker war aschfahl geworden.

»Herr Hellwig, Sie werden verstehen, dass wir allen Hinweisen nachgehen müssen. Woher kannten Sie die Tote, und in welcher Beziehung standen Sie zu ihr?«

Nebenan klingelte das Telefon, doch die Sekretärin hielt sich an die Anweisung und stellte nicht durch.

»Wir sind ... wir waren befreundet.«

»Eng befreundet?«, fragte Walther, der mitstenographierte.

Hellwig nickte.

»Seit wann kennen Sie einander?«

»Seit etwa zwei Monaten. Sie ... wir haben uns in einem ... Nachtclub kennengelernt. Sie war mit Freunden da, kam an meinen Tisch, ich lud sie auf ein Glas Sekt ein, wir haben uns unterhalten. Sie war bezaubernd.«

Gewiss, dachte Leo. Sie konnte jedem Mann das Gefühl geben, er sei der Einzige auf der Welt.

»Und dann?«

»Wir haben uns ein paarmal getroffen, zuerst auswärts,

dann auch bei ihr zu Hause. Ich … meine Frau weiß nichts davon. Ich bin nie die ganze Nacht geblieben, das wäre zu … zu weit gegangen.«

»Sie hegten also nicht die Absicht, sich scheiden zu lassen und Fräulein Dornow zu heiraten?«

»Niemals!« Zum ersten Mal hatte er die Stimme erhoben. »Sie sehen mich tief erschüttert, Herr Kommissar, aber ich möchte betonen, dass es keine derartigen Absichten gab. Ich liebe meine Frau, wir sind seit über dreißig Jahren verheiratet. Und ich habe einen Ruf zu verlieren.«

Das hatte für Marlens Freunde schon immer gegolten, dachte Leo ein wenig bitter. Sie war die Frau gewesen, bei der Männer ihr Vergnügen suchten, nicht mehr. Dabei schloss er sich selbst nicht aus.

»Können Sie sich vorstellen, wer ein Motiv gehabt haben könnte, Fräulein Dornow zu töten? Hatte sie mit jemandem Streit – aus Eifersucht oder finanziellen Gründen?«

»Nicht dass ich wüsste. Sie hat nichts dergleichen erwähnt. Allerdings haben wir kaum über solche Dinge gesprochen. Unsere Treffen waren eher … privater Natur.« Er beugte sich vor und sagte in vertraulicherem Ton: »Ich trage große Verantwortung in meinem Beruf. Sie kennen die politische Lage, da steht man ständig unter hoher Anspannung. Eine Bekannte wie Fräulein Dornow hilft einem Mann, sich für einige Zeit von der Arbeit abzulenken.«

Leo ging nicht darauf ein. »Dann bleibt nur noch eine Frage, bevor wir Sie wieder Ihrer Arbeit überlassen. Wo waren Sie am Abend des 8. Juni, also am vergangenen Montag?«

Hellwig schloss die Augen und sank in seinen Sessel zurück. »Muss das wirklich sein?«

»Unbedingt, Herr Hellwig«, sagte Leo höflich.

»Ich war mit Fräulein Dornow zusammen.«

Walther warf Leo einen raschen Blick zu.

»Wo?«

»In einem Lokal in Schöneberg. Ich gebe Ihnen die Adresse.« Er schrieb etwas auf einen Notizblock, riss die Seite ab und schob sie über den Schreibtisch. »Man kennt mich dort, ich schätze das Lokal für seine Diskretion.«

»Und wie lange?«

Hellwig überlegte. »Bis kurz vor zwölf.«

»Haben Sie Fräulein Dornow nach Hause begleitet?«

Der Abgeordnete schüttelte gereizt den Kopf. »Nein. Am nächsten Morgen stand früh eine wichtige Besprechung mit Minister Stresemann an, daher habe ich ihr ein Taxi gerufen und bin selbst mit einem nach Hause gefahren, da ich getrunken hatte.«

»Sie sind also nicht in der Nähe ihres Wohnhauses gewesen?«, vergewisserte sich Leo noch einmal.

»Nein. Sie können doch sicherlich den Taxifahrer ermitteln.«

Leo erhob sich, Walther ebenfalls.

»Danke für Ihre Bereitschaft, mit uns zu sprechen«, sagte Leo und griff nach seinem Hut. »Sollten wir weitere Fragen haben, melden wir uns wieder.«

Draußen im Flur sahen sie einander an.

»Der war's nicht«, sagte Walther. »Wir werden sein Alibi überprüfen, aber ich bin mir ziemlich sicher, dass er die Wahrheit gesagt hat.«

9

Jakob Sonnenschein stand vor der Tür des eleganten Frisiersalons und strich sich unwillkürlich über die dunklen Locken, die sich selbst mit Pomade nicht bändigen ließen. »Salon Lou« war in goldener Schrift auf dem Glas zu lesen. Er stieß die Tür auf, worauf eine helle Ladenglocke ertönte.

Warum musste ausgerechnet er den Namen des Salons in Marlene Dornows Adressbuch entdecken, woraufhin man ihn in dieses feminine Etablissement geschickt hatte, dessen Wände mit Fotos von Filmschauspielerinnen geschmückt waren? Etwas Handfestes wie ein Eisenwarenladen wäre ihm lieber gewesen. Doch jetzt war er hier und musste das Beste daraus machen.

Eine junge Frau mit exaktem Bubikopf, der nicht so recht zu ihrem zartrosa Kittel passte, schwebte auf ihn zu, umwogt von einer unsichtbaren Wolke aus Veilchenduft und Lilie.

»Guten Tag, der Herr. Wir sind ein Damensalon, bemühen uns aber, alle Kunden zufriedenzustellen.« Der leicht anzügliche Blick, mit dem sie ihn bedachte, ließ ihn erröten. Er räusperte sich und zeigte seine Dienstmarke vor.

»Kriminalassistent Sonnenschein.«

»Sind Sie von der Kripo?«, fragte die junge Frau aufgeregt.

»Ja. Morddezernat«, fügte er hinzu.

Eine dunkelhaarige Frau von etwa vierzig Jahren mit einer Brennschere in der Hand tauchte hinter ihr auf. Sonnenschein zuckte zusammen, als sein Blick auf das gefährlich wirkende Utensil fiel.

»Verzeihung.« Sie legte die Brennschere weg und sah ihn

fragend an. »Louise Kern, ich bin die Besitzerin. Sie sind von der Polizei? Worum geht es denn?«

Er wies sich aus. »Kennen Sie eine Marlene Dornow?«

»Natürlich, sie ist seit Jahren bei uns Kundin. Ist etwas passiert? Hatte sie einen Unfall?«

»Er sagt, er kommt vom Morddezernat«, erklärte die junge Friseuse und sah ihre Chefin mit großen Augen an.

»Evchen, geh mal nach hinten, Wellenreiter sortieren«, sagte Frau Kern in unmissverständlichem Ton und deutete, wieder zu Sonnenschein gewandt, auf zwei Stühle, die in einer Nische standen. »Bitte.«

»Ein Frisiersalon ist ein Ort, an dem die Leute gesprächig werden«, sagte Sonnenschein, nachdem er Platz genommen hatte. »Sie vertrauen sich ihren Friseuren an, vor allem Frauen, das ist allgemein bekannt.«

»Ist das bei Männern anders?«, fragte die Inhaberin mit gespielter Neugier.

»Ich pflege mit meinem Friseur jedenfalls keine privaten Dinge zu besprechen«, sagte Sonnenschein, um Fassung bemüht.

Ein Lächeln huschte über Frau Kerns Gesicht, wobei sich die Falten vertieften.

»Es gibt immer Ausnahmen.« Dann wurde sie ernst. »Was ist mit Fräulein Dornow passiert?«

»Sie wurde vorgestern tot aufgefunden. Sie ist einem Gewaltverbrechen zum Opfer gefallen«, sagte er leise.

Louise Kern öffnete den Mund, sagte aber nichts, sondern legte die Hand davor. Er hörte, wie sie tief durchatmete. »Mein Gott. Wie ...«

»Dazu kann ich nichts sagen, Frau Kern. Bitte erzählen Sie mir, wie lange Sie Fräulein Dornow kannten und was Sie über ihr Privatleben wissen. Auch Klatschgeschichten. Sie brauchen kein schlechtes Gewissen zu haben. Alles kann zur Aufklärung beitragen.«

Die Friseuse nickte knapp. »Sie war seit vier, fünf Jahren meine Kundin. Legte großen Wert auf eine moderne Frisur und hat schon früh einen Bubikopf getragen. Es sah wunderbar aus bei ihren Haaren, so eine ungewöhnliche Farbe.« Sie schloss kurz die Augen und hielt sich eine Hand an die Schläfe. »Verzeihung.«

»Schon gut. Es ist ein Schock, das zu erfahren.«

»Sie kam alle vier Wochen zum Nachschneiden, bei besonderen Anlässen auch zwischendurch oder für eine kosmetische Behandlung. Ich biete außerdem eine Kopfmassage an, die sehr entspannend wirkt. Sie gab immer ein großzügiges Trinkgeld und schien keine Geldsorgen zu kennen. Sie kleidete sich elegant, trug auch mal Pelz, schöne Hüte, immer nach der neuesten Mode. Wir wenden uns an anspruchsvolle Kundinnen.«

»Hat sie erzählt, wovon sie lebte?«

Frau Kern schüttelte zögernd den Kopf. »Nein. Ich habe mir natürlich meinen Teil gedacht. Sie sah sehr gut aus, also habe ich anfangs vermutet, sie könnte Mannequin sein. Andererseits verdient man da nicht so gut. Sie hat sich gern die Fotos von den Filmschauspielerinnen angeschaut. Einmal habe ich gesagt: ›Sie könnten auch beim Film sein‹, da hat sie nur gelächelt ...«

»Hat sie erwähnt, ob sie einen festen Freund hatte?«

»Sie hat gelegentlich von Männern erzählt. Aber ein fester Freund – so würde ich es nicht nennen.«

Sonnenschein schaute sie eindringlich an. »Wie ich schon sagte, keine falsche Scham. Es geht um einen Mord, Frau Kern.«

»Na ja, sie erwähnte öfter Bekannte, nannte keine Namen, aber Berufe, als wäre ihr das Prestige wichtig – Anwalt, Fabrikant, Politiker. Angeblich machten sie ihr Geschenke. Einmal wurde sie von einer kolossal teuren Limousine abgeholt. Vielleicht hat sie von diesen Männern gelebt. Ausschließen würde ich es nicht.«

Sonnenschein nickte. »Das ist interessant. Ich würde gern Ihre Angestellten befragen.«

»Heute ist nur Eva da.« Sie stand auf und rief die junge Frau. Sie stellte die Kiste mit den Wellenreitern beiseite und kam sofort herüber.

Sonnenschein wiederholte seine Fragen und erhielt Antworten, die sich mit Frau Kerns Aussagen deckten. Er klappte das Notizbuch zu. Eigentlich war er nicht unzufrieden; was er erfahren hatte, passte zu der Aussage der Hausmeisterin, nach der Marlene Dornow häufig Herrenbesuche erhalten hatte oder von Männern nach Hause gebracht worden war. Dennoch hätte er sich gewünscht, dem Chef etwas Neues zu bringen, irgendein Detail, das vielleicht den entscheidenden Fortschritt bedeutete. Er schaute die junge Friseuse an. »Ich danke Ihnen. Gibt es darüber hinaus etwas, das Ihnen aufgefallen ist? Es kann auch eine Kleinigkeit sein. Sie muss gar nichts mit Fräulein Dornows Tod zu tun haben.«

Eva überlegte. »Da war etwas, es ist schon eine Weile her. Zwei oder drei Monate. Frau Kern hatte etwas zu besorgen, ich war allein im Salon. Fräulein Dornow kam herein, zusammen mit einer jungen Frau. Ich kann mich an ihre außergewöhnlich schönen Haare erinnern, dunkelbraun mit einem leichten Rotschimmer. Und sie trug sie lang, ganz lang und unmodern, zum Zopf geflochten. Fräulein Dornow hat gesagt, ich soll ihr die Spitzen schneiden, nur die Spitzen, bloß nicht zu viel.«

»Davon hast du mir gar nichts erzählt«, sagte Frau Kern leicht ungehalten.

»Es war ja nichts dabei«, erwiderte Eva und biss sich auf die Lippe. »Ich habe getan, was sie wollte, nicht mal einen Zentimeter habe ich abgeschnitten.«

»Haben sich die beiden Frauen unterhalten?«, fragte Sonnenschein.

»Nein. Es war ein bisschen seltsam. Fräulein Dornow stand die ganze Zeit daneben und hat sie angesehen, als wäre sie … wie soll ich sagen … als würde sie auf sie aufpassen. Und nachschauen, ob ich auch alles richtig mache.« Den letzten Satz sprach sie leicht verächtlich aus, als wäre das Spitzenschneiden unter ihrer Würde.

»Haben Sie gehört, wie sie hieß?«

Eva schüttelte den Kopf. Dann ging ein aufgeregtes Leuchten über ihr Gesicht. »Eins war seltsam, Herr Kommissar.« Sonnenschein korrigierte sie nicht. »Fräulein Dornow war sonst immer sehr freundlich und hat viel erzählt, Sie wissen ja, wie das beim Friseur ist. Aber dieses eine Mal hat sie kaum mit mir geredet. Nur Guten Tag und was zu machen war und dann Auf Wiedersehen.«

»Beschreiben Sie die junge Frau so genau wie möglich.«

Evas Wangen glühten, sie schien die Aufmerksamkeit zu genießen, während ihre Chefin im Hintergrund die Stirn runzelte.

»Etwa eins fünfundsechzig, schlank, die Haare habe ich ja schon erwähnt. Sauber und ordentlich gekleidet, aber nicht schick oder teuer. Blasse Haut. Kein Hut.«

Er notierte sich alles und verabschiedete sich. Als er auf die Straße trat, war er zufrieden und erleichtert zugleich. Allzu viel Rosa und Puderduft bekamen ihm einfach nicht.

»Ein Anruf für Sie, Herr Kommissar. Ein Herr Dornow aus Ahlbeck, Kreis Ueckermünde in Pommern. Sie wollten mit ihm sprechen, sagt er. Leider ist es im Hintergrund ziemlich laut.«

»Stellen Sie ihn durch, Fräulein Meinelt.« Leo seufzte. Der Vater. Vermutlich hatte er kein eigenes Telefon und rief aus einem Geschäft oder einer Gaststätte an.

»Kommissar Wechsler, Kriminalpolizei Berlin. Sind Sie Herr Egon Dornow, Vater von Marlene Dornow?«

»Ja, der bin ich.« Es klang zögernd, beinahe fragend. Seine Worte gingen fast im Stimmengewirr unter. Kneipe, dachte Leo. Das konnte heiter werden.

»Was ist mit dem Mädchen?«, fragte der Mann. »Hab seit Jahren nichts von ihr gehört.«

Bei dem Wort »Mädchen« musste Leo tief durchatmen. Gleichzeitig stieg Zorn in ihm auf. Warum hatte der Dorfgendarm oder wer immer dort Dienst tat, den Mann nicht darauf vorbereitet? Es war furchtbar, Eltern solche Nachrichten zu überbringen – zumal am Telefon und bei diesem Lärm –, selbst wenn die Kinder erwachsen waren und sich seit Jahren nicht bei ihnen hatten blicken lassen. Marlen hatte ihre Familie nie erwähnt, so wie sie überhaupt selten über sich gesprochen hatte. Sie hatte ihn erzählen lassen, wenn ihm danach war. Zuhören konnte sie gut.

»Es tut mir sehr leid, Herr Dornow, aber Ihre Tochter ist tot.«

Es hörte sich an, als würde unmittelbar neben dem Telefon ein Stuhl umfallen. Brüllendes Gelächter, ein wütender Schrei: »Haut ab, ihr alle! Lasst mich in Ruhe!« Dann war Egon Dornow wieder am Apparat. »Können Sie das noch mal sagen?«

Leo fluchte innerlich und wiederholte seine Worte.

»Tot? Ein Unfall? In Berlin ist doch so viel Verkehr.«

»Herr Dornow, Ihre Tochter wurde getötet. Ich leite die Ermittlungen.«

Stille. Dann ein leises, kaum hörbares Schluchzen. »Nein … ich kann das nicht … meine Lene. Meine Lene.«

Ob er der Erste war, der um sie weinte? Leo schob den Gedanken mit Gewalt beiseite, als Dornow fortfuhr: »Wer? Wie …?« Dann versagte ihm die Stimme.

Leo dachte an Sonnenschein, der ihm geraten hatte, den Fall abzugeben, und an seine eigenen Zweifel. Nein, er würde nicht beiseitetreten und die Suche nach Marlens Mörder einem

Kollegen überlassen. Er würde zu Ende bringen, was er begonnen hatte. »Wir haben den Täter noch nicht gefasst. Er hat sie am Hals verletzt. Mit einer Glasscherbe. Es ist ziemlich schnell gegangen.« Nicht schnell genug, aber das musste der Vater nicht erfahren. Darum fügte er rasch hinzu: »Leider muss ich Ihnen einige Fragen stellen. Sie sagen, Sie hätten Ihre Tochter lange nicht gesehen. Haben Sie einander geschrieben? Wissen Sie etwas über ihr Leben in den letzten Jahren?«

»Nein. Sie hat ... am Anfang hat sie geschrieben. Von der Stelle in der Drogerie.« Leo bezweifelte, dass Marlen jemals in einer Drogerie gearbeitet hatte. »Und dass es ihr gutgeht. Dass sie einen netten jungen Mann kennengelernt hätte, der es ernst mit ihr meinte.« Genau das, was sich ein besorgter Vater wünschte. Geschickt.

»Wann ist sie nach Berlin gegangen, Herr Dornow? Und könnten Sie bitte etwas lauter sprechen, ich kann Sie schlecht verstehen.«

»Vor sechs Jahren muss das gewesen sein ... Februar zwanzig. Kalt war es, das weiß ich noch. Die Fische im See sind erstickt damals. Lene wollte weg, was aus sich machen. Wissen Sie, sie wollte schon immer mehr, was Besonderes sein. Hans ist hiergeblieben und hat eine Hoferbin geheiratet. Das erste Enkelkind ist unterwegs.«

»Gratuliere«, sagte Leo, doch es kam ihm wie eine Floskel vor. Verdammt, warum fiel ihm das hier so schwer? Sie schwiegen eine Weile. Dann sammelte sich Leo und fuhr fort: »Sie wissen also nichts über ihr Leben in Berlin, mit wem sie befreundet war, wovon sie lebte, in welchen Kreisen sie verkehrte?«

»Ich wusste nicht mal, dass sie tot ist«, sagte der Mann unerwartet heftig. »Wie sollte ich da all die anderen Sachen wissen?«

»Es tut mir leid, Herr Dornow, aber wir müssen diese Fragen stellen. Sie wollen sicher auch, dass dieses Verbrechen aufgeklärt wird.«

Wieder das Schluchzen. »Ja. Kann ich sie ... hierher holen?«

»Wir werden Sie verständigen, sobald die Leiche freigegeben wird. Dann können Sie sie überführen, falls Sie das möchten.«

»Sie soll neben ihrer Mutter liegen, wie es sich gehört. Nicht in Berlin.« Es klang fast wie ein Schimpfwort.

»Gewiss. Wir melden uns bei Ihnen, wenn es so weit ist.«

»Dann muss ich ja in die Großstadt. Die Großstadt ist gefährlich«, sagte Dornow zusammenhanglos.

Leo wollte widersprechen, besann sich aber eines Besseren. »Vielen Dank, dass Sie meine Fragen beantwortet haben. Und ich möchte Ihnen noch einmal mein Beileid aussprechen. Ihre Tochter ... wir werden den Täter finden. Auf Wiederhören, Herr Dornow.«

Er hängte ein und warf einen Blick aus dem Fenster. Nicht die Großstadt hatte Marlene Dornow getötet, sondern ein Mensch, der irgendwo unter ihnen war.

Viktor König stieg beschwingt aus seinem Hispano-Suiza. Die Hauptstadtpresse war hingerissen, die Menschen drängten schon in die Nachmittagsvorstellungen, als könnten sie es gar nicht erwarten, den Film zu sehen, und er – triumphierte. Mit diesem Film würde er Lang übertrumpfen, dessen war er sicher. Vielleicht würde auch er die Chance erhalten, in Amerika zu drehen, in Hollywood, wo immer die Sonne schien und ein vielfach größeres Publikum wartete. Wer Amerika eroberte, dem gehörte die Welt.

An der Haustür merkte er, dass etwas nicht stimmte. Sie war nur angelehnt. Stille. Eigentlich müsste die Haushälterin um diese Zeit da sein. Vom Gärtner war auch nichts zu sehen.

Vorsichtig öffnete er die Tür. Der Eingangsbereich sah aus wie immer. Dann ging er durch den Flur, vorbei an der Küche, und schaute ins Wohnzimmer. Es traf ihn wie ein Schlag.

Scherben. Glas, Porzellan, überall auf dem Natursteinboden verstreut. Einige rote Tropfen, vielleicht Blut. Ein Bild war von der Wand gefallen. Ein Sessel umgekippt.

»Ich habe alle weggeschickt«, sagte Elly. Sie stand mitten im Zimmer, in einer Hand ein Glas mit einer bernsteinfarbenen Flüssigkeit. Whisky. Die andere Hand hing kraftlos herab, geronnenes Blut zeichnete rote Striemen auf die Haut.

König trat behutsam näher. »Was ist passiert?«

»Das fragst du?«

»Zeig mir deine Hand. Du hast dich verletzt.«

Sie wich mit einem Ruck zurück. »Fass mich nicht an.«

König seufzte und ging ins Badezimmer. Dort tränkte er ein Handtuch mit kaltem Wasser, wrang es gründlich aus, nahm ein trockenes dazu und kehrte zurück ins Wohnzimmer, wo Elly immer noch an derselben Stelle stand. Diesmal wich sie ihm nicht aus. Er griff sanft nach ihrer Hand und tupfte sie mit dem nassen Handtuch ab. Dann schob er Elly zu einem Sofa. »Setz dich.«

Sie gehorchte, als wäre sie eine Puppe ohne eigenen Willen. »Ich dachte, er ist nett«, sagte sie matt.

König kniete sich vor sie und untersuchte die Schnitte. Sie waren ziemlich lang, aber nicht tief.

»Wer?«

»Dieser Herr Klein.«

Er schaute hoch. »Was ist mit ihm?«

»Er hat gestern mit mir gesprochen, nach der Vorführung. Du warst ja beschäftigt.«

Der Vorwurf in ihrer Stimme war nicht zu überhören. Viktor hatte Klein nicht bemerkt, vermutlich hatte der sich so lange im Hintergrund herumgedrückt, bis er Elly, verärgert oder enttäuscht aussehend, entdeckt und die Lage ausgenutzt hatte.

»Und?«

»Wir haben über den Film gesprochen. Er war sehr freundlich.«

»Und das?« Er deutete auf das zerschlagene Glas und Porzellan. »Warum hast du das getan?«

Sie zeigte wortlos auf eine Zeitung, die auf dem gläsernen Couchtisch lag.

Berliner Tagespost. »Die liest doch kein Mensch.« Kein Wunder, die besseren Blätter gaben Klein nur selten Aufträge. Er überflog den Artikel:

TRIUMPH IM GLORIA – MAGISCHE MOMENTE IN KÖNIGS NEUEM MEISTERWERK
von
Reinhard Klein

Gestern Abend erlebte Berlin die Premiere von Viktor Königs neuem Werk über den Chemiker und Alchemisten Johann Kunckel von Löwenstern. Der Magier ist vor über zweihundert Jahren gleich vor unserer Haustür seinem mysteriösen Handwerk nachgegangen. War es Gold, das er in aller Heimlichkeit auf der Pfaueninsel erzeugen wollte? Oder Glas, wie uns der Regisseur gegen Ende des Films glauben machen möchte?

In den Hauptrollen waren der überragende Rudolf von Hagen sowie der neue Stern am deutschen Filmhimmel, die bezaubernde Carla Vasary, zu sehen.

Königs reizende Ehefrau Elly, die an diesem Film als Produzentin mitgewirkt hat, sagte nach der Aufführung: »Es war meinem Mann ein besonderes Anliegen, eine Geschichte zu erzählen, die viele Berliner sicher noch nicht kennen, obwohl sie sich zu einem großen Teil auf der Pfaueninsel zugetragen hat, die wir alle für ihre landschaftliche Schönheit lieben.«

Ungewöhnlich ist auch, dass Viktor König diese Schönheit nicht in den hölzernen Kulissen eines Ateliers nachgebildet hat, sondern mit seinen Darstellern und der technischen Ausstattung auf die Insel gezogen ist, um an Ort und Stelle zu filmen.

»Wir haben eine Sondererlaubnis eingeholt, da es sich um ein Naturschutzgebiet handelt. Wir mussten uns verpflichten, uns rücksichtsvoll zu verhalten, damit die Pflanzen und Tiere keinen Schaden nehmen«, erklärte Elly König. »Die Kulissen wurden sofort wieder abgebaut, nachdem wir die Arbeiten beendet hatten.«

Diese Wahrhaftigkeit findet ihren Ausdruck im vollendeten Film, den wir nur empfehlen können. Er bietet den Zuschauern Unterhaltung und große Kunst zugleich.

Eine Beobachtung am Rande wollen wir unseren geschätzten Lesern auch nicht vorenthalten: Die zauberhafte Häkelstola, welche die Hauptdarstellerin Carla Vasary an diesem Abend über ihrer Robe trug, stammt aus einer Modehandlung in der Nähe des Kurfürstendamms, in der auch Viktor König gelegentlich gesehen wurde.

Viktor hatte sich unfreiwillig geschmeichelt gefühlt – bis er den letzten Absatz las. Er ließ die Zeitung fallen, kniete sich neben Elly und legte ihr die Hand auf den Arm.

»Der Kerl ist ein Schwein.«

»Ein Schwein, das die Wahrheit sagt?« Sie hob den Kopf, und ihr Blick war kalt. »Ich weiß, dass dich mein Geld gereizt hat. Mit Liebe habe ich nicht gerechnet … nicht so richtig … aber dass du mich respektierst.« Sie stand langsam auf, und ihre Stimme wurde mit jedem Wort lauter. »Dass du deine Arbeit mit mir teilst. Dass ich weiß, wo du abends hingehst, auch wenn du mich nicht mitnimmst. Dass ich bei einer Premiere nicht allein herumstehe. Und dass niemand so etwas schreiben kann!« Sie deutete auf die Zeitung und schlug ihm mit der unverletzten Hand so heftig ins Gesicht, dass sein Kopf zur Seite flog.

10

Die Mordkommission verbrachte den Rest des Nachmittags im Besprechungszimmer und wertete die neuen Erkenntnisse aus. Leo war erleichtert, weil es ihn von dem Telefongespräch mit dem Vater ablenkte. Er hatte eine große Schultafel besorgt und an der Wand anbringen lassen.

»Ich komme mir vor wie damals, als ich den Dreisatz nicht konnte«, meinte Walther grinsend.

»Die beste Methode, um die verschiedenen Ermittlungsansätze übersichtlich zu notieren und schnell wieder zu entfernen, sobald sie sich als falsch erweisen«, sagte Leo und warf ihm den Schwamm zu. »Das kannst du übernehmen.«

Dann schrieb er *Eduard Hellwig* an die Tafel.

»Der ist es nicht gewesen«, sagte Walther. »Wenn wir dem Taxifahrer glauben.«

Sie hatten den Mann schnell ausfindig gemacht. Er hatte am fraglichen Abend einen Herrn, auf den die Beschreibung passte, nach Hause gefahren und konnte die Uhrzeit und Hellwigs Adresse bestätigen.

»Wir haben keinen Grund, ihm nicht zu glauben. Solange wir nicht mehr gegen Hellwig in der Hand haben als die Tatsache, dass er die Tote gekannt und am Vorabend ihres Todes getroffen hat, sollten wir die Ehefrau aus dem Spiel lassen«, sagte Leo.

»Und hoffen, dass der Pförtner aus dem Reichstag nicht zur Presse rennt«, fügte Walther hinzu.

Leo griff nach seiner Kaffeetasse, trank einen Schluck und schrieb *Frau im Salon Lou* neben Hellwigs Namen. »Gute Arbeit, Sonnenschein, das könnte wichtig sein.«

»Danke, Herr Kommissar. Ich habe schon in den Befragungsprotokollen nachgelesen. Die junge Frau scheint nicht regelmäßig bei der Toten verkehrt zu haben. Könnte es eine Verwandte sein?«

Leo schüttelte den Kopf. »Wir wissen nur vom Vater und einem Bruder. Ich habe vorhin mit Herrn Dornow telefoniert, er hatte seit Jahren keinen Kontakt zu seiner Tochter. Kommen wir zu möglichen Augen- oder Ohrenzeugen. Gibt es dahingehend etwas Neues? Wie sieht es mit den Handzetteln für die umliegenden Straßen aus?«

»Gedruckt und verteilt«, meldete sich der junge Kriminalassistent Friedrichs zu Wort. Er war noch nicht lange bei der Kripo. »Aber erst seit heute Mittag.«

Walther hob die Hand. »Es haben sich durchaus noch Leute gefunden, die etwas gehört haben wollen, aber viele machen sich nur wichtig. Meist stimmt die Uhrzeit nicht, oder es sind angeblich Geräusche gehört worden, die sich nicht mit dem Tathergang decken. Eine Frau berichtete von dämonischem Gelächter gegen vier Uhr morgens.«

Leo seufzte. »Falsche Bettlektüre, was? Wir konzentrieren uns auf die Frau aus dem Frisiersalon und holen weiter Erkundigungen bei den Nachbarn ein. Vielleicht melden sich auch Bekannte der Toten, sobald sie in der Zeitung von dem Mordfall gelesen haben. Friedrichs, Sie holen den Schmuck in der Bank ab.«

Der junge Kollege nickte.

Leo stand auf. »Noch Fragen? Sonst machen wir Schluss für heute.«

Leo, Walther und Sonnenschein bogen vom Bahnhof Friedrichstraße in die Georgenstraße ein, leicht beschwingt von den zwei Weißen, die sie nach Dienstschluss in einer Kneipe nahe dem Präsidium getrunken hatten. Clara war kurz angebunden gewesen, als Leo ihr am Telefon von der Verabredung erzählt hatte; andererseits war nichts Verwerfliches daran, mit Kollegen abends auszugehen. Damit versuchte er sich zu beruhigen.

»Es ist gleich hier um die Ecke in der Charlottenstraße. Es wird Ihnen sicher gefallen, Sonnenschein«, sagte Walther und blieb vor einem Haus mit prächtiger Fassade stehen, in dem sich ein elegantes Restaurant befand. Ein Portier hielt gerade einigen Gästen, die aus einer chauffeurgesteuerten Limousine gestiegen waren, die Tür auf. Daneben führten drei Stufen zu einer unauffälligen Tür hinunter. Ein schlichter, beleuchteter Schriftzug kündigte den Continental-Keller an. Der Schaukasten neben der Tür warb für die »Continental-Nacht«, die an jedem Donnerstag stattfand. *»Heute im Continental – morgen auf den Bühnen Europas.«*

Sie betraten einen Vorraum, in dem sie ein Mann im Frack empfing, ein kleines Eintrittsgeld kassierte und ihre Hüte entgegennahm. »Ansonsten keine Garderobe? Hier entlang, meine Herren.«

Der Raum war klein, etwa hundert Sitzplätze, schätzte Leo. Weiße Tischtücher, Sektkübel, an der Wand eine schmale Theke. Eine winzige Bühne mit Klavier, auf der ein Zauberkünstler damit beschäftigt war, ein offenkundig ausgestopftes Kaninchen aus einem Zylinder zu ziehen.

Sie bestellten eine Flasche Sekt, und Sonnenschein beugte sich vor, nachdem er vorsichtig nach links und rechts geschaut hatte. »Ich hoffe wirklich, dass es hier nicht wie bei diesen ›Namenlosen‹ zugeht. Der dortige Besitzer verspricht den Leuten das Blaue vom Himmel – Geld, Karriere, Verträge mit großen Bühnen, was man sich nur denken kann. Und dann stellt er die Leute bloß.«

Von der Bühne ertönte ein Schrei, als jemand ein Sektglas nach dem unglückseligen Magier warf, der gerade noch ausweichen konnte. Leo schaute über die Schulter und drehte sich wieder zu seinen Kollegen. »Ich weiß ja nicht, wie es anderswo zugeht, aber …« Er musste sich das Lachen verbeißen.

Walther war blass geworden. »Es ist sehr schwer, in Berlin Fuß zu fassen«, sagte er entschuldigend. »Es gibt so viele Künstler, die es hier zu etwas bringen wollen, und auf eine Sängerin, die Erfolg hat, kommen zwanzig, die tagsüber als Verkäuferin arbeiten. Wenn sie Glück haben. Jenny macht das auch, in einem Blumengeschäft.«

Leo zog eine Augenbraue hoch, als er sah, wie sich der Mann auf der Bühne mit einem Taschentuch den Schweiß von der Stirn wischte.

»Säg uns mal 'ne Frau durch«, rief ein Herr zwei Tische weiter.

»Dit blöde Karnickel will doch keener sehn«, tönte eine Frauenstimme.

Leo klopfte Walther beruhigend auf die Schulter. »Mach dir keine Sorgen wegen deiner Jenny. Das wird schon.«

Walther schluckte.

Nachdem der Zauberkünstler unter Buhrufen die Bühne verlassen hatte, betrat ein halbseiden wirkender Conférencier das Podium und spähte herablassend ins Publikum. »Nun, meine sehr verehrten Damen und Herren, nachdem dieser Auftritt leider nicht ganz so wohlwollend aufgenommen wurde, hoffe ich doch, mit dem nächsten Künstler wieder Ihren Geschmack zu treffen.«

Johlen und Klatschen.

»Verehrte Gäste, ich darf Ihnen nun Max Striese, den neuen Stern unter den Bauchrednern, vorstellen! Max und sein Hase Fridolin!« Er deutete mit einer ausholenden Geste auf einen beleibten jungen Mann, der bereits schwitzend die Bühne betrat. Unglücklicherweise hatte er sich für einen hellen Sommeranzug entschieden, der deutliche Flecken unter den Achseln aufwies. Auf dem runden Kopf balancierte er einen Strohhut, der jeden Augenblick herunterzufallen drohte.

Auf seiner linken Hand steckte eine große Hasenpuppe, die sich nun vor den Zuschauern verbeugte.

Leo hatte den Kopf auf die verschränkten Arme gebettet, während Sonnenschein mit einer Mischung aus Grauen und Faszination zur Bühne schaute und Walther seinen Sekt verzweifelt in einem Zug herunterkippte.

»Unterhalten sich zwei Nachbarinnen«, begann der Hase. »Fragt die eine: ›Stimmt es, dass Ihr Gatte seit drei Monaten vermisst wird?‹ Sagt die andere: ›Kann schon sein, aber nicht von mir.‹«

Ein Ei zerschellte knapp neben dem Kopf des Bauchredners an der Wand.

»Na sag mal, Fridolin, hast du uns denn noch mehr lustige Geschichten mitgebracht?«

Der Hase nickte eifrig. »Kommt ein Skelett zum Arzt. Sagt der Arzt: ›Sie kommen aber reichlich spät!‹«

Die Mundbewegungen des Mannes waren so grotesk deutlich, dass Leo gequält wieder die Augen schloss.

Eine Frau am Nebentisch holte aus, um einen völlig verschrumpelten Apfel auf die Bühne zu werfen, und Sonnenschein wollte schon dazwischengehen, was Leo gerade noch verhindern konnte. »Dafür kommen die Leute her«, zischte er. »Das ist kein Fall für die Polizei.«

»Aber …«

Er schüttelte entschieden den Kopf und hoffte inständig, Roberts Jenny möge wenigstens halbwegs begabt sein, wenn man sie schon den Wölfen zum Fraß vorwarf.

»Deine Witze sind so alt, die treten sich auf den Bart«, brüllte ein Mann und sprang erregt auf. Er schaute sich um und dirigierte das Publikum. »Aufhören! Aufhören! Aufhören!«

Der unglückselige Bauchredner klemmte sich den Hut unter den Arm und verschwand samt sprechendem Hasen im Eiltempo von der Bühne.

Wieder erschien der schmierige Conférencier und hob die Hand, bis es still wurde. »Hat es Ihnen immer noch nicht gefallen?«

Ihm scholl ein lautes »Nein!« entgegen.

»Ich hoffe, Sie wollen nicht Ihr Geld zurück. Das werden Sie nämlich nicht bekommen.«

Gelächter. Die Leute bekamen genau das, wofür sie bezahlt hatten.

»Als Nächstes darf ich Ihnen eine junge Sängerin vorstellen, die sich etwas Besonderes für uns ausgedacht hat. Verehrte Gäste – Fräulein Jenny Blau mit ihrem Lied ›Ich möchte ein Bär sein‹!«

Walther starrte wie gebannt auf die Bühne und umklammerte das Sektglas so fest, dass Leo ihn besorgt anschaute.

Dann ging ein Raunen durch den Raum.

Sie war klein und zierlich und hatte eine reizende Figur – soweit man es bei diesem Kostüm erkennen konnte. Es ließ die Beine frei, doch ansonsten steckte sie ganz und gar in einem braunen Pelz mitsamt kleinem Schwänzchen und Öhrchen. Nur ihr Gesicht war zu sehen. Sie stellte sich ans Klavier und gab dem Pianisten ein Zeichen.

Ich möchte ein Bär sein,
das kann doch nicht schwer sein,
ich bräuchte kein Geld,
tu, was mir gefällt.

Die Stimme war gar nicht übel, dachte Leo und schaute sich vorsichtig um. Noch war es ziemlich still im Raum. Er sah, wie sich Roberts Hand am Glas etwas entspannte.

Ich möchte ein Bär sein,
das kann nicht so schwer sein,
dann brumme ich rum,
und niemand nimmt's krumm.

»Zeig uns mal dein Schwänzchen, Süße!«

Leo sah Sonnenscheins entsetzte Miene und zuckte hilflos mit den Schultern. Jenny drehte sich kokett zur Seite und sang tapfer weiter.

Und bist du mein Freund,
dann kommst du zu mir,
wir brummen zusammen,
dazu noch ein Bier.

»Darf ich mal in deine Höhle?«, rief ein Mann aus der hintersten Ecke. Walther wollte aufspringen, und Leo musste seinen Freund daran hindern, handgreiflich zu werden.

»Bleib sitzen, deine Jenny macht das schon.«

Wie recht er hatte.

Die junge Frau gab dem Pianisten ein Zeichen, eine Pause einzulegen, und rief quer durch den Raum: »Nicht mit der Visage!«

Dann sang sie ungerührt die letzte Strophe:

Lass mich doch dein Bär sein,
wie knorke wär das,
das kann nicht so schwer sein,
und macht Bärenspaß!

Applaus, Johlen, einige obszöne Angebote, aber keine Wurfgeschosse. Immerhin, dachte Leo. Die Sängerin sprang anmutig von der Bühne und kam geradewegs auf ihren Tisch zu, wo sie sich vorbeugte und Walther auf den Mund küsste.

Dann streckte sie Leo die Hand entgegen. »Der Chef, nehme ich an.«

Leo hatte ein Taxi zum Lehrter Bahnhof genommen, stieg dort aus und ging das letzte Stück zu Fuß. Er musste noch immer lächeln, wenn er an Roberts Freundin dachte. Ein reizendes, kluges Mädchen – und nicht unbegabt. Das hatte selbst das gnadenlose Publikum im Continental-Keller gemerkt. Sie hatte noch ein Glas Wein mit ihnen getrunken, bevor Walther sie nach Hause brachte, da sie früh am nächsten Morgen wieder im Blumengeschäft stehen musste.

Es war ein amüsanter Abend gewesen, und Leo hatte jede Minute genossen, gerade weil die letzten Tage nicht einfach gewesen waren. Er erinnerte sich an den Albtraum der vergangenen Nacht und das Gespräch mit Marlens Vater. Es war immer schwer, solche Nachrichten zu überbringen, aber diesmal war es persönlicher als sonst gewesen. Er hatte das Opfer gekannt. Er wollte ihren Mörder finden. Wie konnte es so wenige Hinweise geben, wenn eine Frau inmitten einer Wohnanlage ermordet wurde, in der mehrere Hundert Menschen lebten? War ihr der Täter gefolgt? Hatte er ihre Gewohnheiten studiert und ihr im Schatten aufgelauert, als sie spät nach Hause kam?

Im Gehen schaute er nach oben. Trotz der hellen Lichter der Großstadt waren Sterne zu sehen. Es wäre schön, mit Clara spazieren zu gehen. Doch bei dem Gedanken an sie überkam ihn ein beklemmendes Gefühl.

Er zwang sich, schneller zu gehen.

Als er die Wohnungstür aufschloss, sah er, dass durch die angelehnte Schlafzimmertür Licht in den Flur fiel.

Er legte den Hut auf die Garderobe, hängte den Mantel an einen Haken und stieß behutsam die Tür auf. Clara saß im Bett und klappte ihr Buch zu, als er hereinkam. Das braun schimmernde Haar fiel ihr ins Gesicht.

»Hattest du einen schönen Abend?«, fragte sie in einem Ton, der keine Gefühlsregung verriet.

»Ja. Roberts neue Freundin kann wirklich gut singen. Wir sollten einmal zusammen hingehen, wenn sie auftritt.« Ein Versöhnungsangebot.

Er zog die Weste aus und hängte sie über einen Stuhl,

streifte die Schuhe ab und fing an, sich das Hemd aufzuknöpfen. Eigentlich wollte er von der kuriosen Vorstellung in dem Kellerlokal erzählen, spürte aber, dass Clara nicht danach zumute war.

Er warf das Hemd in den Wäschekorb und holte seinen Pyjama unter dem Kopfkissen hervor. Statt sich weiter umzuziehen, setzte er sich auf die Bettkante und drehte sich zu Clara. »Was ist los?«

Sie presste die Lippen aufeinander, sagte dann aber leise: »Ich verstehe dich nicht. Du bist in den letzten Tagen so ... anders. Gestern Morgen bist du in aller Herrgottsfrühe aus dem Haus gelaufen. Heute dann dieser Albtraum. Und abends ziehst du los und amüsierst dich mit Robert und Sonnenschein, als wäre nichts gewesen?«

Wäre Clara nicht Clara, hätte er geglaubt, sie sei eifersüchtig auf sein Abendvergnügen. Doch das konnte es nicht sein. Sie hatte eigene Freunde und Bekannte, sie war keine Frau, die nur darauf wartete, dass ihr Mann abends von der Arbeit kam.

»Jeder träumt mal schlecht. Es war nicht das erste Mal in meinem Leben.«

»Aber das erste Mal, seit wir ... in einem Zimmer schlafen.« Sie schaltete ihre Nachttischlampe aus.

Er ging ins Bad und putzte sich die Zähne. Kämmte sich die Haare. Stützte sich auf den Rand des Waschbeckens und betrachtete das weiße Porzellan, als könnte es ihm einen Rat geben.

Dann begriff er. Das Gefühl, das ihn überkam, wenn er Clara ansah und an Marlen dachte, war Scham. Darum wollte er nicht von ihr erzählen. Es war unangenehm, an die Pelze und teuren Kleider in Marlens Schrank zu denken, an die kostspieligen modernen Möbel, den Schmuck aus dem Safe. An Hellwig. An die anderen Herrenbekanntschaften. An sich selbst. Und an den Vater, der nicht ahnte, wovon seine Tochter gelebt hatte.

Zum Glück hatte Viktor König oft genug den Maskenbildnerinnen zugesehen, sonst hätte er an diesem Abend nicht unter Menschen gehen können. Seine Wange tat höllisch weh und färbte sich unter Ellys Schminke, die er kunstvoll aufgetragen hatte, vermutlich gerade blau, doch das war ihm egal. Um nichts in der Welt hätte er sich den Wohltätigkeitsabend im Club der Filmindustrie entgehen lassen und damit die Gelegenheit, den triumphalen Erfolg seines neuen Films auszukosten. Es gab nichts Schöneres, als sich unter seinesgleichen zu bewegen und die Blicke zu spüren, das Getuschel hinter sich zu hören, auch den Neid zu genießen, der ihm von manchen Seiten entgegenschlug. Viktor König hatte sich nie vor Neidern gefürchtet, sondern sie stets als Bestätigung betrachtet.

In Berlin gab es dreihundertfünfzig Filmtheater, und in vielen davon lief *Die Insel des Magiers*. Die Menschen standen Schlange, es war sogar zu einer Auseinandersetzung gekommen, weil sich jemand angeblich vorgedrängt und die letzten Karten weggeschnappt hatte. Carla Vasarys Name war in aller Munde und auf den Titelseiten, sie war der Star von morgen.

König unterhielt sich ausgezeichnet und prüfte zwischendurch auf der Herrentoilette, ob die Schminke noch hielt.

Er plauderte lange mit Rudolf von Hagen und ließ sich von Hollywood erzählen. »Wie wäre es, wenn wir uns zusammen etwas überlegen und es den Jungs dort drüben vorstellen?«, fragte Rudi und schlug ihm auf die Schulter. »Ich weiß, du willst Alfred nicht untreu werden, aber denk doch nur, Amerika –«

Es klang wirklich verlockend, und König genoss es, sich die Möglichkeiten auszumalen, die ihm nach diesem Erfolg offenstanden.

Als er sich auf den Heimweg machte – er hatte kurz gezweifelt, ob er den eigenen Wagen nehmen sollte, sich dann aber für fahrtüchtig erklärt –, konstatierte er zufrieden, dass niemand nach seiner Wange gefragt hatte.

Und auch nicht nach seiner Frau. Jedenfalls nicht direkt. König wusste nicht recht, was er davon halten sollte. Natürlich hätte er lügen müssen, um Ellys Abwesenheit zu erklären, doch bewies das mangelnde Interesse der Gäste auch, dass Ellys Vorwürfe nicht unbegründet waren. Er hatte ihr Geld genommen und in seine Filme gesteckt, sie aus seinem gesellschaftlichen Leben aber weitgehend ausgeschlossen. Dass sie beim neuen Film als Co-Produzentin genannt wurde, war nur dem Wunsch nach häuslichem Frieden geschuldet. Ein Trostpflaster, ein Olivenzweig, mehr nicht.

Auf der Friedrichstraße herrschte Hochbetrieb. Leuchtreklamen, Taxis, laute Musik, die aus Nachtclubs und Theatern drang, Menschenströme auf beiden Straßenseiten. Hier war Berlin besonders laut und lebhaft, hier drängten sich die Büros der Filmgesellschaften, hier fühlte Viktor König sich zu Hause.

Er atmete tief durch. Der Gehweg schwankte leicht unter seinen Füßen. Wie viele Gläser Sekt hatte er getrunken? Er schüttelte sich und rieb sich das Gesicht, um einen klaren Kopf zu bekommen. Dann ging er zu seinem Wagen, gab dem Portier ein Trinkgeld und ließ den Motor an. Er schloss kurz die Augen, bis er sich einigermaßen gefangen hatte, und fuhr los.

Nach dem Streit mit Elly hatte er sich wortlos umgezogen und mit ihren Utensilien geschminkt, bis es Zeit war, in den Club zu fahren. Er hatte die Erinnerung an das verwüstete Zimmer verdrängt und hätte auch den Schlag ins Gesicht vergessen, wenn ihn der Schmerz nicht ständig daran erinnert hätte.

Nun aber fragte er sich, was er wohl zu Hause vorfinden würde. Hatte Elly die Haushälterin zurückbeordert, damit sie das Chaos beseitigte, oder war ihr das zu peinlich gewesen? Hatte sie selbst Hand angelegt? Wohl kaum. Elly König, geborene Pawlak, fegte und putzte nicht, schon gar nicht in angetrunkenem Zustand. Vermutlich hatte sie weitergetrunken und war irgendwann bewusstlos auf dem Sofa zusammengesunken oder ins Bett gefallen.

Die Fahrt nach Babelsberg kam ihm endlos vor. Er biss sich abwechselnd von innen auf die Wange oder sang Schlager, um sich wachzuhalten. Vielleicht hätte er doch lieber ein Taxi nehmen sollen.

Als er endlich in die Einfahrt bog, war das Haus dunkel, nur die Lampe neben der Haustür brannte. Gut. Er würde im Gästezimmer schlafen, denn er hatte nicht vor, den Streit mitten in der Nacht fortzusetzen. König stellte den Wagen vor der Garage ab und stieg aus. Es war still. Die Villen standen weit voneinander entfernt, nur in wenigen brannte noch Licht. Er schaute zum Himmel empor. Die Sterne drehten sich. Er musste ins Bett, es war höchste Zeit. Er schloss die Haustür auf und wollte gerade das Licht im Flur einschalten, als er eine Bewegung hinter sich bemerkte.

Es ging schnell, zu schnell für einen Mann in seinem Zustand. Er spürte, wie ein Arm seinen Kopf nach hinten riss, dann einen unangenehm süßlichen Geruch, Schmerz, Nässe, und er stürzte ins Leere.

11

Freitag, 11. Juni 1926

Die Stimmung beim Frühstück war angespannt, obwohl Leo und Clara sich bemühten, es sich nicht anmerken zu lassen. Georg sortierte die Zigarettenbilder, die er mit seinen Freunden in der Schule tauschen wollte, doch Maries Blick wanderte zwischen ihnen hin und her, während sie wortlos ihr Marmeladenbrot aß.

»Kann ich aufstehen? Ich muss noch die Tasche packen«, sagte Georg und griff nach der Dose mit dem Frühstücksbrot.

»Natürlich«, entgegnete Clara und strich ihm flüchtig übers Haar. Mehr körperliche Berührung duldete der Junge derzeit nicht, und sie drängte sich nicht auf. Sie stellte seinen Teller ans Spülbecken, als sie eine leise Stimme hinter sich hörte.

»Habt ihr Streit?«

Clara und Leo schauten Marie und dann einander an. Leo wollte etwas sagen, doch da klingelte im Flur das Telefon.

Sie setzte sich zu Marie an den Tisch. »Ein bisschen, aber so etwas kommt vor. Du hast doch auch mal Streit mit deinen Freundinnen, oder?«

Marie überlegte. »Als Else das Kleid von meiner Puppe zerrissen hat. Aber da waren wir noch klein.« Es klang, als könnte sie sich kaum an ihre Kindheit erinnern.

Clara lächelte. »Ich weiß noch, wie du mir letzte Woche erzählt hast, dass Else wütend war, weil Anna sie nicht zum Geburtstag eingeladen hat.«

»Mhm.« Marie leckte sich Marmelade vom Finger. »Aber bei euch ist das anders.«

»Warum?«

»Ihr seid doch keine Freunde.«

Clara legte ihr den Finger unters Kinn und drehte ihren Kopf zu sich. »Warum sollten wir keine Freunde sein, dein Vater und ich?«

»Weil ihr verheiratet seid.«

»Ach so.« Sie musste sich das Lachen verbeißen, obwohl sie sich beim Aufwachen elend gefühlt hatte, weil sie noch lange schweigend dagelegen hatten und abgewandt voneinander eingeschlafen waren.

»Wir sind trotzdem Freunde. Dein Vater ist mein bester Freund, auch wenn er mein Mann ist. Du weißt doch, wie das ist. Freunden erzählt man alles, was einen bewegt. Wenn man traurig ist. Wenn man sich über etwas freut. Wovon man träumt. Alles, was einem wichtig ist.«

Als sie aufblickte, sah sie Leo in der Küchentür stehen. »Ich muss los.« Er gab Marie einen Kuss auf die Stirn und Clara einen Wink, worauf sie ihm in den Flur folgte.

»Ein Mord in Neubabelsberg. Robert holt mich an der Turmstraße ab.« Er hielt Hut und Mantel in der Hand, zögerte aber noch. »Was du eben gesagt hast –«

Sie legte ihm den Finger auf die Lippen. »Nicht jetzt.« Ihr Lächeln begleitete ihn auf dem Weg nach unten.

Es würde eine Weile dauern, bis Robert mit dem Wagen an der Turmstraße war, doch Leo genoss den warmen Morgen und die Erinnerung an das Lächeln, mit dem Clara ihn verabschiedet hatte. Sie hatten sich nicht ausgesprochen, aber es war ein Anfang.

Er grüßte den Wirt der Eckkneipe, der leere Fässer vor die Tür rollte. »Lange nich jesehn, Leo. Hast ’ne Molle bei mir jut.«

»Warum?«

»Die Kleene, die du mir empfohlen hast für hintern Tresen, dit is 'n Prachtstück.«

»Ach so. Aber die Molle hat sich Frau Dr. Schott verdient. Sie kannte das Mädchen und hat meiner Frau von ihr erzählt.«

Der Wirt wischte sich mit dem Arm über die Stirn und grinste. »Ick vastehe. Also 'ne Molle für den Herrn Kommissar samt Jattin und die Frau Doktor noch dazu.«

»Ich komme drauf zurück«, sagte Leo und nickte zum Abschied.

Magda hatte ein junges Mädchen behandelt, das vom Vater geschlagen wurde, und ihn um Rat gefragt. Sie musste vom Vater weg, in eine eigene Bleibe, und suchte ein Auskommen. Die Kleine war fleißig und arbeitswillig, doch Leo hatte anfangs gezweifelt, ob man sie nach ihren Erfahrungen mit dem Vater ausgerechnet in eine Kneipe schicken sollte. Andererseits war Gustav Braun eine Seele von Mensch und würde dafür sorgen, dass seine Gäste ihr nicht zu nahe traten. Und es hatte geklappt.

Er ging auf der Turmstraße auf und ab. Der Wagen kam schneller als erwartet und hielt mit quietschenden Reifen am Straßenrand. Walther war am Steuer, Sonnenschein und Hasselmann saßen im Fond. Leo stieg ein.

»Morgen zusammen.«

»Morgen, Leo. Netter Abend gestern, was?«

»Ja. Bezauberndes Mädchen, deine Jenny.«

Walther strahlte.

»Warum Potsdam? Kann mir das bitte jemand erklären? Die haben doch eine eigene Polizei.«

Walther gab Gas und bog an der nächsten Kreuzung nach links in Richtung Charlottenburg ab. »Das rätst du nie.«

»Ach, komm, dafür ist es zu früh am Morgen«, sagte Leo abwehrend.

»Kennst du Neubabelsberg?«

»Ja, schicke Gegend. Und?«

»Gehen Sie gern ins Kino, Herr Kommissar?«, fragte Sonnenschein vom Rücksitz.

»Hm, manchmal schon. Was soll dieses Frage-und-Antwort-Spiel?«

»Viktor König, der Regisseur«, sagte Robert. »Er hatte gerade eine große Premiere, *Die Insel des Magiers*. Seine Frau hat ihn heute Morgen tot im Hausflur gefunden und völlig aufgelöst die Polizei gerufen. Die Kollegen aus Potsdam sind sofort hingefahren. Ziemliche Sauerei, wie sie sagen.«

Leo zog die Augenbrauen hoch. »Raus mit der Sprache. Warum wir, wenn wir mitten in einem Fall stecken?«

Walther sah ihn von der Seite an. »Weil König verblutet ist. Stichwunde am Hals. Und neben ihm lag eine Scherbe.«

»Halt auf der Straße«, wies Leo Walther an, als sie in Neubabelsberg angekommen waren. Unmittelbar vor der Villa König parkten zwei Streifenwagen, mehrere Schupos bewachten das Haus.

»Eindrucksvoll«, sagte Leo, als er ausstieg und das Gebäude mit seinen klaren Linien und dem kunstvoll schlichten Garten betrachtete.

»Zu kalt für meinen Geschmack«, widersprach Walther. »Zu viel Glas, alles weiß.«

»Mies van der Rohe hat es gebaut«, sagte Sonnenschein.

»Ich mag es lieber gemütlich«, sagte Walther achselzuckend. »Ich glaube, da drinnen würde ich ständig frieren.« Sie holten ihre Ausrüstung aus dem Kofferraum und gingen die mit weißem Kies bestreute Einfahrt entlang, die auf beiden Seiten von gepflegten Rasenflächen gesäumt wurde.

Walther pfiff leise durch die Zähne und deutete auf den Wagen, der vor der Garage parkte. »Ein Hispano-Suiza! Der hat ein Vermögen gekostet.«

»Herr König lebte auf ziemlich großem Fuß«, bemerkte Leo. »Kann man mit Filmen so viel Geld verdienen?«

Sonnenschein räusperte sich. Manchmal überraschte er seine Kollegen durch sein breit gestreutes Wissen, das sich durchaus auch aus Illustriertenklatsch speiste. »Ich habe gelesen, er habe eine wohlhabende Frau geheiratet.«

»Stimmt«, meinte Walther. »Die Tochter von Pawlak, dem Klosettkönig von Schwerin.«

Leo unterdrückte ein Grinsen, als ihnen ein Schupo entgegentrat. »Die Herren von der Kripo? Oberwachtmeister Freese von der Polizei Potsdam.«

Leo stellte sich und die Kollegen vor. »Die Ehefrau hat ihn gefunden?«

»Wir konnten sie am Telefon kaum verstehen. Ein Arzt ist bei ihr, sie ist nicht vernehmungsfähig.«

»Und sonst? Gibt es Hausangestellte?«

Freese nickte. »Schon, aber über Nacht war niemand hier. Als die Haushälterin, eine Frau Schmidt, vorhin kam, haben wir sie zur Seitentür geschickt. Sie wartet in der Küche.«

»Gut.« Leo schaute zur Haustür. »Ich möchte mir den Toten ansehen.«

Freese trat beiseite. »Wie gesagt, eine ziemliche Schweinerei. Die arme Frau. Wir haben die Scherbe so liegen gelassen, wie wir sie gefunden haben.«

Leo atmete tief durch. Er erinnerte sich an die Worte der Frau, die Marlens Leiche entdeckt hatte. Moderne Kunst. Rot an der weiß getünchten Hauswand. Hier waren es der weiße Marmorboden, die weißen Wände, die weiße Haustür, auf denen der Täter seine Spuren hinterlassen hatte. Blut an der Wand, bis zu einer Höhe von mehr als zwei Metern, Blut auf dem Boden, eine Lache unter dem Hals des Mannes, klebrig geronnen.

Der Tote trug Abendkleidung und lag auf dem Bauch, das Gesicht nach links gedreht. Die Beine waren ausgestreckt, der rechte Arm leicht angewinkelt, die Handfläche nach oben gekehrt. Die Position – die Füße knapp hinter der Haustür, der Kopf zum Inneren des Hauses gewandt – ließ darauf schließen, dass er entweder gerade hereingekommen war oder dem Täter die Tür geöffnet und sich unmittelbar vor dem Angriff umgedreht hatte.

»Sonnenschein, Sie stenographieren mit. Robert, du gehst bitte zu der Haushälterin. – Freitag, 11. Juni 1926, 8.46 Uhr. Männliche Leiche, Fundort Kaiserstraße 43a, Wohnhaus von Viktor König, Potsdam, Stadtteil Neubabelsberg. Der Tote liegt unmittelbar hinter der Haustür auf dem Bauch, vollständig bekleidet. Gesicht nach links gedreht. Starke Blutung, vom Hals ausgehend. Lache aus geronnenem Blut unter Kopf und Hals. Blutspritzer und -flecken an der Wand, der Haustür und auf dem Boden.« Leo kniete sich neben den Toten, streifte dünne Handschuhe über und tauchte zwei Finger in die Blutlache. Er hob die Scherbe vorsichtig hoch und zeigte sie Sonnenschein.

»Schreiben Sie: In der Blutlache unter dem Hals des Toten befindet sich eine Scherbe von etwa fünfzehn Zentimetern Länge.« Er wischte behutsam eine Ecke sauber. »Eine rote Scherbe. Und das Glas sieht aus wie im Fall Dornow.«

»Ein Déjà-vu, wie mir scheint«, verkündete Dr. Albertz, als er Leo und seine Kollegen begrüßte.

Leo fasste die bisherigen Ergebnisse zusammen, woraufhin der Arzt mit der Untersuchung begann. »Vermutliche Todeszeit«, er sah auf die Uhr, »vor sieben bis acht Stunden, also zwischen Mitternacht und ein Uhr morgens. Todesursache ist eine tiefe Schnitt- und Stichverletzung am Hals.« Er begutachtete die Hände des Toten. »Hm.«

»Was ist?«, fragte Leo und beugte sich vor.

»Keine Abwehrverletzungen. Anders als im Fall Dornow.

Auch an den Fingernägeln sind keine Spuren eines Kampfes erkennbar«, sagte Albertz nachdenklich. »Das ist merkwürdig. Selbst wenn der Mann angetrunken war – ich denke da an die Abendkleidung, er könnte von einem Fest gekommen sein –, hätte er sich gewehrt. Niemand lässt einen solch brutalen Angriff einfach über sich ergehen, der Abwehrreflex ist zu stark.«

»Vielleicht hat man ihn vorher niedergeschlagen.« Leo ging um den Toten herum. »Allerdings gibt es keine sichtbare Kopfverletzung.«

Der Arzt beugte sich tief über die Leiche und schnüffelte. Dann kam er hoch, hockte sich auf die Fersen und schaute triumphierend von Leo zu Sonnenschein. »Chloroform.«

»Er wurde betäubt?«

»Zweifellos. Der Geruch ist fast verflogen, aber aus der Nähe noch wahrnehmbar.«

»Der Täter hat dazugelernt«, sagte Leo. »Also kam er diesmal vorbereitet.«

Albertz nickte. »Alles spricht für eine geplante, durchdachte und vorsätzliche Tat, genau wie bei Marlene Dornow. Dazu die Ähnlichkeit der Tatwaffen.«

In diesem Augenblick näherten sich Stimmen von der Straße. Leo schaute aus der Tür und sah Paul Delbrück und die anderen Kollegen vom Erkennungsdienst. Delbrück schob den Rest einer Stulle in den Mund und nickte zur Begrüßung.

»Vielleicht hätten Sie sich das Frühstück für später aufheben sollen«, meinte Albertz, doch Delbrück blieb ungerührt.

»Wenn ich mich davon abschrecken ließe, wäre ich schon verhungert. Leo, das ist ja wieder eine schöne Art, den Tag zu beginnen.«

»Mahlzeit, Paul. Am besten fangt ihr mit der Umgebung des Hauses an, dann der Hausflur, danach der Rest des Hauses. Überprüft auch den Wagen auf Fingerabdrücke.« Leo deutete auf den Hispano-Suiza, der in der Morgensonne glänzte.

Die Kollegen machten sich an die Arbeit. Leo wollte die Frau des Ermordeten aufsuchen und warf noch einen letzten Blick auf die Leiche. Er stutzte und beugte sich vor. »Darf ich?«, fragte er den Arzt.

»Sicher.«

Vorsichtig strich er mit dem Finger über die linke Wange des Mannes und trat nach draußen ans Tageslicht. Ein Fleck, rot und hellbraun, fast beige. Blut, vermischt mit einer anderen Substanz.

»Albertz, wofür halten Sie das?«

Der Arzt warf einen Blick auf Leos Finger. »Blut und Schminke, würde ich sagen.«

Sonnenschein blickte verwundert von seinem Notizblock auf. »Schminke?«

»Geben Sie mir mal ein Tuch«, sagte Leo.

Der Arzt reichte ihm einen sauberen Lappen aus seiner Tasche. Leo wischte damit sehr sachte über die Wange des Toten und zeigte Albertz das Resultat.

»Ein Hämatom«, konstatierte der Arzt. »Ein großflächiger blauer Fleck, ohne Hautverletzung. Dürfte von einem heftigen Schlag mit der flachen Hand herrühren. Er wurde überschminkt. Nicht älter als … sagen wir, vierundzwanzig Stunden. Höchstens. Sonst hätte die weitere Verfärbung eingesetzt.«

»Wenn ich Sie richtig verstehe, sprechen Sie von einer Ohrfeige?«, vergewisserte sich Leo. Albertz nickte. »Ja, und er hat sich geschminkt …«

»Oder schminken lassen«, warf Sonnenschein ein. »Denken Sie an seinen Beruf.«

»Stimmt«, sagte Leo. »Er war gestern Abend irgendwo eingeladen und wollte verständlicherweise nicht, dass jemand die Spuren der Ohrfeige bemerkt. Ich werde mal nach Frau König sehen.«

Im Inneren des Hauses hörte er Stimmen aus Richtung der Küche, dazwischen das Weinen einer Frau. Das Haus war übersichtlich, wenige Wände, große, offene Räume. Alles wirkte makellos, fast schon kalt. Er erinnerte sich an Roberts Worte von vorhin. Dann schaute er um eine Ecke in den offenen Wohnbereich und blieb abrupt stehen.

Chaos. Zerbrochenes Glas und Porzellan. Umgekippte Möbel. Ein Bild lag mit der Vorderseite nach unten auf dem Boden. Vereinzelte rote Tropfen. Eine Schnapsflasche war unter den gläsernen Couchtisch gerollt.

Leo ging rasch nach draußen, wo Delbrück arbeitete. »Paul, nach dem Eingangsbereich kümmert ihr euch zuerst um das Wohnzimmer. Du wirst schon sehen, warum.«

Dann machte er sich auf die Suche nach Elly König.

»Wo ist der Chef?«, fragte Walther und schaute sich um. Er hatte die Vernehmung der Haushälterin beendet und wollte Leo darüber berichten. Dr. Albertz packte gerade seine Tasche.

»Er wollte zu Frau König«, antwortete Sonnenschein.

Walther hatte sich von der Haushälterin den Grundriss erklären lassen und fand ohne Mühe den Flur, von dem die Schlafzimmer abgingen. Dort kam ihm ein älterer Mann mit Arzttasche entgegen.

»Ist mein Kollege dort drinnen?«

Der Arzt nickte.

Walther trat an die Tür, die nur angelehnt war, und öffnete sie behutsam. Das Zimmer hatte Fenster, die bis zum Boden reichten, doch die Jalousien waren halb geschlossen, so dass es etwas dämmrig war und die verchromten Möbel nur matt schimmerten. In einer Ecke stand ein Sessel, in dem eine Frau saß, reglos, den Kopf nach hinten gelehnt. Leo kniete vor ihr und hielt ihre Hände. Nein, er hielt sie nicht nur, er drehte sie vorsichtig in seinen und führte sie fast bis ans Gesicht.

Eine seltsam intime Szene. Walther wagte kaum zu atmen.

»Es tut mir leid, Frau König. Ich weiß, dass es Ihnen schlecht geht. Sie dürfen gleich schlafen, nur diese eine Frage.« Leo hielt inne. »Haben Sie heute Nacht irgendetwas gehört? Zwischen Mitternacht und eins? Ein Motorengeräusch? Lärm, irgendetwas Ungewöhnliches?«

Es dauerte, bis sie antwortete. »Nein, nichts, ich ... hab geschlafen ... nur geschlafen.«

Ihre Stimme klang träge, sie nuschelte leicht. Vermutlich hatte der Arzt ihr ein Beruhigungsmittel verabreicht.

Leo stand auf. »Kommen Sie, ich helfe Ihnen.« Er beugte sich vor, schob die Hände unter Elly Königs Achselhöhlen und zog sie aus dem Sessel. Robert hörte ihn keuchen, wollte die Frau aber nicht erschrecken. Er sah zu, wie Leo sie vom Sessel zum Bett schleppte und vorsichtig darauf ablegte. Dann breitete er die Tagesdecke über sie und ging leise hinaus.

»Du hast sie tatsächlich zum Sprechen gebracht«, sagte Walther erstaunt.

»Die Worte waren nicht das Entscheidende«, sagte Leo, »sondern ihre Hände. Ich glaube, ich habe die Erklärung für den Zustand des Wohnzimmers gefunden.«

»Ganz schönes Durcheinander. Ich habe die Haushälterin danach gefragt, aber sie konnte oder wollte nichts darüber sagen.«

Leo ging vor ihm her und blieb an der Schwelle des verwüsteten Raums stehen. »Scherben. Blut auf dem Boden, aber keine Spuren eines Einbruchs. Eine leere Schnapsflasche unter dem Couchtisch. Elly König hat mehrere Heftpflaster an der linken Hand. Sie sind durchgeblutet, aber trocken. Sie riecht nach Schnaps, und frag nicht, wie. Ihr Zustand ist eine Mischung aus Vollrausch, Schock und dem Beruhigungsmittel, das ihr der Hausarzt gespritzt hat.«

Walther zog die Augenbrauen hoch. »Du meinst, sie hat sich betrunken und währenddessen oder danach das Wohnzimmer verwüstet?«

Leo nickte. »Und ihren Mann geohrfeigt.«

»Ich stelle fünf weitere Beamte für Sie ab, Herr Wechsler«, sagte Dr. Werneburg. »Es muss eine Verbindung zwischen den Taten geben, und Sie werden sie finden, da bin ich mir sicher.«

»Ich danke Ihnen. Es sieht übrigens so aus, als könnten wir Hellwig aus der Sache heraushalten.«

»Ich muss zugeben, dass ich darüber nicht unglücklich bin. Ich habe ungern mit Politikern zu tun, da gibt es so viele Empfindlichkeiten, auf die man Rücksicht nehmen muss.«

Leo bemerkte, wie müde der Chef aussah, und stand auf. »Danke noch mal für Ihr Vertrauen, Herr Dr. Werneburg.«

»Sehen Sie zu, dass Sie die Sache aufklären. Solche Serientäter sorgen immer für ziemliche Unruhe in der Bevölkerung.«

Leo hielt im Gehen inne und drehte sich um. »Mit Verlaub, Herr Dr. Werneburg, aber das hier ist ganz gewiss kein Serientäter. Der Mörder hat sehr genaue Vorstellungen von seinem Tun, er tötet nicht aus einem krankhaften Trieb heraus. Und die roten Scherben haben eine rationale Bedeutung, dessen bin ich mir sicher.«

Draußen im Flur atmete Leo durch. Er hatte sich die Worte nicht zurechtgelegt, sie waren spontan gekommen. Auf einmal war er zutiefst davon überzeugt gewesen. Dies war kein geistig kranker Serientäter, sondern ein Mensch, der wohlüberlegt handelte. An dieser Stelle würden sie ansetzen und nach der Verbindung zwischen den Opfern suchen.

Leo musste unwillkürlich an Gennat in Breslau denken, Gennat, der ihnen hier in Berlin fehlte. Leo hatte gelesen, dass er Wachspuppen der Kinder, die deren Kleidung trugen, in einem Warenhaus ausstellen ließ, dazu Skizzen der Fundorte und Nachbildungen der Pakete, in denen man die Leichenteile gefunden hatte. Außerdem wurden hunderttausend Handzettel verteilt und immer neue Aufrufe an die Bevölkerung in der Presse veröffentlicht.

Eins wusste er: So richtig Gennats Vorgehen war, ihr Fall war ein anderer und verlangte andere Mittel.

VIEL GLANZ UND GLORIA – WOHLTÄTIGKEITSGALA IM CLUB DER FILMINDUSTRIE
von
Reinhard Klein

Gestern Abend trafen sich die Größen der Filmwelt im Club der Filmindustrie in der Friedrichstraße. Alles, was im Kino Rang und Namen hat, war gekommen. Eine elegante Limousine nach der anderen hielt vor der Nr. 223, wo sich zahlreiche Bewunderer versammelt hatten, um einen Blick auf ihre Idole zu erhaschen.

Asta Nielsen gab sich die Ehre und stiftete ein signiertes Drehbuch, das für einen guten Zweck versteigert wurde. Emil Jannings spendete goldene Manschettenknöpfe. Besonderes Aufsehen erregte die Ankunft von Viktor König, dessen Erfolgsfilm Die Insel des Magiers *seit der Premiere sämtliche Rekorde bricht. Die Menschen stehen Schlange vor den Lichtspielhäusern, aus Steglitz wurde sogar über eine tätliche Auseinandersetzung an der Kinokasse berichtet.*

König schien seinen Auftritt zu genießen und unterhielt sich angeregt mit Rudolf von Hagen und vielen anderen Größen des Films. Carla Vasary, der aufgehende Stern am Kinohimmel, die ihm ihren ersten großen Schritt zum Ruhm verdankt, war leider aufgrund einer plötzlichen Erkrankung verhindert.

Es ist noch anzumerken, dass König ohne seine Ehefrau Elly erschien, die sein neuestes Werk mit produziert hat. Auch hier ist wohl von einer plötzlichen Erkrankung auszugehen. Wir wünschen gute Besserung.

Alfred Hahn wartete im Büro der Gallus-Filmgesellschaft in der Friedrichstraße auf seinen Partner Viktor König. Sie waren für halb zwölf verabredet. Vielleicht war es gestern Abend spät geworden. Als er um zwölf immer noch nicht eingetroffen war, rief Hahn bei Viktor zu Hause an.

Es klingelte mehrmals, bevor sich eine ihm unbekannte Männerstimme meldete.

»Bei König. Wer ist da, bitte?«

»Alfred Hahn, ein Geschäftsfreund von Herrn König. Wer sind Sie, wenn ich fragen darf? Ist Viktor zu sprechen?«

»Hasselmann, Kripo Berlin. Nein, Sie können nicht mit ihm sprechen.«

»Hat es einen Unfall gegeben?« Hahn trommelte ungeduldig mit den Fingern auf dem Schreibtisch.

Der Kriminalbeamte antwortete mit einer Gegenfrage: »Wann haben Sie Herrn König das letzte Mal gesehen?«

»Was soll das … vorgestern. Vorgestern Abend. Bei der Premiere.«

»Ist Ihnen etwas Ungewöhnliches an ihm aufgefallen?«

»Nichts, höchstens dass er außerordentlich gut gelaunt war, was sich aber durch den triumphalen Erfolg seines neuen Films erklärt.«

»Wie gut haben Sie einander gekannt?«

Hahn merkte erst jetzt, wie fest er den Hörer umklammerte. »Sagen Sie mal, was ist eigentlich los? Ich will einen Freund anrufen und werde am Telefon von der Polizei verhört.«

Der Kriminalbeamte räusperte sich. »Leider muss ich Ihnen mitteilen, dass Ihr Geschäftsfreund verstorben ist. Er wurde

Opfer einer Gewalttat. Mehr kann ich Ihnen momentan nicht sagen. Ich muss Sie bitten, mir Ihren Namen und Ihre Anschrift mitzuteilen. Wir werden alle Freunde und Bekannten des Toten vernehmen.«

Des Toten. Hatte Viktor plötzlich keinen Namen mehr?

Alfred Hahn merkte gar nicht, wie er den Hörer auf die Gabel legte, seine Finger schienen plötzlich taub zu sein.

12

Leo saß am Schreibtisch, vor sich eine angebissene Bulette, die ihm ein Kollege von Aschinger mitgebracht hatte. Walther aß eine Wurststulle. Sie gönnten sich die kurze Mittagspause, bevor die Kommission zusammenkommen würde, um das Vorgehen in den Fällen Dornow und König zu besprechen. Sie hatten Hasselmann und Sonnenschein in der Villa zurückgelassen, bis geklärt war, wer sich um die Witwe kümmern würde. Sie konnten Elly König nicht einfach sich selbst überlassen, solange sie unter Schock stand. Außerdem bestand Tatverdacht, zumindest der Form halber. Die Leiche war bereits in die Hannoversche Straße abtransportiert worden, der Erkennungsdienst war noch mit der Spurensicherung im Haus und Garten beschäftigt.

»Das ist kein Zufall und kein Serienmörder«, meinte Leo kauend. »Das habe ich Werneburg schon gesagt. Für einen Zufall ist die Vorgehensweise zu ähnlich. Die Untersuchung ist noch nicht abgeschlossen, aber die Scherben wurden absichtlich verwendet und dort zurückgelassen.«

»Ein sexuelles Motiv dürfte ebenfalls auszuschließen sein«, warf Walther ein.

»Die Tatwaffe ist der Schlüssel. Aber das wussten wir schon im Fall Dornow.« Leo schüttelte den Kopf. »Nicht zu fassen, dass sich noch keine Bekannten von ihr bei uns gemeldet haben.«

»Vielleicht hatte sie keine Freunde«, meinte Walther. »Es gibt in Berlin viele einsame Menschen.«

»Unsinn, sie war nicht einsam«, erwiderte Leo gedankenlos. Dann bemerkte er Walthers Blick.

»Woher willst du das wissen?«, fragte sein Freund. »Ich rede nicht von ihren Männerbekanntschaften. Ich meine Freundinnen, Menschen, denen sie sich anvertraut hat. Die uns etwas über ihren Charakter und ihre Lebensgewohnheiten sagen können. Was wissen wir schon über sie? Dass sie mit einem einflussreichen Politiker und anderen Männern ins Bett gestiegen und gern zum Friseur gegangen ist.«

Leo hörte die leise Verachtung in seiner Stimme und wandte sich zum Fenster. Doch Walther war noch nicht fertig.

»Seien wir ehrlich, sie war eine – früher hätte man es wohl Kurtisane genannt. Wie *La Traviata*, das wäre was für Sonnenschein. Ich sag dir, sie hat sich von reichen Männern aushalten lassen. Denk nur an die modernen Möbel, die teuren Kleider und Pelze, den Schmuck, die elegante Wohnanlage. Ihr Lebensstil war aufwendig, und das Geld dafür hat sie nicht mit ihrer Hände Arbeit verdient. Jedenfalls nicht im üblichen Sinn. Es kann gefährlich sein, wenn man sich mit so vielen Männern einlässt.«

»Hör auf!«

Walthers Gesicht verriet ihm, wie heftig seine Reaktion ausgefallen war.

»Es gibt keinen Grund, verächtlich über ein Mordopfer zu sprechen, nur weil die Frau womöglich andere Moralvorstellungen hatte als du«, sagte Leo bemüht ruhig. »Außerdem waren wir uns einig, dass es sich in beiden Fällen um denselben Täter handelt. Dann dürfte er auch dasselbe Motiv gehabt haben. Viktor König wird kaum von einem eifersüchtigen Liebhaber ermordet worden sein.«

»Was ist eigentlich mit dir los, seit wir den Fall übernommen haben? Man könnte meinen, du wärst persönlich betroffen«, sagte Walther ungehalten.

»Und wenn dem so wäre?«, fragte Leo und schob die Bulette von sich. Ihm war der Appetit vergangen.

»Wie bitte?« Walther war schon halb aufgestanden, weil

die Mordkommission um halb zwei im Besprechungszimmer zusammenkommen würde, und hielt in der Bewegung inne.

Leo griff nach seinem Jackett, doch Walther schlug mit der Faust auf den Tisch. »Was ist los?«

Mein Fehler, dachte Leo. Jetzt schuldete er seinem Freund eine Erklärung.

»Du weißt doch, dass ich vor Jahren … vor Clara … eine Frau gekannt habe. Wir haben uns ab und an getroffen. Ich habe sie Ilse oder dir nie vorgestellt, weil es nichts Ernstes war. Wir mochten uns und hatten ein intimes Verhältnis. Ich wusste, wovon sie lebte. Sie hat es nie vor mir verborgen.« Er sah Walther an und sagte leise: »Aber es muss mir dennoch nicht gefallen, wenn du so über sie sprichst.«

Er stand auf und ging zur Tür, ohne sich noch einmal umzudrehen.

Im Besprechungszimmer herrschte Gedränge. Leo hob die Hand, um sich Gehör zu verschaffen. »Wie Sie wissen, ermitteln wir seit heute Morgen in zwei Fällen. Die Morde an Marlene Dornow und Viktor König wurden vermutlich vom selben Täter begangen, wenngleich es gewisse Abweichungen bei der Vorgehensweise gibt.« An der Wand hingen nun zwei Schultafeln, eine für jeden Fall. »Wir haben die Ähnlichkeiten und Unterschiede aufgelistet. König wurde vor der Tat mit Chloroform betäubt, um eine Gegenwehr zu verhindern. Entweder ging der Täter davon aus, dass ein Mann grundsätzlich schwerer zu überwältigen sei, oder aber er hat aus seinen Erfahrungen mit Marlene Dornow gelernt, die sich zur Wehr gesetzt hat.«

Koschnitz, einer der neu hinzugekommenen Kollegen, meldete sich zu Wort. »Gehen wir sicher von einem männlichen Täter aus?«

»Die Tatsachen sprechen gegen eine Frau, auch wenn es nicht ganz ausgeschlossen werden kann.«

»Ich denke an die Sache mit der Betäubung. Eine Frau könnte dies auch getan haben, weil sie wusste, dass sie König körperlich unterlegen war, trotz des Überraschungsmoments.«

»Das stimmt. Aber wir kennen den Einfallswinkel der Scherbe, der auf einen Täter von mindestens eins achtundsiebzig hindeutet«, sagte Leo. »Wenn es sich um eine Frau dieser Größe handelt, dürfte die Suche nach der Täterin nicht weiter schwierig sein.«

Die Kollegen grinsten, Koschnitz auch. »Einverstanden, Herr Kommissar.«

»Wir konzentrieren uns also auf einen männlichen Täter. Das wichtigste Ziel ist es, die Verbindung zwischen Marlene Dornow und Viktor König zu finden. Es muss einen Berührungspunkt geben, irgendeine Gemeinsamkeit. Wenn wir diese finden, kennen wir vermutlich das Motiv.«

Es klopfte, Hasselmann und Sonnenschein traten ein. »Frau Königs Schwester ist aus Potsdam gekommen, um sich um sie zu kümmern«, sagte Sonnenschein. »Wir haben Frau König erklärt, dass sie die Stadt nicht verlassen darf, bevor wir sie vernommen haben. Ein Schupo bewacht rund um die Uhr das Haus.«

»Danke, Sonnenschein. Setzt euch«, sagte Leo. »Robert, was hat die Vernehmung der Haushälterin ergeben?«, fragte er dann mit ruhiger Stimme, als wäre nichts zwischen ihnen vorgefallen.

Walther holte sein Notizbuch hervor. »Frau König hat sie vorgestern am frühen Nachmittag weggeschickt. Frau König befand sich in einem offenkundig erregten Zustand und hatte schon früh angefangen, Alkohol zu trinken. Sie wollte allein sein und wies Frau Schmidt an, das Haus zu verlassen und erst am nächsten Tag wieder zur Arbeit zu erscheinen. Sie lehnte die Hilfsangebote der Haushälterin ab. Das Wohnzimmer befand sich zu diesem Zeitpunkt noch in einem unversehrten Zustand.«

»Wie sieht es mit der Ehe der Königs aus?«

»Es gab häufiger Streit, obwohl sie noch nicht so lange verheiratet sind. Frau Schmidt behauptet, sie habe sich nicht für die privaten Angelegenheiten ihrer Arbeitgeber interessiert. Sie habe nicht gelauscht, wenn die beiden laut wurden, und könne daher nichts zu den Gründen sagen.« Er blätterte weiter. »Herr König war oft allein außer Haus. Er besuchte Veranstaltungen, zu denen ihn seine Frau nicht begleitete: Feste, Premieren, Theateraufführungen. Seine Frau ist erst nach der Heirat nach Berlin gezogen und hat einen recht kleinen Bekanntenkreis. Es gibt wohl ein oder zwei Freundinnen, Frau Schmidt hat uns die Namen notiert.«

Leo sah nachdenklich in die Runde. »Herr König war nicht da, als Frau Schmidt nach Hause geschickt wurde?«

»Nein. Sie gibt an, ihn an diesem Tag nur beim Frühstück gesehen zu haben. Danach sei er in die Stadt gefahren.«

»Also gibt es keine Zeugen, die uns sagen können, ob seine Frau ihn geohrfeigt hat. Es könnte auch woanders passiert sein, und er ist danach zu sich nach Hause gefahren, um die Spuren des Schlages zu überschminken.«

Sonnenschein meldete sich zu Wort. »Wir sollten die Zeitungen der letzten Tage überprüfen, ob es neben den Erfolgsberichten über seinen neuen Film auch kritische Stimmen oder Klatsch gegeben hat.«

»Sehr gut«, sagte Leo. »Wir bilden mehrere Gruppen. Sonnenschein, Sie übernehmen die Presse über Viktor König. Robert, du überprüfst zusammen mit Hasselmann die Filmgesellschaft. Ich selbst kümmere mich um Elly König.«

Carla Vasary war sofort in die Friedrichstraße gefahren und in die Büros der Gallus-Filmgesellschaft gestürzt. Das verweinte Gesicht der Sekretärin war Antwort genug.

»Es ist also wahr?«, fragte sie und musste das Zittern in ihrer Stimme unterdrücken.

Die Sekretärin nickte und putzte sich die Nase. »Herr Hahn hat es selbst von der Polizei erfahren. Er ... er wollte Herrn König anrufen, weil er sich verspätet hatte, und dann ...«

Eine Tür öffnete sich, und Alfred Hahn trat heraus. Sein ohnehin farbloses Gesicht unter den rötlichen Haaren war noch bleicher als sonst. »Ich fahre ins Präsidium, Fräulein Moll. Man will mich vernehmen, und ich werde alles tun, um der Polizei zu helfen, den Mörder ...«

Dann bemerkte er Carla und kam mit ausgestreckten Händen auf sie zu. »Carla, mein Mädchen, es tut mir unsagbar leid.« Er umarmte sie.

»Nimmst du mich mit, Alfred?«, fragte die junge Schauspielerin. »Ich kann mir zwar nicht vorstellen, was ich der Polizei Nützliches sagen könnte, aber wenn ich helfen kann, möchte ich das tun.«

»Natürlich.« Er schaute zu seiner Sekretärin. »Sie sagen bis auf weiteres alle Termine ab. Und wenn die Presse anruft, vertrösten Sie sie, bis ich zurück bin.«

»Sehr wohl, Herr Hahn.«

Als sie im Wagen saßen, legte Carla ihm die Hand auf den Arm.

Er drehte sich auf seinem Sitz um und hob behutsam ihr Kinn an, damit er ihr in die Augen schauen konnte. »Was ist los, Carla? Es geht nicht nur um Viktors Tod, dich beschäftigt noch etwas anderes.«

Sie zögerte. »Hast du den Artikel von diesem Reinhard Klein gelesen?«

Hahn schnaubte verächtlich und ließ den Motor an. »Die lese ich schon lange nicht mehr. Schmierfink. Mit dem reden nur Leute, die es wirklich nötig haben.«

Carla schwieg. Dann räusperte sie sich. »Elly König hat mit ihm gesprochen.«

»Was?« Das hatte Viktor nicht erwähnt. Er sah, wie sie

zwei Zeitungsausschnitte aus der Handtasche zog, und hielt bei nächster Gelegenheit am Straßenrand.

»Hier.«

Er überflog ihn und ballte die Faust. »Das ist eine üble Nummer von Klein. War die Stola tatsächlich von Viktor?«

Sie nickte. »Er hat sie mir zur Premiere geschenkt. Aber es war nichts zwischen uns, das schwöre ich dir.«

»Selbst wenn es so wäre, Mädchen, ich bin nicht Viktor Königs Anstandswauwau. Nur frage ich mich, was Elly gedacht haben mag.«

»Deshalb will ich zur Polizei«, sagte Carla leise. »Sie sollen nicht von Dritten oder aus der Zeitung erfahren, dass er mir etwas so Kostbares geschenkt hat. Andererseits …« Sie zögerte. »Sie sollen nicht denken, dass Elly … etwas damit zu tun hat.«

»Eifersucht?« Hahn schaute auf den Verkehr in der Leipziger Straße, während sie in Richtung Alexanderplatz fuhren. »Nun ja, die gute Elly hat ihm manchmal die Hölle heißgemacht. Man soll nicht schlecht über die Toten reden, und Viktor war außerdem mein Freund, aber … sagen wir, er hat sie nicht immer zu würdigen gewusst. Ich vermute, dass das Geld ihres Vaters eine große Rolle für ihn gespielt hat. Er brauchte Kapital für unsere Firma, eine Menge Kapital.«

»Du meinst, er hat sie nicht geliebt?«

Hahn zuckte mit den Schultern. »Carla, du bist jung und solltest dir deine romantischen Vorstellungen bewahren. Er hatte sie gern, das glaube ich schon, und Elly ist eine ansehnliche Frau. Aber dass sie Viktors große Liebe war, wage ich zu bezweifeln.«

»Und das alles wirst du auch der Polizei sagen?«, fragte sie verunsichert.

»Um den Täter zu finden – und wir wollen doch, dass er gefunden wird –, müssen sie alles über Viktor erfahren. Auch die weniger erfreulichen Dinge.«

Fräulein Meinelt steckte den Kopf durch die Tür des Besprechungszimmers.

»Herr Wechsler, Besuch für Sie. Zwei Personen, die eine Aussage im Fall König machen wollen.«

Leo sah sie überrascht an. Es geschah nicht oft, dass Leute freiwillig ins Präsidium kamen, um eine Aussage zu machen. Er warf einen Blick in die Runde. »Ich glaube, wir sind so weit durch. Morgen um die gleiche Zeit.«

Er stand auf, griff nach seinem Jackett und verließ das Zimmer. Er wollte die Besucher nicht warten lassen, doch Walther folgte ihm rasch und hielt ihn am Arm fest.

»Augenblick mal. Ich glaube, wir haben etwas zu bereden.«

Leo blieb stehen und sah ihn an.

»Du kannst mich nicht für dumm verkaufen. Du weißt genau, dass du befangen bist, wenn du den Mord an einer Frau untersuchst, mit der du ...« Er zögerte.

»Sprich weiter«, sagte Leo ungerührt. Eine Beamtin der Weiblichen Kriminalpolizei bog um die Ecke. Als sie grüßend an ihnen vorbeigegangen war, zog Walther ihn in die benachbarte Herrentoilette und schlug die Tür hinter sich zu.

»Mit der du ein Verhältnis hattest«, zischte er.

»Hast du irgendetwas am Verlauf der Ermittlungen auszusetzen?«, fragte Leo, den Blick auf die Tür gerichtet. »Wenn ich es dir nicht gesagt hätte, wärst du nie darauf gekommen. Daher sehe ich auch keine Veranlassung, es zu melden. Wir haben uns seit Jahren nicht gesehen, es bestand zu keiner Zeit eine Liebesbeziehung zwischen uns.«

»Mag sein. Aber wenn ich jetzt an den Tag zurückdenke, an dem die Leiche gefunden wurde ... du warst ziemlich erschüttert.«

Leo umfasste Walthers Oberarme und sah ihn eindringlich an. »Wenn du meinst, dass ich meine Arbeit nicht vernünftig getan und etwas versäumt oder falsch gemacht habe, weil ich das Mordopfer kannte, dann sag es mir. Wenn nicht, lass uns unsere Arbeit tun. Ich kann nicht ewig mit dir hier stehen und Leute warten lassen, die eine Aussage machen wollen.« Er ließ Walthers Arme los und ging zur Tür.

Sein Freund holte tief Luft. »Warum hast du den Fall nicht abgegeben? Ich kenne dich und weiß, dass es … schmerzlich für dich sein muss. Warum willst du selbst die Ermittlungen führen?«

Leo wandte sich zur Tür. »Du hast die Frage schon beantwortet. Du kennst mich und weißt, dass ich es keinem anderen überlassen kann.« Er zögerte und sagte dann leise: »Geh zu Werneburg, wenn du es als deine Pflicht betrachtest. Das kann dir niemand verdenken.«

Mit diesen Worten ging er hinaus und zog die Tür hinter sich zu.

Der Mann, der sich als Alfred Hahn, neunundvierzig Jahre, von Beruf Filmproduzent, auswies, war klein und rundlich. Sein rötliches Haar wuchs nur noch spärlich. Leos Blick ruhte einen Augenblick auf der jungen Frau, die ihn begleitete. Er hatte sie auf den Plakaten mehrerer Filmtheater gesehen, doch sie war in Wirklichkeit noch hübscher.

Leo bot ihnen zwei Plätze in seinem Büro an. »Bitte. Da Sie zusammen hergekommen sind, nehme ich an, dass ich Sie auch gemeinsam befragen kann. Sind Sie damit einverstanden?«

Beide nickten, und er rief Fräulein Meinelt herein, damit sie das Gespräch aufnehmen konnte.

Alfred Hahn räusperte sich. »Herr Kommissar, es ist nicht so, als hätte ich Ihnen Dinge von großer Bedeutung mitzuteilen. Aber …«, er wurde leiser, »ich habe am Telefon von Viktors Tod erfahren. Einer Ihrer Beamten hat es mir gesagt. Und ich dachte, wenn ich behilflich sein kann – er sagte, man würde mich vernehmen. Da bin ich lieber gleich hergekommen. Viktor ... wir waren gute Freunde.«

Seine Aufgewühltheit wirkte echt.

»Und Sie, Fräulein Vasary?«

»Ein Reporter hat mich angerufen.« Sie kämpfte mit den Tränen. »Es war sehr unangenehm. Er hat mich mit der Nachricht überfallen, ich wusste doch nicht ...«

»Kennen Sie den Reporter?« Leo staunte immer wieder, wie rasend schnell sich Nachrichten in der Hauptstadt verbreiteten.

»Nicht persönlich. Er heißt Reinhard Klein. Darum bin ich unter anderem hergekommen.« Sie berichtete von dem Zeitungsartikel, in dem Klein die Andeutung über ihre Stola fallengelassen hatte, und zeigte Leo auch den zweiten Artikel von Klein.

Leo sah sie fragend an. »Und?«

Sie senkte den Kopf. »Ja, die Stola war von Herrn König.« Dann schaute sie Leo direkt an. »Aber ich hatte kein Verhältnis mit ihm, falls Sie das meinen.« Sie betrachtete ihre Hände, an ihrem Hals erschienen rote Flecken. »Er ... ich glaube, er war an mir interessiert. Nicht aufdringlich, das war er nie, aber er war besonders aufmerksam. Wenn ich beim Drehen nervös wurde, hat er mich beiseitegenommen und mit mir gesprochen, bis ich mich beruhigt hatte. Er war geduldiger als mit den anderen Darstellern. Oder den Technikern. Die hat er schon mal angeschrien, mich nie. Obwohl ich viele Fehler gemacht habe. Aber er hat mich nie angefasst oder zu küssen versucht. Ich weiß nicht, was noch geworden wäre, wenn er ...« Sie konnte nicht weitersprechen.

Leo drehte einen Bleistift zwischen den Fingern. »Waren Sie überrascht, als Sie das Geschenk von ihm erhielten?«

Sie zögerte. »Überrascht ist nicht das richtige Wort. Ich hatte es nicht erwartet, aber als ich es sah, wusste ich, dass es nur von ihm sein konnte.«

»Hat er je mit Ihnen über seine Frau gesprochen?«

Die Antwort kam umgehend und klang überzeugend. »Nein, nie. Er hat mich ihr vorgestellt, als sie das erste Mal im Atelier war. Danach haben wir uns gegrüßt, aber sie kam selten zu den Dreharbeiten. Wir haben uns auf ein oder zwei Abendgesellschaften bei ihm zu Hause gesehen, aber nur Höflichkeiten ausgetauscht. Und er hat nie etwas Privates erwähnt.«

»In Herrn Kleins Artikel steht, dass Sie gestern nicht bei der Wohltätigkeitsveranstaltung im Club der Filmindustrie waren. Warum nicht?«

»Es hatte nichts mit Viktor oder Elly zu tun. Ich wollte eigentlich hingehen, habe aber Migräne bekommen. Daher bin ich zu Hause geblieben.«

»Waren Sie den ganzen Abend zu Hause?«

Sie sah ihn verwirrt an. »Ja. Ich habe bei geschlossenen Vorhängen im Dunkeln gelegen und gewartet, dass die Schmerzen aufhören.« Dann trat ein Funkeln in ihre Augen. »Meine Nachbarin hat mir Tabletten aus der Apotheke geholt. Sie kann bestätigen, dass ich zu Hause war.«

Leo lächelte. »Danke, Fräulein Vasary.«

Carla Vasary schaute plötzlich auf die Uhr und sah Hahn erschrocken an. »Um halb sieben habe ich einen Termin bei G.W. Pabst.« Sie sprach den Namen des großen Regisseurs beinahe ehrfürchtig aus. »Falls Sie mich nicht mehr brauchen …«

»Gehen Sie ruhig. Danke für Ihre Mithilfe«, sagte Leo. »Ich muss Sie allerdings bitten, in den nächsten Tagen noch einmal vorbeizukommen und die Aussage zu unterschreiben. Wir melden uns, wenn wir weitere Fragen haben.«

Nachdem sie das Büro verlassen hatte, schauten die Männer einander an. Leo konnte sich des Gefühls nicht erwehren, dass der Produzent die ganze Zeit mühsam an sich gehalten hatte.

»Herr Hahn?« Leo verschränkte die Arme.

»Sie sollten mit der Ehefrau reden.«

Leo hob eine Augenbraue.

»Carla ist ein liebes Mädchen. Sie muss das alles nicht hören. Aber ich sage Ihnen, Elly ist von Eifersucht zerfressen – auf die Schauspielerinnen, vor allem Carla, auf Viktors Erfolg, seine Beliebtheit ...«

»Sie war immerhin seine Frau.«

Hahn verzog den Mund. »Natürlich. Und die Tochter des Klosettkönigs von Schwerin. Pawlak Porzellan und Sanitär«, fügte er hinzu, als er Leos fragenden Blick bemerkte. »Ich bin ganz ehrlich. Viktor war mein Freund, aber die Ehe mit Elly ... Ich meine, sie ist nett anzusehen, aber er hätte jede Frau in Berlin haben können. Na ja, fast jede. Und es gibt viele, die schöner oder klüger oder erotischer sind als Elly oder sogar alles zusammen.«

»Sie meinen also, er hat sie des Geldes wegen geheiratet?«

»Ohne jeden Zweifel. Sie hat ihn angehimmelt, er konnte sie aus der Provinz in die Metropole bringen. Ihr ein neues Leben bieten. Aufregende Bekanntschaften. Die Welt des Films. So hatte sie es sich wohl vorgestellt. Die Enttäuschung kam bald und muss sehr bitter für sie gewesen sein. Er ging abends fast immer allein weg, trat auf wie ein Junggeselle. Er nahm Elly nur mit, wenn sie wieder mal getobt und ihm ein schlechtes Gewissen gemacht hatte. Dann trank sie zu viel, und er warf ihr vor, ihn zu blamieren. Damit hatte er einen Grund, um sie beim nächsten Mal wieder zu Hause zu lassen.«

»Augenblick«, unterbrach ihn Leo. »Hatte er Affären?«

»Darum habe ich mich nicht gekümmert. Wir haben uns aus dem Privatleben des anderen herausgehalten.«

»Hat er je den Namen Marlen erwähnt? Oder Marlene Dornow?«

Hahn schüttelte den Kopf. »Sagt mir nichts. Sie ist nicht vom Film, oder?« Dann plötzlich leuchtete sein Gesicht auf. »Dornow? War da nicht etwas – ich hab's in der Zeitung gelesen.«

»Marlene Dornow wurde vor einigen Tagen tot aufgefunden. Ermordet.«

Hahn fuhr sich mit der Hand über den Kopf. »Viktor hat sie jedenfalls nie erwähnt.«

Leo nickte. »Wir müssen die Finanzunterlagen Ihrer Firma prüfen, Kapital, Beteiligungen, Umsätze, Korrespondenz. Ich hoffe auf Ihr Entgegenkommen.«

»Natürlich. Wir haben nichts zu verbergen. Glauben Sie, man hat ihn aus finanziellen Motiven getötet?«

Auf keinen Fall, dachte Leo bei sich. Das war persönlich, ganz persönlich. An Geld war der Täter nicht interessiert. Dennoch mussten sie in alle Richtungen ermitteln. »Dazu kann ich nichts sagen, Herr Hahn. Ich schicke morgen zwei Beamte vorbei, die sich die Unterlagen anschauen. Bitte halten Sie sich bereit.«

Hahn nickte. »Ich weiß noch gar nicht, wie es weitergehen soll. Nicht nur wegen der Finanzen. Viktor war unser schöpferischer Kopf, ohne seine Filme, seine Kunst …« Er wirkte tief erschüttert. Dann stand er auf und gab Leo die Hand.

»Auf Wiedersehen, Herr Kommissar.«

Am Abend gab es ein erstes Sommergewitter. Leo stand in Hemd und Hosenträgern am offenen Wohnzimmerfenster und rauchte eine Zigarette. Er hatte Weste und Krawatte aufs Bett geworfen, sowie er die Wohnung betreten hatte, und die Ärmel aufgekrempelt. In der Luft lag der besondere Geruch von Staub, auf den warme Regentropfen fielen, und er schloss die Augen und sog ihn tief ein.

Von der Straße erklang Kinderlachen. Georg war nach dem Abendessen noch einmal nach unten gegangen. An den hellen

Sommerabenden war es schwer, ihn und Marie zeitig ins Bett zu bekommen; es war, als herrschte an den längsten Tagen des Jahres ein Ausnahmezustand, eine unbekümmerte Gesetzlosigkeit, die das frühe Aufstehen am Morgen und den Schulunterricht unwichtig erscheinen ließ. So war es früher bei ihm auch gewesen, dachte Leo lächelnd.

Er versuchte, den Gedanken an den Streit mit Robert fortzuschieben. Er hatte seine Arbeit tadellos erledigt. In keinem Augenblick hatten persönliche Gefühle sein Urteilsvermögen getrübt. Und doch … Er drückte die Zigarette mit einer heftigen Bewegung aus. Er hatte gegen die Vorschriften verstoßen, das konnte er nicht abstreiten.

Leo hörte, wie sich die Tür öffnete, rührte sich aber nicht, als Clara hinter ihn trat und sich an seinen Rücken lehnte.

»Ich mag Gewitter«, sagte sie leise.

»Ich auch.« Er zögerte. »Was du heute Morgen gesagt hast …«

»Ja?«

»Das war schön. Ich habe zwischendurch immer wieder daran denken müssen.«

Sie strich sanft über seine Schultern. Ein erster Blitz zuckte über den Himmel. Es wurde Zeit, dass Georg hereinkam; bis zum Gewitter, hatte Leo gesagt.

Dann sah er auf die Uhr und drehte sich unvermittelt um. »Du hast doch sicher von dem neuen Film gehört, *Die Insel des Magiers*.«

»Natürlich, er soll sehr gut sein.«

»Der Regisseur wurde heute Morgen in seinem Haus ermordet aufgefunden.«

Sie sah ihn überrascht an. »Viktor König? Und du bearbeitest den Fall?«

»Wir vermuten, dass es derselbe Täter wie bei Marlene Dornow ist.« Er überlegte kurz. »Weißt du, ob der Film im Hansa-Palast läuft?«

»Ich glaube schon«, sagte Clara. »Willst du ihn dir ansehen?«

Leo ergriff ihre Hände. »Sollen wir heute Abend hingehen? Einfach so?« Es war noch ungewohnt für ihn, dass die Kinder inzwischen alt genug waren, um sie ein paar Stunden allein zu lassen.

Sie nickte. »Ich hole Georg herein.«

In diesem Augenblick klopfte es an die Wohnungstür. »Manchmal ist er geradezu unheimlich brav«, sagte Clara.

»Wer weiß, was er hinter unserem Rücken so treibt.« Leo sprach aus eigener Erfahrung. »Ich kann mich gut erinnern, wie wir damals Obst aus dem Garten des Lehrers geklaut und im Nachbarort verkauft haben. Die Tracht Prügel meines Vaters hatte es in sich.«

Sie warteten, bis sich das Gewitter verzogen hatte, und sagten den Kindern Gute Nacht. Leo schärfte ihnen ein, innerhalb der nächsten Stunde ins Bett zu gehen, bevor sie sich auf den Weg machten. Es roch frisch nach dem Regen, in der Ferne wurde der Himmel noch von vereinzelten Blitzen erhellt.

Sie gingen die Turmstraße entlang und bogen dann nach Alt-Moabit ab. Das Kino befand sich im Erdgeschoss eines großen, grauen Mietshauses, schräg gegenüber ragte der gewaltige Bau des Kriminalgerichts empor. Einen kaiserlichen Faustschlag ins Gesicht der Moabiter Arbeiterklasse hatte es ein Staatsanwalt einmal genannt, und tatsächlich passte der Klotz mit seinen hohen Türmen nicht in die Gegend, in der viele kleine Leute wohnten. Eine Demonstration der Macht, dachte Leo bei sich, die einschüchterte, statt die tröstliche Gewissheit zu verbreiten, dass hier Recht gesprochen wurde.

In der Warteschlange vor der Kasse gab es nur ein Gesprächsthema, die Nachricht von Viktor Königs Tod hatte schnell die Runde gemacht. Die Abendzeitungen hatten groß darüber berichtet, obwohl die Polizei bislang wenig bekannt gegeben hatte. Daher war das meiste, was geschrieben wurde, reine Spekulation.

»Erschossen«, sagte eine Frau. »Ein Raubmord, wie es heißt.«

»Wer weiß, was dahintersteckt«, bemerkte eine herablassende Männerstimme hinter Leo und Clara. »Bestimmt was Skandalöses. Filmleute, ist doch bekannt, wie die sind.«

»Nein, nein«, warf die Freundin der Frau ein, »ich habe gehört, er soll erstochen worden sein.«

»Wie furchtbar.«

Leo sah Clara mit hochgezogenen Augenbrauen an.

»Du hast Feierabend«, sagte sie und legte ihm lächelnd die Hand auf den Arm.

Der Film war tatsächlich hervorragend. Leo war verblüfft, wie vollkommen anders Carla Vasary auf der großen Leinwand wirkte. Es war nicht so sehr ihr Aussehen, obwohl sie durchaus stark geschminkt war, als vielmehr ihre ganze Körperhaltung, die Anmut und Würde ausstrahlte und sie weit selbstsicherer wirken ließ als vorhin in seinem Büro.

Besonders faszinierend waren die Außenaufnahmen, die auf der Pfaueninsel gedreht worden waren, dem Originalschauplatz, an dem der Alchemist sein Labor gehabt hatte. Man sah auf den ersten Blick, dass es keine Bäume aus Pappmaschee und Häuser aus stoffbezogenen Holzrahmen waren, sondern echte Natur. Die Liebesgeschichte war vermutlich ausgedacht – ein Bauernmädchen aus der Umgebung, gespielt von Carla Vasary, verliebt sich in den angeblichen Magier, sehr zum Missfallen ihrer Nachbarn, die sich vor der geheimnisvollen Insel fürchten, von der seltsame Gerüche und schwarze Rauchschwaden herüberziehen. Sie zu betreten ist ihnen strengstens untersagt.

Er behauptet, er mache Glas. Doch in Wahrheit ist er mit dem Teufel im Bunde, lautete ein Zwischentitel.

Die Dorfbewohner drohen, das Mädchen zu töten, doch

Johann Kunckel kommt ihr zu Hilfe und nimmt sie zu sich. Als er beim neuen König in Ungnade fällt und die Insel schließlich aufgeben muss, bricht er mit dem Mädchen auf, um am schwedischen Königshof sein Glück zu machen.

Nach dem Ende des Films herrschte beeindruckte Stille. Die Zuschauer erhoben sich leise von ihren Stühlen und gingen ehrfürchtig aus dem Kinosaal. Es war, als spürten sie, dass sie große Kunst gesehen hatten. Und zugleich wussten die meisten von ihnen um das Schicksal des Regisseurs.

Als Leo und Clara Hand in Hand nach Hause gingen, sagte er unvermittelt: »Das mit dem Glas ist interessant.«

Sie durchquerten Alt-Moabit und bogen in die Turmstraße ein.

»Woran denkst du dabei?«

»Beide Opfer wurden mit einer roten Scherbe getötet«, sagte Leo. »Der Täter handelt mit Bedacht. Die Tatwaffen hatten einen ganz bestimmten Sinn.«

»Sicher, Viktor König war der Regisseur. Und in dem Film kommt ein Alchemist vor, der Glas hergestellt hat. Aber was hat das mit der toten Frau zu tun?«

»Das weiß ich nicht. Noch nicht.«

Er merkte, wie Clara langsamer wurde, als zögerte sie, nach Hause zu gehen. »Es war sehr schön heute Abend. In den letzten Tagen dachte ich manchmal … ich weiß nicht …«

Leo legte ihr den Arm um die Schulter und zog sie eng an sich. Clara wollte gerade noch etwas über den Film sagen, als er sie unvermittelt in einen dunklen Hauseingang schob.

»Leo …«

Mehr brachte sie nicht heraus, bevor er sie küsste. Nicht sanft, sondern mit einer Leidenschaft, die sie atemlos zurückließ. Und ihm war, als könnte er damit die Bilder der letzten Tage vertreiben – das abstrakte Wandgemälde in Riehmers Hofgarten, die Flecken auf dem makellosen weißen Marmor und die grausam scharfen, roten Scherben.

13

Samstag, 12. Juni 1926

Dr. Erich Hartung war ratlos. Er hatte seine Patientin seit dem Vorfall am Mittwoch täglich aufgesucht. Man hatte sie zunächst im Bett fixiert, doch als sie keine Anzeichen von Unruhe oder Gewalttätigkeit zeigte, hatte er die Riemen wieder lösen lassen. Johanna Gerber war die meiste Zeit wach, starrte ins Leere und reagierte weder auf Ansprache noch auf Berührung. Die Wunden am Arm verheilten gut.

Er hatte die Patientenakte noch einmal gründlich studiert. Sie hatte allein im Wedding in einem möblierten Zimmer gewohnt. War in einer Schneiderei angestellt. Ihr Bruder hatte sie in die Charité gebracht, nachdem sie verwirrt und unter Tränen zu ihm nach Hause gekommen war. Er hatte zunächst versucht, sich selbst um sie zu kümmern, doch ihr Zustand verschlechterte sich zusehends. Sie weigerte sich zu essen und weinte den ganzen Tag. Seine Frau hatte ihn gedrängt, die Schwester irgendwo anders unterzubringen, weil die Wohnverhältnisse ohnehin beengt waren.

Nach längeren Untersuchungen diagnostizierten die Ärzte in der Charité ein plötzlich und ohne ersichtlichen Grund aufgetretenes Nervenleiden, für das sich die Klinik nicht zuständig fühlte. Man überstellte Johanna Gerber nach Wittenau, wo sie seit nunmehr einem Monat untergebracht war.

Hartung wusste selbst nicht genau, warum ihm dieser Fall so naheging. Natürlich fühlte er sich als Arzt herausgefordert, aber es war mehr als das. Er wollte zu Johanna Gerber durchdringen, die Mauer überwinden, die sie um sich selbst gezogen hatte. Das Leben dieser jungen Frau sollte nicht vor der Zeit zu Ende sein.

Er blätterte in den Unterlagen und notierte sich den Namen des Bruders. August Gerber. Cösliner Str. 12. Natürlich kein Telefon. Er würde hinfahren.

Um neun Uhr gab Leo eine Presseerklärung ab. Der Andrang war groß, nicht alle Journalisten fanden einen Sitzplatz. Er fasste die Vorfälle in der Villa König kurz und sachlich zusammen.

Natürlich gaben sich die Pressevertreter angesichts des prominenten Mordopfers nicht damit zufrieden.

»Gibt es schon einen Verdächtigen?«

»War Eifersucht im Spiel?«

»Was ist mit Carla Vasary?«

»Stimmt es, dass ein orientalischer Dolch verwendet wurde?«

Leo seufzte. »Nein, es war eine rote Scherbe.«

Ein Reporter hob sofort die Hand. »Was ist mit dem Fall Dornow? Sehen Sie da eine Verbindung?« Der Mann hatte offenbar gute Kontakte zur Polizei.

»In der Tat wurde auch Marlene Dornow mit einer roten Scherbe ermordet. Die kriminaltechnische Untersuchung hat ergeben, dass beide Scherben aus demselben Material sind. Vermutlich handelt es sich dabei um eine Blumenvase. Sie dürfen gern über die Tatwaffen schreiben.«

»Haben die Opfer einander gekannt? Waren sie ein Paar? Die Dornow war eine hübsche Frau und König kein Kostverächter«, warf ein kleiner, schmaler Journalist ein.

Leo sah ihn unbewegt an. »Dann wissen Sie mehr als wir. Sind Sie zufällig der Verfasser der Kolumnen in der *Berliner Tagespost*?«

Der Mann nickte.

»Dann bleiben Sie bitte noch hier, wir haben einige Fragen an Sie.«

Die Kollegen warfen ihm Blicke zu, die von Häme bis hin zu Neid reichten.

Eine junge Frau mit Garçon-Schnitt hob die Hand. »Mehr können Sie uns nicht sagen? Hat Viktor Königs Tod irgendetwas mit seiner Tätigkeit beim Film zu tun? Er feiert gerade beachtliche Erfolge, die Rede ist von einem Angebot aus Hollywood. Da können die Kollegen schon neidisch werden.«

»Für solche Spekulationen sind wir nicht zuständig«, erwiderte Leo entschlossen. »Aber ich kann Ihnen versichern, dass wir Sie über die Ergebnisse unserer Ermittlungen auf dem Laufenden halten.« Er sah die enttäuschten Blicke der Reporter, doch davon durfte man sich nicht beeindrucken lassen. Der Umgang mit der Presse war immer eine Gratwanderung.

»Ich betone noch einmal, dass Sie über die Tatwaffe schreiben dürfen. Und ich darf Sie bitten zu erwähnen, dass sich alle Personen, die uns sachdienliche Hinweise zu den beiden Morden liefern können, umgehend im Präsidium melden sollen. Vielen Dank. Damit ist die Presseerklärung beendet.« Er schob seine Unterlagen zusammen und stand auf.

Die Journalisten verließen unter Raunen und Murmeln den Raum, nur der Kolumnist blieb zurück und schaute Leo gelassen an.

Leo gab Sonnenschein einen Wink, er solle mitschreiben.

»Da Sie sich in der Filmbranche so gut auskennen, können Sie uns vielleicht weiterhelfen, Herr Klein. Es war sehr selbstlos, dass Sie Fräulein Vasary angerufen und ihr die traurige Nachricht überbracht haben.«

Der Reporter grinste und zündete sich eine billige Zigarette an. »Nicht so sarkastisch, Herr Kommissar. Ich wollte nicht, dass sie es von der Polizei erfährt. Es ist nie schön, wenn plötzlich Kriminalbeamte vor der Tür stehen. Und dass man sie befragen würde, war offensichtlich. Nach der Sache mit der Stola …«

»Sagen Sie mal, Klein, wie war das mit dem Angebot aus Hollywood?«, fragte Leo, ohne auf die Anspielung einzugehen.

Klein zuckte mit den Schultern. »Nur so ein Gerücht. Aber die Amerikaner sind groß darin, uns die Stars wegzuschnappen. Pola Negri. Jannings geht auch weg. Lang ist gerade erst zurück, wer weiß, wie lange er bleibt.«

Leo dachte an Alfred Hahn, der nichts von diesen Plänen erwähnt hatte. Doch selbst wenn etwas daran war, hätte Königs Geschäftspartner noch lange kein Motiv gehabt, ihn zu töten. Von Marlen ganz zu schweigen.

»Ich weise Sie darauf hin, dass Sie verpflichtet sind, zur Aufklärung des Falles beizutragen, falls Sie etwas wissen«, sagte Leo.

»Immer zu Diensten, Herr Kommissar«, erwiderte Klein ironisch.

Leo rang kurz mit sich und fragte dann: »Eins noch. Wenn Sie so gut informiert sind, kannten Sie sicher auch Marlene Dornow.« Er sah aus dem Augenwinkel, wie Sonnenschein von seinem Notizblock aufblickte.

Der Reporter nickte. »Nur vom Namen her. Sie lebte von Männern, und das nicht schlecht. Mal ein Fabrikant, dann ein Politiker. Aber ich bin ihr nie begegnet. Sie war diskret, was man nicht von allen derartigen Damen behaupten kann. In Filmkreisen hat sie meines Wissens nicht verkehrt, jedenfalls nicht offiziell. Und ich kenne mich aus.«

Bescheidenheit ist nicht seine Stärke, dachte Leo.

»Sie können jetzt gehen. Sonnenschein, notieren Sie Herrn Kleins Adresse.«

Der Reporter lächelte zufrieden. »Ein Tipp noch, Herr Kommissar. *Cherchez la femme*, wie die Franzosen sagen.«

Die Straße war auch mit Hilfe eines Stadtplans gar nicht so einfach zu finden. Sie lag ziemlich versteckt in der Nähe des Bahnhofs Wedding. Hartung stellte seinen Wagen auf der belebteren Pankstraße ab und machte sich zu Fuß auf den Weg.

Düster, war sein erster Gedanke. Grau, düster, elend. Noch nie im Leben hatte Hartung so viele zerlumpte Kinder auf einem Fleck gesehen. Die Straße war nicht lang, vielleicht hundertfünfzig Meter, und wurde auf beiden Seiten von mehrstöckigen Mietshäusern gesäumt. Er kannte diese Straßen, von denen es in Berlin so viele, zu viele, gab, doch die Cösliner Straße verströmte eine besondere Trostlosigkeit, gegen die auch der strahlende Sommertag nicht ankam. Er bemühte sich, sein Entsetzen zu verbergen; er zog auch so genügend neugierige Blicke auf sich. Nur gut, dass er nicht mit dem Wagen vorgefahren war.

Hartung bereute, dass er von der Klinik gleich hierhergekommen war, statt sich erst umzuziehen. Sein heller, gut geschnittener Sommeranzug und die feinen Lederschuhe ließen ihn in dieser Gegend fehl am Platze wirken.

Das Haus Nr. 12 unterschied sich in nichts von den anderen. Graue Fassade, Torbogen in die Hinterhöfe, kleine Läden im Souterrain. Er schaute auf den Stummen Portier und hoffte, dass er den Namen Gerber hier finden würde. Je weiter hinten die Leute wohnten, desto unzuverlässiger wurden die Schilder. Spätestens im zweiten Hof interessierte sich niemand mehr dafür, wer hier lebte oder starb oder längst umgezogen war.

Gerber. Dritter Stock. Immerhin im Vorderhaus. Wer in einer solchen Straße lebte, klammerte sich vermutlich an das bisschen Wohlanständigkeit, das eine Wohnung im Vorderhaus verlieh. Hartung atmete tief durch und betrat das Treppenhaus.

Der Geruch war schlimm, und die Wärme draußen machte

ihn noch schlimmer. Billiges Essen, schmutzige Windeln, ein Hauch von Alkohol und kaltem Zigarettenrauch. Immerhin war es einigermaßen sauber, auch dies ein Zeichen dafür, dass man hier vorn die Hoffnung noch nicht ganz aufgegeben hatte.

Im dritten Stock gab es drei Türen, an der rechten der Name Gerber neben dem Klingelschild. Dunkelbraunes Holz, zerkratzt, als hätte jemand einmal das Schloss aufbrechen wollen. Wohl kaum ein Einbrecher, hier war nichts zu holen. Eher ein Bewohner, der seinen Schlüssel verloren hatte.

Hartung klingelte. Eine junge Frau öffnete die Tür. Ein Kind neben sich, einen Säugling auf dem Arm.

»Guten Tag, Frau Gerber. Dr. Erich Hartung. Ich behandle Ihre Schwägerin in meiner Klinik.«

Die junge Frau war recht hübsch, aber verhärmt, und sah ihn misstrauisch an. »Was ist mit Johanna?«

»Es wäre nett, wenn ich hereinkommen und kurz mit Ihrem Mann sprechen könnte.«

»Der ist nicht da.«

»Dann mit Ihnen?«

Sie führte ihn in eine beengte, aber saubere Wohnküche. In einer Ecke stand ein Korb mit Kleidungsstücken, vermutlich Näharbeiten. Er setzte sich auf einen freien Stuhl, während die Frau abwartend stehen blieb.

»Ich möchte Ihrer Schwägerin helfen, weiß aber sehr wenig über sie. Natürlich habe ich die Krankenakte gelesen, würde aber gern noch mehr erfahren. Ihr Mann hat versucht, sich selbst um seine Schwester zu kümmern, und sie in die Charité gebracht, als er sich keinen Rat mehr wusste. Ist das richtig?«

Die Frau schaute an ihm vorbei und wirkte plötzlich schuldbewusst. »Ja. Aber es … war mir auch nicht recht. Mit den Kindern, in der engen Wohnung. Wir können nicht einmal einen Schlafburschen aufnehmen. Es war einfach kein Platz für Johanna. So ist das, wenn man in der Cösliner wohnt.«

»Irgendetwas muss doch vorgefallen sein, das ihren Zustand ausgelöst hat. Hat sie vielleicht mit Ihrem Mann darüber gesprochen? War er bei der Polizei?«

Ihr Lachen ließ ihn zusammenzucken, es klang bitter und laut in dem engen Raum. »Polizei? Die würden ihn rauswerfen. Er ist schon zweimal verhaftet worden bei Demonstrationen. Die glauben einem Roten kein Wort.«

»Ihr Mann ist Kommunist?«

»Mehr oder weniger. Und was hätte er denen sagen sollen? Dass seine Schwester ständig weint und nicht essen will? Dass sie nicht erzählt, was mit ihr passiert ist? Die hätten ihn doch nicht für voll genommen.« Das Kind auf ihrem Arm begann zu weinen.

Hartung spürte, dass er nicht mehr erfahren würde, stand auf und legte seine Visitenkarte auf den Tisch. »Falls Ihrem Mann noch etwas einfällt, das mir bei der Behandlung helfen könnte, soll er mir Bescheid geben.«

Frau Gerber zögerte, öffnete eine Schublade im Küchenschrank und holte eine Modeillustrierte heraus. »Die hatte Johanna mir geliehen. Wollte mir zeigen, was für Kleider sie am liebsten nähen würde. Vielleicht möchte sie die wiederhaben.«

Hartung nahm das Heft entgegen und nickte. »Danke, ich werde sie ihr geben.«

An der Wohnungstür drehte er sich noch einmal um. »Auf Wiedersehen.« Sie sah ihm schweigend nach.

Der Arzt war ebenso beschämt wie erleichtert, als er die Cösliner Straße hinter sich gelassen hatte und auf der Pankstraße in den Wagen stieg. Jetzt nach Hause, auf der Terrasse sitzen, eine Zigarre rauchen und sich an hellere Zeiten erinnern.

Leo parkte vor der Villa König auf der Straße. Er hatte die Mordkommission wie besprochen in Gruppen eingeteilt. Eine prüfte unter Walthers Leitung die Geschäftsunterlagen der Gallus-Filmgesellschaft, eine andere konzentrierte sich weiter auf Marlene Dornows Privatleben. Leo war unzufrieden mit den bisherigen Ergebnissen. Sie hatten die Ermittlungen auf die Modegeschäfte und Schneiderateliers ausgedehnt, aus denen ihre umfangreiche Garderobe stammte.

Sonnenschein begleitete ihn. »Sie sind sicher, dass es derselbe Täter war, oder?«

Leo nickte und schloss die Wagentür. Sie gingen nebeneinander über die Auffahrt zum Haus. »Kein Zweifel. Dabei habe ich nicht die geringste Ahnung, worin der gemeinsame Nenner bestehen könnte.«

Sonnenschein sah ihn vorsichtig von der Seite an. »Hatte Fräulein Dornow Kontakte zum Film? Damals, meine ich?«

»Nicht dass ich wüsste. Wir sind kaum ausgegangen. Ihren Freunden und Bekannten bin ich nie begegnet.« Er hatte eine strenge Grenze gezogen und Marlen von allem anderen getrennt – von seiner Familie, seinem Beruf, seinen Freunden. Nicht einmal Robert hatte sie gekannt.

»Das heißt natürlich nichts. In vier Jahren kann sich vieles verändern.«

Sie hatten die Haustür erreicht. Trude Pawlak, Ellys Schwester, hatte ihnen am Telefon bestätigt, dass ihre Schwester zwar immer noch schwer erschüttert, aber vernehmungsfähig sei. Sie wolle unbedingt dazu beitragen, den Tod ihres Mannes aufzuklären.

Leo klingelte. Frau Schmidt öffnete und bat sie herein. Der weiße Marmorboden war makellos gereinigt, doch an der Wand zeugten blassrosa Spuren von dem Verbrechen. Die Haushälterin bemerkte seinen Blick. »Der Maler kommt am Montag. Früher ging es nicht. Die gnädige Frau hätte es am liebsten gleich heute machen lassen.«

Eine gut gekleidete, rundliche Frau mit blonden Wasserwellen und gesundem, unmodern rosigem Teint trat ihnen entgegen. »Guten Tag. Ich bin Trude Pawlak, die ältere Schwester von Frau König.«

Leo stellte sich und Sonnenschein vor. Frau Pawlak führte sie in ein kleines Empfangszimmer und bot ihnen einen Platz an. »Ich möchte Ihnen kurz erklären, in welchem Zustand sich meine Schwester befindet. Der Arzt war ganz früh noch einmal hier und hat ihr etwas zur Beruhigung verabreicht. Sie kann von Ihnen befragt werden, ist aber noch sehr angegriffen. Daher möchte ich Sie bitten, möglichst rücksichtsvoll vorzugehen.«

Leo fragte sich, wie rücksichtslos sie sich einen Kriminalbeamten wohl vorstellte. »Frau Pawlak, wir wissen durchaus zwischen Verbrechern und den Angehörigen von Mordopfern zu unterscheiden.«

Ihr Gesicht wurde noch etwas rosiger, und sie schaute verlegen zu Boden. »Verzeihung, ich wollte nicht ... Sie ist untröstlich. Es ist schwer, es mit anzusehen und ihr nicht helfen zu können.«

»Das verstehe ich gut«, sagte Leo. »Wenn wir schon dabei sind, können Sie uns etwas über die Ehe Ihrer Schwester erzählen. Gab es Probleme? Wie stand es mit den Finanzen? Ich weiß, das alles klingt indiskret, aber bei einer Mordermittlung gibt es keine Tabus.«

Erstaunt sah er, wie sich Frau Pawlak zurücklehnte, die Arme vor der Brust verschränkte und ihn herausfordernd ansah. »Keine Sorge, von mir erfahren Sie alles, was Sie wissen müssen. Um es gleich zu sagen, mein Schwager und ich haben uns nicht sehr gut verstanden. Ich war von Anfang an der Meinung, dass er Elly wegen ihres Geldes geheiratet hat, und habe das auch offen gesagt. Leider wollte sie nicht auf mich hören. Damit hätte sie sich einigen Kummer erspart.«

Sonnenschein stenographierte eifrig mit, und Leo bemerkte,

dass ein Lächeln um seinen Mund spielte. Nicht alle Zeugen waren so ehrlich.

»Warum haben Sie angenommen, er habe Ihre Schwester aus finanziellen Gründen geheiratet?«

Sie zuckte verächtlich mit den Schultern. »Er hätte so ziemlich jede in Berlin haben können. Er sah gut aus, nicht mein Typ, aber viele sind ihm nachgelaufen. Elly ist nicht gerade weltgewandt. Wir stammen aus der Provinz, dafür schäme ich mich auch nicht. Aber ein Mädchen wie sie als Frau von Viktor König, dem großen Regisseur ... Er hat es geschickt angestellt, ihr erzählt, wie satt er die ganzen Filmschauspielerinnen hätte, das affige Getue, die gekünstelte Art. Er würde eine Frau wollen, die nicht vorgibt, jemand zu sein, der sie nicht ist. Wie gesagt, er war geschickt und hat erkannt, wie er meine Schwester für sich gewinnen konnte. Hat auf ihr gespielt wie auf einem Klavier, ein Pianist, der genau wusste, welche Tasten er drücken musste. Und Elly war in jeder Hinsicht unerfahren. Das hat er unbarmherzig ausgenutzt.«

Man hätte ihre Haltung als Neid deuten können, doch Leo glaubte ihr. Er glaubte jedes Wort. Sie wirkte nicht verbittert, weil ihre Schwester es gut angetroffen hatte, während sie selbst, wenn er nach ihrem Namen gehen konnte, unverheiratet war.

»Ich hätte ihn nicht geschenkt haben wollen«, sagte Trude Pawlak, als hätte sie seine Gedanken gelesen. »Nein, nein, ich bin keine Hellseherin, aber das haben bestimmt viele gedacht. Was meinen Sie, was ich mir zu Hause in Schwerin anhören musste, als meine kleine Schwester einen berühmten Berliner Regisseur heiratete, während ich mit Waschbecken und Klosetts handle?«

Sie lachte, als sie Leos überraschten Blick sah. »Ich bin in die Firma meines Vaters eingestiegen und werde sie eines Tages übernehmen. Er hat keinen Sohn. Und selbst wenn er einen hätte, eine Frau kann das auch.«

Das Gespräch wird immer interessanter, dachte Leo. »Dann wünsche ich Ihnen viel Erfolg dabei. Zurück zu Ihrer Schwester – was können Sie mir noch über die Ehe sagen?«

Ihre Aussage deckte sich mit dem, was er von Alfred Hahn und der Haushälterin erfahren hatte. Streitigkeiten, Unzufriedenheit und einsame Abende in der Villa für Elly, während König allein zu offiziellen Veranstaltungen ging oder im Berliner Nachtleben unterwegs war.

»Sie wird bei seinem letzten Film als Produzentin genannt. Das war ein Zuckerchen, das er ihr hingeworfen hat, um sie ruhigzustellen. Sie können sich nicht vorstellen, wie Elly getobt hat, als ich ihr das ins Gesicht gesagt habe.«

»Sie wollte es nicht wahrhaben?«

Trude Pawlak nickte. »Sie hat es im Grunde ihres Herzens gewusst, wollte es aber nicht hören. Er hat es sehr geschickt angestellt, ihren Ehrgeiz und Stolz gekitzelt. Er war ein Menschenkenner und wusste genau, wie er mit ihr umgehen musste, um ans Ziel zu gelangen.«

»Wie steht es mit dem Geld? Hat er sich ganz auf seine Frau verlassen?«

»Das weiß ich nicht. Sein Kompagnon und er wollten jedenfalls hoch hinaus, eine große Nummer im Filmgeschäft werden. Es gibt Hunderte von Filmgesellschaften in Berlin, und sie wollten unter die ersten zehn. Das hat er offen zugegeben. Aber dafür braucht man nicht nur Talent, sondern auch das nötige Kapital. Und Elly konnte ihm das schnell und zinslos beschaffen. Eine Ehefrau statt einer Bank, was kann man sich Besseres vorstellen?«

Leo konnte nicht umhin, die Frau zu bewundern. Sie mochte äußerlich altmodisch wirken und so gar nicht dem modernen Ideal der knabenhaften, kurzhaarigen Frau entsprechen, doch ihr Auftreten und ihre Persönlichkeit machten ihm Eindruck. Er konnte sich gut vorstellen, dass sie hinter dem Schreibtisch ihres Vaters Platz nehmen und eine große Firma leiten würde.

»Wissen Sie, ob Ihr Schwager Feinde hatte? Gab es Menschen, die ein Motiv für diese Tat gehabt hätten? Wir können einen Raubmord ausschließen, es muss persönliche Beweggründe für den Mord geben.«

Trude Pawlak schaute ihn mit einem ironischen Lächeln an. »Er dürfte Konkurrenten gehabt haben, die ihm den Erfolg neideten, aber darüber weiß ich nichts. Wie gesagt, ich lebe in Schwerin und komme nur selten her, um meine Schwester zu besuchen.« Sie zögerte, als sie Leos abwartenden Blick sah, und wirkte auf einmal seltsam unsicher. »Sie – Sie denken an Elly?«

Er verschränkte die Arme. »Ich denke an alle Leute, die mit ihm zu tun hatten, ob Ehefrau, Geschäftsfreunde oder Kollegen. Bisher können wir niemanden als Täter ausschließen.« Er beobachtete ihre Reaktion, meinte förmlich zu sehen, wie es hinter der glatten, sorgfältig gepuderten Stirn arbeitete. Dann lächelte sie.

»Sie war es nicht. Vielleicht hätte sie ein Motiv gehabt, aber ... nein, sie hat ihn geliebt. Und sie ist eine der Frauen, die einem Mann fast alles verzeihen, wenn sie ihn lieben. Entschuldigungen suchen. Sich immer wieder überreden lassen, nachgeben und auf Versprechungen hereinfallen.«

Die Logik war nicht abzustreiten, und doch ... »Bei der Untersuchung der Leiche haben wir festgestellt, dass Herr König kurz vor seinem Tod ins Gesicht geschlagen wurde. Ziemlich fest. Er hatte es überschminkt oder überschminken lassen, da er abends eingeladen war. Wissen Sie etwas darüber?«

Trude Pawlak wirkte ehrlich überrascht und lachte dann auf. »Verzeihung. Elly muss vorgestern ziemlich betrunken gewesen sein, und dass sie ihn in diesem Zustand geohrfeigt hat, möchte ich nicht ausschließen. Eifersüchtig, enttäuscht, angetrunken, das kann ich mir alles gut vorstellen. Aber sie hat ihn nicht erstochen, niemals. Fragen Sie meine Schwester, ob sie ihren Mann geschlagen hat. Vermutlich wird sie es zugeben.« Ein Leuchten ging über ihr Gesicht. »Das könnte Elly sogar helfen, oder? Sie wird ihn kaum geschlagen und dann auf seine Rückkehr gewartet haben, um ihn zu töten, oder?«

Leo bemerkte ihren hoffnungsvollen Blick, sagte aber nichts dazu. »Eine Frage noch, die vorerst letzte: Kennen Sie den Namen Marlene Dornow?«

Trude Pawlak überlegte und schüttelte dann den Kopf. »Nein, den habe ich noch nie gehört.«

Leo und Sonnenschein erhoben sich. »Ich danke Ihnen für Ihre Offenheit, Frau Pawlak. So etwas erleben wir selten.«

Sie stand auf und lächelte. »Wer Klosetts verkauft, kennt keine falsche Scham, meine Herren.«

Die Spuren des Zorns waren beseitigt worden, und das Wohnzimmer erstrahlte in kühler Eleganz. Leo konnte nicht umhin, seinen bewundernden Blick schweifen zu lassen. Er bezweifelte, dass er sich inmitten von so viel Chrom, Glas und Leder wohlfühlen würde, aber das Gesamtbild war eindrucksvoll. Elly König dagegen sah furchtbar aus. Geschwollene Augen, die Lider gerötet, die Haare nicht frisiert. Ein Fingernagel war abgebrochen, der Lack blätterte stellenweise ab. Sie trug einen Morgenmantel, der ihre üppige Figur kaum verhüllte, und zierliche Pantoffeln.

Leo stellte sich und Sonnenschein vor.

Elly bot ihnen einen Platz an, aber keine Getränke. Kurz darauf kam ihre Schwester mit zwei Kaffeetassen, Zucker und Milch herein, stellte alles auf den Couchtisch und verschwand diskret.

Leo räusperte sich. »Frau König, wir wissen, dass Sie einen Schock und einen furchtbaren Verlust erlitten haben. Wir haben bereits mit Ihrer Schwester gesprochen. Ich werde unsere bisherigen Erkenntnisse zusammenfassen und bitte Sie um Ihre Meinung dazu.«

Elly König nickte geistesabwesend. Leo bemerkte, wie ihr Blick zu einem Barschrank wanderte, auf dem sich Flaschen drängten. Er schob ihr seine Kaffeetasse hin.

»Sie haben Viktor König vor drei Jahren geheiratet. Wie haben Sie sich kennengelernt?«

Elly König schien durch ihn hindurchzublicken. »Bei Dreharbeiten.«

Leo sah sie überrascht an. »Können Sie mir das genauer erklären?«

»Ich ... ich wollte Schauspielerin werden. Deshalb bin ich nach Berlin gekommen.« Sie biss sich auf die Unterlippe, ihr Lippenstift hinterließ karminrote Flecken auf den Schneidezähnen. Sie zuckte mit den Schultern. »Aber ich war – nicht modern genug. Sie wissen schon, die wollen dünne Frauen, die wie Jungs aussehen. Mit schmalen Hüften. Kleinem Busen.«

»Haben Sie in einem seiner Filme mitgespielt?«

Leo deutete auf die Kaffeetasse. Elly König sah ihn verwundert an, als hätte sie sie erst jetzt bemerkt. »Danke.« Sie trank einen Schluck und schaute wieder zu Leo. »Nein, daraus ist nichts geworden. Viktor hat gesagt, ich sei nicht die Richtige für die Rolle.«

Nicht sehr charmant, dachte Leo.

»Aber die Richtige für ihn.« Er sah, wie ihre Augen zu glänzen begannen. Sie schwankte leicht, als sie aufstand und ein Taschentuch aus einer Schublade nahm, das sie entfaltete und gegen ihr Gesicht drückte. Sie blieb einen Moment lang so stehen, bevor sie sich wieder aufs Sofa fallen ließ.

»Damit hatte er mich schon für sich gewonnen. Mit diesem einen Satz. Ich wusste, dass ich nicht sonderlich begabt bin. Aber ich wollte raus aus Schwerin, weg aus der Provinz, wo ich immer nur die Tochter des Klosettkönigs war.« Sie schaute auf, und Leo bemerkte einen schwachen Widerhall der Entschlossenheit, die ihn bei ihrer Schwester beeindruckt hatte.

»Hatten Sie je das Gefühl, dass es Ihrem Mann nur um Ihr Geld ging?« Die Frage war brutal, aber unumgänglich.

Ihre Augen wurden groß, und er fürchtete neue Tränen, doch sie beherrschte sich. »Ich weiß, dass alle das sagen. Sogar meine Schwester. Es – mag sein, dass es eine Rolle gespielt hat. Viktors Filme waren teuer. Alles sollte so echt und schön wie möglich aussehen, und das kostete viel Geld. Aber er hat mich gerngehabt. Das weiß ich.« In ihrer Stimme schwang eine Spur von Trotz mit.

Leo sah, wie Sonnenscheins Stift über dem Papier innehielt. Er räusperte sich. »Frau König, ich muss Ihnen noch eine unangenehme Frage stellen. Haben Sie Ihren Mann vorgestern geohrfeigt? Kurz vor seinem Tod?«

Sie schien sich einen Ruck zu geben und sah ihn herausfordernd an. »Ja.«

»Und warum?«

»Weil er zugelassen hat, dass Reporter irgendeinen Dreck schreiben«, sagte sie mit hasserfüllter Stimme. »Dieser Klein hat behauptet, Viktor hätte ein Verhältnis mit Carla Vasary gehabt. Er hat getan, als wäre er an dem Film interessiert, als wollte er nur mit mir sprechen, weil ich ihn mitproduziert habe, aber dann hat er im selben Artikel diesen Dreck über Carla geschrieben. Dass Viktor ihr Geschenke gemacht hätte.«

Leo seufzte innerlich. Manchmal hasste er seinen Beruf. »Frau König, ich muss Ihnen leider sagen, dass Ihr Mann tatsächlich die Stola für Fräulein Vasary gekauft hat. Das hat sie uns selbst erzählt.«

Ihr vom Weinen gerötetes Gesicht wurde blass. Sie presste die Lippen aufeinander, als wollte sie spontane Worte zurückhalten. Leo sah, wie sich ihre Hände um die Sofakante klammerten.

»Sie hat uns aber auch gesagt, dass sie kein Verhältnis mit Ihrem Mann hatte.«

Elly König schien ihn nicht zu hören. Sie stand auf und ging mit schleppenden Schritten zu der Fensterfront, durch die man in den Garten blickte. Sie legte die Hände und die Stirn an die Scheibe und verharrte so.

Die Kriminalbeamten sahen einander an. Sonnenschein notierte etwas und hielt Leo das Notizbuch hin. Leo nickte. Er erhob sich, trat zu Elly König und legte ihr vorsichtig die Hand auf die Schulter. Sie wurde starr, schien alle Muskeln anzuspannen.

»Gehen Sie.«

»Noch eine Frage, dann lassen wir Sie für heute in Ruhe. Kennen Sie eine Marlene Dornow? Oder hat Ihr Mann den Namen je erwähnt?«

»Noch eine, der er Geschenke gemacht hat?«, fragte sie verächtlich.

»Das wissen wir nicht.« Leo zögerte. »Diese Frau ist vor einigen Tagen ermordet worden. Wir vermuten, dass es sich um denselben Täter handelt, der auch Ihren Mann getötet hat. Wenn wir die Verbindung zwischen ihnen finden, bringt uns das einen guten Schritt voran.«

Sie drehte sich langsam um. »Ich habe den Namen noch nie gehört. Aber ich habe manches nicht gewusst, wenn es um meinen Mann ging.« Sie machte eine vage Handbewegung, die das ganze Haus zu meinen schien. »Sie können sich alles ansehen. Nehmen Sie alles mit, was Sie interessiert. Ich weiß nicht, was wird. Mit mir. Und dem Haus.«

»Meine Kollegen haben gestern die Spuren gesichert, aber wir müssen das Haus durchsuchen. Vor allem die Räume Ihres Mannes. Irgendwo werden sich Hinweise auf das Motiv finden.«

Sie nickte gleichgültig. »Wie gesagt, tun Sie, was Sie tun müssen. Ich hindere Sie nicht daran.«

»Danke. Bemühen Sie sich nicht, Frau Schmidt kann uns alles zeigen. Wir haben Sie für heute genug beansprucht.«

Er und Sonnenschein erhoben sich. »Man wird Ihnen die Aussage in den nächsten Tagen zur Unterschrift vorlegen.«

Doch Elly König schien ihn nicht zu hören. Ihr Blick wanderte wieder zu dem Schrank mit den Flaschen.

14

Leo hatte Sonnenschein in der Villa gelassen, er würde schon mit der Durchsuchung beginnen. Der Erkennungsdienst hatte Fingerabdrücke genommen, der Abgleich mit der Kartei hatte bisher nichts ergeben. Auch im Garten waren keine Spuren gefunden worden, die auf den Täter hindeuteten. Sie konnten nur auf den Inhalt des Hauses hoffen. Von Fräulein Meinelt hatte Leo erfahren, dass ein junger Mann im Präsidium wartete, um eine Aussage im Fall Dornow zu machen. Leo begab sich in die Inspektion A, wo der Zeuge im Vorzimmer saß.

Anfang zwanzig, mit blauen, fast violetten Augen und dichten schwarzen Wimpern, die ziemlich unecht wirkten. Blonde, wellige Haare ohne Frisiercreme, die ihm locker in die Stirn fielen.

»Guten Tag. Mein Name ist Hans Winkelmann.«

Er wirkte ziemlich nervös, und Leo deutete auf die Tür zu seinem Büro. Der junge Mann folgte ihm und nahm unsicher auf dem angebotenen Stuhl Platz, während Fräulein Meinelt sich an den zweiten Schreibtisch setzte, um zu stenographieren.

»Bitte. Was kann ich für Sie tun?«

Der junge Mann strich sich die Haare aus der Stirn. Die Geste hatte etwas Feminines. Leo stützte das Kinn auf die verschränkten Hände und wartete geduldig.

»Ich – ich arbeite im Kaufhaus Gerson.« Er warf einen Blick über die Schulter, als fürchtete er, man könne sie belauschen.

»Wir sind ungestört, Herr Winkelmann«, sagte Leo beruhigend.

»Ich arbeite als Verkäufer in der Strumpfabteilung. Es ist eine gute Stelle, mit Aufstiegsmöglichkeiten.« Er räusperte sich.

»Sie haben meiner Sekretärin gesagt, es ginge um den Fall Marlene Dornow.«

»Ich habe davon in der Zeitung gelesen, wenn auch nur flüchtig. Eine schlimme Geschichte. Da mir der Name jedoch nichts sagte, habe ich zunächst nicht weiter darüber nachgedacht. Aber dann wurde ein Foto der Toten abgedruckt. Und da fiel mir etwas ein.« Er zögerte und schaute sich wieder um. Als er Leo ansah, lag etwas Gehetztes in seinem Blick. »Es war nicht leicht, die Stelle bei Gerson zu bekommen. Man legt dort großen Wert auf Zuverlässigkeit und Loyalität.«

Leo wartete.

»Ich will damit sagen, dass die Geschäftsleitung es nicht gerne sähe, wenn der Name Gerson im Zusammenhang mit einem brutalen Mord erwähnt würde.«

»Es besteht also ein Zusammenhang zwischen dem Kaufhaus Gerson und Marlene Dornow?«

»Ich habe sie zweimal bedient«, erwiderte Winkelmann mit festerer Stimme. »Einmal kam sie allein, vor etwa einem halben Jahr. Ich habe ihr Strümpfe gezeigt. Sie hatte einen ausgezeichneten Geschmack.«

»Und das zweite Mal?« Leo rechnete mit einem Besuch in Herrenbegleitung, doch der Verkäufer sagte: »Das war vor etwa sechs Wochen, höchstens zwei Monaten. Sie kam mit einer jungen Frau. Vielleicht zwanzig, einundzwanzig. Sie hat ihr Strümpfe gekauft.«

»Erklären Sie mir das bitte genauer.«

»Sie kamen zu mir an die Verkaufstheke. Fräulein Dornow bat mich, ihr eine Auswahl von Seidenstrümpfen zu zeigen. Ich habe sie auf dem Tresen ausgebreitet, elfenbeinfarben, weiß, silbergrau. Sie hat sie ihrer Begleiterin gezeigt, beide haben sie in die Hand genommen, die Qualität geprüft, sie ans Bein gehalten.«

»Wie sah die junge Frau aus?«

»Rötlichbraunes Haar. Wunderschön, aber unmodern frisiert. Sie hatte einen geflochtenen Zopf, ein paar Strähnen fielen ihr ins Gesicht. Sie war etwa mittelgroß, würde ich sagen.«

Leo blickte den jungen Mann interessiert an. »Haben Sie gehört, ob Fräulein Dornow sie mit Namen angesprochen hat?«

»Nein. Aber eins ist mir aufgefallen. Sie hat die junge Dame geduzt, während diese Sie zu ihr sagte.«

Leo griff nach einer Aktenmappe, die hinter ihm auf dem Schrank lag, und blätterte, bis er Sonnenscheins Bericht über die Befragung im Frisiersalon gefunden hatte. *Ich kann mich an ihre außergewöhnlich schönen Haare erinnern, dunkelbraun mit einem leichten Rotschimmer. Und sie trug sie lang, ganz lang und unmodern, zum Zopf geflochten. Fräulein Dornow hat gesagt, ich solle ihr die Spitzen schneiden, nur die Spitzen, bloß nicht zu viel ab.*

»Das ist sehr hilfreich, Herr Winkelmann. Sonst ist Ihnen nichts an der jüngeren Frau aufgefallen? Kleidung? Stimme? Ausdrucksweise?«

Der Verkäufer zögerte. »Ich bin ein guter Beobachter, das hilft in meinem Beruf. Und die Damen stört es nicht, wenn man sie aufmerksam mustert, sie fühlen sich meist geschmeichelt. Bei der jungen Frau war das anders. Sie … wirkte ein bisschen einfach. Nicht vulgär, aber sie stammte aus einfachen Verhältnissen. Sie schaute sich mit großen Augen im Kaufhaus um und schien die elegante Umgebung zu bewundern. Fräulein Dornow hingegen bewegte sich völlig ungezwungen.«

Leo notierte sich alles. »Ihre Aussage könnte von großer Bedeutung sein. Meine Sekretärin wird sie gleich abtippen und Ihnen zur Unterschrift vorlegen.«

Winkelmann nickte, wirkte aber noch immer verunsichert. »Wäre es möglich, die Angelegenheit diskret zu behandeln? Wie ich schon sagte, man wird es bei Gerson nicht gern sehen, dass ich bei der Kripo ausgesagt habe.«

»Wir werden uns bemühen, versprechen kann ich es nicht. Sie haben nur Ihre Pflicht getan, Herr Winkelmann, daraus sollte Ihnen niemand einen Strick drehen.«

Der junge Mann stand auf. »Ich warte dann nebenan.«

Leo nickte. »Auf Wiedersehen.«

Als sich die Tür hinter dem Verkäufer und Fräulein Meinelt geschlossen hatte, schaute Leo nachdenklich zum Fenster. Das war womöglich der Fortschritt, auf den er gehofft hatte.

Er blätterte in den Akten und suchte die Telefonnummer des Frisiersalons heraus, in dem Marlen mit einer jungen Frau gesehen worden war.

»Kommissar Wechsler, Kriminalpolizei. Mein Kollege Sonnenschein war vor einigen Tagen bei Ihnen.... Genau, um diese Sache geht es. Ich habe noch eine Frage zu der jungen Frau, die mit Fräulein Dornow bei Ihnen im Salon war. Ist Ihnen aufgefallen, ob sich die beiden geduzt haben? ... Nein, nur einseitig.... Verstehe. Wirkte die junge Frau schüchtern? ... Vielen Dank, Sie haben mir sehr geholfen.«

Leo legte zufrieden den Hörer auf die Gabel.

Mit dieser Beschreibung würden sie noch einmal zu den Nachbarn und der Hausmeisterin gehen. Er bezweifelte nicht, dass Marlen mit ein und derselben jungen Frau beim Friseur gewesen war und Strümpfe gekauft hatte. Einer jungen Frau, die aus einfachen Verhältnissen stammte und Marlen gesiezt hatte.

Er griff nach seinem Jackett und ging ins Vorzimmer, wo der junge Mann mit dem Hut im Schoß saß und geduldig zusah, wie Fräulein Meinelt seine Aussage tippte. »Ich fahre noch mal in die Villa König«, sagte Leo zu Fräulein Meinelt und nickte Herrn Winkelmann zu.

Marie wollte unbedingt durch das Elefantentor in den Zoo gehen, obwohl das Löwentor in der Joachimstaler Straße näher lag und sie so bis zur Budapester Straße laufen mussten. Im Zoo herrschte bei dem herrlichen Wetter ziemliches Gedränge. Georg hatte sich mit Leos Erlaubnis einen Fotoapparat ausgeliehen, den er unbedingt ausprobieren wollte. Er blieb vor jedem Gehege stehen und überlegte, ob die Tiere darin den kostbaren Film wert waren. Marie trat von einem Fuß auf den anderen.

»Ich will jetzt zu den Seelöwen. Mach doch endlich dein Bild.«

Ihr Bruder ließ sich nicht aus der Ruhe bringen. »Geh du zu deinen Seelöwen, ich brauche Zeit, um mir die richtigen Motive auszusuchen.«

»Wir haben doch Zeit«, sagte Clara, »es ist Samstag.« Sie sah auf die Uhr. »Georg, wir treffen uns in einer Stunde am Café. Bis dahin kannst du in Ruhe deine Bilder machen, und danach könnt ihr ins Aquarium gehen.«

»Na schön.«

Sie und Magda machten sich mit Marie auf den Weg zu den Seelöwen. Clara hatte den Vorschlag nicht ohne Hintergedanken gemacht, da sie bei einem Kaffee in Ruhe mit ihrer Freundin sprechen wollte.

Am Seelöwenbecken drängten sich die Besucher, weil gleich die Fütterung begann. Marie gelang es irgendwie, sich bis in die erste Reihe vorzuschieben, während Clara und Magda weiter hinten stehen blieben.

Die Sonne schien ihnen warm auf den Rücken, und Clara genoss es, die Menschen in ihren hellen Sommerkleidern zu betrachten, in dem Bewusstsein, dass sie die dunklen Zeiten hinter sich gelassen hatten. Als sie Leo vor vier Jahren kennenlernte, hatte sie noch unter der Erinnerung an den Krieg, an ihre unglückliche Ehe und die demütigende Scheidung gelitten. Ihr persönliches Elend hatte sich in der wirtschaftlichen Not gespiegelt; das eine schien das andere noch zu verstärken. Es war ein langer Weg gewesen. Sie hatte sich das Glück mit Leo erkämpft und war nicht bereit, es wieder herzugeben.

»Ich wüsste gern, woran du denkst.«

Clara schrak zusammen und wandte sich ab, weil sie merkte, wie ihre Wangen heiß wurden. Zum Glück brach in diesem Augenblick donnernder Applaus los, da der Tierpfleger mit seiner Vorführung begann. Danach leuchteten Maries Augen.

»So würde ich auch gern schwimmen können«, sagte sie sehnsüchtig.

»Du kannst doch gut schwimmen.« Sie waren im vergangenen Sommer öfter an den Wannsee gefahren, und Georg war tatsächlich ein bisschen neidisch auf seine Schwester gewesen, die sich im Wasser wie in ihrem natürlichen Element bewegte.

»Na ja, aber sie springen auch noch in die Luft und tauchen elegant wieder unter. – Jetzt möchte ich zu den Giraffen!«

Clara und Magda wanderten mit dem Mädchen von einem Gehege zum nächsten. Irgendwann schaute Magda ihre Freundin nachdenklich an. »Man könnte glauben, es wären deine eigenen Kinder. Bist du zufrieden?«

»Ja, so kommt es mir auch vor. Ich habe sie wirklich sehr lieb.«

»Hast du mit Leo gesprochen? Über den Arztbesuch, meine ich.«

Sie nickte. »Er hat es gut aufgenommen. Ich war erleichtert. Es hatte mich wirklich nervös gemacht.« Sie schaute zu Boden. »Ich war mir ziemlich sicher, dass es ihm vor allem um mich geht, aber ... Bei Ulrich war es damals anders. Er hat mir ...« Sie schluckte. »Als wir ein Jahr verheiratet waren, hat er mir vorgeworfen, dass ich noch nicht schwanger war. Es klang wie eine Reklamation, als hätte er beschädigte Ware gekauft.«

Magda lächelte. »Das würde Leo nie tun.«

»Nein.« Mehr sagte Clara nicht, weil Marie zu ihnen kam, um etwas über die Nahrungsgewohnheiten der Nashörner zu erklären, doch ganz im Reinen war sie mit sich nicht. Sie sehnte sich danach, ungestört mit Magda zu sprechen.

Als sie am Café ankamen, wartete Georg schon. Marie lief auf ihn zu. »Du musst die Nashörner für mich fotografieren. Und die Giraffen. Von weitem und von unten.«

Er schaute Clara etwas betreten an.

»Ich kaufe dir einen neuen Film«, sagte sie und zwinkerte ihm zu. Dann gab sie den Kindern Geld für Eis.

»Ab mit euch. Ihr wisst ja, wo ihr uns findet.«

Sie setzten sich auf die Terrasse und bestellten Kaffee und Kuchen. Auch fast drei Jahre nach dem Ende der Inflation genoss Clara es noch immer, mit richtigem Geld bezahlen zu können.

Als ihre Bestellung kam, trank Magda einen Schluck Kaffee und schaute sie an. »Heraus mit der Sprache.«

»Frau Doktor?« Clara zog eine Augenbraue hoch.

»Mir machst du nichts vor. Irgendwas stimmt nicht. Hat es mit Leo zu tun?«

Clara aß von ihrem Stück Erdbeertorte, um die Antwort hinauszuschieben. Dann holte sie tief Luft. »Ja. Ich … wie gesagt, ich habe ihm erzählt, dass wir keine gemeinsamen Kinder haben können, und er war ganz ruhig. Es schien ihm nichts auszumachen; er wollte sich nur vergewissern, dass ich nicht zu traurig bin.«

Ein leichter Wind kam auf und ließ das zartgrüne Laub über ihnen rascheln.

»Aber?«, fragte Magda. Clara sehnte sich danach, sich jemandem anzuvertrauen, das war nicht zu übersehen. Ilse war in diesem Fall nicht die Richtige, weil es um ihren Bruder ging.

»Er verhält sich seit einigen Tagen merkwürdig. Zuerst dachte ich, es hätte mit den furchtbaren Kindermorden in Breslau zu tun, dem Fall, in dem Gennat gerade ermittelt. Aber das ist es nicht allein.«

»Wann hat es denn angefangen?«

Clara überlegte. »Seit Dienstag wirkt er bedrückt. Am Mittwoch ist er ganz früh ins Büro gegangen, viel zu früh, er hatte mir einen Zettel auf den Küchentisch gelegt. Und vorgestern hatte er einen Albtraum. Das habe ich noch nie erlebt. Er ist kein lebhafter Träumer.«

»So. Und was hast du mir noch nicht erzählt?« Magda hatte wie immer einen scharfen Blick.

Clara griff zögernd nach ihrer Handtasche. Sie hatte mit sich gerungen, ob sie es Magda zeigen sollte, weil eigentlich nichts Verdächtiges daran war. Sie wollte sich vor ihrer Freundin nicht lächerlich machen, sie war keine eifersüchtige Ehefrau, die ihrem Mann nachspionierte. Und doch …

Sie legte das Foto auf den Tisch.

Magda nahm es und betrachtete es interessiert durch ihre Lesebrille. Leo saß in einem Sessel an einem Fenster, den Kopf nach hinten gelehnt, in der Hand eine Zigarette. Er trug ein weißes Hemd, dessen Ärmel aufgekrempelt waren. »Na und? Du hast einen gut aussehenden Mann, aber das wusste ich schon länger.«

Clara konnte nicht mitlachen. »Ich habe es im Schlafzimmer auf dem Boden gefunden. Leo hatte sein Jackett über einen Stuhl geworfen, dabei muss es ihm aus der Tasche gefallen sein.«

Magda drehte das Foto um, die Rückseite war unbeschriftet. »Was ist denn mit dem Foto?«

Clara seufzte. »Ich komme mir irgendwie dumm vor. Aber ich habe es noch nie gesehen. Leo besitzt nur wenige Familienfotos, und die sind alle in einem Album. Die Wohnung darauf kenne ich auch nicht.« Sie senkte den Blick.

Magda legte ihr die Hand auf den Arm. »Ich finde, er sieht darauf jünger aus. Vielleicht hat er es nach langer Zeit irgendwo wiedergefunden.«

Clara zuckte mit den Schultern. »Schon möglich. Aber warum hat er es mir nicht gezeigt?«

»Und das allein beunruhigt dich?«

»Ich glaube, ich hätte mir nichts dabei gedacht, wenn er sich nicht so sonderbar verhalten würde.«

»Denkst du an eine andere Frau?«, fragte Magda unbeirrt.

»Eigentlich nicht. Ich weiß es nicht.« Clara versuchte, das leichthin zu sagen, doch sie spürte, dass ihre Augen verräterisch brannten.

Magda griff über den Tisch nach ihren Händen. »Du musst ihn danach fragen, wenn es dir keine Ruhe lässt. Quäl dich nicht unnötig damit. Hast du es Ilse gezeigt?«

Clara schüttelte den Kopf. »Nein. Ich ... das will ich nicht. Wenn ich nach Hause komme, werde ich es wieder in seine Tasche stecken. Und mir in Ruhe überlegen, was ich mache.«

Magda nickte wortlos.

Nach dem Gespräch mit Hans Winkelmann war Leo zurück nach Neubabelsberg gefahren. Königs Witwe hatte sich, begleitet von ihrer Schwester, ins Schlafzimmer zurückgezogen. Die Vernehmung hatte sie erschöpft, und Trude Pawlak hatte ihr etwas zur Beruhigung verabreicht.

Die Wohnräume ergaben nicht viel. Wenige persönliche Gegenstände, dafür viel moderne Kunst, die immerhin Rückschlüsse auf Königs Geschmack und finanzielle Mittel zuließ. Die Gemälde und Skulpturen stammten von Künstlern, die bereits einigermaßen bekannt und somit bestimmt nicht billig waren.

Frau K. nach Kunstinventar fragen, notierte er sich. Es war erforderlich, eine Übersicht über das Vermögen des Toten zu erhalten.

Dann begab er sich ins Arbeitszimmer des Regisseurs. Er sah sich staunend um. Dies war zweifellos der interessanteste Raum im Haus, weil er so gar nicht zum Rest des durchkomponierten Ensembles passte. An den Wänden hingen gerahmte Plakate von Königs Filmen und einigen seiner Theateraufführungen, auf denen sein Name zu lesen war. Die Schränke und Regale waren aus Eichenholz und stammten zweifellos aus dem vorigen Jahrhundert. Hier war nichts modern, es gab weder Chrom noch Glas, nur altes Holz und Leder. So als hätte das Wohnzimmer ein Bild für die Außenwelt abgeben sollen, während er hier drinnen ganz er selbst war.

Sonnenschein klopfte und trat ein. »Mit dem Schlafzimmer bin ich durch. Er hat eine eindrucksvolle Garderobe, alles nur vom Teuersten. Anzüge und Hemden maßgeschneidert. Seidenkrawatten. Socken aus feinster Merinowolle. Ein Kamelhaarmantel, ein Kaschmirmantel.«

»Haben Sie alle Taschen durchgesehen?«

»Wird erledigt.«

Leo trat an den perfekt aufgeräumten Schreibtisch und musterte die elegante Schreibgarnitur. Den Telefonapparat aus schwarzem Bakelit. Dann begann er, nacheinander die Schubladen zu öffnen.

Er war so in die Suche vertieft, dass er kaum merkte, wie Sonnenschein zurückkam.

»Herr Kommissar, ich habe eine Rechnung gefunden. Sie stammt von einer Modehandlung, in der eine Stola gekauft wurde.«

Leo warf einen Blick darauf. »Die hat er Carla Vasary geschenkt. Wir nehmen sie mit. Sonst noch etwas?«

»Taschentücher, Zahnstocher, ein Zigarettenetui. Sieht alles harmlos aus.«

»Gut, dann nur die Rechnung.«

Sonnenschein zog sich zurück.

In den Schubladen fanden sich Schreibutensilien, Papier, Lineal, Briefumschläge, Stempel. Dazu mehrere Notizbücher und Taschenkalender, die er alle herausholte. Sie würden sie mitnehmen und im Präsidium gründlich überprüfen.

Dann trat er an die Regale. Bücher über Theatergeschichte, Kulissenbau, Maskenbild, Filmtechnik, Fotografie. Drehbücher seiner eigenen und anderer Filme in deutscher und englischer Sprache. Romane und Biographien, historische Werke, Lexika. Im untersten Regal standen Aktenordner. Leo zog einen heraus, der Rechnungen enthielt, die offenkundig mit dem Erwerb des Grundstücks und dem Bau der Villa zusammenhingen. Er legte alle Ordner auf den Teppich. Auch sie mussten durchgesehen werden.

Als er den letzten herauszog, kippte etwas hinten im Regal um. Er kniete sich hin und zog ein schwarzes, in Leder gebundenes Notizbuch hervor. Es war so klein, dass man es mühelos in der Innentasche eines Jacketts mit sich tragen konnte.

Die erste Seite zeigte ein Symbol in rotem Buntstift, das an eine Brille erinnerte. Oder an das mathematische Zeichen für Unendlichkeit.

Stirnrunzelnd blätterte Leo weiter. Die Einträge waren auf den ersten Blick unverständlich. Zahlengruppen, bei denen es sich um Daten oder Beträge handeln konnte. Dazwischen einzelne Buchstaben, höchstens zwei, womöglich Initialen.

Leo ging das ganze Buch durch und stellte fest, dass sich die Zahlen in zwei Gruppen einteilen ließen. Bei der einen war die vorletzte Zahl immer eine Zwei, gefolgt von einer 4, 5 oder 6, was auf Jahresangaben schließen ließ. Die andere Gruppe wies glatte Hunderter oder Tausender auf, vermutlich Geldbeträge.

Leo spürte, wie ihn ein Kribbeln überkam, eine Mischung aus Freude und Aufregung angesichts einer vielversprechenden Spur, wie er sie von früheren Fällen her kannte. Er erhob sich und steckte das Notizbuch in die Hosentasche. Dann machte er sich auf den Weg zu Elly König.

Im Schlafzimmer herrschte Dämmerlicht, die Sonne fiel in hauchdünnen Streifen durch die Schlitze der Jalousien. Es war sehr warm und roch nach ungewaschenem Körper. Elly König hatte sich im Bett aufgesetzt, ein Kissen im Rücken. Die einzige etwas stärkere Lichtquelle war die Nachttischlampe, die sie bei Leos Eintreten eingeschaltet hatte.

»Nein.« Sie schüttelte müde den Kopf. »Das habe ich noch nie gesehen. Viktor hatte mehrere Notizbücher, aber die sind größer. Und sie lagen immer in der Schreibtischschublade. Dieses kenne ich nicht.«

Leo war nicht überrascht. König hatte es sicherlich nicht grundlos hinter den Aktenordnern versteckt.

»Gut. Und diese Einträge?« Er zeigte ihr einige Seiten, wobei ihn Trude Pawlaks strafender Blick traf. »Ich weiß, dass es Ihnen schlecht geht, und werde Sie auch gleich in Ruhe lassen, Frau König. Nur noch diese eine Frage.«

Elly König fuhr sich mit der Hand über die Augen und schaute sich das Notizbuch an. Dann schüttelte sie den Kopf. »Das alles sagt mir nichts. Viktor gab sich gern geheimnisvoll, nicht nur, was seine Filme anging. Ich bin wohl die Letzte, der er davon erzählt hätte.«

Mit diesen Worten legte sie sich wieder hin und vergrub den Kopf im Kissen.

»Ich weiß, es ist schon spät. Aber ich bitte Sie alle, sich noch eine halbe Stunde zu konzentrieren.« Leo trank einen Schluck Wasser, stützte sich mit hochgekrempelten Ärmeln auf die Tischplatte und schaute in die Runde. Trotz der geöffneten Fenster war es drückend heiß, und die Kollegen konnten ihre Müdigkeit kaum verbergen.

»Wir haben heute wichtige Erkenntnisse gesammelt, damit können wir zufrieden sein. Den Zeugen aus dem Kaufhaus Gerson, das Notizbuch aus dem Arbeitszimmer des Toten. Möglicherweise finden wir in dem Material, das wir aus der Villa mitgenommen haben, noch mehr.«

Er schaute Walther an. »Wie war es bei der Gallus?«

Sein Freund zuckte mit den Schultern. »Wir waren leider nicht so erfolgreich. Auf den ersten Blick ist in den Finanzunterlagen nichts Verdächtiges zu finden. Wir haben Gärtner darauf angesetzt, er war früher Buchhalter und wird alles prüfen. Die Firma gehörte König und Hahn zu gleichen Teilen, sie haben den gleichen Anteil an Eigenkapitel eingezahlt und die Gewinne geteilt.«

»Es gab also Gewinne?«

»Durchaus.« Walther zögerte. »Laut Unterlagen wirft die Gallus-Film aber nicht genug ab, um Königs Lebensstil zu finanzieren. Die Villa, der Wagen, die Kleidung, möglicherweise noch Geschenke für diverse Frauen …«

»Wir wissen, dass er das Vermögen seiner Ehefrau eingesetzt hat«, sagte Leo.

»Sicher. Fragt sich nur, ob sich das deckt. Ob die Rechnung Vermögen von Elly König plus Einkünfte aus seiner Arbeit als Regisseur gleich Villa/Wagen/Pelze et cetera tatsächlich aufgeht.«

»Dranbleiben.« Leo hielt eine Liste in die Höhe. »Das hier ist eine Übersicht der Kunstwerke, die sich in Königs Besitz befanden. Ich lasse sie schätzen. Der Wert dürfte beträchtlich sein.« Er sah in die Runde. »Am Montag wird Gärtner weiter die Bücher prüfen, Robert kümmert sich um das Haus als solches und die Wertgegenstände darin. Sonnenschein, Sie fahren mit mir nach Johannisthal ins Atelier, in dem König seine Filme gedreht hat.«

Sonnenschein hob die Hand. »Was ist mit der Frau aus dem Frisiersalon?«

Leo nickte. »Die junge Angestellte von Frau Kern und der Zeuge Winkelmann werden noch einmal einbestellt. Wir lassen mit beiden unabhängig voneinander Phantombilder der Frau erstellen und zeigen sie allen Nachbarn der Toten. Hasselmann, kümmern Sie sich darum. Mit weiteren Kollegen, falls nötig.«

Er trank sein Wasser aus. »Das Notizbuch nehme ich mit nach Hause, vielleicht fällt mir etwas dazu ein. Wir sehen uns am Montagmorgen. Einen schönen Sonntag, die Herren.«

Walther nickte ihm im Gehen zu. Immerhin, dachte Leo und griff nach seinem Jackett.

Vielleicht könnte er heute Abend mit Clara irgendwo ein Bier trinken. Und morgen ins Grüne fahren. An einen See. Und unterwegs konnten sie vielleicht irgendwo Radio hören. Georg war aufgeregt, weil die Hertha an diesem Sonntag in Frankfurt um die Deutsche Meisterschaft spielte. Im April hatte er mit Leos Erlaubnis in die Kneipe an der Ecke gedurft, als es die erste Rundfunk-Übertragung eines Länderspiels gegeben hatte. Danach hatte er rote Backen gehabt und wollte um jeden Preis Rundfunkreporter werden.

Leo lächelte bei sich. Er ging in Richtung Hackescher Markt, dankbar für jeden Schritt, mit dem er die Arbeit hinter sich ließ.

15

Montag, 14. Juni 1926

»Guten Morgen. Wie war das Wochenende?«, fragte Werneburg.

»Angenehm. Wenn man einmal davon absieht, dass ich meinen Sohn trösten musste, für den gestern eine Welt zusammengebrochen ist …«

»Die Meisterschaft?« Werneburg nickte mitfühlend. »1:4, das war deutlich. Und dann noch das Eigentor von Leuschner … ein Debakel. Ich kann verstehen, dass der Junge traurig ist.« Dann wurde er ernst und deutete auf einen Stapel Zeitungen. »Die Presse macht ganz schön Stimmung. Sie schreiben jetzt vom ›Scherbenmörder‹ und jagen den Leuten Angst ein. Das gefällt mir nicht. Wenn wir nicht bald ein Motiv finden …«

»Wir sind dran, Herr Dr. Werneburg. Es haben sich einige neue Spuren ergeben. Ich kann Ihnen versichern, dass dieser Täter ein handfestes Motiv hat und nicht ziellos umherläuft und Menschen die Kehle durchschneidet. Es besteht kein Grund zur Panik in der Bevölkerung.«

»Sie wissen das, und ich auch. Aber denen hier geht es um die Auflage, und die macht man nun mal mit Serientätern, die sich hinterrücks mit Scherben anschleichen.«

»Ich kann nur wiederholen, dass wir allen Spuren nachgehen«, sagte Leo ruhig. Er hielt an der Ansicht fest, dass sie es mit einem rational denkenden Täter zu tun hatten, der seine Opfer nicht willkürlich aussuchte.

»Ich vertraue Ihnen, Wechsler. Melden Sie sich, wenn Sie weitere Leute brauchen.«

»Danke, wir kommen zurecht.« In diesem Augenblick steckte Werneburgs Sekretärin den Kopf zur Tür herein. »Herr Wechsler, Sie werden in Ihrem Büro erwartet.«

Leo stand auf und verabschiedete sich. Im Gehen kam ihm der Gedanke, dass sich der Doppelmord in Breslau und seine eigenen Ermittlungen trotz aller Unterschiede in einer Hinsicht glichen – niemand schien irgendetwas gesehen zu haben. Der Mörder von Marlene Dornow und Viktor König war bei Nacht gekommen – beide Male um eine ähnliche Uhrzeit – und unerkannt und spurlos verschwunden.

Eigentlich wollte Leo umgehend zum JOFA-Atelier aufbrechen, das neben der Pfaueninsel Drehort für Königs letzten Film gewesen war. Es lag am Flughafen Johannisthal, mit anderen Worten jottwede. Doch dazu kam er vorerst nicht. Fräulein Meinelt reichte der Frau gerade ein Taschentuch, als Leo das Vorzimmer betrat. »Herr Kommissar, das ist Fräulein Petzold, eine Bekannte der Verstorbenen. Sie war verreist und hat erst heute von dem Verbrechen erfahren.«

»Leo Wechsler.«

Sie blickte auf. Ein schönes Gesicht. Schmal, blass, die grünen Augen vom Weinen gerötet. Ihr glattes, dunkles, beinahe japanisch anmutendes Haar war zu einem exakten Pagenkopf geschnitten. Sie putzte sich die Nase und tupfte sich die Augen ab. Dann stand sie auf und gab ihm die Hand.

»Irene Petzold. Ich bin sofort gekommen. Falls Sie mir Fragen stellen wollen. Das ist doch üblich, oder?«

Sie trug ein schwarzes Kleid, dessen Schlichtheit es umso teurer aussehen ließ.

»Bitte.« Leo deutete auf sein Büro. »Fräulein Meinelt, zwei Tassen Kaffee, bitte. Und Sie nehmen das Gespräch auf.«

Nachdem die Tassen auf dem Tisch standen und Fräulein Meinelt sich diskret an den anderen Schreibtisch gesetzt hatte, schaute Leo Fräulein Petzold aufmunternd an. »Ich danke

Ihnen, dass Sie gekommen sind. Wir haben bisher keine Freundinnen ermitteln können, und Verwandte hatte die Tote in Berlin wohl auch nicht.«

Irene Petzold trank von ihrem Kaffee, obwohl er noch dampfte. »Nein, die Familie lebt in Pommern. Sie ist damals ganz allein nach Berlin gekommen.«

»Seit wann kannten Sie Marlene Dornow?«

»Seit 1919. Es war die schwierige Zeit gleich nach dem Krieg. Jeder versuchte, irgendwie zu überleben, im Chaos seinen Weg zu finden. Wir haben uns in einem Lokal kennengelernt und auf Anhieb verstanden. Ich stamme auch aus der Provinz, wir hatten viel gemeinsam.«

»Inwiefern?«, fragte Leo. Insgeheim vermutete er, dass Irene Petzold auf dieselbe Art wie Marlen ihr Geld verdiente. Die beiden Frauen mussten ein spektakuläres Paar abgegeben haben.

»Sie wissen, wovon Marlen gelebt hat?« Er registrierte, dass auch sie den verkürzten Namen benutzte. Die plötzliche Vertrautheit traf ihn wie ein Stich. »Und wollen jetzt erfahren, ob ich meinen Lebensunterhalt auf die gleiche Weise bestreite?«

»Ich will nur erfahren, in welchen Kreisen die Tote verkehrte, welche Männerbekanntschaften sie pflegte, wie es um ihre Einkünfte bestellt war und ob sie Feinde hatte.«

Irene Petzold senkte den Kopf, um einen imaginären Fleck von ihrem Kleid zu wischen, wobei ihr die schwarzen Haare wie ein Vorhang ins Gesicht fielen.

»Wir waren abends oft gemeinsam unterwegs. In Nachtclubs, Restaurants, Theatern, Cafés. Überall dort, wo wir auf adäquate Herrenbekanntschaften hoffen konnten.« Sie sagte es so selbstverständlich, als ginge es um eine Stelle im Büro. »Wir erregten mehr Aufsehen, wenn wir zusammen ausgingen.« Sie deutete auf ihre Haare. »Marlen war so blond. Ihr Haar war wie Silber.« Sie schluckte, ihre Augen glänzten.

»Ich kannte nicht alle ihre Freunde. Wir trafen uns vor allem dann, wenn wir beide gerade ... frei waren. Allerdings weiß ich, dass sie zuletzt mit einem Politiker verkehrte. Einem ziemlich hochgestellten, wie sie erzählte.«

Er nickte. »Das deckt sich mit unseren Ermittlungen. Haben Sie von dem Mord an Viktor König, dem Filmregisseur, gehört?«

»Nur flüchtig. Ich habe die Schlagzeilen im Vorbeigehen am Bahnhofskiosk gesehen. Warum?«

Leo trank seinen Kaffee aus und schob die Tasse beiseite. Dann legte er die Hände flach auf die Tischplatte und schaute Marlens Freundin an. »Wir vermuten, dass es sich um denselben Täter handelt.«

»Aber ...« Sie wirkte aufrichtig erstaunt. »Das verstehe ich nicht. Wenn Marlen ihn gekannt hätte – ich meine, das wäre aufregend gewesen, sie hätte es mir bestimmt erzählt. Vielleicht ohne seinen Namen zu nennen, aber sie hätte es sicher nicht verschwiegen.« Sie biss sich auf die Unterlippe. »Manchmal war es wie ein Spiel zwischen uns. Das mag albern klingen, aber wir versuchten, einander zu übertrumpfen.«

»Was den Ruf oder das Vermögen Ihrer Freunde anging?«, fragte Leo, wobei eine leise Ironie in seiner Stimme mitschwang.

»Genau«, erwiderte sie ungerührt. »Einmal lag sie vorn, dann wieder ich. Nicht sehr moralisch, aber amüsant.«

»Moral interessiert mich hierbei nicht«, sagte er. Im Zimmer war es schon warm, weil die Sonne durchs Fenster schien. Er löste seine Manschettenknöpfe, legte sie in die oberste Schublade und krempelte sich die Ärmel hoch. »Sie meinen also, Fräulein Dornow hätte Ihnen eine Affäre mit Viktor König nicht verschwiegen.«

»Bestimmt nicht.«

»Bleiben nur zwei Möglichkeiten: Entweder hat sie ihn nicht gekannt, oder ihre Beziehung zu ihm war anderer Natur.«

Irene Petzold zog die Augenbrauen hoch. »Anderer Natur?«

»Geschäftlich.«

»Dazu kann ich Ihnen nichts sagen. Außerdem waren Privatleben und Geschäft bei Marlen mehr oder weniger dasselbe. Das müsste Ihnen doch klar sein.«

So kommen wir nicht weiter, dachte Leo gereizt.

»Wissen Sie, ob sie mit einer jungen Frau befreundet war? Anfang zwanzig, mittelgroß, rötlichbraunes langes Haar, einfache Herkunft. Fräulein Dornow duzte sie, wurde von ihr jedoch gesiezt.«

Wieder ein verwunderter Blick. »Das kann ich mir nicht vorstellen. Eine solche Frau scheint gar nicht zu ihr zu passen.«

»Fräulein Dornow wurde mindestens zweimal mit ihr gesehen. In einem Kaufhaus, wo sie Strümpfe für sie kaufte, und in einem Frisiersalon.«

Irene Petzold zögerte und sah Leo seltsam an. »Das ... das klingt ziemlich vertraut, finden Sie nicht? Aber ich kann es mir nicht vorstellen, nein, nicht bei ihr. Für sie gab es nur Männer.«

»Woher wollen Sie das wissen? Sie haben gesagt, dass Männer sozusagen ihr Beruf waren. Das schließt nicht aus, dass Fräulein Dornow im Privatleben anderen Neigungen nachgegangen ist.«

»Ich vertraue da auf mein Gefühl«, sagte sie entschieden. »Wir haben uns ganz am Anfang mal ein Zimmer geteilt, ein halbes Jahr lang. Und sogar in einem Bett geschlafen. Marlen hat nicht ein einziges Mal versucht, mit mir intim zu werden. Ich habe auch nie bemerkt, dass sie an anderen Frauen Interesse gezeigt hätte.«

Leo nickte. Er glaubte ihr – und doch ... Angenommen, die junge Unbekannte hätte ein Verhältnis mit König und Marlen gehabt. Ein anderer Mann im Hintergrund, Eifersucht als

Motiv. Es wäre reizvoll, das Bindeglied so schnell zu finden, doch irgendetwas passte nicht.

»Können Sie mir sonst noch etwas sagen? Gibt es Bekannte, die uns weiterhelfen können?«

Sie schüttelte den Kopf. »Ich weiß von niemandem. Falls mir noch etwas einfallen sollte, melde ich mich.« Sie wollte aufstehen, doch Leo hob die Hand.

»Einen Augenblick noch. Gibt es bestimmte Lokale, die sie regelmäßig aufgesucht hat? Sie können meiner Sekretärin die Namen und Adressen nennen.«

Er stand auf und gab ihr die Hand, während Fräulein Meinelt nach nebenan ging und hinter der Schreibmaschine Platz nahm.

Irene Petzold sah ihn seltsam an. Ihre grünen Augen schienen von innen zu leuchten. »Auf Wiedersehen, Herr Kommissar. Ach ja, noch eins: Haben wir uns schon einmal gesehen? Sie kommen mir irgendwie bekannt vor.«

Im Büro wurde es allmählich drückend warm. Sie hatten die Fenster geöffnet, doch der Lärm, der von der Friedrichstraße heraufdrang, war der Konzentration nicht gerade zuträglich.

»Herr Hahn«, sagte Robert Walther und klappte einen Aktenordner zu. »Wir haben Ihre gesamten Unterlagen durchgesehen. Mein Kollege Gärtner war früher Buchhalter und sagt, auf den ersten Blick sehe alles prima aus. Schwarze Zahlen, solide Finanzierung, so weit, so gut.«

Alfred Hahn schaute ihn aus müden Augen an. Der Mann hatte offenkundig schlecht geschlafen, die Trauer um seinen Kompagnon schien aufrichtig zu sein. Bei ihrer Suche hatten sie keinen einzigen Hinweis auf Unregelmäßigkeiten gefunden, nichts, das auf eine Verbindung zu Marlene Dornow oder den beiden Morden hindeutete.

Walther hatte Gärtner bereits zurück ins Präsidium geschickt, wollte aber ungern mit leeren Händen zurückkehren. Also zog er seine letzte Trumpfkarte.

Hahn schaute fragend auf das Notizbuch.

»Was ist damit?«

»Das haben wir in Herrn Königs Arbeitszimmer gefunden. Ein wenig versteckt, könnte man sagen. Haben Sie es schon einmal gesehen?«

Der Produzent schüttelte den Kopf. »Nein. Darf ich?«

Walther nickte. Sie hatten es auf Fingerabdrücke untersucht und nur die des Toten darauf gefunden.

Kopfschüttelnd blätterte Hahn das Büchlein durch.

»Wir vermuten, dass es sich um Initialen, Daten und Geldbeträge handelt. Haben Sie irgendeine Vorstellung, was das zu bedeuten hat?«

Hahn sah ihn verwundert an. »Nein. Ich habe nicht die geringste Ahnung. Das kann nichts Offizielles sein, unsere Buchführung ist in Ordnung. Das haben Sie selbst gesagt.«

Walther nahm das Buch wieder an sich und steckte es in die Innentasche seines Jacketts, das über der Stuhllehne hing.

»Haben Sie sich nie gefragt, wie Viktor König seinen Lebensunterhalt finanziert hat? Die Villa? Den teuren Wagen? Seine exquisite Garderobe? Ich weiß ja nicht, wie Sie leben, aber wenn Sie die Gewinne geteilt haben …«

Hahn verzog keine Miene. Er schien noch unter dem Eindruck des Notizbuchs zu stehen. »Viktor hatte einen anspruchsvollen Geschmack, in allem. Er trug tatsächlich Maßanzüge, im Gegensatz zu mir. Mein Wagen ist bescheidener, aber ich habe eine schöne Wohnung in Charlottenburg. Ich kann mich nicht beklagen.«

»Sie wissen, worauf ich hinauswill.«

Hahn schaute auf seine Finger. »Sie meinen eine zusätzliche Einnahmequelle. Das ist kein Geheimnis. Sie heißt Elly.«

Walther nickte. »Gewiss. Aber erklärt das wirklich den ganzen Luxus?«

Hahn zuckte mit den Schultern. »Wenn wir gearbeitet haben, ging es um Filme und ihre Finanzierung. Und wenn wir abends ausgegangen sind, haben wir uns amüsiert, nicht unsere Kontoauszüge verglichen.« Er wurde ernst. »Ich weiß nicht, wie viel er von seiner Frau bekommen hat. Glauben Sie, das Notizbuch hat etwas damit zu tun?«

»Warum hätte er es vor ihr verbergen sollen?«, konterte Walther. »Wir sind übrigens dabei, den Wert seiner Kunstgegenstände schätzen zu lassen. Herr Wechsler hält ihn für beträchtlich. Diese Summe müssen wir der Immobilie, dem Wagen, den Schmuckstücken und der Kleidung noch hinzurechnen.«

Er schaute den Filmproduzenten scharf an, doch Hahns Blick war weder nervös noch schuldbewusst, nur erschöpft. »Ich wünsche Ihnen Glück, Herr Walther. Und Ihrem Chef. Viktor war mein Freund, auch wenn er mir offenbar nicht alles anvertraut hat.«

Die Fahrt dauerte ewig. Sie fuhren nach Südosten durch Neukölln, immer geradeaus auf der endlosen Straße. Vorbei am Treptower Park zu ihrer Linken, hinaus aufs Land, wo Berlin noch wie eine Ansammlung von Dörfern aussah. Leo klopfte ungeduldig aufs Lenkrad, während Sonnenschein ihm hin und wieder einen verstohlenen Seitenblick zuwarf. Er fragte sich, was Irene Petzold mit ihren letzten Worten gemeint hatte. Ob sie womöglich das Foto kannte, das Marlen von ihm gemacht hatte.

»Sie müssen hier abbiegen, Herr Kommissar«, ließ sich Sonnenschein vernehmen.

»Oh, ja, danke, ich habe einen Moment lang nicht aufgepasst.«

Er bog nach rechts in die Bahnstraße ab und fuhr nach Johannisthal hinein, wo ihnen Schilder den Weg zum Flugplatz wiesen.

»Ich habe gelesen, dass dies der erste deutsche Flugplatz war«, sagte Sonnenschein.

»Das stimmt. Ich war mal mit den Kindern hier, Georg war hin und weg. Leider ist nicht mehr viel los, seit Tempelhof eröffnet wurde.«

Vor ihnen erstreckte sich die eingezäunte Fläche des Flugplatzes, umgeben von zahlreichen Gebäuden, in denen Flugzeugbauer und Flugschulen untergebracht waren. Die Maschinen auf dem Feld nahmen sich wie gewaltige Insekten aus, die nur darauf warteten, sich in die Luft zu erheben.

Leo hielt vor einer langen Halle mit großen Fenstern, über die sich ein gewaltiges gläsernes Dach spannte. Die Vorderseite ging zur Straße, die Rückseite auf den Flugplatz hinaus. Beim Aussteigen bemerkte er, dass sogar Bahngleise in die Halle führten. Überall liefen Menschen in Arbeitskleidung herum, so dass man auf den ersten Blick gar nicht auf die Idee gekommen wäre, dass hier Filme gedreht wurden.

Sonnenschein schien seine Gedanken zu lesen. »Von außen sieht es aus wie eine normale Fabrik. Arbeiter im Blaumann, Werkzeug, Bauholz, Transportwagen – nicht so glanzvoll, wie man sich das vorstellt.«

Sie betraten das Gelände, und Leo fragte einen Arbeiter nach dem Verwaltungsbüro. Der Mann nahm die Zigarette aus dem Mund. »Da drinnen, Halle B.«

»Danke.«

Sie gingen hinein. »Haben Sie *Nosferatu* gesehen?«, fragte Leo. »Die Innenaufnahmen wurden hier gedreht.«

Sonnenschein nickte und schaute durch das Glasdach zum blauen, wolkenlosen Himmel empor. »Das hätte dem Vampir nicht gefallen. Kaum zu glauben, dass man an einem so hellen Ort solche Düsternis erzeugen kann.«

»Nachdem Marie ein Foto in der Zeitung gesehen hatte, konnte sie tagelang nicht einschlafen«, meinte Leo. »Ich fand ihn ja schon zum Fürchten. Und dann noch der Name, Max Schreck.«

Leo wollte gerade die Tür öffnen, als jemand von innen schwungvoll dagegendrückte, so dass er gerade noch zurückweichen konnte. Eine junge Frau mit einem Stapel Papier unter dem Arm stapfte energisch heraus, ohne die Kriminalbeamten auch nur eines Blickes zu würdigen.

»Nach Ihnen«, sagte Leo und deutete auf die Tür.

Die Halle war an die zehn Meter hoch, und zu ihrer Linken konnten sie gewaltige eiserne Schiebetore erkennen, die ein Stück unter der Decke endeten. Über ihren Köpfen verlief eine Galerie an den Wänden entlang. Die einzelnen Räume waren durch Holzwände unterteilt, sie kamen an Büros, Werkstätten und anderen Betriebsräumen vorbei. Schließlich landeten sie vor einer Tür mit der Aufschrift: *Max Friedländer, Atelierleitung*.

Sie klopften.

»Immer herein«, meldete sich eine freundliche Stimme.

Leo öffnete die Tür und sah sich einem kleinen, stämmigen Mann mit schütterem grauem Haar gegenüber, der eine Zigarre in der Hand hielt und von einem mit Papier übersäten Schreibtisch aufblickte. »Ja, bitte?«

»Herr Friedländer? Kommissar Wechsler, mein Kollege Sonnenschein. Ich habe mich angekündigt.«

»Ja.« Die Zigarre landete in einem hässlichen, an den Rändern vergoldeten Porzellan-Aschenbecher mit der Aufschrift »Gruß aus dem Riesengebirge«.

Friedländer gab ihnen die Hand und deutete auf zwei einfache Holzstühle. »Wegen König. Furchtbare Sache. Er war ein ganz Großer. Und ich habe viel gesehen, bin seit 1920 dabei.«

Sonnenschein zückte sein Notizbuch.

»Sie arbeiten seit 1920 in diesem Atelier?«, fragte Leo.

»Ja. Seit der Gründung. Vorher war ich bei Vitascope in der Lindenstraße, aber diese Innenstadt-Ateliers sind nicht das Gleiche. Zu wenig Platz unterm Dach. Soll ich Sie herumführen?«

»Sehr gern«, antwortete Leo und bemerkte, wie Sonnenschein strahlte. Sein Kollege konnte sich über neues Wissen freuen wie ein Kind.

Friedländer griff nach der Zigarre, knöpfte den Arbeitskittel zu, den er trotz der Hitze im Gebäude trug, und hielt ihnen die Tür auf.

»Hier hat der Elektriker seine Werkstatt.« Durch die offene Tür erhaschten sie einen Blick auf einen gewaltigen Scheinwerfer, an dem sich der Handwerker gerade zu schaffen machte. »Der wird dringend in Atelier 3 gebraucht, der Regisseur tobt schon seit heute Morgen«, erklärte Friedländer. »So ein Scheinwerfer kostet ein Vermögen, den kann man nicht einfach ersetzen.«

Er zeigte ihnen die Tischlerwerkstatt, die Lagerräume für Kostüme und Requisiten und die Kantine, die von allen benutzt wurde. »Manche Schauspieler sind sich zu fein und lassen sich mittags in ein Lokal fahren«, sagte Friedländer. »Aber es gibt auch welche, die sind richtig prima, reden ganz normal mit unsereinem.«

Schließlich standen sie vor den eisernen Schiebetoren, die sie vorhin schon gesehen hatten.

»Halle A. Da passiert das eigentlich Interessante. Das, was alle Besucher sehen wollen.«

Er schob eine Tür ein Stück auf und ließ sie eintreten. Die Halle wirkte gewaltig, da es hier keine abgetrennten Räume wie nebenan gab. Überall standen Requisiten und Scheinwerfer, Rufe ertönten, in einer Ecke spielte Grammophonmusik.

»Ich hatte es mir nicht so laut vorgestellt«, sagte Sonnenschein verwundert.

Friedländer lachte. »Weil Sie im Kino nichts hören. Aber hier wird die ganze Zeit geredet, geklappert, gesungen, Sie müssen sich das wie im Theater vorstellen.«

»Meinen Sie, man wird irgendwann im Film sprechen?«, fragte Leo.

Der Atelierleiter zuckte mit den Schultern. »Die einen wollen es um jeden Preis, die anderen sagen, es mache die Kunst kaputt. Ich bin immer für den Fortschritt. Warum sollen die Leute im Film nicht reden oder singen, das haben sie im Theater schon immer getan. Wenn der Ton kommt, sind wir bereit.«

Dann schaute er die Kriminalbeamten fragend an. »Aber Sie sind nicht deswegen hier, so gern ich die Führung auch mache.«

Leo nickte. »Erzählen Sie uns, was Sie über Viktor König wissen.«

Sie schlenderten weiter, wobei Friedländer vielen Leuten zunickte oder von ihnen gegrüßt wurde. Er schien so etwas wie die Seele des Ateliers zu sein.

»Er war ein Großer, wie ich schon sagte. Freundlich, aber mit gewaltigem Ehrgeiz. Die Karriere ging ihm über alles. Doch er intrigierte nicht, spionierte die Kollegen nicht aus, wie manche es tun. Ein anständiger Mensch.«

»Er hat seinen letzten Film hier gedreht?«

»Ja, *Die Insel des Magiers*. Alles bis auf die Außenaufnahmen, die wollte er unbedingt an den Originalschauplätzen auf der Pfaueninsel drehen. Wir hätten ihm hier alles bauen können, aber da war er eigen. Die Leute würden erkennen, ob es echt ist, sagte er. Worauf ich meinte, Tahiti oder der Dschungel wären auch nicht echt. Aber die Berliner kennen ihre Pfaueninsel, hat er gesagt. So war der König eben.«

»War seine Frau auch mal hier?«

»Nur zwei- oder dreimal. Er hat sie mir vorgestellt. Sehr nett. Reich, wie es hieß. Er hat sie herumgeführt und ihr alles gezeigt. Angeblich war sie Produzentin bei seinem letzten Film, aber das kam mir komisch vor.«

»Wieso?«

»Na ja, er war einer, der sich nicht hat reinreden lassen, außer von Herrn Hahn. Aber der war ja sein Kompagnon. Nein, der König hätte seiner Frau nie das Steuer überlassen. Weder in seinem schicken Auto noch bei seinem Film.«

Sie schlenderten an einer Kulisse entlang, in der anscheinend eine Salonkomödie gedreht wurde. Palmen, Korbmöbel, ein großer Käfig mit einem Papagei, gemalte Kulissen, die die Bogenfenster eines Wintergartens darstellen sollten. Ein Paar stritt heftig gestikulierend miteinander und bewegte sich fast tänzerisch auf und ab, während eine dicke Matrone mit einem Lorgnon im Hintergrund lauerte.

Der Regisseur, ein untersetzter Mann mit Schirmmütze, klatschte in die Hände und rief: »Schluss, so geht das nicht. Harry, du bist viel zu ernst, die Leute sollen im Kino lachen. Wir drehen hier nicht *König Lear*!«

Als sie in einer ruhigen Ecke standen, zog Leo ein Bild von Marlen aus der Tasche und zeigte es dem Atelierleiter. »Haben Sie diese Frau schon einmal gesehen?«

Friedländer betrachtete es und schüttelte den Kopf. »Nee, an die hätte ich mich erinnert.«

»Haben Sie den Namen Marlene Dornow schon einmal gehört?«

»Dornow? Sagt mir nichts. Aber Sie können gern in den Werkstätten herumfragen. Hier gibt es Leute, die eng mit König zusammengearbeitet haben. Vielleicht weiß einer von denen etwas. Ich muss wieder an die Arbeit. Falls Sie keine Fragen mehr haben, ansonsten wissen Sie ja, wo Sie mich finden. Schauen Sie sich ruhig alles an.«

»Vielen Dank, Herr Friedländer.«

Er nickte ihnen zu und verschwand in Richtung der Halle B. Als sie den Nebenraum betraten, konnte Sonnenschein einen Laut des Entzückens nicht unterdrücken.

Hier erinnerte alles an *Tausendundeine Nacht*. Drapierte

Tücher, die sich wie Segel wölbten, verbargen die Metallstreben des Glasdachs. Vergoldete Möbel, Orientteppiche, Kandelaber mit gewaltigen Kerzen, in der Mitte ein luxuriöses Ruhebett mit Löwenfüßen, auf dem eine wunderschöne Frau in einem durchsichtigen Gewand lag.

Leo sah aus dem Augenwinkel, wie Sonnenschein rote Ohren bekam.

»Sieht gut aus.«

»Hm, ja, sehr künstlerisch. Esther mag orientalische Märchen …«

Sie sahen einander an und lachten.

Als ihnen der Regisseur einen ungehaltenen Blick zuwarf, hob Leo zur Entschuldigung die Hand und sagte zu Sonnenschein: »Lassen Sie uns in die Werkstätten gehen.«

Herr Friedländer hatte dort schon Bescheid gesagt, so dass die Arbeiter bereitwillig ihre Fragen beantworteten – leider ohne weiterführende Ergebnisse. Viktor König war ein ausgezeichneter Fachmann gewesen, der seinen Willen durchsetzte, ohne rücksichtslos oder unhöflich zu sein. Der für besondere Leistungen oder Überstunden auch schon mal aus eigener Tasche bezahlte. Über sein Privatleben wusste niemand etwas, Marlene Dornow hatte keiner je gesehen.

Enttäuscht wollten Leo und Sonnenschein nach draußen gehen, als sie ein Flüstern hinter sich hörten.

»Sie, Herr Kommissar.«

Sie drehten sich um. Hinter ihnen stand ein junger Mann, den sie vorhin kurz befragt hatten.

»Was gibt es?«

»Können wir draußen reden?«

Sie gingen zu dritt zum Wagen, wobei der junge Mann zweimal einen Blick über die Schulter warf.

Neugierig lehnte sich Leo an die Beifahrertür und nickte ihm aufmunternd zu. »Was haben Sie uns zu sagen, Herr … «

»Richter. Gustav Richter, Herr Kommissar. Ich wollte das

nicht erzählen, mit den anderen da drinnen. Ist vielleicht auch gar nicht wichtig.«

»Das beurteilen wir«, sagte Leo freundlich, aber bestimmt.

»Ich bin erst seit einem Monat hier. Habe Herrn König nur mal kurz gesehen, der Film war schon abgedreht, als ich hier anfing. Aber ich kenne ihn vom Regina-Atelier in Weißensee.«

Leo sah ihn fragend an. »Ich dachte, er hätte immer hier gedreht.«

Der junge Mann nickte eifrig. »Das hat er auch. Es ist bekannt, dass alle König-Filme aus Johannisthal kommen. Er war aber mal im Regina und hat mit dem Chef geredet.«

»Haben Sie mitbekommen, worüber sie gesprochen haben?«

Richter schüttelte den Kopf. »Nein, die waren zu weit weg. Ich habe mich natürlich gewundert, einen so berühmten Regisseur da zu sehen. Ich hab die Kollegen gefragt, aber die wussten auch nicht, was er dort wollte.«

»Warum haben Sie sich gewundert? Es ist doch sicher nicht ungewöhnlich, wenn ein Regisseur mal ein fremdes Atelier aufsucht«, erkundigte sich Leo.

Der junge Mann errötete. »Na ja, ist nicht die beste Adresse. Ich war nur ein halbes Jahr da. Wollte schon früher weg, aber es hat gedauert, bis ich die Stelle hier gefunden habe.« Er zuckte mit den Schultern. »Ich will was aus mir machen. Das JOFA zahlt besser, und hier werden tolle Filme gedreht.«

»Nicht die beste Adresse?«, hakte Leo nach.

»Die haben kaum zu tun. Keine Ahnung, wie sich der Laden überhaupt noch trägt. Wenn der König dorthin geht, ist das, als ob Pola Negri ihre Kleider beim Altwarenhändler kauft.«

Leo nickte. »Vielen Dank, Herr Richter, Sie haben uns sehr geholfen. Geben Sie meinem Kollegen Ihren Namen und Ihre Anschrift, falls wir Sie noch einmal brauchen.«

Sonnenschein notierte beides. Dann schauten sie dem jungen Mann nach, der im Laufschritt ins Atelier zurückkehrte.

Leo ließ den Motor an und sah zu Sonnenschein. »Sie merken es auch, nicht wahr?«

»Ja. Es geht los.«

16

»Herr Wechsler!« Elisa Reichwein kam ihm mit ausgestreckter Hand entgegen. Ihre tiefe Stimme klang aufrichtig erfreut. »Das ist aber eine angenehme Überraschung.«

Am frühen Nachmittag war niemand außer ihnen in der Galerie.

»Wir haben uns lange nicht gesehen. Hängt das Bild noch in Ihrem Büro?«

Er lächelte. »Natürlich. Dort wird es auch bleiben, bis ich pensioniert werde. Man hat mich gelegentlich darauf angesprochen.«

»Vielleicht wirkt es beruhigend auf Ihre Besucher.«

Er hatte ihr vor vier Jahren ein kleines Bild abgekauft, das ihm auf Anhieb gefallen hatte, obwohl er es sich eigentlich nicht leisten konnte. Leo schaute Elisa Reichwein genauer an. Sie hatte sich kaum verändert, nur ihr Haar war etwas kürzer, und statt der geometrischen Muster, die sie früher bevorzugt hatte, trug sie ein schlichtes dunkles Kleid, das den idealen Hintergrund für die auffällige bunte Kette aus eckigen Bakelit-Perlen abgab. Eine aparte Frau, das hatte er damals schon gedacht.

Er schüttelte den Kopf. »Ganz und gar nicht. Ich bin egoistisch und habe es so gehängt, dass ich es vom Schreibtisch aus sehe. Meine Besucher kehren ihm meist den Rücken zu.«

»Gut. Es soll ja auch Sie erfreuen.« Sie legte den Kopf ein wenig schief und sah ihn fragend an. »Aber Sie sind sicher nicht hergekommen, um mir von Ihrem Bild zu erzählen. Ich nehme an, Sie sind beruflich hier.«

»Allerdings.« Leo sah sich in dem großen, hellen Raum mit den hohen Fenstern um. »Aber ein paar Minuten kann ich erübrigen.«

»Bitte.« Sie machte eine einladende Geste.

»Fotografie«, sagte er erstaunt.

»Ja. Ich war kürzlich in Paris und bin dort auf Man Ray gestoßen. Er hat vor einigen Jahren in Berlin ausgestellt, bei Alfred Flechtheim, aber damals hat er noch erfolglos gemalt. Dann hat er die Fotografie für sich entdeckt, und schauen Sie …«

Leo war vor einem riesigen Foto stehen geblieben, das die Rückansicht einer nackten, nur mit einem Turban bekleideten Frau zeigte. Auf ihren Rücken waren zwei geschwungene Schalllöcher aufgemalt, wie bei einem Saiteninstrument. Auf der kleinen Karte unter dem Bild stand: *Le Violon d'Ingres, 1924.*

»Das ist … außergewöhnlich«, sagte Leo und trat einen Schritt zurück, um das Bild richtig in Augenschein zu nehmen.

»Seine Geliebte Kiki, er fotografiert sie häufig. Sie ist selbst Künstlerin«, sagte Elisa Reichwein. Dann deutete sie auf ein anderes, auf den ersten Blick weniger auffälliges Foto. »Das hier mag ich noch lieber.«

Ein Zimmer, viele Bilder an den Wänden, ein Kaminsims und Beistelltische voller Skulpturen. Am Tisch davor zwei Frauen, eine rundlich und älter in einem altmodischen Sessel, die andere schlank mit Pagenkopf. »Das da sind Gertrude Stein und Alice B. Toklas, sie führen in Paris einen bedeutenden Salon für Schriftsteller und andere Künstler.«

Er hörte die Sehnsucht in ihrer Stimme und musste unwillkürlich an Clara denken.

»Ich hatte wirklich Glück, dass ich diese Fotos bekommen konnte. Sie werden irgendwann in Museen hängen, da bin ich mir sicher.« Sie drehte sich zu ihm um. »Sie können sich so viel Zeit lassen, wie Sie möchten, Herr Wechsler, aber ich will Sie nicht von der Arbeit abhalten.«

»Gut, dass Sie mich an meine Pflicht erinnern.« Er zog ein Blatt aus der Jackentasche, faltete es auseinander und hielt es ihr hin. »Ich möchte wissen, wie viel diese Werke ungefähr wert sind.«

Sie überflog die Liste und schaute ihn überrascht an. »Das ist aber nicht Ihre Sammlung, oder?«

Er lachte. »Nein, der berufliche Teil meines Besuchs. Wir müssen das Vermögen einer Person bewerten, und diese Kunstwerke gehören dazu. Ich dachte, Sie könnten mir dabei helfen. Noch brauche ich kein offizielles Gutachten, ich muss mir nur einen ersten Eindruck verschaffen.«

»Für ein Gutachten würde ich Sie ohnehin an Flechtheim verweisen, niemand kennt sich besser aus als er. Aber ich schaue es mir gerne an. Kommen Sie bitte mit.« Sie führte ihn in ein Büro im hinteren Teil der Galerie und breitete die Liste auf dem Tisch aus.

»Picasso, eine frühe Zeichnung. Ein Corinth. Drei Bilder von Paul Klee. Ein später Macke.« Sie holte eine Mappe und einen Aktenordner aus dem Regal und blätterte darin. Leo lehnte sich an die Wand und schaute geduldig zu, während die Galeristin ihre Unterlagen konsultierte. Schließlich blickte sie auf. »Allein für die Klees würde ich um die sechstausend Mark veranschlagen. Es ist eine grobe Schätzung, aber ich würde den Gesamtwert der Werke nicht unter zwanzigtausend Mark ansetzen.«

Leo stieß einen leisen Pfiff aus. »Das ist beachtlich.«

Sie gab ihm die Liste zurück. »Und die Bilder werden noch an Wert gewinnen. Die Wirtschaft erholt sich, da wagen die Menschen wieder, in Kunst zu investieren. Der Besitzer hat geschickt gekauft oder wurde gut beraten.« In ihrer Stimme schwang eine unausgesprochene Frage mit.

Leo griff nach seinem Hut, den er auf den Schreibtisch gelegt hatte, und lächelte. »Sie lesen doch Zeitung? Der Besitzer war prominent. Mit der Betonung auf ›war‹.«

Sie führte ihn zurück in den Ausstellungsraum und gab ihm zum Abschied die Hand. »Ich verstehe. Die Bilder dürften sich gut in seinem Haus gemacht haben.«

Leo blieb auf dem Weg zur Tür vor einem Foto stehen. »Das ist wunderbar«, sagte er halb ehrfürchtig, halb belustigt.

Man sah nur zwei Hände, die auf einer Reihe von Zuckerwürfeln, die sich grellweiß von dem dunklen Hintergrund abhoben, Klavier spielten.

Elisa Reichwein trat neben ihn. »Das sind die Hände von Antonin Artaud. Ich mag es auch sehr gern, weil es so einfach und durchkomponiert zugleich wirkt.«

»Wenn ich in der Lotterie gewinne, komme ich noch einmal vorbei.« Er drückte die Klinke. »Auf Wiedersehen, Frau Reichwein, und vielen Dank. Sie haben mir sehr geholfen.«

»Es war mir ein Vergnügen, Herr Wechsler.«

Er tippte sich an den Hut und trat hinaus auf den sonnenbeschienenen Gehweg.

Johanna Gerber verschwand fast in dem Polstersessel. Sie trug einen sauberen Kittel, Socken und einfache Schnürschuhe. Selbst die formlose Kleidung konnte ihre natürliche Anmut nicht ganz verdecken. Dr. Hartung verspürte eine irrationale Wut auf denjenigen, der ihr die Haare grob und ohne jede Sorgfalt auf Schulterlänge abgesäbelt hatte. Sie hatte wunderschönes Haar, das jetzt zwar stumpf wirkte, aber noch den früheren Glanz erahnen ließ. Ihre Lippen waren trocken und rissig, als tränke sie zu wenig; ihre Haut war fahl, aber nicht unrein. Sie saß da wie ein kleines Mädchen, die Beine eng beieinander, die Füße parallel auf dem Boden, die Hände reglos im Schoß.

»Fräulein Gerber«, begann er mit sanfter Stimme, »ich war

bei Ihrer Schwägerin. Sie hat mir von Ihrer Arbeit erzählt. Dass Sie Schneiderin sind. Und davon geträumt haben, Kostüme zu schneidern, fürs Theater oder vielleicht sogar für den Film.«

Sie schluckte mühsam, als hätte sie Schmerzen dabei. Hartung stand auf und reichte ihr einen Becher mit Wasser. Als sie nicht danach griff, stellte er ihn auf den kleinen Tisch neben ihrem Sessel und kehrte an seinen Platz zurück.

»Ich kann mir vorstellen, wie Sie jeden Tag an der Nähmaschine gesessen haben, von morgens bis zum späten Nachmittag, Nähte ausgelassen, Säume gekürzt, Knöpfe angenäht haben. Wenn eine Kundin sich ein Kleid schneidern ließ, war das etwas Besonderes. Abends haben Sie in Ihrer Wohnung gesessen und sich Illustrierte angeschaut. Fotos von Frauen in schönen Abendkleidern, Pelzstolen, eleganten Schuhen. Mit Hüten nach der neuesten Mode. Handtaschen, die mit Glasperlen bestickt oder mit Fransen verziert waren. Und Sie träumten davon, solche Kleider zu nähen, ohne Rücksicht auf den Preis, nur aus den kostbarsten Stoffen.«

Keine Reaktion.

Hartung öffnete die unterste Schublade in seinem Schreibtisch und holte etwas heraus. »Die hier hat Ihre Schwägerin mir für Sie mitgegeben. Sie dachte, Sie hätten sie gern zurück.«

Er schob die Modeillustrierte über seinen Schreibtisch, bis Johanna Gerber sie sehen konnte.

Doch sie griff nicht danach, sondern saß nur da, das Gesicht zu einer undurchdringlichen Maske erstarrt.

Bei der Besprechung der Mordkommission ging es lebhaft zu. Walther hatte gerade darüber berichtet, was die Untersuchungen bei der Gallus-Filmgesellschaft ergeben hatten. »Wenn wir den grob geschätzten Wert der Kunstwerke in das Vermögen einrechnen, ergibt sich eine beträchtliche Differenz zum Einkommen aus Königs Arbeit.«

»Ich fahre morgen früh ins Regina-Atelier und überprüfe, was Richter uns erzählt hat.« Leo griff nach Königs Notizbuch, das Walther auf den Tisch gelegt hatte. »Bisher konnten uns weder die Witwe noch Alfred Hahn etwas darüber sagen. Hasselmann, Sie setzen sich daran und finden heraus, ob Zahlen dabei sind, die für Daten stehen könnten. Zeigen Sie das Notizbuch bei den Kollegen herum, je mehr Leute darüber nachdenken, desto besser.«

Dann wandte er sich an einen korpulenten jungen Mann mit Brille, der in der Nähe der Tür saß. »Hermann, du warst bei den Zeugen Eva Meier und Hans Winkelmann?«

Der Polizeizeichner nickte und holte zwei Blätter aus einer Mappe, die er Leo hinschob. »Die Ähnlichkeit ist erstaunlich. Wir können davon ausgehen, dass die beiden ein und dieselbe Person gesehen haben.«

Leo betrachtete die Zeichnungen. Die Form von Nase und Mund stimmte auffallend überein. Auf einem Bild waren die Augenbrauen stärker betont, aber die Begegnung lag eine Weile zurück, sie konnte sie zwischenzeitlich gezupft haben. Die Haare waren mit einem leichten Glanzeffekt gezeichnet, und beide Male ließ die Frisur auf altmodisch langes Haar schließen.

Er ließ die Blätter durchreichen. »Vervielfältigen, dann gehen wir damit noch einmal zu den Nachbarn. Und wir geben die Zeichnungen an die Presse.«

Ilse war zum Kaffee vorbeigekommen, nachdem ihre Arbeit in der Praxis beendet war. Clara öffnete ihr die Tür.

»Ich habe Bienenstich mitgebracht«, sagte Ilse und hielt ihr die Tüte hin.

»Kannst du hellsehen?«, fragte Clara und nahm ihr die Jacke ab, woraufhin ihre Schwägerin sie fragend anblickte. »Eigentlich wollte Marie mir nach der Schule einen Kuchen backen, aber es waren keine Eier mehr da. Ich bin gerade erst nach Hause gekommen und habe es nicht geschafft …«

Ilse ging entschlossenen Schrittes in die Küche, was Clara früher verunsichert hätte, doch diese Zeiten waren vorbei. Sie hatte sich mit der Tatsache abgefunden, dass sie niemals eine perfekte Hausfrau werden würde, und empfand Ilses Einmischung nicht mehr als Vorwurf, sondern konnte sich über ihre Hilfe freuen.

Sie machten sich einträchtig in der Küche zu schaffen. Ilse kochte Kaffee, während Clara den Kuchen auspackte, Teller, Tassen und Gabeln holte und den Tisch auf dem Balkon deckte. Die Sonne stand noch über den Häusern, und die Mauern verströmten großzügig die Wärme des Tages. Sie warf einen Blick auf die Straße, konnte Georg und Marie aber nicht sehen, sonst hätte sie ihnen ein Stück Kuchen eingewickelt und hinuntergeworfen.

Als sie auf dem Balkon saßen, schaute Ilse sie an. »Was habt ihr gestern gemacht? Wolltet ihr nicht in den Zoo?«

»Da war ich am Samstag mit Magda, Leo hat den ganzen Tag gearbeitet. Gestern sind wir an den Wannsee gefahren. Georg ist sogar geschwommen, Marie war es noch zu kalt.«

Ilse leckte sich über die klebrig süßen Lippen, schloss die Augen und genoss die Ruhe des Spätnachmittags. Clara hatte sie noch nie so zufrieden gesehen.

»Du siehst glücklich aus.«

Ilse öffnete abrupt die Augen. »Findest du?«

»Oder zufrieden. Mit dir im Reinen.« Clara überlegte, ob sie zu weit gegangen war. Manchmal fragte sich Clara, was Ilse empfinden mochte, wenn sie die Familie ihres Bruders sah. Für Kinder war Ilse eigentlich zu alt, aber eine Freundschaft, eine Ehe … Es ging sie nichts an, und doch hätte sie ihrer Schwägerin ein wenig von dem Glück gegönnt, das sie mit Leo gefunden hatte.

»Hm, ja. Es geht mir gut.« Mehr sagte Ilse nicht. Sie war

kein Mensch, der gern über sich selbst redete. »Und Leo? Hat er viel zu tun?«

»Er ermittelt in den beiden Mordfällen mit den Glasscherben, die Frau aus Kreuzberg und Viktor König.«

»Die Zeitungen sind voll davon«, meinte Ilse und schaute sie über den Rand der Tasse an. »Sie erwarten einen schnellen Erfolg, was? Vor allem, wenn Leo demnächst befördert werden soll ...«

Manchmal war ihre Schwägerin ziemlich scharfsichtig.

»Er war in den letzten Tagen manchmal etwas angespannt. Hat schlecht geschlafen. Aber das gibt sich sicher, wenn der Fall aufgeklärt ist.«

Ilse lächelte. »Du kennst ihn doch. Er neigt dazu, sich Dinge zu Herzen zu nehmen, auch wenn er es ungern zeigt.«

Sie wechselten einen kurzen, beinahe verschwörerischen Blick.

Dann erzählte Clara von Viktor Königs letztem Film, die Kinder polterten herein und wollten Kuchen haben, als sie den gedeckten Tisch sahen. Als Ilse sich um kurz nach sieben verabschiedete, fiel Clara noch etwas ein, und sie holte das Foto. »Kennst du das?«

Ilse hielt es unter die Lampe und schüttelte den Kopf. »Das habe ich noch nie gesehen. Scheint schon älter zu sein. Vier, fünf Jahre, würde ich sagen. Er ist gut getroffen. Wo hatte Leo das denn versteckt?«

»Ach, ich habe es vorhin im Schrank gefunden. Ich dachte, du kennst es vielleicht.«

»Wie gesagt, ich kenne es nicht. Aber wer es gemacht hat, mochte ihn«, sagte Ilse leichthin. »Einen schönen Abend und Grüße an Leo.« Mit diesen Worten verschwand sie im Treppenhaus.

Clara schloss die Wohnungstür und lehnte sich mit geschlossenen Augen dagegen. Bei Ilses Worten hatte sich der Abgrund vor ihr wieder aufgetan.

17

Dienstag, 15. Juni 1926

Leo stellte den Wagen in der Franz-Josef-Straße in Weißensee ab. Hier gab es gleich drei Filmateliers – das Lixie, das May und das Regina. Das May-Atelier war eindrucksvoll – zwei Glashäuser und ein langgestrecktes Gebäude, in dem vermutlich die Betriebsräume untergebracht waren. Das Sägezahndach ließ viel Licht herein. Fast unmittelbar nebenan lag das Lixie-Atelier. Leo warf einen Blick auf die Hausnummer, die er sich notiert hatte. 14a. Das konnte nicht weit sein.

Das Grundstück wirkte ungepflegt, an der Mauer, die es vom Gehweg trennte, wucherte Unkraut. Das eiserne Tor war stellenweise durchgerostet. Leo blieb stehen und betrachtete das Gebäude von außen. Gustav Richter hatte erwähnt, es sei nicht die beste Adresse in der Branche, und der Anblick bestätigte seine Aussage. Auf dem Hof standen Pappkulissen, die aussahen, als wären sie in einen starken Aprilregen geraten; daneben lag ein unordentlicher Stapel Holzlatten; an der Wand lehnten mannshohe Rollen mit Stoff. Er fragte sich, weshalb die Sachen hier draußen aufbewahrt wurden, wo sie Wind, Wetter und Dieben ausgesetzt waren. Es wunderte Leo nicht, dass Richter sein Glück lieber in Johannisthal gesucht hatte.

Auffällig waren die Bäume, die den Rand des Grundstücks säumten und dem Gebäude einiges an Licht nahmen. Die anderen Ateliers schienen nach dem Prinzip gebaut, das Innere so hell wie möglich zu machen. Obwohl es ein warmer Tag war, verströmte das Regina etwas seltsam Kaltes. Hier war nichts von der fröhlichen Hektik zu sehen, die in Johannisthal herrschte.

Leo probierte die erstbeste Tür aus und trat in einen dämmrigen Gang. Es roch nach Holz und Leim. Er schaute sich um, konnte aber niemanden entdecken. Es war still, als würde überhaupt nicht gearbeitet. Dann stieß ihn jemand von hinten an. »'tschuldigung, hab Se nich jesehn.«

Er sah sich einem Mann im Arbeitsanzug mit einer Leiter über der Schulter gegenüber. »Kann ick mal vorbei?«

Leo trat beiseite. »Wo finde ich den Chef?«

Der Mann deutete mit dem Daumen geradeaus. »In der Werkstatt.« Er zögerte. »Falls er schon zu jebrauchen is.«

»Wieso?«

Der Mann deutete mit der freien Hand die universelle Geste des Trinkens an.

Leo nickte und ging in die Werkstatt, die ähnlich unaufgeräumt war wie der Hof des Ateliers. Kein Wunder, dass die Aufträge ausblieben, wenn der ganze Laden so unseriös wirkte. Er schaute sich um und entdeckte in einer Ecke einen Mann, der in einer Werkzeugkiste wühlte und ihn anscheinend nicht bemerkt hatte.

»Guten Morgen.« Er trat näher.

Der Mann richtete sich ächzend auf und drehte sich um. Gerötetes Gesicht, geplatzte Äderchen auf Nase und Wangen, unsteter Blick. Trinker am Morgen, dachte Leo.

»Kriminalkommissar Wechsler. Sie leiten das Atelier?«

Der Mann sah ihn verständnislos an. »Was soll das?«

»Ihr Name, bitte.«

»Ernst Köhler.«

»Gut, Herr Köhler, ich möchte Sie bitten, mir einige Fragen zu beantworten. Darf ich?« Leo deutete auf einen Hocker, der vor einem Arbeitstisch stand. Der Mann nickte wortlos.

»Wir haben von einem ehemaligen Mitarbeiter dieses Ateliers erfahren, dass Viktor König vor einiger Zeit hier gewesen ist.«

Der Mann kniff die Augen zusammen, als hätte er Schwierigkeiten, Leo zu erkennen. Dann griff er in die Werkzeugkiste, holte eine Bierflasche heraus und nahm einen tiefen Zug. Er wischte sich mit dem Handrücken über den Mund.

»Und wenn schon.«

Das kann dauern, dachte Leo. »Sie wissen, dass er ermordet wurde?«

Der Mann nickte und setzte die Flasche erneut an. Diesmal trank er sie aus. »Hab's gelesen.«

»Ein Zeuge hat ihn hier in diesem Atelier gesehen. War er bei Ihnen?«

Köhler rülpste und stellte die Flasche weg. Dann reckte er sich, fuhr sich mit beiden Händen durch die Haare und schaute Leo an. Sein Blick wirkte plötzlich klarer, als hätte ihn der Alkohol erst aufgeweckt.

»Kann schon sein.«

Leo verschränkte die Arme und lehnte sich mit dem Rücken an den Tisch. »Warum war König hier? Ich weise Sie darauf hin, dass ich in einem Mordfall ermittle. Wenn Sie die Aussage verweigern, kann ich Sie ins Präsidium vorladen.«

Der Mann zündete sich eine Zigarette an. »Na schön. Ist kein Geheimnis. Der Laden läuft nicht gut. Daher leihen wir unsere Leute schon mal gegen Provision an andere Ateliers aus, die mehr zu tun haben. Ist nicht verboten, soweit ich weiß.«

»König war also hier, um Mitarbeiter für eine Filmproduktion anzuheuern?«

Köhler nickte.

»Ich war im JOFA-Atelier. Die sind mit Personal anscheinend gut versorgt«, sagte Leo.

»Hat der kleine Richter Sie geschickt?«, fragte Köhler sofort und verzog verächtlich das Gesicht. »Der hat sich davongemacht, sowie sich was Besseres bot. War sich wohl zu fein für uns.«

Leo schlenderte umher und schaute sich demonstrativ in der unordentlichen Werkstatt um. »Sie haben selbst gesagt, in diesem Atelier würde ohnehin kaum Arbeit anfallen.«

Der Mann nickte unwillig.

»Wem gehört der Laden eigentlich?« Leo blieb vor einem überquellenden Regal stehen, in dem sich Unmengen von Papier stapelten. Er blätterte beiläufig darin herum. Rechnungen, hoffentlich bezahlt, sonst blieben sie hier begraben bis zum Jüngsten Tag. Bestellungen für Material – Holz, Stoffe, Farben, Leim. Stadtpläne von Berlin und Potsdam, eine Karte der Pfaueninsel. Eine Bescheinigung über die Brandschutzinspektion des Jahres 1923. Er blickte auf, als Köhler antwortete.

»Mir. Jetzt staunen Sie, was? Kein feiner Pinkel in weißem Anzug und Strohhut, der mit schönen Mädels über den Ku'damm flaniert. Mit Kunst hab ich nix am Hut. Hab den Laden hier vor ein paar Jahren übernommen, weil ich dachte, mit Filmen kommt man groß raus. Aber Sie sehen ja …«

»Ohne Fleiß kein Preis«, konnte sich Leo nicht verkneifen.

»Von Ihnen muss ich mich nicht beleidigen lassen«, sagte Köhler und trat auf ihn zu.

»Das ist eine Tatsache, keine Beleidigung. Sie hatten also nichts dagegen, mit einem feinen Pinkel, wie Sie es ausdrücken, Geschäfte zu machen.«

»Wer sagt, dass ich Geschäfte mit ihm gemacht habe? Als König herkam, waren meine Leute schon woanders untergebracht.«

Leo hob die Hand. »Jetzt mal langsam. König ist hergekommen und wollte Leute von Ihnen haben, die Sie aber schon anderweitig ausgeliehen hatten. Und dann ist er wieder nach Hause gefahren?«

»Er hat mir seine Karte hiergelassen. Ich sollte mich bei ihm melden, wenn die Leute wieder verfügbar wären. Sehen Sie.« Köhler kramte in einer überquellenden Schublade und zog eine zerknickte Visitenkarte heraus. Die gleichen hatte Leo auch in Königs Arbeitszimmer gefunden.

»Können Sie mir sonst noch etwas über Herrn König erzählen? Gerüchte? Klatsch?«

»Nein. Er war einmal hier, das ist alles.«

»Wann genau war das?«

»Vor zwei, drei Monaten. Er hat gerade den Magier-Film gedreht.«

»Gut. Dann möchte ich jetzt mit Ihren Mitarbeitern sprechen.«

Ein kaum merkliches Zucken, eine ruckartige Drehung des Kopfes, dann hatte Köhler sich wieder in der Gewalt.

»Es sind nur drei da, einer hat sich krankgemeldet.«

Er führte Leo ins Atelier, in dem einige kümmerliche Kulissen herumstanden. In einer Ecke hockten drei Männer, darunter derjenige, der ihm vorhin mit der Leiter begegnet war. Er pinselte lustlos eine Kommode mit goldener Farbe an, zwei andere nagelten aus Brettern ein Podest zusammen.

Die Befragung verlief ähnlich mühsam wie bei Köhler. Keiner hatte König gekannt, geschweige denn mit ihm zusammengearbeitet. Die Aussagen der Männer deckten sich mit der von Richter. Das Filmatelier schien schlecht geführt und daher wenig profitabel.

Leo stand da, die Hände in den Hosentaschen, und schaute sich in der Halle um. Ihm blieb nichts anderes übrig, als die Sache abzuhaken und ins Präsidium zurückzukehren. Doch es ärgerte ihn, dass die Spur, von der er sich einiges versprochen hatte, in dieser schäbigen Halle enden sollte. Er spürte die spöttischen Blicke der Arbeiter auf sich.

»Eins wüsste ich gern. Warum sind Sie noch hier, wenn der Laden so schlecht läuft? In Berlin wird überall gedreht, da müssten Sie doch ohne weiteres eine andere Stelle finden.«

Achselzucken.

Leo wusste, wann er verloren hatte. Er nickte und verließ die Halle. Draußen atmete er tief durch und versuchte, den Ärger zu verdrängen, der ihn vorhin überkommen hatte. Es gab keinen Widerspruch, auf den er den Finger legen konnte, nichts Greifbares und doch ...

Mit einem Mal war Leo wie elektrisiert. Er eilte zum Wagen, ließ den Motor an und fuhr auf dem schnellsten Weg in Richtung Friedrichstraße.

Robert Walther war noch einmal allein nach Kreuzberg gefahren. Der schwelende Streit mit Leo machte ihn reizbar. Außerdem behagte ihm die Vorstellung nicht, die Porträts der jungen Frau in der Presse zu veröffentlichen. Es wäre ihm lieber gewesen, sie auf diskretere Weise zu identifizieren, als nach ihr zu suchen wie nach einer Verbrecherin. Andererseits stand Leo unter Druck, die Fälle so bald wie möglich aufzuklären.

Er stieg aus dem Wagen und ging durch den Torbogen in den Hof. Vor der Stelle, an der man die Leiche gefunden hatte, blieb er kurz stehen. Jemand hatte die Blutflecken vom Pflaster geschrubbt, doch die weiße Hauswand würde man streichen müssen, um die letzten Spuren zu beseitigen.

Es musste schrecklich für Leo gewesen sein, als er die Frau dort liegen sah. Als er in die Hausmeisterwohnung gekommen war, hatte er offenkundig unter Schock gestanden. Walther kannte seinen Freund lange genug, um zu sehen, wie schwer ihn dieser Anblick getroffen hatte. Und doch hatte Leo es nicht für nötig gehalten, ihm von der Bekanntschaft mit Marlene Dornow zu erzählen.

Er wandte sich langsam in Richtung der Hausmeisterwohnung. War es das, was ihn ärgerte?, fragte er sich plötzlich. Dass Leo sich ihm nicht anvertraut hatte?

Unsinn, der Gedanke war kindisch.

Andererseits war er es gewohnt, dass Leo mit seinen Problemen zu ihm kam: in der schwierigen Zeit mit Ilse und später, als er einen Weg suchte, um die Beziehung mit Clara aufrechtzuerhalten, ohne seine Schwester zu verletzen. Gespräche im Schrebergarten beim Bier oder in der Mittagspause bei Aschinger.

Ihm fiel der Besuch im Continental-Keller ein, und er wünschte sich die sorglose Stimmung zurück. Er nahm sich vor, einen solchen Abend zu wiederholen, sobald die Fälle abgeschlossen waren.

Entschlossen trat er vor die Tür und klingelte bei Frau Maletzke.

»Was kann ich für Sie tun, Herr Kommissar?«

Alfred Hahn empfing Leo freundlich und bot ihm einen Stuhl in seinem Büro an.

»Ich will Sie nicht lange aufhalten«, sagte Leo, nachdem er sich gesetzt hatte. »Sie haben sicher viel zu tun.«

Hahn nickte. »Es fällt mir schwer, nach vorn zu blicken, wo Viktor gerade erst … Aber es kommen Fragen von allen Seiten, was jetzt aus der Firma wird, ob wir weitermachen, wer Viktors Nachfolger werden soll …« Er hob hilflos die Hände. »Gleich treffe ich mich mit meinem Anwalt, dann werden wir die rechtlichen Schritte besprechen. Was das Künstlerische angeht – Viktor ist nicht zu ersetzen. Aber Sie wollten mich etwas fragen.«

»Ich habe mich im JOFA-Atelier umgesehen, weil Herr König dort zuletzt gearbeitet hatte«, sagte Leo.

»Viktor zog es vor, Privatleben und Arbeit voneinander zu trennen, daher drehte er lieber dort statt in Babelsberg. Es ist übersichtlicher und familiärer, dabei aber hervorragend ausgestattet«

»Umso mehr hat es mich gewundert, dass Herr König im Regina-Atelier in Weißensee Arbeiter anwerben wollte.«

»Wie bitte?« Hahn sah ihn belustigt an. »Soll das ein Scherz sein?«

»Keineswegs. Der junge Mann, von dem ich es erfahren habe, machte einen durchaus glaubwürdigen Eindruck. Ich komme gerade aus Weißensee, wo man seine Aussage bestätigt hat. Herr König hat sogar seine Visitenkarte dort hinterlassen, damit man ihn verständigen konnte, sobald Personal verfügbar war.«

Hahn öffnete den Mund, als wollte er etwas sagen, und schüttelte vehement den Kopf. »Herr Kommissar, ich versichere Ihnen, dass Viktor nur im JOFA-Atelier gearbeitet hat. Ich selbst bin häufig bei den Dreharbeiten gewesen. Ich kenne die Leute dort, das Atelier verfügt über ausgezeichnete Mitarbeiter. Es bestand überhaupt kein Grund, auswärts anzuwerben, schon gar nicht im Regina.« Seine Entrüstung wirkte aufrichtig.

Leo schaute den Produzenten ruhig an. »Ich glaube Ihnen aufs Wort. Da ich den anderen Zeugen jedoch ebenfalls glaube, lässt das nur einen Schluss zu: Herr König hat Dinge vor Ihnen geheim gehalten.«

Er empfand beinahe Mitleid mit Hahn, der bei diesen Worten in sich zusammensank.

»Bedauere, aber das kommt bei unseren Ermittlungen häufig vor. Wir sind von Berufs wegen gezwungen, nach Dingen zu suchen, die die Toten nicht ohne Grund vor anderen verborgen haben. Das kann für die Hinterbliebenen sehr schmerzhaft sein.«

Hahn hob den Kopf und sah ihn seltsam an.

»Das alles dient nur dazu, seinen Mörder zu finden.« Leo machte eine Pause. »Eine Frage hätte ich noch: In der Zeitung stand, Herr König hätte Außenaufnahmen auf der Pfaueninsel gedreht. Das wurde eigens betont, als wäre es nicht selbstverständlich.«

Hahn schien dankbar für die Ablenkung. »Viktor war ein Perfektionist. Wenn er einen Schauplatz vor der Haustür hatte, drehte er nicht im Atelier, basta. Selbst wenn es Mühe machte, die Genehmigung einzuholen, und eine Menge Geld kostete, das Material und die Darsteller dorthin zu bringen. Er hat sogar eine Schutzhütte für die Essenspausen und schlechtes Wetter bauen lassen, die später wieder abgetragen werden musste. Er war anspruchsvoll. Und die Mühe hat sich stets gelohnt.«

»Ich habe im Regina eine Karte der Pfaueninsel gesehen«, bemerkte Leo beiläufig und schaute den Produzenten prüfend an.

»Na und? Die Insel ist nicht gerade unbekannt«, meinte Hahn achselzuckend.

»Sie haben also nicht gewusst, dass Viktor König Kontakte zum Regina-Atelier in Weißensee unterhielt und dort persönlich Mitarbeiter gesucht hat?«, fragte Leo. »Kann ich das offiziell zu Protokoll nehmen?«

Der Produzent nickte. »Ja, das können Sie. Ich hatte keine Ahnung davon. Und die Tatsache, dass Viktor nicht mit mir darüber gesprochen hat, lässt vermuten, dass ich es auch nicht erfahren sollte.«

Frau Maletzke schaute sich die Zeichnungen gründlich an und wiegte den Kopf. »Ich meine, sie mal gesehen zu haben, vor zwei, drei Monaten. Die Haare sind auffällig. Heutzutage tragen die Frauen sie nicht mehr so lang. Wie gesagt, das Gesicht erkenne ich nicht eindeutig wieder, wohl aber die Frisur. An die erinnere ich mich auch, weil die Haare so eine schöne Farbe hatten, braun mit einem roten Schimmer.«

Walther trank von seinem Kaffee. »Können Sie sich auch

erinnern, um welche Tageszeit es war? Ob die Frau allein war oder in Begleitung?«

»Am späten Vormittag«, kam die prompte Antwort. »Das weiß ich deshalb, weil ich den Flur geputzt habe. Damit fange ich immer um halb zehn an und bin dann bis elf ungefähr durch. Ich habe im vierten Stock angefangen, sie kam mir unten entgegen, also kurz vor elf.«

Walther war beeindruckt. Bei den wenigsten Zeugen funktionierte das Erinnerungsvermögen so gut. Dann kam ihm eine Idee. »Wissen Sie zufällig, an welchem Wochentag das war?«

»Dienstag oder Freitag.« Als sie seinen fragenden Blick bemerkte, fügte sie hinzu: »Putztage. Zweimal die Woche.«

»Wohin ist die Frau gegangen?«

»Die Treppe hoch. Wohin, weiß ich natürlich nicht, aber es war der Aufgang, in dem auch Frau Dornow gewohnt hat. Ich habe im Hof den Eimer ausgeschüttet und die Putzsachen weggeräumt. Danach bin ich in meine Wohnung gegangen und habe mir einen Kaffee gekocht.« Dann veränderte sich ihre Stimme. »Ist sie eine Bekannte von Fräulein Dornow?«

»Dazu kann ich nichts sagen. Sie wissen also nicht, wann die Frau das Haus wieder verlassen hat und ob sie in Begleitung war?«

Frau Maletzke schüttelte den Kopf und schien ehrlich zu bedauern, dass sie ihm nicht weiterhelfen konnte. »Ich hoffe, Sie finden ihn bald. Es wird so viel geredet, die Leute haben Angst, es könnte noch mehr passieren.«

An der Tür drehte Walther sich noch einmal um. »Sie sollten nicht allzu besorgt sein, Frau Maletzke. Wir gehen davon aus, dass der Täter es ausdrücklich auf Fräulein Dornow abgesehen und ihr aufgelauert hat.«

Er verabschiedete sich, ging hinaus in den Hof und warf einen nachdenklichen Blick auf die Zeichnungen in seiner Hand. Dann schlug er im Notizbuch die Adresse des Frisiersalons nach.

Der Salon wirkte genauso feminin, wie Sonnenschein ihn beschrieben hatte; Walther konnte gut nachvollziehen, dass sich der Kollege fehl am Platz gefühlt hatte. Da er das Vernehmungsprotokoll kannte, wusste er, an wen er sich wenden musste, und kam gleich zur Sache. Die Besitzerin Frau Kern begrüßte ihn freundlich und holte ihre Angestellte auf seine Bitte hin dazu.

»Wir versuchen, das genaue Datum zu ermitteln, an dem die Ermordete mit der anderen Kundin hier gewesen ist. Vielleicht kommen wir mit dem Wochentag weiter.«

Eva überlegte. »Montags haben wir geschlossen. Aber ich kann mich wirklich nicht erinnern ...«

»Augenblick.« Ihre Chefin hob die Hand. »Darf ich ...?«

Walther bedeutete ihr weiterzusprechen. Sie wandte sich an ihre Angestellte. »Du hast gesagt, du wärst allein im Salon gewesen, als du die Frau bedient hast. Habe ich gesagt, was ich zu erledigen hatte?«

Eva runzelte die Stirn. »Irgendwas mit Blumen, glaube ich. Ja, Sie wollten ins Blumengeschäft, um etwas zu bestellen.«

Frau Kern griff unter die Theke und holte einen Taschenkalender hervor. Sie blätterte darin, bis sie die richtige Seite gefunden hatte, und trat damit zu Walther. »Sehen Sie mal. Am 21. April hatte eine gute Freundin von mir Geburtstag. Am Tag davor habe ich im Blumengeschäft ein Gesteck für sie bestellt. Mit Freesien, das weiß ich noch sehr gut. Also der 20. April, ein Dienstag.«

Walther hob überrascht die Augenbrauen. »Das ist ausgezeichnet, Frau Kern, Fräulein Meier. Sie haben mir sehr geholfen.«

Fritz Hasselmann rauchte der Kopf. Er brütete über dem Notizbuch, das Wechsler ihm gegeben hatte. Das rote Zeichen auf der ersten Seite – eine Brille? Das ergab keinen Sinn. Unendlich? Um Mathematik ging es ganz bestimmt nicht.

Er blätterte weiter und betrachtete die Ansammlung von Zahlen und Buchstaben. Manche waren recht gut einzuordnen, da es sich offenkundig um Daten handelte. Hasselmann hatte sich Kalender der Jahre 1924 und 1925 und den des laufenden Jahres besorgt und die Tage notiert. Sie erschienen ihm willkürlich: unterschiedliche Wochentage, die zeitlichen Abstände zwischen den Terminen waren unterschiedlich lang. Auch wiederholten sich die Daten als solche nicht.

4.2.24 – Montag.

13.5.24 – Dienstag.

6.8.24 – Mittwoch.

4.10.24 – Samstag.

18.12.24 – Donnerstag.

Für die beiden Folgejahre galt das Gleiche. Die Termine schienen willkürlich gewählt, es war keinerlei System darin zu erkennen. Das letzte Datum war der 5. Mai 1926. Er hatte sich aus dem Archiv Zeitungen der betreffenden Tage und auch der angrenzenden Wochentage besorgt und sie sorgfältig durchgeblättert, wobei ihm zwei Kollegen geholfen hatten – nichts. Es war kein Zusammenhang zwischen dem Tagesgeschehen und den Daten zu erkennen, Politik, Feuilleton, Wirtschaft, Lokalnachrichten, nichts ließ irgendeinen Rückschluss zu.

Bei den Zahlen sah es ähnlich aus. Sie standen wahllos zwischen den Daten, sodass man sie keinem bestimmten Termin zuordnen konnte. Auch war nicht zu erkennen, ob das Geld – wenn es sich denn um Geldsummen handelte, aber was sollte es sonst sein? – eingenommen oder ausgegeben worden war. Die Beträge lagen zwischen fünfhundert und mehreren tausend Mark.

Hasselmann griff zu Blatt und Papier, notierte alle Beträge und addierte sie, wobei er auf die stolze Summe von 48 500 Mark kam. Ein eindrucksvoller Betrag, falls es sich dabei um Einnahmen des Regisseurs handelte. Fragte sich nur, womit er das Geld verdient hatte. Mit seiner Beteiligung an der Gallus-Film hatte das gewiss nichts zu tun, versteckt und verschlüsselt, wie es war. König hatte nicht gewollt, dass jemand von dieser »Buchführung« erfuhr.

Er schaute sich die Buchstaben näher an, die neben den Zahlen standen. Manche tauchten mehrmals auf, auch hier war die Reihenfolge ohne erkennbares System.

H.

HE.

W.

Z.

F.

B.

K.

L.

M.

J.

Vermutlich Namen. Sie mussten Elly König und Alfred Hahn die Liste vorlegen, vielleicht fiel ihnen etwas daran auf. Und sie konnten die Daten mit den geschäftlichen Unterlagen abgleichen, auch wenn Hasselmann sich sicher war, dass es keinen Zusammenhang zwischen diesen Zahlungen und Königs Tätigkeit als Regisseur bei der Gallus-Film gab.

Er warf noch einen Blick auf das rote Zeichen ganz vorn im Buch. Mit Grübelei kam er nicht weiter, aber vielleicht hatte ja irgendjemand anders eine Idee? Er sammelte seine Notizen ein und machte sich auf den Weg. Die meisten Kollegen waren ratlos, manche schlugen die Brille vor, ein mathematisch begabter Kriminalsekretär aus dem Betrugsdezernat tippte spontan auf Unendlich – bis Hasselmann in Leo Wechslers Vorzimmer landete.

Fräulein Meinelt sah von der Schreibmaschine hoch. »Tut mir leid, der Herr Kommissar ist noch unterwegs.«

»Dann können Sie mir weiterhelfen«, sagte Hasselmann

und hielt ihr das aufgeschlagene Buch hin. »Sie sind doch eine phantasievolle Frau. Was könnte das sein? Außer einer Brille, einer umgekippten Acht oder dem Zeichen für Unendlich?«

»Auf Letzteres wäre ich gar nicht gekommen. Das sieht wie eine Maske aus, wenn Sie mich fragen.«

18

Als Leo das Morddezernat betrat, kam Fritz Hasselmann gerade aus dem Vorzimmer. Ein Leuchten ging über sein Gesicht, als er seinen Chef bemerkte, und er kam schnellen Schrittes auf Leo zu, wobei er das Notizbuch in die Höhe hielt.

»Sie grinsen wie ein Honigkuchenpferd, Hasselmann«, sagte Leo. »Rätsel gelöst?«

»Nicht ganz, aber wir sind auf einem guten Weg.«

»Kommen Sie mit in mein Büro.«

Fräulein Meinelt blickte von der Schreibmaschine auf. »Soll ich den Botenjungen zur Fleischerei an der Ecke schicken? Belegte Schrippen?«

Leo nickte. »Kochschinken. Und Sie?«

»Bulette, bitte«, sagte Hasselmann und wollte das Portemonnaie zücken, doch Leo kam ihm zuvor und gab Fräulein Meinelt das Geld. »Die Runde geht auf mich. Ihre geistige Schwerarbeit soll belohnt werden.«

Der Kollege grinste verlegen. »Nun ja, die beste Idee hat Ihre Sekretärin beigesteuert.«

Als Leo ihn überrascht anschaute, schlug er das Notizbuch auf. »Ich habe ihr das Symbol gezeigt, und sie sagte sofort, es erinnere sie an eine Maske.« Er ließ das Wort wirken. »Ich meine, er war Regisseur. Das passt doch zusammen.«

Leo nickte. »Schon. Aber wie verbinden Sie das mit den Zahlen und Daten?«

Hasselmann trug seine Theorie vor, und während er sprach, beugte sich Leo interessiert vor, ohne ihn zu unterbrechen.

Dann nahm er das Notizbuch und blätterte langsam darin. »Erpressung?«

»Die Buchstaben könnten für die erpressten Personen stehen. Natürlich wissen wir nicht, womit er sie erpresst hat. Und wie das wiederum mit der Maske zusammenhängt, wenn es denn tatsächlich eine sein sollte.«

Leo lehnte sich auf seinem Stuhl zurück und rieb nachdenklich mit dem Zeigefinger über die Lippen. »Noch eins – wie passt Marlene Dornow ins Bild? Wenn der Mord an König mit dem Notizbuch zusammenhängt, muss es auch eine Verbindung zu dem anderen Opfer geben. Wenn der Täter erpresst wurde, müssen Dornow und König Komplizen gewesen sein.«

»Nun – sie hatte diese ganzen Männerbekanntschaften«, sagte Hasselmann. »Hellwig beispielsweise ist verheiratet und bekleidet einen hohen Posten in der Regierung, er hätte einiges zu verlieren, wenn die Sache ans Licht käme. Sehen Sie –« Er deutete auf den Zettel, auf dem er die Buchstaben aufgelistet hatte. »Hier haben wir ein einzelnes H und ein He. Das könnte Hellwig heißen.«

»Verflucht«, stöhnte Leo, stand auf und zog die Weste aus. Die Sonne schien aufs Fenster, es war die heißeste Zeit des Tages. »Ich war ehrlich erleichtert, dass er ein Alibi vorzuweisen hatte und wir ihn aus dem Fall heraushalten konnten. Falls er jedoch von den Opfern erpresst wurde, brauchen wir seine Aussage.«

Es wäre auch zu schön gewesen, wenn sich die Verbindung zwischen Marlen und Hellwig als unbedeutender Zufall erwiesen hätte.

Es klopfte. Fräulein Meinelt brachte zwei Teller mit Schrippen und Kaffee. »Danke vielmals«, sagte Leo. »Guter Riecher.«

Sie sah ihn verwundert an, worauf er auf das Notizbuch deutete.

»Ach, das. Lag ich richtig?«

»Das wissen wir noch nicht, aber die Idee gefällt mir. Wenn ja, haben Sie etwas bei mir gut.«

»Ich nehme Sie beim Wort, Herr Kommissar.«

Leo wandte sich wieder zu Hasselmann. »Ich fürchte, es hilft nichts. Wir müssen noch mal zu Hellwig.«

Im Besprechungszimmer drängten sich die Kollegen. Walther kam herein, trat zu Leo und legte ihm kurz die Hand auf die Schulter. Dieser blickte auf und lächelte, als er den Blick in den Augen des Freundes sah. Etwas hatte sich verändert, was immer der Grund sein mochte.

»20. April.«

»Wie bitte?«

Walther berichtete, wie er mit Hilfe der Friseusen das Datum ermittelt hatte. »Hat Winkelmann auch ein Datum genannt?«, fragte er dann.

»Er sagte, es sei nicht länger als zwei Monate her.«

»Das passt. Vielleicht können wir es noch genauer eingrenzen. Soll ich hinfahren?«

Leo sah auf die Uhr. »Mach das. Wir sehen uns spätestens morgen. Und ... gute Arbeit.«

Walther wollte zur Tür gehen, drehte sich aber noch einmal um. »Jenny singt heute Abend in einem Club vor. Wenn es klappt, bekommt sie ein Engagement. Dann ist eine Feier fällig. Mit euch, Sonnenschein und seiner Esther.«

Dann war er verschwunden.

Leo erklärte den Anwesenden kurz, welche Fortschritte Fritz Hasselmann mit dem Notizbuch erzielt hatte. »Ich habe Herrn Dr. Werneburg mitgeteilt, dass wir noch einmal mit Hellwig sprechen müssen. Dass seine Anfangsbuchstaben in dem Notizbuch auftauchen, kann purer Zufall sein, und dann dürfte es ganz schön ungemütlich für uns werden. Aber das Risiko müssen wir eingehen. Ich werde zu ihm nach Hause fahren. Hasselmann, Sie kommen mit.«

Er schaute in die Runde. »Die Zeichnungen der jungen Frau gehen wie besprochen an die Presse, zusammen mit dem Datum 20. April, das Walther ermittelt hat.«

Leo hatte schon vor der Besprechung in Eduard Hellwigs Büro anrufen lassen und erfahren, dass der Abgeordnete an diesem Tag zu Hause arbeitete.

»Ich hole noch kurz Hut und Mantel«, sagte er zu Hasselmann.

Eigentlich war es zu warm für einen Mantel, doch wollte er die äußere Form wahren, wenn er den Politiker zum zweiten Mal behelligte. Werneburg hatte kurz gezögert, bevor er sein Einverständnis gab, doch Leo hatte ihm eindringlich geschildert, wie wichtig die Befragung war.

»Aber diplomatisch, Herr Wechsler, ich verlasse mich auf Sie.«

»Natürlich«, hatte Leo geantwortet und sich dabei gefragt, wie er sich diplomatisch danach erkundigen sollte, ob der Politiker wegen skandalöser Einzelheiten aus seinem Privatleben erpresst worden war und wiederholt größere Beträge an einen inzwischen ermordeten Filmregisseur gezahlt hatte.

Als sie losfuhren, schaute Hasselmann ihn von der Seite an. »Ganz schön unangenehm, wenn man die Leute mit Samthandschuhen anfassen muss.«

Leo brummte zustimmend. »Das können Sie laut sagen.«

»Sie sind dafür bekannt, dass Sie sich auf schwierige Befragungen verstehen«, bemerkte Hasselmann.

Er zuckte mit den Schultern. »Aber nicht auf erzwungene Diplomatie.«

»Sie waren doch schon bei Hellwig.«

»Im Büro. Er wird nicht gerade erfreut sein, wenn wir bei ihm zu Hause auftauchen. Wir sollten das allerdings für uns nutzen. Ich hoffe, seine Frau bekommt mit, dass wir da sind; dann kann er uns nicht einfach wegschicken.«

Hasselmann grinste.

»Im Idealfall steht sie neben der Haustür, wenn wir klingeln«, fügte Leo hinzu.

»Sie mögen keine hohen Tiere, was?« Hasselmann zündete sich eine Zigarette an und blies den Rauch durchs offene Fenster.

»Am liebsten gehe ich ihnen aus dem Weg«, erwiderte Leo wahrheitsgemäß.

Sie hielten vor dem weitläufigen Grundstück. Die Villa war hellgelb gestrichen und wirkte inmitten des dichten Grüns beinahe italienisch. Hasselmann pfiff durch die Zähne, als sie durch das schmiedeeiserne Tor traten und den mit Kies bestreuten, von niedrigen Buchsbaumhecken gesäumten Weg zur Haustür entlanggingen. Der Garten war makellos gepflegt, der Rasen ein samtiger Teppich.

Es war anscheinend ihr Glückstag. Kurz vor der Haustür rief eine Frauenstimme: »Was kann ich für Sie tun?«

Eine stattliche grauhaarige Frau von Ende fünfzig kam mit einer Rosenschere in der Hand auf sie zu. Sie hielt sich sehr aufrecht und strahlte trotz des schlichten Kleides eine selbstverständliche Eleganz aus. Die Frau des Hauses, kein Zweifel.

Leo stellte sich und den Kollegen vor. »Es geht um eine berufliche Angelegenheit. Können wir Ihren Mann sprechen?«

Falls sie erstaunt über den Polizeibesuch war, ließ sie es sich nicht anmerken. Sie deutete mit der Schere zur Tür. »Kommen Sie mit, ich bringe Sie zu ihm.« An der Tür legte sie die Schere ab, zog die Gartenhandschuhe aus und warf sie achtlos auf die Treppe. Dann gab sie ihnen die Hand.

»Wilhelmine Hellwig.«

Die Haustür war nur angelehnt. Frau Hellwig führte sie durch die gediegene Eingangshalle in einen Flur und klopfte an die letzte Tür auf der rechten Seite.

»Besuch für dich, Eduard. Meine Herren.«

Sie hielt die Tür auf, nickte noch einmal und verschwand in Richtung Garten.

»Sie schon wieder?« Der Abgeordnete klang reichlich ungehalten, als er sich erhob und hinter dem Schreibtisch hervorkam. Er gab den Kriminalbeamten nicht die Hand, sondern blieb abwartend stehen und verschränkte die Arme vor der Brust. »Es war doch alles geklärt.«

Leo stellte Hasselmann vor. »Ja, im Fall Dornow. Diesmal sind wir jedoch im Mordfall Viktor König hier.«

Er behielt den Politiker im Auge, der es nicht für nötig gehalten hatte, ihnen einen Platz anzubieten. Hellwig gab sich herablassend, doch an seinem rechten Mundwinkel zuckte ein Muskel.

»Dieser Regisseur? Bedauere, aber ich bin dem Herrn nie begegnet.«

»Das behaupten wir auch nicht«, sagte Leo. »Wir haben in seinem Haus ein Notizbuch gefunden.«

»Und?« Hellwig hatte sich wieder gesetzt und im Sessel zurückgelehnt.

»Ein Notizbuch, in dem Geldbeträge und Buchstaben, die wir für die Abkürzungen verschiedener Namen halten, aufgelistet sind.«

Das Zucken war wieder da.

»Wir schließen nicht aus, dass auch Ihr Name darunter ist.«

»Sie sprachen von Abkürzungen«, sagte der Politiker.

Leo blieb ungerührt. »Erster Punkt: Sie haben Marlene Dornow gut gekannt. Eine Tatsache, die, wenn es nach Ihnen geht, nicht unbedingt öffentlich werden sollte. Zweiter Punkt: Alles deutet darauf hin, dass Marlene Dornow und Viktor König vom selben Täter ermordet wurden. Dritter Punkt: Es existieren Unterlagen, in denen eine Abkürzung auftaucht, die zu Ihrem Familiennamen passt, und zwar in Verbindung mit einer größeren Geldsumme.«

Da war er, ein kaum merklicher Schimmer auf Hellwigs Stirn. Schweiß. Ansonsten bewahrte er eine stoische Ruhe.

»Ich möchte noch einmal darauf hinweisen, dass es sich um Abkürzungen handelt. Was steht denn dort? Vielleicht ein H? Das kann alles bedeuten.«

»Mehr«, erwiderte Leo knapp. Hellwig wurde nervös, das war gut. »Bitte, Herr Hasselmann.«

Sein Kollege räusperte sich. »Unsere Ermittlungen lassen vermuten, dass Herr König über eine Einnahmequelle verfügte, die den Menschen aus seiner näheren Umgebung nicht bekannt war und unter allen Umständen geheim bleiben sollte. Vermutlich eine illegale Einnahmequelle.«

Leo sah, wie sich Hellwigs Hände um die Sessellehnen schlossen. Gut so, dachte er. Sie waren auf dem richtigen Weg.

»Dann haben wir überlegt, welchen Schluss die abgekürzten Namen und Geldbeträge zulassen«, fuhr Hasselmann fort. »Und sind auf Erpressung gekommen. Angenommen, König und Dornow hätten einander gekannt und die Herrenbekanntschaften der Toten genutzt, um ihre Liebhaber zu erpressen.«

Sowie das Wort fiel, entspannten sich Hellwigs Hände. Sein Gesichtsausdruck war nicht zu deuten. »Meine Herren, ich kann Ihnen versichern, dass ich nie erpresst worden bin. Ich habe Ihnen über meine Bekanntschaft mit Fräulein Dornow alles gesagt, was es zu sagen gibt, und Herrn König bin ich nie begegnet. Jetzt möchte ich Sie bitten, mein Haus zu verlassen. Ich habe einen Ruf zu wahren. Sollten Sie mich weiterhin belästigen, wende ich mich an Ihre Vorgesetzten.«

Leo nickte. »Wie Sie wünschen.«

Mit diesen Worten wandten er und Hasselmann sich zur Tür.

Draußen auf der Straße sahen sie einander an.

»Und?«, fragte Hasselmann zweifelnd. »Ich dachte, wir

hätten ihn, aber dann plötzlich ... Sollten wir uns getäuscht haben?«

Leo lehnte sich an den Wagen. »Nein, da ist etwas. Er hat geschwitzt. Und seine Hände ... er war angespannt, als Sie die illegale Einnahmequelle erwähnten.«

»Und als das Wort Erpressung fiel, wurde er wieder ruhig.«

Leo ging langsam um den Wagen herum, öffnete die Tür, warf Hut und Mantel auf den Rücksitz und stieg ein. »Also hatte König eine illegale Einnahmequelle. Und Hellwig weiß davon. Nur wurde er nicht damit erpresst.«

Leo ging das letzte Stück zu Fuß. Dabei kam ihm ein ähnlich schöner Abend in den Sinn, der fast auf den Tag genau vier Jahre zurücklag. Er war in die Emdener Straße gebogen, Marie war ihm entgegengelaufen, und er hatte ihr die Zuckerstange gegeben, die Fräulein Meinelt ihm für sie geschenkt hatte. Damals war er ein Witwer mit einer Geliebten gewesen, die er sporadisch traf, wenn sie Lust aufeinander hatten. Heute war er ein verheirateter Mann, der den Tod jener Geliebten untersuchte. Er wusste eigentlich sehr wenig über sie. Sie war ein Mensch gewesen, der niemanden dicht an sich heranließ; selbst Irene Petzold hatte ihm kaum etwas Persönliches erzählen können. Ihm fiel ein, was sie beim Abschied in seinem Büro gesagt hatte.

Haben wir uns schon einmal gesehen? Sie kommen mir irgendwie bekannt vor.

Er und Marlen hatten sich fast immer in ihrer Wohnung getroffen. Woher also ... das Foto. Sie musste das Foto einmal bei ihrer Freundin gesehen haben. Leo blieb abrupt stehen. Er konnte sich nicht erinnern, wann er es zuletzt gehabt hatte.

Beim Abendessen ging es hoch her, weil Georgs Fußballmannschaft am Wochenende ein wichtiges Spiel hatte, das über die Meisterschaft in seiner Altersklasse entscheiden würde. Er schilderte die letzten Übungseinheiten, indem er Besteck, Butterdose und ein Stück Leberwurst als Spieler auf dem Tisch anordnete und die Taktik erklärte.

»Ich bin Mittelläufer, ich stehe also hier.« Er deutete auf eine Gabel, die mitten vor dem improvisierten Tor lag, während Marie die Augen verdrehte.

»Wir bauen den Angriff von hinten auf, über Fritz, hier links, oder Edi auf der rechten Seite. Karl ist Außenläufer«, er deutete auf die Butterdose. »Er kann toll antäuschen, dann spiele ich auf Heinz, der etwas weiter vorn wartet. Ein Pass auf Toni, vorn rechts, wenn er frei steht, oder auf Kalle, Schrägschuss, der hat einen Hammer, sag ich euch, und drin ist das Leder!«

»Wer ist der Gegner?«, fragte Leo interessiert.

»Charlottenburg. Die machen wir nass.«

Leo hob im Scherz den Zeigefinger. »Es ist gefährlich, seine Gegner zu unterschätzen, das weiß ich aus eigener Erfahrung.«

Georg grinste. »Ich weiß noch, der Typ mit dem Messer ...«

Leo zog ihn am Ohr. »Nicht so frech. Ich habe ihn nicht unterschätzt, er hat mich überrascht.«

»Was war denn da?«, warf Marie ein. »Daran kann ich mich gar nicht erinnern.«

»Du warst noch klein, fast ein Baby«, sagte ihr Bruder herablassend. »Also, wenn wir gewinnen, schmeißt der Trainer jedenfalls ein Grillfest. Würstchen bis zum Umfallen. Wir bekommen auch einen Siegerkranz, und es wird ein Foto gemacht. Und es gibt einen Pokal, mit Gravur, der kommt ins Vereinsheim.« Georg zögerte und schaute seinen Vater vorsichtig an. »Kannst du kommen?«

»Ehrensache.« Leo versuchte immer, sich den Sonntag für die Familie freizuhalten. Noch drei Tage, um endlich die Verbindung zwischen den Fällen zu finden. Wenn sie die hatten, wäre die Aufklärung zum Greifen nah.

Vater und Sohn diskutierten weiter über die Taktik, wobei Georg ihm die neuesten Entwicklungen aus England erklärte – er hatte einen sehr fortschrittlich denkenden Trainer, der gern über den eigenen Tellerrand hinausschaute. Sie waren so vertieft, dass Leo gar nicht merkte, wie schweigsam Clara war.

Als Leo aufstand, bemerkte er, dass sie ihm einen seltsamen Blick zuwarf. Er zog fragend eine Augenbraue hoch, doch sie schüttelte nur den Kopf und setzte den Kessel für das Spülwasser auf den Herd.

Er ging ins Schlafzimmer, legte den Kragen ab und suchte ein abgetragenes, an den Ellbogen geflicktes Hemd heraus, von dem er sich nicht trennen konnte. Es war vom vielen Waschen ganz weich geworden und symbolisierte für ihn den Beginn des Feierabends. Er wollte gerade ins Wohnzimmer gehen, als sein Blick auf seinen Nachttisch fiel. Er blieb stehen und schloss flüchtig die Augen.

»Ich habe es vor ein paar Tagen gefunden. Es muss dir aus der Tasche gefallen sein.« Clara hatte einen Blick auf das Foto in seiner Hand geworfen und sich wieder zum Spülbecken gewandt.

Die Kinder waren in ihrem Zimmer, es war völlig still in der Wohnung. Man hörte nur das Ticken der Uhr im Wohnzimmer.

»Es tut mir leid.« Er lehnte am Tisch, den Kopf gesenkt.

»Was tut dir leid?«, fragte Clara und drehte sich nun doch zu ihm herum. Sie wischte sich die Hände am Geschirrtuch ab und warf es mit einer heftigen Bewegung auf die Ablage.

»Dass ich ... es dir nicht früher erzählt habe.«

»Was, Leo?«

Er streckte die Hand aus. »Komm mit.«

Sie gab zögernd nach und folgte ihm ins Wohnzimmer. Er wollte sie mit sich aufs Sofa ziehen, doch sie setzte sich stattdessen in einen Sessel, legte den Kopf ein wenig schräg und schaute ihn abwartend an. Er mochte es, wenn ihr das braune Haar ins Gesicht fiel.

»Was ist mit dem Foto? Und wovon hast du mir nichts erzählt?«

Er schluckte und fuhr sich mit der Hand durch die Haare. »Von Marlene Dornow.«

Am liebsten hätte er die Worte zurückgenommen, eine Geschichte erfunden, den entsetzten Blick aus ihrem Gesicht vertrieben.

»Du hast sie gekannt?«, fragte sie ungläubig. »Woher? Warst du deshalb in letzter Zeit so ... und der Albtraum neulich? Hatte der auch damit zu tun?«

Er zuckte mit den Schultern. »Vermutlich.« Verdammt, warum fiel es ihm so schwer, über solche Dinge zu sprechen? Clara konnte das viel besser, er selbst hatte es noch immer nicht gelernt.

»Wie gut hast du sie gekannt?« Clara war kein Mensch, der sich mit Halbwahrheiten oder Beschwichtigungen zufriedengab. Sie kannte ihn zu gut, als dass er ihr etwas hätte verschweigen können.

»Wir ... haben ein paarmal miteinander geschlafen. Es ist Jahre her. Bevor ich dich kennengelernt habe.«

Clara atmete tief durch. »Sie war deine Geliebte?«

Er stand auf, schob die Hände mit einer heftigen Bewegung in die Hosentaschen und trat ans Fenster. Er schaute hinaus, ohne etwas zu sehen, und drehte sich dann abrupt um. »Eigentlich nicht.«

»Eigentlich nicht?« Claras Stimme klang skeptisch.

»Es hatte nichts mit Liebe zu tun. Ich ... manchmal war ich allein, trotz Ilse und der Kinder. Wir haben uns in einem Café kennengelernt, sind irgendwie ins Gespräch gekommen. Mir war bald klar, dass sie von reichen Männern lebte, aber das war mir egal. Ich wollte sie nicht für mich allein. Wenn ich zu ihr ging, kam es mir vor, als würde ich für ein paar Stunden aus dem Alltag in eine andere Welt verschwinden.«

Er blickte auf. Clara sah ihn fragend an, aber der verletzte Blick war aus ihren Augen gewichen.

»Warum hast du mir nie von ihr erzählt?«

Er schluckte. »Weil ich nicht mehr an sie gedacht habe.«

»Im Ernst?«

»Es war vorbei. Seit dem Tag, an dem wir uns kennengelernt haben.« Er merkte, dass seine Stimme lauter geworden war, und zwang sich, ruhig zu atmen. »Sie war nie ein Teil meines Lebens. Das war von Anfang an klar. Sie hat nie mehr von mir verlangt, als ich ihr geben konnte, und nie verschwiegen, dass ich nicht der Einzige war.«

»Aber du hast mir von dem Mord erzählt und trotzdem nicht gesagt, dass du sie kanntest. Spätestens da …«

Er ließ sich aufs Sofa fallen und stützte den Kopf in die Hände. »Ich habe mich geschämt. Als ich die elegante Wohnung sah und die Kleidung, die Pelze … es war so nüchtern. So geschäftsmäßig.« Er wusste nicht, wie er es erklären sollte, und konnte nur hoffen, dass Clara es trotz der unzulänglichen Worte verstand.

»Nicht für dich. Und nicht für sie. Bei euch war es anders. Es ging nicht um Geld, sondern ums Vergnügen oder einfach darum, nicht allein zu sein.«

Er sah überrascht hoch. Clara hatte die richtigen Worte gefunden. »Ja. Es war anders, auch wenn es nichts mit Liebe zu tun hatte. Wärme, Gesellschaft, Ablenkung. Das haben wir beieinander gefunden. Dafür war ich ihr dankbar. Und deswegen tut es mir leid um sie. Es war ein Schock, als ich die Leiche erkannt habe, so viel Blut …« Er fuhr sich mit beiden Händen durchs Gesicht.

Clara zögerte, dann stand sie auf und setzte sich neben ihn, ohne ihn zu berühren. »Und das Foto?«

»Sonnenschein hat es bei der Durchsuchung ihrer Wohnung gefunden. Ich hatte völlig vergessen, dass Marlen eine Kamera besessen und eine Zeit lang ständig damit experimentiert hatte. Er hat es mir gegeben. Das rechne ich ihm hoch an. «

»Hättest du deinen Vorgesetzten nicht sagen müssen, dass du sie gekannt hast?«

Er seufzte. »Ja. Deswegen hatte ich auch Streit mit Robert. Aber ich wollte diesen Fall unbedingt behalten. Vermutlich ist es dumm und stur, aber …«

»Du wolltest ihren Mörder finden«, sagte Clara leise und rückte ein wenig näher heran.

Leo nickte. »Man kann den Tod eines Menschen bedauern, selbst wenn man ihn nicht geliebt hat.«

Er spürte, wie sie den Kopf an seine Schulter lehnte. Erleichtert schloss er für einen Moment die Augen. Dann spürte er das Zittern und drehte sich vorsichtig zur Seite. »Weinst du?«

»Nein.« Sie lachte so leise, dass er es kaum hören konnte.

Er rückte ein Stück weg, legte ihr die Hände auf die Schultern und sah sie ungläubig an. »Was ist mit dir?«

»Ich bin nur so froh.«

Er bemerkte den Schimmer in ihren Augen. »Du weinst ja doch.«

»Unsinn. Aber ich habe mir Sorgen gemacht. Du hast dich so seltsam verhalten in letzter Zeit. Ich dachte, es hätte damit zu tun, dass ich keine Kinder bekommen kann. Dass es dir doch etwas ausmacht.« Sie biss sich auf die Unterlippe und schaute zur Seite.

Leo zog sie an sich, und so saßen sie, die Arme umeinandergeschlungen, bis Georg und Marie ins Wohnzimmer stürmten.

19

Mittwoch, 16. Juni 1926

Dr. Erich Hartung las zu Hause keine Zeitung mehr. Seit Erika gestorben war, hatte er die Freude an einem geruhsamen, ausgedehnten Frühstück verloren. Er machte sich Brote oder kaufte etwas auf dem Weg in die Klinik, ließ sich von der Sekretärin Kaffee kochen und erledigte Essen und Zeitungslektüre am Schreibtisch.

Als er die Bilder sah, erstarrte er für einen Moment.

Aufruf

Die Kriminalpolizei bittet um Ihre Mithilfe.

Im Zusammenhang mit zwei Mordfällen wird die folgende, bislang nicht identifizierte Frau als Zeugin gesucht. Sie hat Mitte April nachweislich Kontakt zu der ermordeten Marlene Dornow gehabt.

Sie ist Anfang zwanzig, hat rötlichbraunes Haar und stammt vermutlich aus einfachen Verhältnissen. Wer sie kennt oder Angaben zu ihrem Aufenthaltsort machen kann, setze sich bitte umgehend mit der Abteilung A des Polizeipräsidiums in Verbindung. Alle Hinweise werden auf Wunsch vertraulich behandelt.

Er saß da, die Hand vor dem Mund, neben sich die Tasse mit dem Kaffee, der langsam abkühlte, äußerlich ungerührt, während in seinem Inneren ein Widerstreit tobte. Wenn er dazu beitragen konnte, ein Verbrechen aufzuklären, war es seine Pflicht als Bürger, zur Polizei zu gehen. Dagegen stand jedoch die Schweigepflicht. Er stand auf und ging im Zimmer auf und ab, wobei er gelegentlich einen Blick auf die Zeichnungen warf. Sie zeigten eindeutig Johanna Gerber.

Dann traf er seine Entscheidung. Wenn er behutsam vorging und die Polizei um Vorsicht bat, wenn er darauf bestand, bei möglichen Gesprächen anwesend zu sein, konnte es womöglich seiner Patientin helfen. Die Frau war schwer traumatisiert, sein ganzes medizinisches Können hatte bislang nichts gefruchtet. Vielleicht war es der einzige Weg, sie aus ihrer Starre zu reißen und Licht in ihre Vergangenheit zu bringen. Denn als Arzt war er auch verpflichtet, alles zu tun, was dem Wohl seiner Patientin diente und ihre Heilung ermöglichte.

Er öffnete die Tür zum Vorzimmer. »Verbinden Sie mich mit dem Polizeipräsidium.«

Fräulein Meinelt blickte auf, als Leo hereinkam. »Sie haben Besuch, Herr Kommissar.«

Ein älterer, einfach gekleideter Mann saß auf dem Besucherstuhl und drehte seinen Hut in den Händen. Er erhob sich, als er Leo sah, und streckte ihm die Hand hin. »Dornow, Egon, aus Ahlbeck.«

Bevor er den Mann begrüßen konnte, sagte Fräulein Meinelt: »Die Leiche der Verstorbenen wurde am Samstag zur Bestattung freigegeben. Ich hatte Ihnen die Meldung auf den Schreibtisch gelegt. Daraufhin habe ich in Ahlbeck angerufen und Herrn Dornow Bescheid geben lassen. Er hat sich entschieden, die Überführung selbst zu veranlassen.«

Leo legte Marlene Dornows Vater die Hand auf den Arm und deutete auf die Bürotür. »Kommen Sie.«

Als er dem Mann gegenübersaß, bemerkte er dessen zerknitterten Anzug. Er sah aus, als hätte er darin geschlafen. Tiefe Schatten unter den Augen. Unrasiert. »Haben Sie schon gefrühstückt?«

Dornow schüttelte unwillig den Kopf. »Nein. Ist auch nicht nötig.«

»Meine Sekretärin besorgt Ihnen Kaffee und etwas zu essen.« Nachdem er mit Fräulein Meinelt gesprochen hatte, setzte er sich wieder.

»Im Leichenschauhaus wird man Ihnen helfen, den Sarg zum Bahnhof zu transportieren, und sich um die weiteren Formalitäten kümmern.«

Dornow wirkte immer noch abwesend. »Alles ist bereit. Lene wird neben ihrer Mutter liegen. Unter der großen Linde. Der Pfarrer wartet schon, alles ist bereit.«

»Gut. Ich sorge dafür, dass ein Beamter Sie in die Hannoversche Straße fährt. Dort können Sie auch die erforderlichen Papiere unterzeichnen.«

Plötzlich blickte der alte Mann auf. »Haben Sie ihn? Wer hat es getan?«

Leo stand auf, als er Fräulein Meinelt im Vorzimmer hörte, nahm Kaffee und Stulle in Empfang und stellte seinem Besucher das Frühstück hin.

»Essen Sie.«

»Aber ich hab Sie was gefragt. Haben Sie den Mörder von Lene gefunden?«

»Noch nicht. Aber wir machen Fortschritte. Ist Ihnen noch etwas eingefallen, das uns weiterhelfen könnte?«

Dornow stellte die Kaffeetasse so heftig ab, dass die Flüssigkeit überschwappte. »Ich hab doch gesagt, sie hat nie geschrieben. Ich weiß nicht mal, wo sie gewohnt hat. Mein letzter Brief kam zurück. Unbekannt verzogen. Das ist Jahre her.«

Die Wohnung. Das hatte Leo völlig vergessen. »Herr Dornow, Sie müssen auch die Wohnung Ihrer Tochter auflösen. Ihre ganzen Besitztümer sind noch darin, wertvolle Möbel, Pelze. Ihr Schmuck, der in einem Banksafe lag. Das alles gehört Ihnen, Sie sind vermutlich der Alleinerbe. Ihre Tochter hat kein Testament hinterlassen.«

»Warum sollte sie auch?«, rief der Vater empört. »Sie war erst dreißig! Da denkt man nicht an den Tod.«

»Natürlich.« Trotz seines Mitgefühls verspürte Leo eine leise Ungeduld. Er hatte zwei Mordfälle aufzuklären; diese Angelegenheit hier musste jemand anders übernehmen. Er stand auf und klopfte an die Verbindungstür, worauf Sonnenschein öffnete.

»Kommen Sie mal, Sonnenschein«, sagte Leo und machte ihn mit Egon Dornow bekannt. Sein Kollege mit der sanften, zuvorkommenden Art war genau der Richtige, um dem Vater der Toten zur Seite zu stehen.

»Bitte kümmern Sie sich um Herrn Dornow, und sorgen Sie dafür, dass er alle nötige Hilfe bekommt. Rechtliche Fragen, die Abholung des Sarges in der Hannoverschen Straße, die Auflösung der Wohnung.«

Sonnenschein nickte, zuverlässig wie immer, und wartete respektvoll, bis der alte Mann sein Brot gegessen hatte. Dann führte er ihn behutsam aus dem Zimmer.

Kurz darauf kam Robert Walther herein. »Morgen, Leo.«

»Morgen. Setz dich.« Leo schob ihm eine Kaffeetasse hin.

Sein Freund sah ihn zögernd an. »War das vorhin Marlene Dornows Vater? Sonnenschein sagte so etwas.«

»Ja. Er ist gekommen, um die Leiche zu überführen. Dann fiel mir ein, dass er sich auch noch um den Nachlass kümmern muss.«

»Du wirkst so ruhig.« Walther hielt kurz inne und grinste. »Lass mich raten. Du hast mit Clara gesprochen.«

»Aus dir wird noch mal ein richtig guter Polizist«, zog Leo ihn auf.

»Wurde auch Zeit.« Mehr sagte Walther nicht, das war auch nicht nötig.

»Wie war es bei Jennys Vorsingen?«

»Du hast daran gedacht?«

»So altersschwach bin ich nun auch wieder nicht.«

Walther strahlte. »Es ist prima gelaufen, es gab Szenenapplaus. Zwei Lieder, schon hatte sie das Engagement. Nächste Woche fängt sie an. Sie tritt an fünf Abenden in der Woche mit zwei Liedern auf. Wenn sie Erfolg hat, können es auch mehr werden. Und die Bezahlung ist gar nicht so schlecht.«

»Sag ihr herzlichen Glückwunsch von mir. Wer den Continental-Keller überlebt, kann auf jeder Berliner Bühne bestehen. Gibt sie wieder den Bären-Song?«

Walther nickte. »Und ein neues Lied, das sie selbst mir noch nicht gezeigt hat. Sie schreibt seit Wochen daran. Angeblich hat es etwas mit ihrer Vorliebe für Kriminalromane zu tun.«

»Clara und ich sind dabei, versprochen.«

»Du warst gestern noch mal bei Hellwig?«

»Ja. Hasselmann und ich glauben, dass da etwas ist, auch wenn wir ...«

In diesem Augenblick klopfte es.

Der Chef kam herein, und Walther erhob sich sofort, doch Werneburg winkte ab. »Bleiben Sie ruhig hier, Walther, das ist kein Geheimnis zwischen Herrn Wechsler und mir. Vorhin hatte ich den Polizeipräsidenten am Apparat. Das Außenministerium hat sich in aller Form über die fortgesetzten Schikanen gegen Herrn Eduard Hellwig beschwert. Gestern sei der französische Ministerpräsident zurückgetreten. In einer solchen Krisenzeit müsse sich der Herr Reichsminister Stresemann auf seine engsten Mitarbeiter rückhaltlos verlassen und sichergehen können, dass nichts die heiklen politischen Beziehungen zu unserem Nachbarland störe. Zitat Ende.«

Leo und Walther sahen einander an. »Herr Dr. Werneburg, ich kann Ihnen versichern, dass der Kollege Hasselmann und ich es für unabdingbar hielten, noch einmal mit Herrn Hellwig zu sprechen. Daran hat sich nichts geändert.«

Werneburg sah ihn eindringlich an. »Das glaube ich gern. Aber Sie müssen mir etwas an die Hand geben, Wechsler, sonst kann ich Sie nicht länger decken.«

Leo überlegte. Natürlich hatten sie keine Beweise, doch er und der Kollege waren sich einig gewesen, dass Hellwigs Verhalten Zweifel aufwarf. Er erklärte Werneburg den Sachverhalt.

»Aber wenn es nach seiner Aussage keine Erpressung war und er ein Alibi für den Mord an Marlene Dornow hat …«

»Trotzdem lässt seine Reaktion darauf schließen, dass er etwas über den Inhalt des Notizbuchs weiß. Er wurde eindeutig nervös, als wir ihm auf den Kopf zugesagt haben, mit einer der Abkürzungen sei er gemeint. Er schwitzte, seine Hände verkrampften sich. Wir alle wissen, wie wichtig Körpersprache ist.«

Werneburg nickte knapp. »Gut, Wechsler. Ich lasse Ihnen freie Hand. Aber wir brauchen etwas Handfestes, lange kann ich den Polizeipräsidenten nicht hinhalten.«

»Sie haben mein Wort«, sagte Leo.

Nachdem Werneburg gegangen war, schauten sie einander an.

»Und?«, fragte Walther.

»Ich wünschte, Gennat wäre da«, sagte Leo nur.

»Werneburg ist in Ordnung.«

»Schon, aber Gennat kenne ich besser. Und er mich. Aber er dreht gerade die Unterwelt von Breslau auf links, um den Kindermörder zu finden. Bislang ohne Erfolg.«

»Heute sind die Bilder drin.« Walther deutete auf die Zeitung, die auf dem Schreibtisch lag.

Leo wollte sie gerade aufschlagen, als das Telefon klingelte. »Wechsler. Ja, stellen Sie durch.«

Er griff zum Notizblock, notierte etwas, bedankte sich und hängte ein. Dann sah er Walther triumphierend an. »Das war das richtige Stichwort. Jemand hat sie erkannt.« Er riss den Zettel ab und hielt ihn in die Höhe. »Wir fahren nach Wittenau.«

»Aujust, haste dit jesehn?«

August Gerber blieb unwillig stehen, als er die Stimme des Zeitungshändlers hörte. Er war spät dran, hatte noch bei der Frau eines inhaftierten Kollegen vorbeigeschaut, die Probleme mit der Fürsorge hatte. Er konnte es sich nicht leisten, unpünktlich zur Arbeit zu kommen.

»Was hast du denn da?«, fragte er den Mann, der in der Tür seines Ladens stand und die *Morgenpost* schwenkte.

»Is dit nich deine Johanna?« Er hielt ihm die ausgebreitete Zeitung hin. Auf der rechten Seite waren zwei Zeichnungen abgedruckt, auf denen eine Frau zu sehen war. Dieselbe Frau, auch wenn sich die Darstellungen leicht unterschieden.

Gerber trat abrupt auf den Mann zu und riss ihm die Zeitung fast aus der Hand.

»Zehn Pfennje, wenn ick bitten darf.«

Er griff in die Tasche, holte die Münze heraus und drückte sie dem Zeitungshändler achtlos in die Hand.

Gerber wurde mehrfach angerempelt, als er wie betäubt weiterging, die Zeitung in der Hand, den Kopf gesenkt. Er vergaß fast, in die Straßenbahn zu steigen, lehnte sich drinnen ans Fenster und schaute hinaus, ohne etwas zu sehen.

Sie fuhren auf den breiten Durchgangsstraßen nach Nordosten und kamen gegen elf in der Oranienburger Straße in Wittenau an. Leo war vor Jahren schon einmal beruflich hier gewesen und erinnerte sich daran, wie stark er den Kontrast zwischen dem wunderbar grünen, parkähnlichen Gelände und dem Elend empfunden hatte, das sich hinter den Mauern der Pavillons abspielte, in denen die Kranken untergebracht waren. Im Gegensatz zu früher waren die Lebensbedingungen der geistig Kranken deutlich besser geworden, doch die Anstalt war ständig überbelegt.

Sie meldeten sich am Torhaus an und fuhren zwischen Bäumen hindurch und an einer weitläufigen Rasenfläche vorbei. Dahinter lag das Verwaltungsgebäude, ein schlossähnlicher Bau aus gelbem und rotem Klinker, dessen Portal von zwei Türmchen gekrönt wurde.

Ein Dr. Hartung hatte Leo am Telefon erklärt, er habe die Frau auf den Bildern als eine seiner Patientinnen erkannt.

Sie stellten den Wagen ab und betraten das Gebäude durch die hohe Doppeltür, hinter der sich die Eingangshalle befand. Eine Frau in Schwesternkleidung begrüßte sie.

»Dr. Hartung erwartet Sie.«

Sie führte sie in den ersten Stock und klopfte an eine Tür. »Die Herren von der Kriminalpolizei.«

Bevor die ältere Sekretärin aufstehen und sie ins Büro des Arztes führen konnte, öffnete sich bereits die Tür. Ein hagerer Mann von Anfang fünfzig mit grauem Haarkranz kam ihnen mit ausgestreckter Hand entgegen. »Erich Hartung. Kommen Sie bitte herein.«

Leo stellte sich und Walther vor, dann nahmen sie auf den angebotenen Stühlen Platz. Der Schreibtisch verschwand fast unter Stapeln von Akten und Büchern, ansonsten war der Raum überaus ordentlich. Auf der Fensterbank standen Grünpflanzen, an der Wand hingen nur die Promotionsurkunde und ein großes gerahmtes Foto, das eine hübsche Frau um die vierzig zeigte. Leo bemerkte, dass das Foto genau gegenüber vom Schreibtisch hing, sodass die Frau dem Arzt entgegenlächelte, wann immer er bei der Arbeit den Kopf hob.

»Meine verstorbene Frau – mehr Wandschmuck brauche ich nicht.«

»Mein Beileid.«

»Es ist drei Jahre her.«

»Das spielt doch keine Rolle«, sagte Leo.

Der Arzt sah ihn prüfend an, ging aber nicht auf die Bemerkung ein. »Meine Herren, Sie wissen, warum ich Sie angerufen habe.« Er klopfte mit dem Zeigefinger auf die aufgeschlagene *Morgenpost.* »Ich habe eine Weile mit mir gerungen, ob ich mich an Sie wenden sollte. Wegen der Schweigepflicht.«

»Dessen bin ich mir bewusst. Aber es geht um zwei Morde. Die Frau, die wir suchen, könnte eine wichtige Zeugin sein.«

»Das allein rechtfertigt mein Vorgehen nicht. Aber ich habe die irrationale Hoffnung, dass es ihr helfen könnte.« Der Arzt schlug eine Akte auf und las vor: »Am 14. Mai 1926 wurde die Patientin Johanna Gerber, von Beruf Schneidergesellin, geboren am 3. Oktober 1904 in Berlin, in die Wittenauer Heilstätten eingeliefert. Zuvor war sie eine Woche in der Charité gewesen, wo man sie erfolglos behandelt hatte und zu dem Schluss gelangt war, dass sie in eine Nervenheilanstalt gehöre. Sie wurde von ihrem Bruder, Herrn August Gerber, in die Charité gebracht. Er stimmte einer Weiterbehandlung in unserem Hause zu.«

»Weshalb wurde sie hier eingeliefert?«, fragte Leo gespannt.

»Der Bruder gab zu Protokoll, sie sei am 6. Mai zu ihm nach Hause gekommen, in Tränen aufgelöst, einem Zusammenbruch nahe. Nachdem sie aufgehört hatte zu weinen, verfiel sie in einen katatonischen Zustand, aus dem er sie trotz aller Bemühungen nicht herausholen konnte. Wegen seiner beengten Wohnverhältnisse und da er sich keinen Rat wusste, brachte er sie am 8. Mai in die Charité.«

Hartung schob Leo die Akte hin. »Sie können es sich durchlesen. Leider sind unsere medizinischen Bemühungen bislang erfolglos verlaufen. Ich habe kürzlich mit der Schwägerin gesprochen. Sie konnte mir nicht viel Neues sagen. Nur dass Fräulein Gerber davon träumte, Kostümschneiderin beim Film oder Theater zu werden.«

»Das ist die Verbindung«, sagte Walther.

Hartung sah ihn fragend an. »Verbindung?«

»Wir ermitteln in den Mordfällen Dornow und König. Marlene Dornow wurde in den letzten Monaten mindestens zweimal – im Kaufhaus und beim Friseur – mit einer Frau gesehen, bei der es sich aller Wahrscheinlichkeit nach um Johanna Gerber handelt. Wir haben die Zeichnungen mit Hilfe von Zeugen erstellen lassen. Wenn wir eine Verbindung zur Filmbranche nachweisen können, haben wir womöglich das fehlende Bindeglied zu Viktor König gefunden.«

»Nicht so schnell«, warf Leo ein. »Herr Dr. Hartung sagt, sie habe davon geträumt, beim Film zu arbeiten. Das heißt noch lange nicht, dass sie tatsächlich etwas ...« Er hielt inne. »Hat die Schwägerin gesagt, wo Fräulein Gerber gearbeitet hat?«

»Nur dass es eine Schneiderei war.«

Leo notierte sich August Gerbers Adresse. »Kann ich im Vorzimmer telefonieren?«

»Natürlich.«

Er ging nach nebenan und ließ sich mit dem Präsidium verbinden. »Fräulein Meinelt, schicken Sie bitte einen Beamten in die Cösliner Straße 12. Er soll sich von Herrn August Gerber die Anschrift der Schneiderei geben lassen, in der seine Schwester Johanna gearbeitet hat. Danke. Auf Wiederhören.« Er hängte ein und kehrte ins Büro des Arztes zurück.

»Wir würden gern mit der Patientin sprechen.«

Die Stille, die sich über den Raum senkte, war beinahe greifbar. Dr. Hartungs Gesicht wirkte plötzlich abweisend. »Das kann ich nicht gestatten. Sie hat sich letzte Woche den Arm mit einem Füllfederhalter zerstochen. Möglicherweise ein Suizidversuch.«

Leo zog eine Augenbraue hoch. »Sie wissen, worum es hier geht.«

»Durchaus. Aber das Wohl meiner Patientin ist für mich

oberstes Gebot, nicht die Aufklärung eines Kriminalfalls. Das mag herzlos klingen, doch das ist es nicht. Ich bin Johanna Gerbers Arzt und habe zuallererst die Pflicht, sie zu schützen.«

Leo überlegte. Sie waren an einem entscheidenden Punkt angelangt, aber der Weg zu Johanna Gerber führte über ihren Arzt. »Bitte, Herr Dr. Hartung. Mein Kollege und ich wollen zwei Morde aufklären, und Sie wollen herausfinden, was Ihrer Patientin zugestoßen ist. Einmal angenommen, das eine hinge mit dem anderen zusammen?«

20

»Wir mussten sie vorübergehend fixieren«, erklärte Dr. Hartung mit aufrichtigem Bedauern. »Im Grunde halte ich nichts davon, Patienten zu fesseln, das sind Methoden aus dem vorigen Jahrhundert, aber wenn sie sich selbst gefährden, geht es nicht anders. Zum Glück ist sie jetzt ruhig genug, um ihr mehr Freiheit zu lassen.«

»Hat Fräulein Gerber überhaupt nicht gesprochen, seit sie hier ist?«, fragte Leo, während der Arzt sie durch den Park zu einem der Pavillons führte, in denen die Kranken untergebracht waren.

Hartung schüttelte den Kopf. »Nichts. Sie hat geschrien, das waren die einzigen Äußerungen.«

Sie betraten eines der flachen, lang gestreckten Gebäude. Im Flur hingen Bilder an den Wänden, man bemühte sich um eine helle, fröhliche Atmosphäre. Es duftete nach einem Reinigungsmittel, das einen schwachen, unangenehmen Geruch fast überdeckte. Urin? Erbrochenes? Es war kaum wahrnehmbar. Leo kam die Überlagerung der Gerüche vor wie ein Symbol für den vergeblichen Versuch, das Elend hinter den Türen auszublenden.

»Zurzeit ist sie in einem Einzelzimmer untergebracht, bis sich ihr Zustand stabilisiert hat«, erklärte der Arzt.

In der Tür befand sich auf Augenhöhe ein kleines, verglastes Fenster. Leo schaute hinein. Die junge Frau war im Profil zu sehen. Sie saß auf einem einfachen Holzstuhl am Fenster, die Hände im Schoß, und schaute geradeaus. Nicht aus dem Fenster oder zur Tür, sondern an die schmucklose Wand. Sie trug einen weißen Kittel, der im Rücken geschlossen wurde, und Stricksocken. Im Zimmer gab es ansonsten nur ein Metallbett, ein Waschbecken mit einem Eimer darunter und einen Tisch. Keine Bücher oder Zeitschriften, nichts Persönliches.

»Wir haben versucht, sie zu beschäftigen, bevor sie sich selbst verletzt hat«, bemerkte Hartung, als hätte er Leos Gedanken gelesen. »Papier und Farbe zum Malen. Lektüre. Sie hat auf nichts reagiert.«

Leo überlegte. Ihm war bewusst, dass sie die junge Frau mit Dingen konfrontieren würden, die – vorausgesetzt, dass sie überhaupt zu ihr durchdrangen – womöglich einen Schock auslösen konnten. Würde der Arzt das dulden?

»Ich muss ihr Fragen stellen. Und Fotos von Personen zeigen. Das lässt sich nicht umgehen.«

Hartungs Blick verdunkelte sich. »Sie ist nicht vernehmungsfähig, das dürfte Ihnen wohl klar sein, Herr Wechsler. Das Wohl meiner Patientin ist oberstes Gebot.«

»Schön. Warum haben Sie mich dann angerufen?« Leo achtete nicht auf Walthers warnenden Blick. »Sie haben sich bei uns gemeldet, was ganz und gar richtig war. Dafür sind wir Ihnen dankbar. Aber wir sind auch auf Ihre weitere Unterstützung angewiesen.« Er hob die Hand, damit ihn der Arzt weitersprechen ließ. »Ich verfüge nicht über Ihr Fachwissen und Ihre Erfahrung. Dennoch frage ich mich, ob man sie nicht mit irgendeinem äußeren Reiz aus ihrer Starre herausreißen könnte. Daher würde ich ihr gern etwas zeigen.«

»Was?«, fragte Hartung misstrauisch.

Walther holte einen Umschlag aus der Tasche, in dem sich jeweils ein Foto von Marlene Dornow und Viktor König befanden, und zeigte sie dem Arzt.

»Das sind die Ermordeten. Dass Johanna Gerber die Frau gekannt hat, wissen wir bereits. Bei dem Mann sind wir uns nicht sicher. Daher würde ich ihr sein Foto gern zuerst zeigen.

Sollte sie … ungehalten reagieren, würden wir die Befragung sofort beenden.«

Hartung war sichtlich im Zwiespalt. Leo sah ihn abwartend an, ohne zu drängen, hoffte aber, dass der Arzt sich überzeugen lassen würde.

Schließlich nickte dieser knapp. »Aber nur in meiner Gegenwart. Wenn ich die Befragung nicht länger verantworten kann, brechen wir sofort ab, und Sie verlassen den Raum.«

»Einverstanden.«

»Sie bleiben hinter mir.«

Der Arzt holte einen Schlüsselbund aus der Tasche und öffnete behutsam die Tür. Die Frau rührte sich nicht. Er ging langsam auf sie zu, bemühte sich aber nicht, leise zu sein. »Johanna, hier ist Besuch für Sie. Die Herren möchten Ihnen nur einige Fragen stellen und Ihnen ein Bild zeigen. Es dauert nicht lange. Wenn Sie müde werden, geben Sie mir ein Zeichen.« Er stellte sich in die Ecke am Fenster, damit die Patientin ihn sehen konnte.

Leo trat vor sie und ging in die Hocke, so dass ihre Köpfe ungefähr auf einer Höhe waren. Kein Zweifel, es war die Frau, die mit Marlen beim Friseur und im Kaufhaus gewesen war. Ihr Gesicht war eingefallen, die Haare waren strähnig, die Augen trüb, doch er konnte Spuren ihrer früheren Schönheit erkennen. Ihre Hände ruhten auf den Oberschenkeln. Der linke Arm war dort verbunden, wo sie sich den Füllfederhalter mit aller Gewalt ins Fleisch gestoßen hatte. Sie schaute auf die Wand hinter seinem Kopf, als wäre er durchsichtig.

»Fräulein Gerber? Mein Name ist Leo Wechsler. Ich bin Polizist.«

Keine Reaktion.

»Ich will Sie nicht lange stören. Aber ich brauche Ihre Hilfe. Das ist sehr wichtig.«

Er holte das Foto von Viktor König aus der Tasche, ohne es ihr zu zeigen.

»Darf ich Sie etwas fragen?«

Er rechnete nicht mit einer Antwort, wollte aber die Regeln der Höflichkeit einhalten.

»Kennen Sie einen Mann namens Viktor König?«

Die Bewegung war so subtil, dass Leo sie beinahe übersehen hätte. Ihre Fingerkuppen bogen sich nach unten und bohrten sich in ihre Oberschenkel.

»Ich habe hier ein Bild von ihm. Würden Sie es sich kurz ansehen und mir sagen, ob Sie den Mann darauf kennen?«

Im Raum war es so leise, dass man die vier Menschen atmen hören konnte. Leo hielt Johanna Gerber das Foto hin.

Es ging schnell. Sehr schnell. Sie sprang auf, warf sich aufs Bett, vergrub den Kopf im Kissen und drückte die Hände auf die Ohren. Ihr ersticktes Geheul ging in ein Schluchzen über.

Dr. Hartung griff rasch in die Kitteltasche, holte eine Spritze hervor und setzte sie ihr mit einer geschickten Bewegung in den Arm. Dann ließ er sich auf der Bettkante nieder, drückte die Hand auf Johanna Gerbers Schulter und wartete, bis sie sich beruhigt hatte. Als ihr Schluchzen verklang, zog er ihr die Decke über die Schultern, stand auf und winkte die Kriminalbeamten hinaus.

Sonnenschein hatte Egon Dornow ins Leichenschauhaus begleitet, wo ein Bestatter auf sie wartete und dem alten Mann behutsam die Formalitäten erklärte. Sonnenschein wollte helfen, wartete aber auch ungeduldig darauf, ins Präsidium zurückzukehren. Die Ermittlungen kamen in Fahrt, und er wollte gern dabei sein.

Dornow und der Bestatter vereinbarten, dass der Sarg am nächsten Tag zum Bahnhof gebracht würde. Dann begleitete Sonnenschein ihn in die Wohnung seiner Tochter, die er sich äußerlich ungerührt anschaute. Er ging langsam umher, strich geistesabwesend über das eine oder andere Möbelstück, nahm aber nichts in die Hand und stellte keine Fragen.

»Manche Dinge fehlen, die haben wir zur Untersuchung mitgenommen«, sagte Sonnenschein zuvorkommend. »Sie gehören selbstverständlich Ihnen und werden in Kürze freigegeben.«

»Brauch ich nicht.«

Er sagte es so leise, dass Sonnenschein nachfragen musste.

»Das hier«, er deutete vage auf die Wände um sich herum, »ist nicht meine Lene. Alles so modern und kalt, das ist doch kein Zuhause. Wenn sie sich hier wohlgefühlt hat, war sie nicht mehr meine Lene.«

Sonnenschein war unbehaglich zumute. So etwas konnte der Chef besser. »Das muss nichts heißen. Sie war eine junge, moderne Frau, die mögen solche Möbel.«

»Sie hat nie mehr geschrieben. Ist umgezogen, ohne mir was zu sagen.« Der alte Mann schüttelte den Kopf. »Ich will nichts von dem hier. Das können Sie verkaufen. Alles.«

»Sie besaß auch Schmuck.«

»Den auch.« Der alte Mann schien plötzlich aufzuwachen. »Es gibt doch Gerichte, die sich darum kümmern. Die sollen alles verkaufen. Was übrig bleibt, bekommt Hans. Er kann es brauchen. Wird bald Vater.«

»Ihr Sohn?«

Dornow nickte. »Bei ihm ist es gut aufgehoben.«

Vor dem Eingangsportal von Riehmers Hofgarten wollte Sonnenschein sich von dem alten Mann verabschieden, doch als er ihn so verloren dastehen sah, die abgenutzte Aktentasche in der Hand, bot er ihm an, ihn zu seiner Pension zu begleiten.

Als im Besprechungszimmer Ruhe eingekehrt war, schaute Leo in die Runde. »Meine Herren, zunächst der unangenehme Teil: Wir stehen unter enormem Zeitdruck. Herr Werneburg hat vom Polizeipräsidenten persönlich erfahren, dass man im Außenministerium die Besuche der Kriminalpolizei bei Herrn Hellwig missbilligt.«

Ernste Mienen.

»Doch es gibt auch gute Nachrichten. Der Kollege Walther und ich waren in Wittenau, nachdem sich ein Arzt von dort gemeldet und die Frau auf unseren Zeichnungen identifiziert hat. Es handelt sich um Johanna Gerber, eine der Patientinnen.«

Er fasste ihren Besuch zusammen. »Angesichts ihrer heftigen Reaktion auf das Foto können wir davon ausgehen, dass sie Viktor König gekannt hat. Damit hätten wir den Beweis erbracht, dass eine Verbindung zwischen den Mordopfern bestand.«

Er spürte, wie sich die Stimmung im Besprechungszimmer aufhellte.

»Ich möchte kein Spielverderber sein«, sagte Hasselmann, »aber wenn ich es recht verstehe, handelt es sich bei dem Bindeglied um eine junge Frau, die in einer Nervenheilanstalt lebt, kaum ansprechbar ist und bei der bisher alle Behandlungsversuche fehlgeschlagen sind.«

»In der Tat«, erwiderte Leo. »Aber ich möchte eins betonen: Es war die erste bewusste Reaktion auf einen äußeren Reiz, die Dr. Hartung bei ihr erlebt hat. Vorher hatte sie auf gar nichts reagiert, weder Ansprache noch medikamentöse oder sonstige Behandlungen. Er ist skeptisch und besorgt, hat aber eingeräumt, dass dieser Ausbruch möglicherweise eine positive Wirkung auf ihren Zustand haben könnte. Als würde man eine Mauer durchbrechen, hinter der jemand eingesperrt ist.«

Sonnenschein meldete sich zu Wort. »Ich könnte noch einmal zu Gerson und in den Frisiersalon gehen und fragen, ob ihnen der Name der Patientin etwas sagt.«

»Tun Sie das. Dr. Hartung hat uns freundlicherweise ein Foto überlassen. Er lässt alle Patienten für die Kartei fotografieren. Es gibt gelegentlich Fluchtversuche, das hilft bei der Suche. Damit werde ich noch einmal ins Regina-Atelier fahren.«

»Wir sollten das Foto vorsichtshalber auch Frau König und Herrn Hahn zeigen«, schlug Walther vor. »Vielleicht haben sie die Bilder in der Zeitung nicht gesehen.«

»Und wir kennen jetzt den Namen. Das übernimmst du. Hasselmann, Sie fahren zu Frau Maletzke.«

Kriminalassistent Friedrichs, ein ganz junger Kollege, hob die Hand. »Ich war bei August Gerbers Frau, er selbst war nicht zu Hause. Sie hat mir die Adresse der Schneiderei gegeben.«

Leo sah ihn nachdenklich an. »Wie lange sind Sie schon dabei, Friedrichs?«

»Drei Monate, Herr Wechsler.«

»Sie sind doch mit dem Fall vertraut. Dann übernehmen Sie das. Ich möchte alles über Johanna Gerber erfahren, Charakter, Privatleben, Arbeit, was Ihnen relevant erscheint.«

Der junge Mann wurde ein wenig rot und nickte. »Wird gemacht.«

Das Regina-Atelier wirkte ähnlich verlassen wie bei Leos letztem Besuch. Er ging nicht in die Werkstatt, sondern ins Glashaus, wo er einen Mann antraf, den er noch nicht kannte. Das musste der Angestellte sein, der sich beim letzten Mal krankgemeldet hatte. Er war sehr jung – höchstens zwanzig, picklig – und warf Leo einen schüchternen Blick zu.

Leo stellte sich vor. Er bemerkte, wie die Augen des jungen Mannes groß wurden, als er die Dienstmarke sah.

»Ich möchte Ihnen etwas zeigen«, sagte Leo und holte das Foto von Johanna Gerber hervor. »Kennen Sie diese Frau?«

Die Röte kroch dem jungen Mann langsam am Hals empor, eine Welle, die sein Gesicht erbarmungslos überflutete. »N-nein, kenn ich nicht.«

»Sicher? Schauen Sie sich das Bild in Ruhe an. Die Frau heißt Johanna Gerber, ist etwa in Ihrem Alter.« Er legte eine

Pause ein. »Es geht ihr gar nicht gut. Sie ist nervenkrank, niemand weiß, warum.«

»Aber ... was hat das mit mir zu tun?«

»Ich wollte nur wissen, ob sie einmal hier gewesen ist.«

Der junge Mann schüttelte den Kopf. Die Situation war ihm sichtlich unangenehm.

Leo ließ nicht locker. »Und ich wüsste gern, ob Sie Herrn König kannten, den Regisseur. Ich soll Sie übrigens von Gustav Richter grüßen.«

Das entsprach zwar nicht der Wahrheit, aber Leo wollte seine Reaktion sehen. Der junge Mann wirkte überrascht. »Sie kennen Gustav? Netter Kerl, tolle Sache mit der Stelle in Johannisthal.« Dann schien er sich an die Frage zu erinnern. »Herr König war mal hier. Hat Leute gesucht. Leider hatte ich schon was anderes zu tun. Hätte gern für ihn gearbeitet. Schlimme Sache, dass er tot ist.«

»In der Tat. Ich fasse mal zusammen: Sie kennen diese Frau nicht und haben Herrn König nur einmal hier gesehen.«

Nicken.

»Haben Sie mal auf der Pfaueninsel gedreht?«

Der junge Mann trat von einem Fuß auf den anderen und schaute sich hilflos um, als hoffte er auf Unterstützung. »Wir sind ein kleines Atelier. Wir drehen nur drinnen.«

Leo beschloss, mehr Druck auszuüben. Er musste die Unsicherheit des Zeugen ausnutzen. »Wie heißen Sie eigentlich?«

»Otto Bender.«

»Schön, Herr Bender, ich weise Sie darauf hin, dass es hier um zwei Morde geht. Kapitalverbrechen. Wenn Sie etwas wissen und es verschweigen, kann das strafrechtliche Konsequenzen haben. Wenn Sie irgendetwas über diese Frau oder Herrn König wissen, sollten Sie es mir sagen.«

In den Augen des jungen Mannes schimmerte es verheißungsvoll. Leo sah, wie er mit sich rang. »Ich ... ich möchte Ihnen ja helfen, Herr Kommissar, ehrlich. Aber ich weiß nichts.«

»Gar nichts?«

»Es stimmt, dass ich Herrn König nur einmal hier gesehen habe. Was das angeht, hab ich die Wahrheit gesagt.«

»Und?«

Bender biss sich auf die Lippen. »Er hat mit dem Chef geredet. In der Werkstatt. Ich hatte draußen im Flur zu tun.«

»Und haben dabei vollkommen unabsichtlich mitgehört, was gesagt wurde«, ergänzte Leo.

»Nicht alles. Es ging um einen Film. Er sollte hier gedreht werden. Abends.«

»Ist das üblich?«

Bender zuckte mit den Schultern. »Der Chef nimmt jeden Auftrag, den er kriegen kann. Sonst kommt kein Geld rein.«

»Aber Sie waren nicht bei den Dreharbeiten anwesend?«

»Nein. Ich hab auch nie erlebt, dass König hier gedreht hat. Hätte mich auch gewundert. Er hatte ja ganz andere Möglichkeiten.«

»Was haben Sie sonst noch gehört?«

»Nicht viel. Irgendwas mit Insel. Und Maske.«

»Maske?«, hakte Leo nach, der sich an das Zeichen in Königs Notizbuch erinnerte.

»Ja. Aber mehr weiß ich wirklich nicht. Und, bitte, erzählen Sie dem Chef nichts davon. Ich weiß nicht, ob ich so schnell was Neues finde. Ich bin nicht so fix wie Gustav.« Er zog die Schultern hoch, als wollte er sich verkriechen, und Leo empfand beinahe Mitleid mit ihm.

»Wann ist das gewesen?«

Der junge Mann runzelte die Stirn. »Vor zwei Monaten vielleicht. Ungefähr.«

»Herr Bender, Sie müssen damit rechnen, dass wir Ihre offizielle Aussage benötigen. Jedenfalls bin ich Ihnen dankbar, dass Sie den Mut gefunden haben, es mir zu sagen.«

»Ja, Herr Kommissar«, sagte Bender kleinlaut. Leo verkniff sich den Hinweis, dass es mit seiner Stelle ohnehin schlecht aussah, wenn sein Chef hier etwas Illegales trieb.

»Wo sind Ihre Kollegen?«

»Da drüben.« Er deutete auf eine Tür, erleichtert, dass das Gespräch vorerst beendet war.

»Danke.« Leo ging hin, klopfte und trat sofort ein. Es war ein kleiner Raum, der vollgestopft war mit Requisiten. Kostüme, Vasen, Spiegel, Möbelstücke, ein breites, vergoldetes Ruhebett. Die drei Männer hockten zusammen und spielten Karten. Als Leo hereinkam, blickten sie ungehalten auf.

»Schon wieder die Polizei?«, knurrte einer.

»Ja. Und ich erwarte diesmal ein bisschen mehr Entgegenkommen. Ich will wissen, ob hier abends gedreht wird.«

Ein schmächtiger Mann mit struppigem rotem Haar schob die Mütze nach hinten und kratzte sich am Ohr. »Kommt vor. Na und?«

»Eher als tagsüber?«

»Kann schon sein. Wir machen das so, wie die Leute es haben wollen. Wer das Atelier abends braucht, bekommt es auch.«

»Auch Viktor König?«

Leo spürte, wie sich etwas in der Atmosphäre veränderte. Es war kaum greifbar, wie eine elektrische Spannung, die sich zwischen den drei Männern und ihm aufbaute.

»Der dreht hier nicht, das haben wir Ihnen letztes Mal schon gesagt.«

Leo ließ sich nicht aus der Ruhe bringen. Er nahm eine Vase in die Hand, sie war ganz leicht, aus Pappmaschee. Er klopfte an das Ruhebett. Sperrholz. »Mal auf der Pfaueninsel gedreht?«

Die Männer schwiegen.

»Was sagt Ihnen das Wort Maske?«

»Wollen Sie uns veräppeln?«, fragte der Rothaarige. »Sie sind hier beim Film, da geht es ständig um Masken.«

Die Bewegung kam so schnell, dass er sie nicht kommen sah. Leo schoss herum und ergriff seinen Unterarm. Nicht so, dass es schmerzte, aber fest genug, um zu zeigen, dass es ihm ernst war. »Ich frage mich, wie Sie bei Ihrem Benehmen überhaupt irgendwo Arbeit finden. Wenn Sie so weitermachen, ist der Laden hier bald dicht. Dann können Sie zusehen, wo Sie etwas Neues herbekommen. Ich bin nicht aus Spaß hier, das sollten Sie inzwischen begriffen haben.«

Die Männer schauten einander an. Der Wortführer von Leos erstem Besuch rutschte unbehaglich auf seiner Kiste herum.

»Und?«

»Der Chef erzählt uns nichts. Wir bereiten alles vor, und dann kommen abends Leute zum Drehen«, sagte er zögernd.

»Was genau bereiten Sie vor?«

»Die Requisiten.« Der Mann deutete mit einer vagen Geste hinter sich. »Möbel. Kulissen. Das Übliche.«

»Warum wird hier nachts gedreht? Die Ateliers sind doch aus Glas, um genügend Tageslicht hereinzulassen. Künstliches Licht ist teuer.«

Der Mann nickte.

»Waren Sie wirklich nie dabei? Sind Sie nicht neugierig, was hier abends vorgeht?«, drängte Leo.

Der Rothaarige räusperte sich. »Ich … ich hab mal morgens aufgeräumt, war ganz früh da.« Er biss sich auf die Lippen. »Da lag komisches Zeug herum. Der Chef hat es sofort weggeräumt.«

»Komisches Zeug?« Leo lehnte sich an einen Schrank und zog fragend die Augenbraue hoch.

»Eine Peitsche. Und so ein Ding aus Leder. Sah ein bisschen aus wie ein Pferdegeschirr. Riemen. Schnallen.« Er zuckte mit den Schultern.

»Ich fasse zusammen: Sie sagen, Sie arbeiten tagsüber hier, sehen nach dem Rechten oder hocken herum und spielen

Karten. Das eigentliche Geschäft läuft abends. Herr Köhler verdient sein Geld damit und leiht Sie zudem an andere Ateliers aus, wenn dort Leute gebraucht werden. Sie haben Viktor König nur einmal hier gesehen. Tagsüber. Was nicht ausschließt, dass er zu anderen Zeiten hier gewesen sein könnte. Ist das korrekt?« Leo sah in die Runde. Keiner wich seinem Blick aus.

»Ja«, meinte der Wortführer.

»Und die Pfaueninsel?«, wechselte Leo abrupt das Thema.

Der Rothaarige sah die anderen an und nickte dann. »Hab mitbekommen, wie der Chef telefoniert hat. Dabei fiel das Wort Pfaueninsel und irgendwas von Außenaufnahmen. Mehr wissen wir wirklich nicht.«

»Eins noch.« Leo holte das Foto von Johanna Gerber hervor und zeigte es herum, wobei er die Männer genau beobachtete. Keiner ließ erkennen, dass er sie schon einmal gesehen hatte. »Na schön. Möglicherweise werden Sie in den nächsten Tagen ins Präsidium bestellt, um Ihre Aussage zu Protokoll zu geben.« Er notierte sich die Namen und Adressen der Männer, bevor er sie wieder ihren Karten überließ. Im Hinausgehen meinte er, ihre Blicke im Rücken zu spüren.

Leo ging in die Werkstatt, in der er beim letzten Mal Ernst Köhler angetroffen hatte, und fand den Mann fluchend vor einer Werkbank, neben sich die unvermeidliche Bierflasche. Als er Leo hörte, drehte er sich abrupt um und stieß die Flasche um, was zu einem noch obszöneren Ausbruch führte.

»Sie schon wieder? Hier is nix zu holen.« Er bückte sich und hob die Flasche auf, setzte sie an und trank den schäumenden Rest aus, bevor er einen bedauernden Blick auf die Pfütze warf, die sich unter der Werkbank gebildet hatte.

Leo zog das Foto aus der Tasche. »Da bin ich mir nicht so sicher. Ich finde Ihr Atelier ausgesprochen faszinierend.«

»Quatsch, Sie wollen nur schnüffeln. Ich hab Ihnen alles gesagt, was ich über König wusste.«

»Darum bin ich auch nicht hier.« Er trat neben Köhler und hielt ihm das Foto unter die Nase. »Und?«

»Wie, und? Wer soll das sein? Nettes Ding, bisschen blass. Die müsste man ganz schön anmalen, damit sie sich auf der Leinwand gut macht.«

Er wirkte ungerührt, doch Leo gab nicht so leicht auf.

»Sie kennen sie nicht?«

»Sollte ich? Die ist nicht vom Film, so wie die aussieht.«

»Sie heißt Johanna Gerber. Sagt Ihnen das etwas?«

»Nee. War's das?«

Leo ging langsam auf und ab und fächelte sich dabei mit dem Foto Luft zu. »Nicht ganz. Beschäftigen Sie eigentlich eine Schneiderin?«

»Für die Kostüme? Lohnt nicht. Die werden mitgebracht. Oder wir holen eine Lohnschneiderin, die stundenweise arbeitet.«

»Hm. Erhalten Sie schon mal Bewerbungen von Frauen, die hier arbeiten möchten?«

»Was soll das?«, fragte Köhler unwirsch, holte sich eine neue Flasche und ließ den Verschluss knallen. »Sie kommen her und halten mich mit Ihren dummen Fragen von der Arbeit ab.«

Leo vertrat ihm den Weg. »Sie wissen, dass ich in zwei Mordfällen ermittle. Diese Frau ist eine wichtige Zeugin. Sie ist Schneiderin und träumte davon, beim Film zu arbeiten. Viktor König war mindestens einmal in diesem Atelier und hat Mitarbeiter gesucht. Irgendwo gibt es eine Verbindung.«

Dann wandte er sich abrupt ab, trat an das Regal und zog die Karte der Pfaueninsel heraus, die ihm beim letzten Besuch aufgefallen war.

»Wozu brauchen Sie die?«

»Keine Ahnung, die liegt schon ewig hier. Muss von meinem Vorgänger sein.«

»Viktor König hat dort gedreht.«

»Klar, aber nicht für mein Atelier, das müssten Sie langsam kapiert haben. Meinen Sie, ich würde hier im Dreck sitzen, wenn Leute wie er bei mir drehen?«

Er breitete in einer unerwartet dramatischen Geste die Arme aus.

Doch Leo hatte genug. »Ich habe mich vorhin mit Ihren Mitarbeitern unterhalten. Das war aufschlussreich.«

Der Mann fuhr herum und wollte sich mit der Flasche in der Hand auf ihn stürzen, doch Leo war schneller. Er packte sein Handgelenk und drehte es, bis Köhlers Griff nachgab. Die Flasche zerbrach auf dem Boden.

»Sagen Sie mir, was hier abends vorgeht. Und was Viktor König damit zu tun hatte.«

»Den Teufel werd ich«, stieß Köhler hervor. »Sie tun doch nur so, als ob Sie was wüssten. Es ist nicht verboten, abends zu drehen. Wenn wir wollen, können wir sogar nachts arbeiten.«

»Mit Peitschen? Und Ledergeschirren?«

Köhler riss sich los und wischte sich den Arm ab, als hätte Leo ihn beschmutzt. »Schon mal von einem Reitstall gehört?«

»Warum wollte ein berühmter Mann wie König abends in Ihrer Kaschemme drehen?«, fragte Leo mit drohendem Unterton. »Sie bewegen sich auf dünnem Eis.«

»Und Sie brauchen Beweise, Herr Kommissar.«

Leo ging zur Tür. »Ich komme wieder.«

21

Die Schneiderei befand sich im ersten Hof des Mietshauses in der Stettiner Straße. Ein ordentlich poliertes Emailleschild mit einem Pfeil und der Aufschrift »Schneiderei Hunold« wies Kunden den Weg. Ein kleines Mädchen fuhr auf einem quietschenden Roller mit schiefem Lenker an Kriminalassistent Friedrichs vorbei und sah ihn neugierig an. Es war einer der üblichen Hinterhöfe der Gegend – kleine Betriebe, Wäscheleinen, spielende Kinder. Nicht das bedrückende Elend, das man in vielen Mietskasernen sah, aber ein Mann in einem anständigen Anzug fiel trotzdem auf.

Er hörte das Rattern der Nähmaschine und ging zielstrebig zu der kleinen Werkstatt in der linken hinteren Ecke. Wegen des warmen Wetters stand die Tür weit offen, und er trat ein, wobei er sich ein wenig unter dem Türrahmen ducken musste.

Eine ältere Frau blickte von der Maschine auf, als sie die Schritte hörte. Sie nahm den Fuß vom Pedal, die Maschine kam zum Stehen. »Ja, bitte? Was kann ich für Sie tun?«

»Guten Abend. Sind Sie Frau Hunold? Gut, dass ich Sie noch antreffe.«

Die Frau stand auf und trat hinter dem Tisch hervor. »Wenn man allein arbeitet, muss man sich ranhalten.« Sie zeigte auf mehrere Stapel Kleidung. »Das muss alles noch geändert werden bis morgen.«

Er stellte sich vor und zeigte seine Dienstmarke. »Ich möchte mit Ihnen über Johanna Gerber sprechen.«

Das rundliche Gesicht der Frau wirkte plötzlich verhärmt,

sie wurde blass und stützte sich mit der Hand am Tisch ab. »Kriminalpolizei? Wegen Johanna? Was ist passiert?«

»Sollen wir uns setzen?« Er zog einen Hocker aus einer Ecke, während sich die Frau schwer auf den Stuhl am Nähtisch fallen ließ. Sie fuhr sich mit den Händen über das Gesicht. »Was ist mit Johanna?«

Friedrichs räusperte sich. »Ich möchte Sie bitten, mir alles zu erzählen, was Sie über die junge Frau wissen. Es könnte dazu beitragen, Fräulein Gerber zu helfen.«

»Augenblick.« Sie stand auf, ging an einen Schrank, nahm eine Schnapsflasche und ein kleines Glas heraus. Sie goss sich etwas ein und sah Friedrichs verständnissuchend an. »Tut mir leid, aber den brauche ich jetzt. Sie sind im Dienst, oder?«

»Ja. Stärken Sie sich ruhig.«

Sie stellte das Glas weg und setzte sich wieder. »Ein nettes Mädchen, fleißig und lieb. Sie hat bei einem Bekannten gelernt, der sie nicht übernehmen konnte, da hat sie bei mir angefangen. Eigentlich wollte ich ihr einen Gefallen tun, die Zeiten waren schlecht vor drei Jahren, aber sie hat sich so geschickt angestellt, dass ich froh war, sie zu haben. Meine andere Näherin ist oft krank. Sie hat's an der Lunge. Feuchte Kellerwohnung.« Sie schien zu merken, dass sie abschweifte, und gab sich einen Ruck. »Johanna war ein bisschen verträumt. Manchmal musste ich sie aufrütteln, wenn sie in Gedanken versunken dasaß und Illustriertenfotos anstarrte.«

»Was für Fotos?«

Frau Hunold lächelte. »Sie hat immer diese Filmillustrierten mit den Schauspielern drin gekauft. Schöne Frauen, elegante Männer. Sie hat davon geträumt, beim Film zu arbeiten, Kostüme zu schneidern, sogar selbst vor der Kamera zu stehen. Was junge Frauen eben so träumen.«

Friedrichs stenographierte mit, während Frau Hunold erzählte. Dann blickte er auf. »Hat sie nur davon geträumt oder tatsächlich einmal versucht, dort eine Stelle zu finden? Hat sie sich je woanders beworben?«

Ein Anflug von Missbilligung huschte über Frau Hunolds Gesicht, verschwand aber wieder. »Ja. Dummes Kind, dafür fehlte es ihr an Erfahrung. Einmal kam sie morgens verweint zur Arbeit und wollte nicht raus mit der Sprache. Aber ich kann sehr hartnäckig sein. Hab so lange gefragt, bis sie es mir gesagt hat.«

»Und?«

»Sie war einfach zu einer Filmgesellschaft gegangen und hatte dort eine Bewerbung abgegeben. Sie hatte sich wochenlang nicht getraut und dann allen Mut zusammengenommen. Aber die haben ihr wohl gesagt, sie hätten keinen Bedarf.«

Der Kriminalbeamte wurde hellhörig. »Hat sie gesagt, welche Filmgesellschaft das war?«

Die Schneidermeisterin schüttelte den Kopf. »Ich wollte sie nicht ausfragen, sie war so traurig, das arme Ding.«

»Was können Sie mir sonst noch sagen, Frau Hunold? Alles kann wichtig sein, jede Kleinigkeit. Hat sie über persönliche Dinge gesprochen, Familie, Freunde, Bekannte? Wurde sie mal von jemandem abgeholt?«

Sie überlegte. »Man vergisst so viel, weil man nicht darauf achtet. Wenn es dann wichtig wird, kann man sich nicht erinnern.« Sie rieb sich die Nase und kniff die Augen zusammen. Dann blickte sie plötzlich auf. »Doch, da war mal was, nur eine Kleinigkeit. Johanna kam morgens zur Arbeit, und mir fiel auf, dass sie schöne Strümpfe anhatte. Seidenstrümpfe, so was hatte ich noch nie an ihr gesehen. Ich habe sie darauf angesprochen. Sie wurde ein bisschen rot und meinte, die hätte sie von einer Bekannten geschenkt bekommen. Natürlich hat mich das ein bisschen gewundert, ich hätte nicht gedacht, dass sie reiche Bekannte hat.«

»Hat sie einen Namen erwähnt?«

»Nein.«

»Wann war das?«

»Nicht lange nach der Geschichte mit der Bewerbung. Zwei Wochen vielleicht.«

Friedrichs lächelte schüchtern. »Ich bin sicher lästig, aber wir brauchen möglichst genaue Zeitangaben.«

Frau Hunold seufzte laut. »Das schreibt sich doch keiner auf. Augenblick.« Sie stand auf und holte eine große Kladde aus einer Schublade, schlug sie auf und blätterte. »Am 4. Mai war sie zum letzten Mal bei der Arbeit. Das mit den Strümpfen war nicht lange davor, eine Woche, zehn Tage, was weiß ich. Und dann noch mal etwa zwei Wochen zurück. Sie muss sich um den 10. April vorgestellt haben.«

»Danke, das ist sehr hilfreich. Kommen wir jetzt zum 4. Mai. An diesem Tag war Johanna Gerber das letzte Mal hier?«

»Ja. Am nächsten Tag ist sie nicht zur Arbeit erschienen, unentschuldigt, das war noch nie vorgekommen. Ich habe zwei Tage abgewartet und bin dann zu ihr nach Hause gegangen, weil ich mir Sorgen machte. Sie hatte ein möbliertes Zimmer. Es war keiner da. Ich habe ihre Zimmerwirtin gefragt. Sie sagte, Johanna sei in der Nacht vom 5. auf den 6. weinend nach Hause gekommen und hätte sich in ihrem Zimmer eingeschlossen. Morgens habe sie das Haus verlassen und sei nicht mehr zurückgekommen. Ihr Bruder habe die Miete für den nächsten Monat bezahlt.«

»Also für Juni?«

Die Schneiderin nickte.

»Haben Sie mit dem Bruder gesprochen?«

»Oh, ja.« Sie klang verärgert. »Ich bin zu ihm gegangen in die Cösliner, noch am selben Tag. Wollte nicht mit der Sprache raus. Sie sei krank, hat er nur gesagt. Und könnte vorerst nicht zur Arbeit kommen. Das war alles. Er hat mir fast die Tür vor der Nase zugeschlagen, dabei habe ich es nur gut gemeint. Danach habe ich nichts mehr von ihr gehört.«

»Geben Sie mir bitte die Adresse von Johanna Gerber. Und den Namen der Zimmerwirtin.« Er notierte sich alles und schrieb dann seinen Namen sowie die Adresse und die Rufnummer des Präsidiums auf. »Ich danke Ihnen sehr, Frau Hunold. Sollte Ihnen noch etwas einfallen, das wichtig sein könnte, melden Sie sich bitte bei uns.«

Als er aufstand, griff sie nach seinem Arm. »Nein, so können Sie nicht gehen. Sagen Sie mir, was mit Johanna ist. Keiner hat mir was gesagt. Das Mädchen hat es nicht verdient, dass man es einfach so vergisst.«

Friedrichs zögerte. »Sie ist in guten Händen. Mehr kann ich Ihnen leider nicht sagen.«

Nachdem er sich verabschiedet und die Werkstatt verlassen hatte, drehten sich seine Gedanken nur um eins. Eine Bewerbung bei einer Filmgesellschaft. Sollte es die Gallus gewesen sein?

An diesem Tag schien es keinen Feierabend zu geben. Leo hatte Alfred Hahn wie durch ein Wunder noch in der Firma erreicht und sich nach der Bewerbung erkundigt.

»Davon weiß ich nichts. Wenn Sie einen Augenblick warten wollen ...«

Leo hörte, wie eine Tür geöffnet wurde, danach ein Gespräch im Hintergrund, das nicht zu verstehen war. Er schaute Friedrichs an, der erwartungsvoll vor ihm saß.

Dann meldete sich Hahn wieder. »Herr Wechsler? Ich habe gerade mit meiner Sekretärin gesprochen, und sie hat tatsächlich bestätigt, dass ungefähr zu dieser Zeit eine junge Frau eine Bewerbung abgegeben hat. Ich selbst war an diesem Tag außer Haus, aber Viktor hat kurz mit ihr gesprochen.«

»Worüber?«, fragte Leo sofort.

»Das konnte Fräulein Moll mir nicht sagen, da Viktor die junge Frau mit in sein Büro genommen hat. Er sagte auf Fräulein Molls Nachfrage nur, er habe ihr abgesagt, da kein Bedarf an Kostümschneiderinnen bestünde. Die Bewerbung habe er ihr wieder mitgegeben.«

Leo überlegte. »Haben Sie eine Zeitung da? *Tageblatt, Morgenpost*?«

»Sicher.«

»Haben Sie die Zeichnungen der jungen Frau gesehen, die wir im Zusammenhang mit unseren Ermittlungen suchen?«

»Ja. Was ist damit?«

»Zeigen Sie die mal Ihrer Sekretärin. Danach möchte ich gern mit ihr sprechen.«

Zwei Minuten später meldete sich eine Frauenstimme. »Helga Moll am Apparat. Herr Hahn hat mir die Bilder gezeigt. Das ist die Frau, die sich bei uns als Schneiderin vorgestellt hat. Ich bin mir ganz sicher.«

Leo atmete durch. »Noch eine Frage: Wie hat Herr König reagiert, nachdem die Frau gegangen war? Können Sie sich erinnern, ob er sich anders verhalten hat als sonst, ob irgendetwas vorgefallen ist?« Die Fragen klangen selbst in seinen Ohren ziemlich vage, und er fragte sich, ob er nach Anhaltspunkten suchte, wo keine zu finden waren.

»Mir ist nichts Besonderes aufgefallen.«

»Und Sie haben die Frau nur dieses eine Mal gesehen?«

»Ja.«

»Ich danke Ihnen, Fräulein Moll, das war sehr hilfreich.«

Er hängte ein und nickte Friedrichs anerkennend zu. »Gute Arbeit.«

Die Mordkommission hatte sich im Besprechungszimmer versammelt. Auf den Wandtafeln hatten sie sämtliche Personen verzeichnet, die in die Fälle verwickelt waren, ob als Zeugen, Verdächtige oder Opfer. Beweise waren mit grüner Kreide markiert, offene Fragen in Rot. Noch überwogen die rot markierten Stellen, doch Grün war auf dem Vormarsch. Die Aussage von Helga Moll war als letzter Punkt hinzugekommen.

»Meine Herren, heute Abend können wir nichts mehr unternehmen«, erklärte Leo. »Aber jetzt haben wir endlich die Verbindung zwischen den beiden Mordopfern, und morgen geht es richtig los. Das Regina-Atelier ist die Schwachstelle, dort setzen wir an. Hellwig müssen wir wie ein rohes Ei behandeln, aber sobald wir etwas in der Hand haben, legen wir ihm Daumenschrauben an, große Politik hin oder her. Die wichtigste Person bleibt Johanna Gerber. Sie ist der Schlüssel zu allem, dessen bin ich mir sicher. Aber die Sache ist heikel, wir müssen äußerst behutsam vorgehen.«

Robert Walther hob die Hand. »Werden wir die Erlaubnis erhalten, sie zu befragen?«

Leo zuckte mit den Schultern. »Dr. Hartung hat gesehen, dass wir eine Reaktion bei ihr hervorgerufen haben. Das ist mehr, als er bisher geschafft hat. Es ist denkbar, dass man nun leichter zu ihr durchdringen kann. Ich hoffe, dass wir Dr. Hartung überzeugen können.«

»Wie wollen wir vorgehen?«, erkundigte sich Sonnenschein, der bei Gerson und im Frisiersalon nichts Neues erfahren hatte.

»Das hängt davon ab, was wir im Regina herausfinden«, sagte Leo. »Ich denke an eine Gegenüberstellung mit verschiedenen Personen. Johanna Gerber soll sich die Mitarbeiter des Ateliers anschauen. Ich möchte sehen, wie sie sich verhält.«

Er hörte, wie sich Walther leise räusperte. Er hatte mit Widerspruch gerechnet und sah ihn mit hochgezogenen Augenbrauen an. »Ja?«

»Das erlaubt Hartung nie und nimmer. Du hast doch gesehen, wie sehr er sie schützt.«

Sonnenschein schaute von einem zum anderen, sagte aber nichts.

»Ich glaube nicht, dass wir mit einer bloßen Befragung weiterkommen«, erwiderte Leo mit Nachdruck. »Wir müssen sie aufrütteln. Sie muss sich dem stellen, was sie in diesen Zustand versetzt hat. Vielleicht kann man sie auf diese Weise zurückholen, aus ihrer Starre reißen ...«

Oder noch tiefer hineinstoßen, sagte eine warnende Stimme in seinem Inneren. Durfte er Johanna Gerber für seine Zwecke benutzen? Aber es waren nicht nur seine Zwecke, es konnte ihr vielleicht helfen, er könnte zwei Fliegen ... nein, das klang makaber. Er schluckte die Worte hinunter und sah Walther an.

»Wir müssen es riskieren. Ohne sie werden wir diesen Fall nicht aufklären.«

August Gerber kam spät nach Hause. Er hatte noch eine politische Versammlung besucht und war äußerst schlechter Laune, da er nicht wusste, wohin mit seiner Unzufriedenheit. Die Kommunisten schwadronierten immer nur von Moskau, das ihm schnurzegal war, er lebte in Berlin. Er spielte mit dem Gedanken, selbst eine Gruppe zu gründen, die sich für die Belange der Arbeiter vor Ort einsetzte, der Menschen in der Cösliner und den anderen grauen Straßen des Wedding, für die sich seit 1923 wenig verbessert hatte. Viel weniger als für die Reichen jedenfalls. Klar kostete das Brot keine Milliarden mehr, aber am Monatsende blieb trotzdem nichts übrig.

Er schloss mit hängendem Kopf die Tür auf und stöhnte, als ihm Windelgeruch entgegenschlug. Sosehr er seine Kinder liebte, sehnte er sich nach einer Wohnung, in der er eine Ecke für sich hatte, in der es nicht nach Windeln und Kohl roch, wenn er nach Hause kam.

Martha kam aus der Küche. »Spät geworden.«

»Mhm. Gibt's Essen?« Er hängte die Jacke an den Haken.

Sie trat beiseite, um ihn in die Küche zu lassen, stellte ihm Brot und Eintopf hin und setzte sich mit ihrem Nähzeug auf den Stuhl gegenüber. Er aß schweigend, während ihre Nadel mit gleichmäßigen Bewegungen durch den Strumpf fuhr und ein säuberliches Gittermuster zeichnete.

»Heute war jemand von der Polizei da.«

»Was?«, fragte er scharf und bereute es sofort, als er Marthas Blick sah. »Warum denn?«

»Wegen Johanna. Er war nett, wollte nur die Adresse der Schneiderei haben. Ich hab sie ihm gegeben.« Martha sah ihn vorsichtig an, als wollte sie seine Zustimmung einholen.

»Ja, ja«, sagte August zerstreut. »Schon gut.« Er löffelte seinen Eintopf, ohne aufzublicken.

»Meinst du, es hat mit dem zu tun, was ihr passiert ist? Wir wissen noch immer nicht, warum sie …«

»Ich hab Feierabend und will meine Ruhe, verstanden?« Er stand so unvermittelt auf, dass sein Stuhl beinahe umkippte, nahm das letzte Stück Brot und schlug die Küchentür hinter sich zu.

Als Leo nach Hause kam, hörte er von der Tür aus das Klappern einer Schreibmaschine. »Klingt fast wie im Büro«, sagte er und trat lächelnd ins Wohnzimmer. »Und ich hatte mich auf einen ruhigen Feierabend gefreut.«

Clara sprang auf und umarmte ihn.

»Ich habe sie gebraucht bekommen. Von einem Rechtsanwalt, der gelegentlich bei mir kauft.«

Er zog das Jackett aus und warf es über einen Stuhl. »Und wofür brauchst du sie?«

Clara ergriff seine Hand, zog ihn in die Küche und stellte ihm einen Teller Gulasch hin. Dann öffnete sie eine Flasche Bier und goss zwei Gläser ein. »Eigentlich wollte ich noch Sekt kaufen, aber das habe ich nicht mehr geschafft.«

Er setzte sich, stieß mit ihr an und warf ihr einen fragenden Blick zu. »Jetzt bin ich aber neugierig.«

Clara wischte sich mit dem Handrücken über den Mund und lehnte sich zurück. »Erinnerst du dich an die Journalistin, die mit Henriette Strauss befreundet war?«

Natürlich hatte er den Fall nicht vergessen. Dr. Henriette Strauss war eines der Opfer gewesen, bei denen er sich aufrichtig gewünscht hatte, er hätte sie kennengelernt.

»Ja, wie hieß sie doch gleich?«

»Vera Kant. Sie war vor ein paar Wochen bei mir im Laden und hat gefragt, ob ich Lust hätte, kleine Rezensionen zu verfassen. Ich soll meine Erfahrungen einfließen lassen und davon erzählen, was die Leute hier im Viertel gerne lesen. Geschichten aus dem Bücherleben, wie sie es nannte.« Sie schaute Leo erwartungsvoll an. »Ich habe nichts davon erzählt, weil ich nicht wusste, ob etwas daraus wird. Aber jetzt ist es sicher. Als mein Kunde gestern in den Laden kam, habe ich gefragt, ob er eine alte Schreibmaschine zu verkaufen hat. Und heute konnte ich sie abholen.«

Leo hob erneut das Glas. »Auf meine erstaunliche Frau, die mich immer wieder überrascht.«

»Auf meinen erstaunlichen Mann, dessen Gulasch gerade kalt wird. Und der kurz vor der Aufklärung eines großen Falls steht.«

Leo lachte und begann zu essen, ließ die Gabel aber wieder sinken. »Woher weißt du das nun wieder?«

»Nach vier Jahren merke ich das.«

»Woran?« Das Gulasch war köstlich, die Klöße genau richtig. Er fragte sich, wann Clara das noch gekocht haben mochte. Oder war Ilse eingesprungen?

»Dein Schritt, als du zur Tür hereinkamst. Er war leichter als sonst. Du hast das Jackett nicht an die Garderobe gehängt, sondern bist sofort hereingekommen.«

»Weil ich dachte, Fräulein Meinelt sitzt bei mir im Wohnzimmer und macht Überstunden«, warf er lachend ein.

»Lass mich ausreden«, erwiderte Clara streng. »Ich erkenne es an deinem Blick.«

»Du hast recht, ich wollte dich nur ärgern. Es geht voran. Morgen ist der entscheidende Tag …« Er zögerte.

Clara trank von ihrem Bier. »Irgendwelche Zweifel?«, fragte sie, als Leo fertig war.

Er trat ans offene Fenster und zündete sich eine Zigarette an. Dann erzählte er ihr von Johanna Gerber.

»Gibt es einen anderen Weg?«

»Nein. Ohne sie kommen wir nicht weiter. Ich hoffe, dass ich ihren Arzt überzeugen kann.« Er schloss die Augen und stieß den Rauch aus. »Wenn wir nichts von ihr erfahren, muss ich Druck auf Hellwig ausüben, was neuen Ärger bedeutet. Ich glaube, er weiß etwas, aber ich würde ihm lieber mit einer Zeugenaussage in der Hand gegenübertreten, als ihm Daumenschrauben anzulegen.«

»Dann musst du es eben richtig anfangen mit Johanna Gerber«, sagte Clara zuversichtlich. »Ich weiß, dass du das kannst. Überzeuge ihren Arzt, und dann stellst du ihr die Fragen ...«

Er drückte die Zigarette aus, trat vom Fenster weg und zog Clara von ihrem Stuhl hoch. »Zeigst du mir, was du vorhin geschrieben hast? Wenn meine Frau Journalistin wird, will ich auch mit ihr angeben können.«

22

Donnerstag, 17. Juni 1926

Hartungs Reaktion fiel noch heftiger aus als befürchtet. »Ausgeschlossen, Herr Wechsler! Das dulde ich nicht. Das Wohl meiner Patientin genießt absoluten Vorrang.«

Leo zwang sich, ruhig zu bleiben. Er war froh, dass er Robert mitgenommen hatte; sein Freund und Kollege war der Einzige, den er in dieser schwierigen Lage dabeihaben wollte.

»Johanna Gerber ist unsere wichtigste Zeugin. Vielleicht – wahrscheinlich sogar – selbst ein Opfer. Schauen Sie sich die junge Frau an. Sie hat vermutlich Schreckliches erlebt. Wenn es nun mit unserem Fall zusammenhängt und sie zur Aufklärung beitragen kann? Wäre es nicht denkbar, dass es ihr Erleichterung verschafft, wenn sich die Schuldigen verantworten müssen? Wenn sie sieht, dass die Täter bestraft werden?« Er warf Robert einen auffordernden Blick zu.

»Herr Wechsler hat recht, Herr Dr. Hartung. Wir bekommen es bei der Arbeit oft mit Menschen zu tun, die Opfer von Gewalt geworden und vor Angst fast von Sinnen sind. Die sich schämen, obwohl man ihnen Unrecht zugefügt hat. Für diese Menschen gibt es nichts Wichtigeres, als sich jemandem anzuvertrauen.«

Der Arzt ging auf und ab, die Hände auf dem Rücken verschränkt. Dann blieb er abrupt stehen. »Sie hatte wochenlang Zeit, sich mir anzuvertrauen.«

Leo sah ihn aufmerksam an. In Hartungs Stimme schwang etwas mit, das er nicht genau benennen konnte. Enttäuschung? Dennoch spürte er eine leise Hoffnung. Vorsicht, dachte er, ein unbedachtes Wort könnte alles zerstören.

»Wir haben gesehen, dass Sie Ihr ganzes ärztliches Können einsetzen, um Fräulein Gerber zu helfen. Aber Sie haben auch gemerkt, dass unser Besuch zu einer Reaktion geführt hat, von der Sie selbst überrascht waren. Darf ich fragen, ob sich der Zustand der Patientin seither verschlechtert hat?«

Leo musste seine ganze Geduld aufbieten, während Hartung mit sich zu ringen schien.

»Nein«, sagte er schließlich. »Sie hat gestern Abend sogar einmal den Kopf geschüttelt, als die Schwester ihr etwas zu trinken geben wollte.«

Walther hob die Augenbrauen.

»Also ist es nicht ausgeschlossen, dass es ihr guttun könnte, wenn wir sie mit ihrer Vergangenheit konfrontieren?«

Hartung legte die Handflächen aneinander und klopfte mit den Fingerspitzen gegen den Mund. »Nein, das ist es nicht.« Er hob warnend die Hand. »Aber so etwas sollte unter ärztlicher Aufsicht geschehen und über einen längeren Zeitraum hinweg. Nicht im Rahmen einer polizeilichen Ermittlung und … durch Laien.«

Leo atmete tief durch. »Ich versichere Ihnen, dass Sie im Raum nebenan bleiben und jederzeit einschreiten können.«

»Im Raum nebenan?«, fragte Hartung aufgebracht.

»Zu viele Personen könnten die Patientin verwirren. Sie soll merken, dass etwas Neues geschieht, dass sich etwas verändert. Bitte.«

Er merkte, wie Robert neben ihm die Luft anhielt. Würde der Psychiater sich auf dieses Experiment einlassen?

»Gut. Aber ein Zwischenfall, und die Sache ist beendet.«

Im Raum war es so still, dass man nur den Atem der drei Menschen hörte. Johanna Gerber saß auf einem Stuhl, die Hände im Schoß. Leo kniete vor ihr, und Walther saß mit seinem Stenoblock in der Nähe der Tür. Durch einen kleinen, nahezu unsichtbaren Sehschlitz konnte Dr. Hartung vom Nebenraum aus das Gespräch überwachen.

Leo sprach die junge Frau in ruhigem Ton an, stellte sich und Walther vor und wiederholte, dass sie keine Angst haben müsse.

»Ich war schon einmal hier, können Sie sich erinnern?«

Nichts.

»Ich hatte Ihnen ein Foto gezeigt. Darauf war ein Mann, den Sie kannten. Er heißt Viktor König.«

Die Bewegung war erneut minimal, ein Zucken des Mundwinkels, vielleicht hatte Hartung nebenan es nicht einmal bemerkt.

»Ich glaube, Sie haben ihn gekannt. Sie sind doch Schneiderin von Beruf. Eine gute, wie ich gehört habe. Frau Hunold hat es uns erzählt. Sie haben an Ihrer Nähmaschine gesessen und Kleider gesäumt und Nähte ausgelassen und sich vorgestellt, ganz woanders zu arbeiten. Dass Sie aus schönen Stoffen ausgefallene Kostüme nähen, für Haremsdamen und Prinzessinnen und Piratenbräute. Dass berühmte Schauspielerinnen Ihre Kleider anprobieren und die Menschen im Kino sie darin auf der Leinwand sehen. Und dass ein bisschen von diesem Glanz auf Sie abfällt.«

Leo ließ ihr Gesicht nicht aus den Augen. Sie hielt den Kopf gesenkt, aber er konnte sehen, wie sich ihr Mund ein wenig verzog, die geisterhafte Andeutung eines Lächelns.

»Also haben Sie sich, vielleicht aus dem Adressbuch, die Anschrift einer Filmgesellschaft besorgt. Oder Sie sind nach Feierabend die Friedrichstraße entlanggegangen und haben sich die Schilder an den Häusern angeschaut. Jedenfalls haben Sie sich eine Firma ausgesucht, die Gallus mit dem Hahn als Markenzeichen. Dann haben Sie sich zu Hause hingesetzt und eine Bewerbung geschrieben, haben vielleicht teures Briefpapier dafür gekauft. Sie haben mehrere Versuche gebraucht, bis Sie mit dem Brief zufrieden waren. Dann haben Sie ihn in den Umschlag gesteckt und Ihren ganzen Mut zusammengenommen und sind in die Friedrichstraße gefahren.«

Leo spürte Walthers Blick, konzentrierte sich aber ganz auf die junge Frau. Er sah, wie sich ihre Hände vom Schoß bewegten und fest um die Stuhlkante schlossen.

»Sie sind in den ersten Stock gegangen und haben an die Tür geklopft. Eine Sekretärin hat Sie hereingebeten. Sie waren sehr aufgeregt, haben vielleicht ein bisschen gestottert, als Sie ihr die Bewerbung gegeben haben. Dann kam ein Mann aus seinem Büro. Viktor König. Ich habe Ihnen sein Foto gezeigt.«

Sie presste die Lippen aufeinander, die Hände umklammerten den Stuhl noch fester als zuvor, doch ansonsten blieb sie ruhig.

»Er hat sich die Bewerbung angesehen und Ihnen gesagt, dass er leider keine Schneiderinnen beschäftigt. Er war freundlich, hat Ihnen vielleicht Mut gemacht oder einen Rat gegeben, wohin Sie sich wenden können. Dann hat er Ihnen die Bewerbung zurückgegeben. Und Sie sind nach Hause gefahren.«

Nun wurde es schwieriger. Bisher hatte Leo nur Ereignisse wiedergegeben, von denen sie sicher wussten oder die mit großer Wahrscheinlichkeit den Tatsachen entsprachen.

»Gleich müssen Sie mir helfen, Fräulein Gerber. Ich weiß, dass Sie eine Frau kennengelernt haben, kurz nachdem Sie sich dort beworben hatten. Eine schöne, elegante Frau mit silberblondem Haar. Sie hat sich mit Ihnen angefreundet. Sie war mit Ihnen beim Friseur und hat Ihnen im Kaufhaus Gerson Seidenstrümpfe gekauft. Und ich glaube, Sie hat Ihnen etwas versprochen. Sie zum Film zu bringen vielleicht. Ihnen eine Stelle in einem Atelier zu besorgen. War es so?«

Die Kopfbewegung war so winzig, dass er sie fast für ein unwillkürliches Zucken gehalten hätte. Sollte es ein Nicken gewesen sein?

»War es diese Frau?« Er holte ein Foto aus der Innentasche seines Jacketts. Marlen. Abendkleid, silberblonder Bubikopf. Leo wagte kaum zu atmen, als er ihr das Foto hinhielt.

Dann sah er, wie ein Tropfen darauf landete. Er blickte hoch. An Johanna Gerbers Wimpern hing noch eine zweite Träne.

Ihre Stimme klang rau und ungeübt.

»Sie war auf einmal da, als ich von der Arbeit kam. Stand draußen auf der Straße. Sie hat mich angesprochen. Sie hätte von meiner Bewerbung gehört und könnte mir eine Stelle beim Film besorgen. Sie war so nett.«

»Ich verstehe. Warum war sie mit Ihnen beim Friseur und im Kaufhaus?«

»Sie … sie hat gesagt, ich muss ein bisschen schicker werden, wenn ich beim Film arbeiten will. Da wären lauter schicke Leute.«

Leo schluckte. Auf einmal war es sehr heiß im Zimmer, und er fragte sich, ob er hören wollte, was sie ihm über Marlen erzählte. Ihm kam unwillkürlich das Märchen vom Rattenfänger in den Sinn.

»Sie hat sich mit Ihnen getroffen, Ihnen ein bisschen feines Benehmen beigebracht« – ein Schuss ins Blaue, doch sie widersprach nicht – »elegante Strümpfe gekauft, ist mit Ihnen zum Friseur gegangen.«

Sie nickte. Dann spürte er, wie sie sich innerlich von ihm entfernte. Sie schloss die Augen. »Jetzt bin ich müde.«

Leo stand auf. »Wir machen eine Pause. Ich weiß, es ist anstrengend für Sie, aber Sie machen das sehr gut.«

Vor der Tür trafen sie sich mit Hartung, der eine Schwester Kaffee für die Besucher und Wasser für die Patientin bringen ließ. Dann nickte er Leo zu. »Kompliment, Herr Wechsler. Das war nicht übel.«

Walther grinste über seine Schulter hinweg.

Ernst Köhler klappte den Mund auf und wieder zu, als fünf Kriminalbeamte die Werkstatt betraten. Fritz Hasselmann wies sich aus. »Das sind meine Kollegen Sonnenschein, Friedrichs, Gärtner und Dohmke. Und das ist der Durchsuchungsbeschluss, richterlich unterschrieben, gültig für die Räume und das Gelände des Regina-Filmateliers, Franz-Josef-Str. 14a, Berlin-Weißensee.«

Er hielt ihm das Dokument vor die Nase. Der Mann stank schon am Morgen nach Fusel, wirkte aber erstaunlich wach. Vermutlich gehörte er zu den Trinkern, die nur arbeitsfähig waren, wenn sie ihr Soll intus hatten.

»Das ist doch …« Köhler verstummte und sah zur Tür. »Ich wusste, dass der Kerl keine Ruhe gibt.«

»Falls Sie damit meinen Vorgesetzten Kommissar Wechsler meinen, bin ich ganz Ihrer Meinung«, entgegnete Hasselmann grinsend und schaute dann die Kollegen an. »Verteilt euch und legt los. Hier drinnen sehe ich mich selbst um.«

Die vier Beamten verließen die Werkstatt. Hasselmann rührte sich nicht von der Stelle, sondern verschränkte die Arme und sah den Atelierbesitzer an. »Wollen Sie es uns beiden leichter machen? Dann sagen Sie mir, was hier läuft. Womit Sie wirklich Ihr Geld verdienen.«

Köhler spuckte vor ihm auf den Boden.

»Na schön.« Hasselmann wandte sich ab, warf aber noch einen Blick über die Schulter. »Eine falsche Bewegung, und ich nehme Sie wegen Strafvereitelung fest.«

Er begann in einer Ecke der Werkstatt und arbeitete sich systematisch vor. Ab und zu musste er husten, wenn ihm der Staub in Nase und Lungen drang. Köhler hatte sich auf einen Stuhl gesetzt und schaute zu. Ob resigniert oder trotzig, konnte Hasselmann nicht erkennen. Hoffentlich hatte Wechsler recht, und sie fanden etwas in dieser Drecksbude.

Sonnenschein hatte das kleine Büro übernommen. Regale bis unter die Decke, überquellende Aktenordner, zahllose

Blechdosen mit Filmen. Eine Art Archiv. Er zog eine Dose heraus. Darauf klebte ein Etikett. *Blumen am Wege*. Klang kitschig. Er suchte weiter und beförderte Titel wie *Detektiv des Königs* und *Die Waise von Meran* hervor. Er trat zurück und ließ den Blick weiter nach unten wandern. Ein schwarzer Karton, unbeschriftet. Sonnenschein kniete sich hin, zog ihn heraus und nahm den Deckel ab. Weitere Filmdosen. Gespannt zog er eine heraus. Sie war etikettiert: »VK 2«. Er pfiff durch die Zähne und überprüfte nacheinander alle Dosen. Die Reihe reichte von »VK 1« bis »VK 24«.

Triumphierend richtete er sich auf und wischte sich mit der Hand über die verschwitzte Stirn.

Friedrichs und Gärtner durchsuchten das eigentliche Atelier, krochen durch die Kulissen, rollten Leinwände mit aufgemalten Mittelmeerlandschaften und orientalischen Pavillons auseinander, wühlten in Truhen und Schränken.

»Komm mal her!,« rief Friedrichs irgendwann atemlos. Er richtete sich auf, in einer Hand ein Paar altmodisch aussehender Handschellen, in der anderen eine Reitpeitsche. »Sieh mal da rein.« Er deutete auf die Schublade einer alten Kommode, die in der äußersten Ecke des Ateliers hinter einem Vorhang stand.

Gärtner beugte sich vor. »Holla, eine nette Sammlung.« Reitgerten, mehrere Masken. Hohe schwarze Stiefel. Er öffnete die Schublade darüber und zog ein Stück Stoff heraus, das sich als Kleid entpuppte, bei dem das Gesäß ausgespart war. Durchsichtige Gewänder. Hüftgürtel, mit glitzerndem Strass besetzt.

Als die drei Kollegen mit ihren Funden in die Werkstatt kamen, sanken Köhlers Schultern kaum merklich herab.

»Wo ist Dohmke?«, fragte Hasselmann.

»Draußen, er redet mit den Angestellten«, sagte Sonnenschein.

Hasselmann deutete auf die Filmdosen. »Herr Köhler, Sie haben doch sicher einen Projektor.«

Der Atelierbesitzer machte eine abwehrende Bewegung. »Nehmen Sie den Kram mit. Alles. Ich will nichts mehr damit zu tun haben. Hab das Zeug für Viktor aufbewahrt, aber jetzt, wo er …«

»Sie können das Atelier gleich abschließen«, sagte Hasselmann lakonisch. »Hier wird heute nichts mehr gedreht.«

»Wir laden Sie nämlich ein, im Präsidium einige Fragen zu beantworten«, warf Gärtner ein. »Herr Wechsler wird sich freuen, Sie zu sehen. Er geht gern ins Kino und ist sicher schon gespannt auf Ihre Filme.«

»Ein Anruf für Sie, Herr Wechsler.« Dr. Hartungs Sekretärin steckte den Kopf zur Tür herein.

Leo stand auf und ging ins Vorzimmer, wo er den Hörer entgegennahm, während sich die Sekretärin diskret im Nebenraum zu schaffen machte.

Es war Hasselmann. Und er hatte einiges zu berichten.

Als Leo in Hartungs Arbeitszimmer zurückkehrte, schaute Robert ihn erwartungsvoll an. »Es gibt Neuigkeiten. Herr Dr. Hartung, es lässt sich nicht vermeiden, Fräulein Gerber einigen Personen gegenüberzustellen, vielleicht noch heute, spätestens morgen. Wir werden es so arrangieren, dass sie nicht von ihnen gesehen wird und diese keinen Kontakt zu ihr aufnehmen können.«

Der Arzt sah ihn besorgt an. »Sie können sie nicht ins Präsidium mitnehmen …«

»Das habe ich auch nicht vor. Wir können die fraglichen Personen in den Raum bringen, in dem ich mit Fräulein Gerber gesprochen habe. Sie schaut durch den Sehschlitz, den Sie vorhin benutzt haben, und kann uns etwas über die Leute sagen. Vollkommen sicher und anonym. Es könnte ihr und uns helfen. Sie haben die Fortschritte doch selbst gesehen.«

Hartung nickte zögernd.

Leo erhob sich von seinem Stuhl und streckte dem Arzt die Hand hin. »Ich bedanke mich sehr für Ihre Hilfe. Wir melden uns, sobald wir die Gegenüberstellung durchführen können.«

Hartung ergriff sie. »Ein Fachmann gesteht sich ungern ein, dass ihn ein Laie widerlegt hat. Aber ich gebe zu, Sie haben in kurzer Zeit mehr erreicht als ich in Wochen.«

Hasselmann hatte einen Filmprojektor aufgebaut. Das Besprechungszimmer war abgedunkelt, der Tisch an die Wand geschoben, die Stühle hatte man in Reihen aufgestellt. Obwohl der Raum an ein Kino erinnerte, spürte man nichts von der amüsierten Leichtigkeit, die ein Abend im Lichtspielhaus gewöhnlich bot. Alle waren sich der Tatsache bewusst, dass die Filme der Schlüssel zu ihrem Fall waren; Leo spürte die Erwartung, die in der Luft lag, aber auch eine gewisse Beklommenheit.

»Soll ich mit dem ersten anfangen, Herr Kommissar?«, fragte Hasselmann, der mit der Bedienung des Projektors vertraut war.

»Legen Sie los.«

Danach sprach niemand mehr. Diese Männer begegneten täglich den Schattenseiten der menschlichen Natur, doch was sie hier sahen, löste Grauen und Ekel aus. Keinem von ihnen war Sexualität fremd, auch im Präsidium machten gelegentlich anzügliche Fotos die Runde, doch was in diesem Film gezeigt wurde, hatte mit Liebe und Erotik nichts zu tun, es war entwürdigend, schmutzig und brutal. Gelegentlich hörte man ein verlegenes Räuspern, jemand schluckte hörbar.

Als der Film zu Ende war, fragte Hasselmann zögernd: »Und jetzt, Herr Kommissar? Es sind vierundzwanzig.«

Leo dachte an die Daten in Königs Notizbuch. »Nehmen Sie den letzten.« Er wünschte sich fast, seine Ahnung möge sich nicht erfüllen.

Hasselmann leuchtete mit einer Taschenlampe, während er in der Kiste mit den Filmdosen wühlte, und machte sich am Projektor zu schaffen. Als der Titel über die Leinwand flackerte, ging ein Raunen durchs Zimmer.

Rotes Glas – Schicksal einer Bauernmagd

Obwohl Leo Johanna Gerber nie mit offenen, langen Haaren gesehen hatte, erkannte er sie sofort. Dichte dunkle Wellen, die bis zu den Ellbogen reichten. Große Augen, die seltsam tot wirkten. Ein wohlgerundeter Körper, ohne eine Spur von Magerkeit.

Der Film war ebenso fürchterlich wie der andere. Verblüffend war nur, mit welcher Dreistigkeit Viktor König seinen Filmstoff über den Magier Johann Kunckel von Löwenstern für dieses pornographische Machwerk benutzt hatte. Die Geschichte wies eine entfernte Ähnlichkeit mit seinem letzten Erfolg auf, doch war dieser Alchemist hier tatsächlich ein schwarzer Magier, der ein unschuldiges Bauernmädchen mit rotem Zauberglas betörte und sich danach an ihm verging.

Alle atmeten auf, als der Projektor surrend zum Stehen kam.

»Meine Herren, ich nehme an, Sie haben Johanna Gerber erkannt. Diese Filme hat Viktor König gedreht und an die Kunden aus seinem Notizbuch verkauft. Das erklärt, wie er sich das Haus und die Kunstsammlung leisten konnte. Das hier sind keine Filmchen für irgendwelche Hinterzimmer oder Bordelle, mit denen kann man nichts verdienen. Das hier war exklusiv.«

»Der Täter muss den Film kennen oder davon gehört haben. Rotes Glas«, sagte Walther.

»Rache?«, fragte Sonnenschein.

Leo nickte. »Sieht ganz so aus.«

23

Dr. Hartung wirkte überrascht, als er eine Gruppe aus neun Männern in seinem Vorzimmer erblickte. »So viele?«, fragte er Leo.

»Nur fünf. Die anderen sind meine Kollegen.«

Ernst Köhler, Otto Bender und die drei anderen schauten zu Boden. Keiner sagte ein Wort. Sie waren anstandslos mit aufs Präsidium gekommen, nur Köhler hatte gemurrt, aber das war zu erwarten gewesen. Zum Glück waren alle vernünftig und sahen ein, dass man ihnen zu diesem Zeitpunkt noch kein Verbrechen vorwarf, sondern an ihren Aussagen interessiert war. Vor allem der junge Bender wirkte völlig eingeschüchtert und warf Leo einen hilfesuchenden Blick zu.

»Kommen Sie mit«, sagte Hartung. Leo, Walther, Sonnenschein und Friedrichs begleiteten die fünf Männer zu dem kleinen Raum, in dem Leo mit Johanna Gerber gesprochen hatte. An der Tür hielt er inne. »Sie gehen nacheinander hinein und bleiben auf der Stelle stehen, die mit einem Kreidekreuz markiert ist. Sie werden nicht reagieren, nichts sagen, keine Grimassen schneiden. Neutraler Blick, die Augen auf die Wand gerichtet. Auf mein Zeichen kommen Sie wieder heraus. Verstanden?«

Die Männer nickten. Leo bemerkte, dass Otto Benders Hände zitterten. Er würde ihn als Ersten hineinschicken, dann hatte er es hinter sich.

»Herr Bender, Sie halten sich bereit.«

Leo ging ins Nebenzimmer, wo Dr. Hartung mit Johanna

Gerber wartete. Leo erklärte ihr mit ruhigen Worten, was sie zu tun hatte, und die junge Frau senkte den Blick.

»Niemand kann zu Ihnen herein, Dr. Hartung und meine Kollegen passen auf. Sie schauen sich die Männer an. Wenn Sie jemanden erkennen, sagen Sie ›Ja‹, wenn nicht, schütteln Sie einfach den Kopf.«

Sie nickte wortlos.

»Gut.« Er sah den Arzt an. »Falls etwas sein sollte, ich bin im Flur.«

Bender betrat zögernd das Zimmer und stellte sich gemäß den Anweisungen auf. Leo sah, wie seine Hände zuckten, ansonsten blieb er reglos. Er schaute durch eine kleine Glasscheibe in den Raum, in dem sich Johanna Gerber befand, doch sie zeigte keine Reaktion. Leo winkte Bender heraus.

»Und?«

»Sie warten bitte dort drüben.« Er überlegte kurz. »Herr Köhler, jetzt Sie.«

Die Gegenüberstellung mit Ernst Köhler war rasch beendet. Johanna Gerber schrie auf und nickte heftig, dann verbarg sie ihr Gesicht in den Händen.

Leo betrat das kleine Zimmer wieder, nachdem er Köhler aus dem anderen Raum hatte entfernen lassen, woraufhin Hartung den Kopf schüttelte.

»Bitte, Herr Doktor, nur kurz.«

Der Arzt fühlte den Puls der Patientin und reichte ihr etwas zu trinken.

»Fünf Minuten. Dann ist Schluss für heute.« Er ging in den Flur, die Tür ließ er angelehnt.

Leo kniete sich wie schon beim letzten Mal vor ihren Stuhl. »Sie kennen den Mann.«

Nicken.

»Woher?«

»Aus … dem Atelier.« Ihre Stimme war so leise, dass er sich vorbeugen musste, um sie zu verstehen.

»Dem Regina-Atelier?«

»Ja.«

»Was ist dort geschehen, Fräulein Gerber? Wenn Sie es mir sagen, wird man die Schuldigen bestrafen.«

Sie atmete schneller. Er sah, wie sich ihre Wangen leicht röteten. Ihre Finger krampften sich in den Kittel.

»Filme. Sie ... haben gefilmt. Auch mich. Nackt.«

Leo spürte Hartungs Bewegung und schaute ihn eindringlich an. Dann wandte er sich wieder an die junge Frau. »Hat man Ihnen wehgetan?«

Sie drehte den Kopf zur Seite. »Das auch.«

»Auch? Sie meinen, es war nicht nur das? Nicht das Schlimmste?« Als er an die Filme dachte, überkam ihn erneut ein ungeheurer Abscheu.

»Schmutzig. Ich fühle mich schmutzig. Noch immer.«

Er überlegte, wie er die nächste Frage formulieren sollte. »Ist es gegen Ihren Willen passiert?«

Sie zögerte. Presste die Handflächen an die Wangen und schloss die Augen. »Zuerst nicht. Es sollte ... sie haben mir eine Rolle versprochen. Dabei wollte ich nur Kostüme schneidern, aber – sie haben gesagt, ich hätte Talent.«

»Und dann?«

»Sie waren nett. Haben mir etwas gegeben, ein Getränk, danach war mir ein bisschen komisch. Und dann ...« Sie deutete auf ihre rechte Armbeuge. »Eine Spritze. Das glaube ich jedenfalls. Da war ein Einstich, den habe ich später gesehen.«

Leo bemerkte Hartungs Blick. »Wie hat es sich angefühlt?«

»Gut.« Johanna sah beschämt zu Boden. »Sehr gut. Als könnte ich ... als könnte ich alles. Ich habe mich frei gefühlt. Und schön. Vor allem das. Ja. Und dann habe ich alles gemacht, was sie mir gesagt haben.«

Kokain?, dachte Leo flüchtig.

»Waren Sie die ganze Zeit über im Atelier?«

Die junge Frau schüttelte den Kopf. »Wir sind irgendwann

im Auto gefahren. Eine ganze Weile. Dann mit dem Boot. Wir waren draußen. Es war warm. Wasser und Bäume.«

Die Pfaueninsel.

Ihm lief die Zeit davon. Er holte ein Foto aus der Tasche. »Kennen Sie den Mann?«

Sie nickte und kniff die Augen zu, als wollte sie das Gesicht nicht länger sehen. »Er war da. Auf der Insel.«

»Und was ist auf der Insel passiert? Wurde dort auch gedreht?«

Sie reagierte so rasch, dass Leo sie nicht zurückhalten konnte. Sie stürzte zur Tür und prallte im Flur mit Hartung zusammen. Er hielt sie fest, sie widersetzte sich nicht. Flucht, nicht Kampf, war ihr Ziel gewesen. Sie sank gegen seine Brust, und er schaute Leo über ihren Kopf hinweg an.

»Es reicht, Herr Wechsler.«

Sonnenschein kam mit dem Notizbuch in der Hand in Leos Büro. »Ich habe mit der Magistratsverwaltung telefoniert. Es liegt eine Dreherlaubnis für die Pfaueninsel für die Zeit vom 3. bis 6. Mai vor. Unter strengen Auflagen für Pflanzen- und Tierwelt, da die Insel vor zwei Jahren zum Naturschutzgebiet erklärt wurde. Nach Ende der Dreharbeiten wurde eine Begehung durchgeführt, es gab keine Beanstandungen.«

»Das war der Zeitraum für die offiziellen Dreharbeiten. Und nachts haben sie die Insel für andere Zwecke genutzt.« Leo warf einen Blick aufs Telefon. »Hellwig.«

Sonnenschein sah ihn besorgt an. »Unsere letzte Chance. Diesmal müssen wir ihn festnageln, sonst gibt es gewaltigen Ärger.«

»Ich weiß. Aber wenn wir ihn zu einer Aussage bewegen, können wir Johanna Gerber einiges ersparen. Sie hat mehr als genug durchgemacht.«

Sonnenschein nickte. »Herr Walther war sehr beeindruckt. Ich übrigens auch.«

Leo sah ihn überrascht an, das Jackett über der Schulter. »Wieso?«

»Er hat erzählt, wie Sie mit der jungen Frau gesprochen und ihr Vertrauen gewonnen haben.«

Leo zuckte mit den Schultern, als sie auf den Flur traten. »Die Chancen standen eins zu eins. Sie hätte ebenso gut bei den ersten Fragen zusammenbrechen können.«

Sonnenschein sagte nichts, doch Leo spürte seinen Blick und lächelte bei sich.

Sie bedauerten keineswegs, dass sie Hellwig erneut im Reichstag aufsuchen mussten. Leo war davon überzeugt, dass sich der Politiker zumindest moralisch schuldig gemacht hatte, und dass ihn die Kripo erneut behelligte, verstärkte nur den Druck.

»Der Herr Abgeordnete ist nicht zu sprechen«, erklärte die Sekretärin mit einem nervösen Blick zur Verbindungstür.

»Für uns ganz sicher«, erwiderte Leo knapp. »Bitte.«

Sie zögerte und klopfte dann. Auf das »Herein« steckte sie den Kopf ins Zimmer und kündigte die Kriminalbeamten an. Dann trat sie beiseite. »Meine Herren.«

Eduard Hellwigs Miene verriet keine Erregung. »Ich schätze es nicht, dass Sie mich hier aufsuchen. Das habe ich doch wohl zu verstehen gegeben.«

Leos Blick ließ erkennen, dass ihm das herzlich egal war. »Es geht um eine sehr ernste Angelegenheit, Herr Hellwig. Sie haben ausgesagt, dass Sie eine sexuelle Beziehung zu Marlene Dornow unterhalten haben.«

Der Politiker nickte knapp. »Geben Sie doch endlich Ruhe. Sie mögen das moralisch missbilligen, strafbar ist es nicht.«

»Wenn jemand pornographische Filme kauft und anschaut, hingegen schon.«

Ein Ruck ging durch Hellwigs Körper. »Wie bitte?«

»Viktor König hatte ein nettes Nebeneinkommen. Er hat in einem schäbigen Atelier in Weißensee schmutzige Filme gedreht, die eindeutig in diese Kategorie fallen. Und wenn ich schmutzig sage, meine ich genau das.«

Leo sah, wie Sonnenscheins Hals rot anlief, und fuhr fort: »Das allein ist schon strafbar. Falls man die Frau, die in dem Film mitspielt, zudem mit Drogen oder anderen Mitteln gefügig gemacht und somit gegen ihren Willen zu solchen Handlungen gezwungen hat, kommen weitere Straftatbestände hinzu.«

Hellwig sprang auf. »Was soll ... woher ...?«

»Wir haben eine Zeugin. Sie kennt die Filme, weil sie darin mitgespielt hat. Sie hat Viktor König nach einem Foto identifiziert, sie hat Marlene Dornow identifiziert, die die Frauen angelockt hat, und sie hat Sie identifiziert.«

Hellwig tastete nach der Sessellehne und ließ sich kraftlos nach hinten fallen. »Wer?«, stieß er hervor.

»Das tut nichts zur Sache.« Er zog Stühle für sich und Sonnenschein heran, obwohl Hellwig ihnen keinen Platz angeboten hatte, und setzte sich. Dann holte er Viktor Königs Notizbuch aus der Tasche. »Das hier kennen Sie bereits. Nur war Ihre frühere Aussage, wie soll ich sagen, etwas unvollständig. Hier steht das Datum 5. Mai 1926, dahinter die Buchstaben PI. Das könnte der Name einer Person sein, aber auch die Abkürzung für Pfaueninsel. König hatte für die Zeit vom 3. bis 6. Mai eine Dreherlaubnis für die Insel. Eine Person, deren Namen ich nicht nenne, ist am 4. Mai das letzte Mal bei der Arbeit erschienen. Am 6. Mai kam sie zu ihrem Bruder nach Hause. Sie hatte offenbar einen Nervenzusammenbruch erlitten. Was in der Zwischenzeit geschehen war, konnte sie ihm nicht sagen.«

Hellwigs Gesicht leuchtete flüchtig auf.

»Keine vorschnellen Schlüsse«, warnte Leo. »Die Person hat sich seither erholt und konnte eine verlässliche Aussage machen. Wir wissen, dass auf der Insel etwas geschehen ist und dass Sie dabei zugegen waren. Die Person hat Sie auf einer Fotografie identifiziert. Ich vermute weiterhin, dass das Geschehen auf der Insel im Zusammenhang mit den Filmen steht, die Viktor König heimlich gedreht und an die Personen aus diesem Notizbuch verkauft hat.«

Leo lehnte sich zurück und verschränkte die Arme vor der Brust.

Hellwig beugte sich vor, stützte die Ellbogen auf den Tisch und vergrub das Gesicht in den Händen. Er blieb eine Weile so sitzen, bis Leo merkte, dass seine Schultern bebten. Er schaute Sonnenschein an, der nur mit den Achseln zuckte.

»Sie sollten uns alles erzählen. Wenn nicht um Ihretwillen, dann für die Frau, der so großes Unrecht geschehen ist. Wir brauchen Beweise. Wir sind auf Ihre Aussage angewiesen, um der Frau weiteres Leid zu ersparen.«

Die Stille dehnte sich aus, wurde unerträglich. Dann begann der Politiker leise und stockend zu sprechen.

»Es gibt einen Club ... einen sehr exklusiven Club, der sich ›Die Maske‹ nennt. Man gelangt nur auf Einladung eines Mitglieds herein. Der Kreis ist auf wenige Herren beschränkt, ansonsten wäre das Risiko zu groß. Ein Bekannter hat mich dort eingeführt.«

»Wann war das?«

»Vor etwa zwei Jahren.«

»Erzählen Sie mir mehr über diesen Club«, sagte Leo. »Die Abkürzungen stehen für die Namen der Mitglieder, nehme ich an.«

»Ja.« Hellwig räusperte sich. »Die Filme werden – wurden in unregelmäßigen Abständen geliefert. Sie wurden exklusiv für den Club gedreht, man konnte auch Wünsche äußern. Herr König sagte, er könne fast alles möglich machen. Wir trafen uns in der Villa eines Mitglieds, alles lief sehr diskret ab. Die Dienstboten hatten an den fraglichen Abenden frei. Die Filme wurden übrigens nirgendwo sonst gezeigt oder verkauft. Gewöhnlich dauern solche Werke nicht länger als zehn

Minuten. Diese hier wurden hingegen auf Bestellung gedreht und waren in der Regel deutlich länger. Auch das war ein Grund für die hohen Preise.«

»Verstehe. Sie treffen sich also, dinieren, trinken alten Weinbrand, bringen sich ein bisschen in Stimmung und schauen sich dann als Höhepunkt des Abends den Film an. Ich warte allerdings noch auf eine Antwort. Was ist auf der Insel passiert? Wir wissen, dass die Filme im Regina-Atelier gedreht wurden. Warum hat man die Frau auf die Pfaueninsel gebracht, und vor allem, was hatten Sie dort zu suchen?«

Hellwig schluckte und fuhr sich mit der Hand übers Gesicht. »Es waren Gala-Abende. So nannte König sie jedenfalls. Sie fanden nur ein- oder zweimal im Jahr statt.«

»Wie soll ich mir die vorstellen? Kaviar statt Schnittchen und Champagner statt Weinbrand?«, fragte Leo bissig.

»Es waren Feste. Intime Feste für die Clubmitglieder. Mit … den Darstellerinnen.«

»Nur damit ich das richtig verstehe – gegen einen gewissen Aufpreis gab es Feste, bei denen die Frauen aus den Filmen anwesend waren? Die natürlich freiwillig kamen, weil sie bei den Dreharbeiten solchen Spaß gehabt hatten!« Der Schlag auf den Tisch schreckte Hellwig auf.

»Auf der Insel habe ich mich nicht beteiligt.«

»Ach, hat Ihnen die Dame etwa nicht gefallen?« Leo konnte sich nur mit Mühe beherrschen.

»Auch wenn Sie es nicht glauben, ist mir ein Rest von Anstand geblieben, Herr Wechsler. Mir fiel auf, dass die Frau betäubt wirkte, als hätte man ihr eine Droge oder ein Medikament gegeben. Als hätte man sie gegen ihren Willen gefügig gemacht.«

»Wurde Gewalt angewendet?«

Hellwig schüttelte den Kopf. »Keine körperliche Gewalt. Sie … sie wirkte irgendwie enthemmt, vermutlich durch die

Drogen. Ich habe mich entfernt und bin über die ganze Insel gelaufen, weil es mich anwiderte.«

»Aber nicht genug, um die Sache zu beenden.«

Er zuckte mit den Schultern und sah beschämt auf die Tischplatte.

»Nein, nicht genug. Was passiert jetzt?«

Leo hörte die Angst in seiner Stimme. Sein Ruf, seine politische Laufbahn, seine Ehe, das alles stand auf dem Spiel. »Sie haben sich strafbar gemacht, Herr Hellwig, das dürfte Ihnen bewusst sein. Nennen Sie uns die Namen der Clubmitglieder. Wenn Sie an den Vergehen gegen die junge Frau tatsächlich nicht beteiligt waren und zur Aufklärung eines Verbrechens beitragen, kann sich das vorteilhaft für Sie auswirken. Das ist kein Versprechen, und ich gehe keinerlei Verpflichtung ein.«

Sonnenschein sah zu ihm herüber, sein Blick war nicht zu deuten. Störten ihn Leos kalter Tonfall oder seine Worte?

»Also bitte, Herr Hellwig. Ich warte.«

Dann brach der Damm. Hellwig ratterte die Namen herunter, wobei er auf die Abkürzungen im Notizbuch deutete. Sonnenschein stenographierte mit und zog ein paarmal die Augenbrauen hoch. Bekannte Namen. Ein Anwalt. Zwei Fabrikanten. Ein Stadtrat. Ein Arzt. Allesamt wohlhabend, gesellschaftlich arriviert, unverdächtig.

»Das also sind die Mitglieder des Clubs ›Die Maske‹?«, fragte Leo noch einmal.

»Ja.«

»Und wer von ihnen war auf der Insel?«

Hellwig nannte vier Namen. »Und ich.«

»Wir werden Sie im Präsidium noch ausführlich befragen. Sie müssen sich zu unserer Verfügung halten und dürfen Berlin nicht verlassen. Verstoßen Sie dagegen, nehme ich Sie sofort fest.«

Hellwig nickte wortlos und blieb zusammengesunken im Sessel sitzen. So ließen sie ihn zurück.

Eigentlich wollte Dr. Hartung nach Hause fahren und sich auf seiner Terrasse von dem Tag erholen, der sein Selbstverständnis als Arzt erschüttert hatte. Wie war es möglich, dass einem Polizeibeamten gelang, was er mit seinem ärztlichen Können wochenlang vergeblich versucht hatte? Natürlich waren diese Gedanken kleinlich; es ging um das Wohl seiner Patientin, nicht darum, wer diesen Erfolg erzielt hatte. Außerdem hatte Kommissar Wechsler Fotos gezeigt und Personen vorgeführt, die für Johanna Gerber das Tor zur Erinnerung aufgestoßen hatten; all diese Mittel hatten ihm selbst nicht zur Verfügung gestanden.

Den Durchbruch hatte nicht er erreicht, doch jetzt war es an ihm, ihr weiterzuhelfen. Es war und blieb ein hochinteressanter Fall; vielleicht würde er einen kleinen Aufsatz darüber verfassen.

Als er in den Wagen stieg, kam ihm ein Gedanke. Er würde einen Umweg nehmen, bevor er nach Hause fuhr.

24

Freitag, 18. Juni 1926

Leo schreckte aus dem Bett hoch, als das Telefon klingelte. Es kam ihm vor, als hätte er sich gerade erst hingelegt. Er strich Clara beruhigend über den Arm und ging barfuß in den Flur, ohne das Licht einzuschalten.

»Wechsler«, meldete er sich verschlafen, wurde aber schlagartig wach, als er die Worte des Schutzpolizisten vom Revier in Wittenau hörte.

»Ich komme sofort.«

Er wusch sich, griff blind nach einigen Kleidungsstücken und zog sich an. Dann schrieb er Clara einen Zettel und legte ihn auf den Nachttisch, bevor er leise die Wohnung verließ. Er sah auf die Uhr. Kurz vor drei.

Es dauerte einige Zeit, bis er auf der Beusselstraße ein Taxi gefunden hatte. »Wittenauer Heilstätten.«

»Besuchszeit is aba vorbei«, meinte der Fahrer grinsend, merkte aber bald, dass sein Fahrgast keine Lust auf ein Gespräch hatte.

Der Schupo hatte gesagt, es habe einen Einbruch in der Klinik gegeben. Der Eindringling sei geflüchtet, als ihn eine Nachtschwester überraschte. Keine Verletzten, nur ein aufgehebeltes Fenster. Der Täter war entkommen. Eigentlich eine triviale Geschichte, wäre der Einbrecher nicht in der Nähe von Johanna Gerbers Zimmertür gesehen worden.

Leo lehnte sich zurück und schloss die Augen, während die dunklen Straßen an ihm vorbeizogen. Es waren die einsamsten Stunden der Nacht, wenn die meisten schon schliefen und die wenigsten wieder aufgestanden waren. Ein Bäckerbursche öffnete die Tür der Backstube, für einen Moment wogte der süße Geruch von warmem Brot durchs offene Wagenfenster herein.

Er spürte, dass etwas Wichtiges fehlte, nur ein kleines Stück, mit dem sich die ganzen Teile endlich zu einem Bild zusammenfügen würden. Aber das Denken fiel ihm schwer, nachdem er unsanft aus dem Tiefschlaf gerissen worden war.

Als der Wagen vor dem Hauptgebäude hielt und Leo seine Brieftasche hervorzog, fragte der Taxifahrer: »Soll ick warten?«

»Nein, ich weiß nicht, wie lange ich brauche.«

»Passen Se uff, det man Se nich hierbehält.«

Leo war froh, als er die Autotür hinter sich zugeschlagen hatte und das Taxi davonrollte. Selbst ausgeschlafen hätte er den Mann nicht komisch gefunden.

Die Tür des Hauptgebäudes wurde geöffnet, und ein Schupo trat ihm entgegen. »Sind Sie von der Kripo?«

Er wies sich aus.

»Wachtmeister Ehlert. Gut, dass Sie da sind, Herr Kommissar.«

»Zeigen Sie mir, wo es passiert ist.«

Ehlert führte ihn zu dem Pavillon, den Leo bereits kannte. Das Gelände war nicht gut beleuchtet, Bäume und Sträucher boten zahllose Verstecke. An der Tür des Pavillons empfing sie die Nachtschwester.

»Ich möchte Sie bitten, die Patientinnen wenn möglich nicht zu wecken. Es ist für sie oft schwer, überhaupt Schlaf zu finden.«

Leo nickte.

Der Schupo führte ihn zu dem Einzelzimmer am Ende des Flurs und blieb kurz davor stehen. »Hier hat ihn die Nachtschwester gesehen.«

»Die von eben?«

»Ja. Sie hat ausgesagt, sie hätte ein Geräusch gehört. Also ist sie in den Flur gegangen und hat an dieser Stelle hier einen Mann stehen sehen. Als er sie gehört hat, ist er durch die Tür hier« – er zeigte auf das Nachbarzimmer von Johanna Gerber – »und muss durchs Fenster entkommen sein.« Ehlert öffnete die Tür. Dahinter befand sich ein Lagerraum mit Regalen, in denen Bettwäsche, Handtücher und andere Utensilien lagen. Dann zeigte er auf den beschädigten Fensterrahmen. »Stemmeisen, vermute ich. Hab nichts angefasst wegen den Abdrücken.«

Leo schaute sich um. Das Wetter war trocken, auf dem Boden waren keine Fußabdrücke zu erkennen. Er ließ sich die Taschenlampe des Wachtmeisters geben und leuchtete von draußen an der Hauswand hinunter. Ein unvollständiger, mit Erde verschmierter Abdruck.

»Hat die Schwester das Gelände absuchen lassen?«

»Nein, sie hat sofort die Polizei gerufen und auf uns gewartet.«

Leo ging in den Flur, wo die Schwester mit einer Kollegin stand. »Ich muss Sie befragen.«

Sie nickte der Kollegin zu, kam zu Leo und stellte sich vor. »Emma Klein. Ich hoffe, ich habe es richtig gemacht, aber ich war allein auf der Station und konnte die Patientinnen nicht unbeaufsichtigt lassen.«

»Keine Sorge, Sie haben sich korrekt verhalten«, sagte Leo. »Können Sie den Mann beschreiben?«

»Ich habe ihn nur von hinten gesehen. Dunkelhaarig, etwa so groß wie Sie. Schlank. Hemd und Hose, keine Jacke. Mehr kann ich nicht sagen. Ich habe mich furchtbar erschreckt.«

Bevor Leo die nächste Frage stellen konnte, ging die Tür auf, und Dr. Hartung kam herein.

»Was ist hier los?«

Leo schilderte kurz die Lage. »Haben Sie irgendeine Vorstellung, wer nachts zu Johanna Gerber gewollt haben könnte?

Hier wird wohl kaum jemand einbrechen, weil er Reichtümer erwartet.«

»Höchstens Medikamente. Sonst ist hier nichts zu holen.«

»Es war kein Zufall, dass derjenige vor Fräulein Gerbers Zimmer gesehen wurde.«

Der Arzt schwieg. Leo wurde allmählich ungeduldig. Dann kam ihm ein Gedanke. »Haben Sie jemandem von unseren Befragungen erzählt?«

Hartung warf einen Blick zu Schwester Emma, die daraufhin sofort ins Schwesternzimmer ging.

»Und?«, fragte Leo mit Nachdruck.

»Nicht von Ihren Befragungen oder der Gegenüberstellung. Mir ist schon klar, dass dies eine Polizeiangelegenheit ist. Aber ich bin gestern noch zu August Gerber gefahren, dem Bruder. Er war so besorgt, und ich dachte, es würde ihn freuen …«

»Verdammt«, unterbrach ihn Leo. »Wie sieht der Mann aus? Dunkelhaarig? Etwa meine Größe?« Er war hellwach vor Ärger, nicht zuletzt über sich selbst. Er hätte darauf kommen müssen, nachdem er die Filme gesehen, nachdem Johanna Gerber von ihrem Leiden berichtet hatte.

»Ja«, sagte Hartung nur.

Leo musste sich zwingen, klar zu denken. »Nehmen wir an, es war August Gerber. Warum sollte er mitten in der Nacht durchs Fenster einsteigen, um seine Schwester zu besuchen? Wohl kaum aus Freude über ihre medizinischen Fortschritte.« Er konnte den Sarkasmus in seiner Stimme nicht unterdrücken.

Der Arzt wurde blass. »Aber er hat sich gefreut, als ich ihm sagte …«

Leo verlor die Beherrschung. In einer anderen Umgebung hätte er geschrien, so beließ er es bei einem Zischen. »Begreifen Sie denn nicht? Er hat Ihnen und den Ärzten in der Charité erzählt, er wüsste nicht, was seiner Schwester zugestoßen ist.

Angenommen, das stimmte nicht? Angenommen, er wusste genau, was mit ihr passiert ist und wer dahintersteckte?«

Das Atelier und die Insel und der Film namens *Rotes Glas*. Darum hatte er zu den Scherben gegriffen. Ein Zeichen. Dramatisch, theatralisch, sentimental. Ein Signal an seine Schwester, die es nicht bemerkt hatte, weil sie sich tief in ihr Inneres zurückgezogen hatte. Weil sie hinter den Mauern einer Anstalt saß, abgeschottet von der Welt, in der man ihre Peiniger mit roten Scherben hingerichtet hatte. Als die Polizei die Verbindung zwischen den Toten und seiner Schwester hergestellt hatte, war er in Panik geraten. Wollte Johanna warnen, damit sie nicht aussagte, dass ihr Bruder von ihrem Schicksal gewusst hatte.

Leo schaute sich nach dem Schupo um. »Wachtmeister Ehlert, Sie rufen im Präsidium an, meine Leute sollen zu Gerber nach Hause fahren. Dr. Hartung, Sie halten sich zu unserer Verfügung.«

Er fluchte, als ihm einfiel, dass er das Taxi weggeschickt hatte. »Und kann mir jemand ein Taxi rufen?«

»Ich kann Sie fahren und danach in die Klinik zurückkehren«, bot Hartung an.

»Danke«, sagte Leo knapp. »Ehlert, Sie rufen Verstärkung und überwachen das Gelände. Sollte sich der Gesuchte noch hier aufhalten, nehmen Sie ihn sofort fest.«

Als sie zehn Minuten später in die Cösliner Straße bogen, sah Hartung Leo an. »Es tut mir leid, Herr Wechsler.«

Leo winkte ab. »Sie haben ihn aufgestört, das wäre eigentlich unsere Aufgabe gewesen.« Er gab Hartung die Hand und öffnete die Tür. »Sie hören von mir. Danke fürs Fahren.«

Leo stieg aus und schaute sich in der stillen Straße um. Niemand war zu sehen, die Leute schliefen oder waren bei der Nachtschicht.

Es dauerte einen Moment, bis die Tür geöffnet wurde. Kindergeschrei. Martha Gerber mit einem verschlissenen Tuch um die Schultern, sie rieb sich die Augen. »Wer sind Sie?«

Leo wies sich aus.

Sie wich einen Schritt zurück.

»Wo ist Ihr Mann?«

»Er ist … bei der Arbeit … Warum? Was wollen Sie von ihm?«

»Die Nachtschicht geht gewöhnlich von zehn bis sechs. Um kurz nach zehn hat ihn Dr. Hartung noch hier angetroffen«, sagte Leo und schob den Fuß zwischen Tür und Rahmen, da Martha Gerber Anstalten machte, die Tür zu schließen. »Lassen Sie mich bitte hinein.«

»Die Kinder … Sie wecken die Kinder …«

Er schob die Frau sanft nach hinten, trat ein und schloss die Tür. »Ihre Nachbarn brauchen nicht zu hören, worum es geht.«

Frau Gerber eilte rasch in ein Zimmer und kam mit einem weinenden Säugling zurück. »Kommen Sie in die Küche.«

Sie ließ sich kraftlos auf einen Stuhl sinken und knöpfte ihr Nachthemd auf, um dem Kind die Brust zu geben, als wäre Leo gar nicht da.

Er lehnte sich an den Küchenschrank. »Frau Gerber, Ihr Mann wird von der Polizei gesucht.«

Sie schaute ihn über den Kopf des Kindes hinweg an, das beim Trinken leise, glucksende Geräusche machte. »Was?«

Es war, als redete Leo in einer fremden Sprache.

»Es ist sehr wichtig. Wissen Sie, ob Ihre Schwägerin Ihrem Mann erzählt hat, was ihr zugestoßen ist? Anfang Mai, als es ihr so schlecht ging und sie zu Ihnen gekommen ist? Bevor Ihr Mann sie in die Charité gebracht hat?«

»Nein. Ich weiß nichts. Sie war … ganz durcheinander. Und es ist so eng bei uns mit den Kindern. August wollte sie zuerst nicht wegschicken, aber es ging nicht anders.«

»Frau Gerber, niemand macht Ihnen Vorwürfe. Aber es

sind zwei Menschen getötet worden, die Johanna sehr schlecht behandelt haben. Wir vermuten, dass Ihr Mann sie dafür bestrafen wollte.«

Beinahe hätte sie das Kind fallen gelassen. Ihre Hände wurden schlaff, die Augen ganz groß, und Leo streckte instinktiv die Hand aus, um das Kind notfalls aufzufangen. Dann wurde ihr Griff wieder fester.

»Mein August hat keinen getötet. Sie sind doch verrückt. Er ist ein guter Mann.«

Ebendarum, dachte Leo. Ein guter Mann, der nicht hinnehmen konnte, was man seiner Schwester angetan hatte.

»Wir wollen ihn befragen. Aber dazu müssen wir wissen, wo er ist. Gibt es einen Ort, an dem er sich verstecken würde, eine Gartenlaube, Freunde, bei denen er unterkommen könnte?«

»Der Doktor war vorhin da«, sagte sie, als würde sie aus einem Traum erwachen. »Johannas Doktor, und er meinte, es ginge ihr besser. August hat gesagt, er entschuldigt sich, weil er zu spät zur Schicht kommt, es wäre eine Familienangelegenheit. Das stimmt doch auch.«

Das Geräusch von der Tür hatte Leo zuerst nicht wahrgenommen. Ein Schlüssel drehte sich im Schloss, schon stand Gerber in der Küche.

»Was …?«

Leo wollte gerade seine Dienstmarke zeigen, als der Mann kehrtmachte und zur Wohnungstür stürzte. Leo erwischte ihn gerade noch und drückte ihn gegen die Tür. »Immer langsam, Herr Gerber.«

Es ging so schnell, dass er nicht reagieren konnte. Das Stemmeisen traf ihn am linken Oberarm, und er taumelte kurz.

Dann hörte er die Frau hinter sich schreien.

»Bist du verrückt, August? Das ist die Polizei!«

Leo nutzte die Ablenkung, packte Gerber mit der Rechten am Nacken und stieß ihn mit dem Kopf gegen die Wand. »So, mein Freund, jetzt warten wir auf die Kollegen.« Er spürte, wie der Mann in sich zusammensackte. Leo schob ihn in die Küche und drückte ihn auf einen Stuhl.

Dann erst bemerkte er das Handtuch, das Martha Gerber ihm hinhielt, während sie das Kind mit der anderen Hand an sich drückte. »Da, für das Blut.«

Er schaute an seinem Arm herunter. Plötzlich schienen die betäubten Nerven zu erwachen, der Schmerz nahm ihm den Atem. Er knöpfte die Manschette auf und schob den Ärmel hoch. Die Spitze des Stemmeisens war in den Arm eingedrungen und hatte eine klaffende Wunde hinterlassen. Leo drückte das Handtuch darauf, tastete nach der Tischkante und setzte sich vorsichtig hin. Dann holte er seine Dienstwaffe aus der Tasche und hielt sie so, dass Gerber sie sehen konnte.

Der Mann beobachtete ihn reglos.

»Erzählen Sie mal. Mir ist gerade nicht nach Reden.«

Die Frau stellte ihm ein Glas Wasser hin und sah ihren Mann verzweifelt an. »August, sag doch, was los ist. Ich versteh das alles nicht.«

»Geh raus.«

Sie sah ihn verständnislos an. »Wieso?«

»Du sollst rausgehen. Ich will allein mit ihm reden.« Ein letzter verzweifelter Versuch, seine Frau vor der Wahrheit zu schützen, dachte Leo. Hoffentlich kamen die Kollegen bald, er spürte, wie seine Kraft nachließ. Er musste Gerber in Schach halten, bis sie da waren.

»Ihre Schwester hat Ihnen alles erzählt, oder?«

Gerber nickte. »Johanna hat schon immer rumgesponnen, wollte mehr als nur in der Schneiderei arbeiten. Was Besseres werden. Ich konnt's ihr nicht verdenken, auch wenn es nicht mein Weg ist.«

»Welches ist denn Ihr Weg?«

Gerber ballte die Faust. »Ich wohne nicht umsonst in der Cösliner.«

»Ein Roter also?«

»Wenn Sie so wollen.«

Leo trank einen Schluck Wasser. Sein Arm pochte im Rhythmus seines Herzschlags. »Kommen wir wieder zu Johanna.«

»In den Wochen, bevor das mit ihr passiert ist, war sie sehr fröhlich. Sie sah frisch aus, sie strahlte und erzählte was von einer Freundin, die sie zum Film bringen könnte. Sie hat ihr auch ein paar schöne Sachen gekauft. Ich hab mir nichts dabei gedacht, sollte sie doch träumen.«

»Hat sie den Namen der Freundin genannt?«

»Da noch nicht, erst später. Aber sie hat gesagt, dass sie sehr schön ist und viele wichtige Leute kennt. Na ja, ich hab viel zu tun, da hab ich nicht weiter gefragt. Sie ist ja eine erwachsene Frau.« Gerber schluckte. »Aber sie ist auch meine kleine Schwester. Vielleicht hätte ich da schon ...« Ihm versagte die Stimme.

Leo gab ihm Zeit und trank das Wasser aus. Dann warf er einen Blick auf das Handtuch, das sich rot gefärbt hatte. Verdammt, wo blieben die Kollegen? Er konnte nur hoffen, dass sie sich beeilten. In seinem Zustand konnte Gerber ihn mühelos überwältigen und ihm die Waffe entreißen.

»Reden Sie weiter.«

»Sie wollte zuerst nicht sagen, was passiert war. Hat die ganze Zeit geweint und gesagt, dass sie sich schämt. Ich hab so lange gefragt, bis sie es mir gesagt hat. Es hat gedauert. Sie hat sich mittendrin übergeben.« Er räusperte sich. »Dieser König und die Frau, sie hieß Dornow, haben ihr versprochen, sie könnte in einem Film mitspielen. Sie sollte in ein Filmatelier kommen, abends nach der Arbeit, zu Probeaufnahmen. Die waren nett, haben ihr was zu trinken gegeben, und dann hat sie einen Stich im Arm gespürt. Auf einmal hat sie sich ganz phantastisch gefühlt. Als könnte sie einfach alles, alles machen, als wäre nichts unmöglich. Und dann musste sie sich ausziehen, und dann kam ein Mann und ...«

»Ich habe den Film gesehen«, sagte Leo ruhig. »Was Sie da sagen, ist wichtig. Es erklärt, warum sich Ihre Schwester nicht gewehrt hat. Warum sie das mitgemacht hat. Ich vermute, man hat ihr Kokain gespritzt. Es wirkt enthemmend und löst genau die Gefühle aus, die Sie beschrieben haben.«

Leo horchte auf die Türklingel. Natürlich musste Gerber offiziell vernommen werden, doch solange er über seine Schwester sprach, war er halbwegs abgelenkt. Seine Hand schloss sich fester um die Pistole.

»Sie wussten also von den Filmen. War da noch mehr?«

Gerber sah auf seine kräftigen Hände und zuckte mit den Fingern, als würde er sie am liebsten um einen Hals schließen. »Am Ende haben sie sie zur Pfaueninsel gebracht. Als Belustigung für ein paar reiche Herren. Johanna kannte keinen von denen. Die haben gesagt, sie wollten nur einen netten Abend mit ihr. Dass sie sich nicht so haben soll.«

»Hat man sie mit Gewalt gefügig gemacht?«

Gerber biss sich auf die Lippe. »Nicht richtig. Die hatten ihr ja was gegeben, damit sie sich nicht ziert. Und Alkohol.«

»Warum haben Sie in der Charité nichts davon erzählt?« Leo gab sich einen Ruck, als Gerbers Gesicht vor seinen Augen verschwamm.

»Was sollte ich denen denn sagen?«, schrie Gerber empört. »Dass meine Schwester schmutzige Filme dreht und mit reichen Männern schläft und davon krank im Kopf geworden ist?«

»Dass man ihr Unrecht zugefügt und sie zu Dingen gezwungen hat ...«

»Sie haben doch keine Ahnung! Wer hätte ihr denn geglaubt? Viktor König, der berühmte Regisseur! Die feinen Herren, die Gott und die Welt kennen!«

Eduard Hellwig, dachte Leo.

»Die halten zusammen, können sich teure Anwälte nehmen, und Johanna ist ...« Er schlug die Hände vors Gesicht.

Jetzt hörte Leo endlich Schritte im Treppenhaus. Jemand klopfte an die Tür.

Leo beugte sich vor, die Waffe noch immer fest umklammert.

»Sagen Sie es mir. Waren Sie es?«

»Ja! Und ich würd's wieder tun, und wenn ich die Schweine kennen würde, die sie ... dann hätt ich die auch abgestochen, jeden Einzelnen, ausbluten lassen wie die Schweine. Nichts anderes sind diese Kerle!«

Dann ließ Martha Gerber die Kollegen herein, Walther und Sonnenschein traten in die Küche, und Leo konnte die Waffe fallen lassen. Dann sackte er über dem Tisch zusammen.

»Warum hast du nicht auf uns gewartet?«, fragte Walther ungehalten, während der Arzt die Wunde mit einigen Stichen nähte. »Der Mann hat vermutlich zwei Morde begangen, und du gehst allein in die Wohnung ...«

Leo zuckte zusammen, als der Arzt das letzte Mal die Nadel in die Haut stach. Eine Betäubung lohne sich nicht, hatte er unbekümmert erklärt. Metzger, dachte Leo bei sich. »Weil ich ihn überraschen wollte. Vor ihm da sein. Wäre er zu Hause gewesen, wenn es nachts bei ihm klopft, hätte er vermutlich blitzschnell gehandelt und wäre getürmt, noch bevor wir die Tür aufgehabt hätten.«

Der Arzt schaute zwischen den beiden Männern hin und her. »Tragen Kriminalbeamte keine Waffe?«

Leo stöhnte. »Doch. Aber ich halte sie nicht ständig im Anschlag. Vor allem nicht, wenn außer mir nur eine Frau mit Kindern in der Wohnung ist.«

Walther grinste. »Immerhin hast du sie rechtzeitig gezogen, um den Kerl in Schach zu halten.«

»Klingt spannend«, warf der Arzt ein. »Endlich mal ein bisschen Abwechslung, sonst bekomme ich um diese Zeit meist Betrunkene mit Kopfverletzungen herein.«

»War mir ein Vergnügen«, sagte Leo. »Dauert das noch lange?«

»Ich bin gleich fertig mit Verbinden. Dann gebe ich Ihnen noch ein Schmerzmittel mit. Was war das gleich, ein Stemmeisen? Dürfte ganz schön wehtun.«

»Das fällt Ihnen aber früh ein«, erwiderte Leo grimmig.

»Apropos einfallen, du weißt ja, dass Jenny morgen ihren ersten Auftritt hat. Du und Clara seid eingeladen. Und Sonnenschein mit seiner Esther.« Walther warf einen zweifelnden Blick auf Leos Arm.

»Der wird schon«, meinte der Arzt. »Eine Schlinge, die macht das Ganze dramatischer, und solange er der Arm still hält, kann er ruhig feiern. Auch wenn ich keinen Schimmer habe, wer Jenny, Clara und Esther sind. Klingt jedenfalls nach einem bunten Abend.«

Leo war froh, als sie das Krankenhaus verlassen konnten. Er hatte zwei Schmerztabletten geschluckt und sah auf die Uhr. Halb sieben.

»Lass uns ins Präsidium fahren.«

»Meinst du das ernst?«, fragte Walther besorgt. »Du bist krankgeschrieben.«

»Wir schließen den Fall vor dem Wochenende ab. Morgen schlafe ich aus, und abends gehen wir feiern.«

Um acht hatte sich die Mordkommission versammelt. Walther trug die Ergebnisse vor, damit Leo sich schonen konnte.

»Gratulation, Herr Kommissar«, sagte Hasselmann. »Damit kriegen wir die ganze Meute.«

Leo sah ihn nachdenklich an. »Wir sollten uns gegenseitig gratulieren. Das war gute Arbeit. August Gerber hat beide Morde gestanden. Die Blumenvase war ein Hochzeitsgeschenk. Nachdem er wusste, was man seiner Schwester angetan hatte, kam ihm der Gedanke, die Vase als Waffe zu verwenden. Der Farbe wegen, wie er sagte. Vielleicht hoffte er auch, die Polizei auf den Club aufmerksam zu machen. Als seine Frau sie vermisste, sagte er, sie sei ihm runtergefallen und zerbrochen. Was diesen Club angeht: Wir befragen alle Mitglieder. Wer auf der Pfaueninsel dabei war, wird festgenommen. Verdacht auf Nötigung zur Unzucht.«

Sonnenschein sah ihn zögernd an. »Und Hellwig?«

Leo fühlte sich nicht wohl in seiner Haut, und das lag nicht an dem schmerzhaften Pochen in seinem linken Arm. »Falls Johanna Gerber ihn nicht beschuldigt, sich an ihr vergangen zu haben, und er als Kronzeuge auftritt, könnte er mit einem blauen Auge davonkommen.«

Ein unzufriedenes Raunen ging durch den Raum.

»Seine politische Laufbahn dürfte allerdings beendet sein«, fügte Leo rasch hinzu.

»Glauben Sie, er hat nichts von der Verbindung zwischen seiner Geliebten und dem Club gewusst?«, fragte Friedrichs.

»Selbst wenn, dürfte es ihm kaum nachzuweisen sein.«

Als niemand etwas sagte, blickte er in die Runde. »Meine Herren, auch ich bin nicht glücklich mit diesem Ausgang. Aber Sie wissen, dass wir uns gelegentlich mit Kompromissen abfinden müssen.« Er fuhr sich mit der Hand über die Augen. Vielleicht hätte er doch nach Hause fahren sollen.

Dann spürte er eine Bewegung neben sich. Walther hatte sich vorgebeugt und klopfte mit den Fingerknöcheln anerkennend auf den Tisch. Die Kollegen schlossen sich an. Leo atmete durch.

Die Befragung überließ Leo den anderen und ging in sein Büro, um sich etwas Ruhe zu gönnen. Er war erleichtert, dass der Fall so gut wie abgeschlossen war.

Doch es gab noch etwas, das ihm Sorgen bereitete. Natürlich war es nicht die Aufgabe der Kriminalpolizei, sich über die Konsequenzen einer Tat Gedanken zu machen, sobald der Täter gefasst worden war. Die Kriminalbeamten hatten ihre

Aufgabe erfüllt. Leo wusste aber, dass es Fälle gab, die man nicht einfach abschütteln konnte, und dieser gehörte ganz sicher dazu. Nicht nur, weil er ihn persönlich berührt hatte; es war der Gedanke an die Ehefrau in ihrer schäbigen Wohnung, die kleinen Kinder, die Schande, die sie als Frau eines Doppelmörders erwartete. Und wovon sollten sie leben, wenn der Mann im Zuchthaus saß? Und schließlich die Frage, was aus Johanna Gerber werden sollte, wenn sie aus der Klinik entlassen wurde.

Bis zum Mittag hatte die Mordkommission vier Personen wegen Nötigung zur Unzucht festgenommen: einen Fabrikanten aus Zehlendorf, einen angesehenen Rechtsanwalt, einen Arzt und einen wohlhabenden Kaufmann, der einen Großhandel für Eisenwaren besaß.

Um zwei Uhr nachmittags legte Eduard Hellwig sein Reichstagsmandat nieder und erklärte gegenüber Gustav Stresemann den Rücktritt von allen Ämtern.

Eine halbe Stunde später erhielt Leo einen Anruf von Alfred Hahn, der über einen befreundeten Journalisten von den neuesten Entwicklungen erfahren hatte und der Familie Gerber anonym eine beträchtliche Geldspende zukommen lassen wollte.

»Sie haben keinen Grund, sich schuldig zu fühlen«, sagte Leo. »Wir haben in Ihren Büroräumen nicht den geringsten Beweis dafür gefunden, dass Sie von diesen Filmen gewusst haben, und Sie auch nie ernsthaft verdächtigt.«

»Trotzdem«, sagte Hahn zögernd. »Viktor war mein Freund und Kompagnon. Es lässt mir keine Ruhe, dass ich von alldem nichts gemerkt habe. Dass wir ihn als großen Künstler gefeiert haben, während er diesen Dreck gedreht hat. Ich möchte irgendwie helfen.«

»Das ist sehr großzügig von Ihnen«, sagte Leo. »Lassen Sie sich von Ihrem Anwalt beraten. Er wird sicher einen Weg finden, die Sache diskret und juristisch einwandfrei zu regeln.«

»Ja, das werde ich tun.«

Leo war nicht überrascht, als er kurz nach dem Gespräch ins Büro von Ludwig Werneburg bestellt wurde.

»Meinen Glückwunsch, Herr Wechsler, auch im Namen von Herrn Gennat. Er hat sich vorhin aus Breslau gemeldet – leider immer noch ohne positive Entwicklungen bei den Kindermorden. Umso erfreuter ist er, dass Ihr Fall gelöst ist.«

»Vielen Dank.«

Werneburg sah ihn prüfend an. »Was macht die Verletzung? Sie sollten nach Hause fahren.«

»Vielleicht haben Sie recht.«

Es lag echte Anteilnahme in Werneburgs Blick. Dennoch hatte Leo das Gefühl, dass sein Vorgesetzter ihn nicht nur herbestellt hatte, um ihm zu gratulieren und sich nach seinem Zustand zu erkundigen.

»Eins noch. Hellwig.«

Leo war eigentlich nicht danach zumute, über den Politiker zu sprechen.

»Haben Sie irgendeine Abmachung mit ihm getroffen?«

»Nein. Ich wollte die Namen der Clubmitglieder von ihm erfahren und habe ihn lediglich darauf hingewiesen, dass seine Strafe womöglich geringer als die der anderen ausfallen wird, wenn er sich nicht der Nötigung zur Unzucht schuldig gemacht hat.«

»Das hat sich erledigt. Zwei der Verhafteten haben Hellwigs Beteiligung unabhängig voneinander bestätigt. Die Filme, die Feiern, das Gelage auf der Pfaueninsel – das und mehr wird ans Licht kommen. Und allen wird der Prozess gemacht, auch Hellwig. Unterlassungsschuld, Sie wissen schon.«

Leo schaute auf seine Hände und atmete tief durch. Zum ersten Mal seit Tagen fühlte er sich frei.

»Er hat es nicht anders verdient«, sagte er dann. »Nur eins macht mir Sorgen: dass Johanna Gerber und die Familie des Mörders noch mehr zu leiden haben, wenn die Presse das alles breittritt. Und das wird sie tun. Man wird keine Rücksicht auf die beiden Frauen und Gerbers Kinder nehmen.«

»Die Zeitungen hätten ohnehin über die Aufklärung der beiden Mordfälle und diesen Club berichtet.« Werneburg zögerte, als überlegte er, wie vertraulich er werden konnte. »Wir sind keine Zauberer und keine barmherzigen Samariter, sondern Polizisten, Herr Wechsler. Das sollten Sie im Kopf behalten, wenn Sie Oberkommissar werden.«

Leo sah ihn fragend an.

»Es kann sich nur noch um ein paar Wochen handeln«, meinte Werneburg. »Und jetzt machen Sie, dass Sie nach Hause kommen, Sie sehen furchtbar aus. Hoffentlich haben Sie Ihre Frau schonend darauf vorbereitet.«

Clara erwartete Leo an der Haustür, nachdem er ihr telefonisch angekündigt hatte, dass er früher Feierabend machen werde. Walther ließ es sich nicht nehmen, ihn nach Hause zu fahren. Als er in der Emdener Straße anhielt und ausstieg, kam Clara ihnen entgegen und warf einen besorgten Blick auf die Beifahrerseite.

»Wie nett, dass du mir das, was von meinem Mann übrig ist, vorbeibringst«, sagte sie trocken.

Walther hielt Leo den Arm hin.

»Das ist nicht dein Ernst. Ich kann allein aussteigen.«

Clara küsste Leo auf die Wange und warf einen Blick auf seinen Arm in der Schlinge. »Na wunderbar. Du verschwindest mitten in der Nacht und kommst so zurück.«

Walther tippte sich an den Hut und grinste. »Einen angenehmen Abend. Und nicht vergessen, morgen um acht im Calypso-Club. Jenny freut sich schon.«

Sie winkten, als er davonfuhr. Dann traten sie in den Hausflur, doch statt zur Treppe zu gehen, schaute Leo rasch nach links und rechts und schob Clara in eine Nische. Bevor sie etwas sagen konnte, umfing er sie mit seinem gesunden Arm, und sie spürte seine Lippen auf ihren. In diesem Kuss lag mehr als Leidenschaft, er zeugte von dem beinahe verzweifelten Verlangen, die letzten beiden Wochen hinter sich zu lassen. Clara vergaß, dass sie in einem Durchgang standen, den jeden Moment ein Nachbar betreten konnte; sie spürte Leos Herzschlag durch das Hemd und seinen Mund auf ihrem, und nur das zählte.

EPILOG

SAMSTAG, 19. JUNI 1926

Der Calypso-Club lag in der Nähe der Friedrichstraße. Von außen wirkte er schlicht und elegant, der Name leuchtete in blauem Neon von der Fassade. Ilse hatte sich bereiterklärt, bei den Kindern zu bleiben, so dass Leo und Clara den ganzen Abend für sich hatten. Sie waren essen gegangen und warteten nun vor der Tür des Clubs auf Sonnenschein und seine Verlobte.

Leo hatte den Tag genutzt, um auszuschlafen, und war danach mit Georg und Marie auf den Rummelplatz gegangen, da Clara noch im Laden arbeiten musste. Der Fall hatte ihn sehr berührt, er war dabei körperlich und emotional an seine Grenzen gegangen. Er war froh, dass ihn der Arzt für ein paar Tage dienstunfähig geschrieben hatte, und es machte ihm nichts aus, die Arbeit einstweilen den Kollegen zu überlassen. Sie waren dabei, die Festgenommenen zu verhören; außerdem würde Paul Delbrück mit seinen Leuten das Atelier und die Pfaueninsel durchkämmen, um mögliche Beweise zu sichern, falls die Täter ihre Geständnisse zurückzögen oder die Aussage verweigerten. Am Montag würde Leo aber trotz seiner Krankschreibung noch einmal mit Johanna Gerber sprechen. Es gab viele offene Fragen, und sie mussten damit rechnen, dass diese Männer sich die besten Anwälte Berlins nehmen würden.

»Guten Abend, Frau Wechsler. Guten Abend, Herr Kommissar. Meine Verlobte, Esther Grünberg.«

Jakob Sonnenschein und eine zierliche, dunkelhaarige Frau

waren zu ihnen getreten. Sie trug einen hübschen Hut und ein knielanges, dunkelrotes Seidenkleid, das wunderbar zu ihrem Haar passte.

»Ist Herr Walther schon drinnen?«, fragte Sonnenschein.

Leo nickte. »Er hat einen Tisch reserviert und war so nervös, dass er schon um sieben hier sein wollte.«

Clara lachte. »Er ist mächtig verliebt, was? Und stolz. Sie spielen Violine, Fräulein Grünberg?«

Die junge Frau wirkte ein wenig schüchtern. »Ja, in einem Kammerorchester.«

»Sie darf ab und zu auch ein Solo spielen«, erklärte Sonnenschein und warf einen Blick auf seine Verlobte, dass einem warm ums Herz wurde. Dann wurde er wieder ernst. »Wie geht es Ihnen, Herr Kommissar?«

»Besser. Zehn Stunden Schlaf haben Wunder gewirkt.«

Sie waren in den Vorraum des Clubs getreten, wo eine Garderobiere ihre Mäntel und Hüte entgegennahm. Alles wirkte geschmackvoll und dezent, kein Vergleich zum Continental-Keller, auch wenn der Abend dort sehr amüsant gewesen war.

»Da seid ihr ja.«

Walther war aus einer Tür aufgetaucht und gab allen die Hand. »Leo, du siehst deutlich frischer aus als gestern. Was ein Tag Urlaub so ausmacht. Clara, Fräulein Grünberg, es ist mir ein Vergnügen.«

Leo schaute seinen Freund, dessen Nervosität ihn wild drauflos reden ließ, belustigt an. »Ich habe dich noch nie so aufgeregt gesehen.«

»Kommt, ich zeige euch den Tisch. Jenny ist schon in der Garderobe, sie ist noch aufgeregter als ich.«

Der ganze Club war in warmen Rottönen gehalten. Man hatte auf goldene Ornamente verzichtet und die Farben mit blitzendem Chrom kontrastiert, so dass die Einrichtung elegant und modern wirkte. An den Wänden hingen Fotos, die Leo an Man Ray erinnerten.

Ein Kellner wartete neben einem runden Tisch mit sechs Stühlen. Auch hier dominierten Chrom und rote Lederpolster, dazu gab es elegante Gläser, weiße Stoffservietten und eine Kerze in einem geschmackvollen Leuchter aus matt schimmerndem Metall.

»Bitte.« Walther deutete auf den Tisch.

Sie setzten sich und bestellten Sekt.

»Deine Jenny hat es gut getroffen, wie ich sehe«, meinte Leo bewundernd. Als der Sekt kam, stießen sie miteinander auf Jennys Erfolg an.

»Was wird sie denn heute Abend singen?«, fragte Clara. »Leo hat mir etwas von einem Lied über einen Bären erzählt.«

Walther grinste verlegen. »Sie hat den Text noch ein wenig überarbeitet. Es war ihr zu brav, wie sie sagte. Was dabei herausgekommen ist, wollte sie mir nicht verraten.«

Leo lachte. »Deshalb bist du so nervös. Du hast aber zwei Lieder erwähnt, wenn ich mich recht entsinne. Und was ist eigentlich aus Akkordeon und Ukulele geworden?«

»Hm. Über das zweite Lied wollte sie mir gar nichts erzählen. Nur dass es etwas Klassisches sei und zugleich eine Liebeserklärung an die Kriminalistik. Der Hula-Song kann es also nicht sein.«

»Eine Liebeserklärung an dich wäre dir wohl lieber?«, fragte Clara heiter.

»Das eine schließt das andere nicht aus.«

»Ich bin jedenfalls sehr gespannt«, sagte Esther Grünberg und schaute in die Runde. Sie hatte ihre Schüchternheit überwunden. »Und ich freue mich sehr, Sie alle kennenzulernen. Jakob hat mir viel von Ihnen erzählt. Wie gern er mit Ihnen zusammenarbeitet.« Sie warf ihrem Verlobten einen Blick zu, worauf Sonnenschein seine Hand auf ihre legte. »Wir möchten Sie gern zu unserer Hochzeit im September einladen. Es wäre uns eine Ehre, wenn Sie mit uns feiern.«

Darauf hob Leo sein Glas. »Ich trinke auf die Hochzeit von Jakob Sonnenschein und Fräulein Esther Grünberg.«

Sonnenschein stieß strahlend mit ihm an. »Auf unser aller Wohl und den Erfolg von Jenny Blau.«

Der Conférencier kündigte den Bären-Song an, den Leo und Sonnenschein schon kannten. Clara und Esther amüsierten sich über das niedliche Kostüm, als Jenny auf die Bühne kam und sich verbeugte.

»Sie hat den Text ein bisschen abgeändert«, erklärte Walther leicht verlegen. »Sie meint, hier könne sie ein bisschen direkter werden. Das Publikum ist gesitteter als im Continental-Keller.«

Und so war es auch. Herzlicher Applaus, einige Bravos, aber keine zweideutigen Zwischenrufe, während die Bärin die letzten Strophen ihres Liebesliedes vortrug.

Ich möchte ein Bär sein
und nicht ungefähr sein,
gefährlich die Tatzen
benutzen zum Kratzen.

Ich möchte ein Bär sein,
das kann doch nicht schwer sein,
benutzen die Pfoten,
wo berühren verboten.

Und wenn du mich liebst,
dann nimm dich in Acht,
wie schnell hab ich dir
einen Kratzer gemacht.

Bei der letzten Strophe warf sie einen koketten Blick über die Schulter zu ihrem Tisch, worauf Walther unübersehbar rot wurde.

Clara beugte sich zu ihm. »Sie ist wunderbar.«

Das übrige Publikum schien genauso zu denken, und Jenny musste sich mehrfach verbeugen. Man ließ sie erst von der Bühne, nachdem sie angekündigt hatte, dass sie noch ein zweites Lied vortragen werde.

Kurz darauf kam sie in einem silbrig glänzenden Kleid zu ihnen an den Tisch. Walther stellte sie vor, worauf Jenny in die Runde nickte und neben ihm Platz nahm.

»Ich war so aufgeregt. Hat jemand bemerkt, dass ich mich bei der letzten Strophe versungen habe?«

Allgemeines Kopfschütteln. »Wirklich nicht?« Dann sah sie, dass Leo den Arm in der Schlinge trug. »Hat Robert nicht auf Sie aufgepasst?«

Leo lachte. »Das war allein meine Schuld. Ich habe nicht auf ihn gewartet, bevor ich die Wohnung des Mörders betreten habe. Mit ihm an meiner Seite wäre das nicht passiert.«

»Er ist sozusagen sein Watson«, meinte Clara lächelnd, worauf Jenny ihr einen überraschten Blick zuwarf. Dann glitt ein verstohlenes Grinsen über ihr Gesicht.

»Oh, das sehe ich ganz anders«, sagte sie und küsste Walther auf die Wange.

»Worum geht es denn in Ihrem nächsten Lied?«, fragte Esther höflich, worauf Jenny nur den Zeigefinger an die Lippen legte.

Als die Scheinwerfer die Bühne erhellten, brach Gelächter los. Der Körper, der vorhin noch in einem Bärenkostüm gesteckt hatte, war jetzt in einen karierten Mantel gehüllt. Auf Jennys Bubikopf saß eine karierte Mütze mit Ohrenklappen, und sie hielt in der einen Hand eine Pfeife, in der anderen eine überdimensionale Lupe.

Als die Lachsalven verklungen waren, trat sie ans Mikrofon. »Das nächste Lied widme ich einem besonders guten Freund. Er wird schon wissen, warum.«

Als der Pianist die ersten Takte spielte, warf sie Pfeife und Lupe mit einer eleganten Bewegung hinter sich, riss sich die Mütze vom Kopf und schleuderte den Mantel in die Kulissen. Ihr Kleid glitzerte silbern im Licht, als sie sich lasziv auf einen hohen Hocker setzte und die Beine in den schimmernden Seidenstrümpfen ausstreckte.

Mein Freund heißt Sherlock Holmes und kann nicht küssen,
Er trägt 'nen blöden Hut und ist zu dünn.
Und wenn wir schmusen, lauscht der dumme Tropf nach Schüssen,
Da könnt ihr sehen, wie geplagt ich mit ihm bin.
Doch wenn er meine Fälle löst – dann werd ich schwach!

Beim letzten Satz blickte sie verführerisch über die Schulter, woraufhin ein Raunen durchs Publikum ging. Ihre tiefe, ein wenig raue Stimme verströmte einen ganz besonderen Zauber. Doch Jenny hatte gerade erst begonnen.

Mein Freund heißt Sherlock Holmes und kann nicht küssen,
Und wenn wir ausgehn in ein schickes Gastlokal,
Holt er die Lupe raus und sucht nach Gift in Nüssen,
Da könnt ihr sehn, der Mann ist nicht normal!
Doch wenn er bei mir Spuren sucht – dann bin ich weg!

Erster vorsichtiger Szenenapplaus. Clara hielt sich die Hand vor den Mund, um nicht loszulachen, während Leo grinsend zu seinem Freund hinübersah, der wie hypnotisiert auf die

Bühne starrte. Sonnenschein verschluckte sich an seinem Sekt, so dass Esther ihm energisch auf den Rücken klopfen musste.

Jenny rutschte anmutig von ihrem Hocker, trat ans Klavier und lehnte sich darüber, ohne ihr Publikum aus den Augen zu lassen, während der Pianist eine Strophe instrumental spielte.

Eine Blume flog auf die Bühne, die sie rasch aufhob, bevor sie wieder ans Mikrofon trat.

Mein Freund heißt Sherlock Holmes und kann nicht küssen,
Er schenkt nie Blumen und macht schlechten Tee.
Sind wir allein, wird er mit Watson sprechen müssen,
Es dauert Tage, bis ich ihn dann wiederseh.
Doch wenn er bei mir observiert – dann bin ich hin!

Sie legte die Blume aufs Klavier, und auf ein Zeichen hin kam der Mantel aus den Kulissen geflogen. Sie zog ihn an und schlug den Kragen hoch. Als sie nun vors Mikrofon trat, wirkte sie beinahe schüchtern, verschränkte die Hände hinter dem Rücken und sang die letzte Strophe nur für Robert.

Mein Freund heißt Sherlock Holmes und kann nicht küssen,
Er schlägt den Kragen hoch und liebt sich sehr.
Pass ich nicht auf, sucht er im Bett nach Spur'n von Füßen,
Dann sag ich mir so oft: Jetzt geht's nicht mehr!
Doch wenn er bei mir deduziert – aaahh!

Beim letzten Satz sank sie wie ohnmächtig auf den Hocker.

Der Applaus war unbeschreiblich. Das Publikum tobte.

Leo stand als Erster auf, dann folgten die anderen, mittendrin Walther, der seinen Stolz nicht verbergen konnte.

Als sich der Applaus gelegt hatte, beugte Leo sich zu seinem Freund: »Na, wenn das keine Liebeserklärung war …«

Ein kurzes Nachwort

Die beiden Mordfälle, die Leo Wechsler und seine Kommission lösen, sind meiner Fantasie entsprungen (wenngleich in Berlin um diese Zeit durchaus pornographische Filme gedreht wurden).

Historisch sind hingegen die Morde an den Geschwistern Erika und Otto Fehse aus Breslau, zu deren Ermittlung Kriminalrat Ernst Gennat von Mitte Juni bis Ende Juli 1926 hinzugezogen wurde. Eine ausführlichere Beschreibung der Ermittlungen in diesem grausigen Fall findet sich in Regina Stürickows Buch Mörderische Metropole Berlin. Kriminalfälle 1914–1933 (Leipzig 2004). Eine besondere Tragik des Falls liegt darin, dass er trotz aller Bemühungen nie aufgeklärt wurde, obwohl bis in die 1930er Jahre immer wieder neue Spuren verfolgt wurden.

Das berühmte »Mordauto«, von dem Ernst Gennat zu Beginn des Romans spricht, wurde tatsächlich nach seinen Plänen gebaut und auf der Großen Polizeiausstellung, die am 25. September 1926 in Berlin eröffnet wurde, der Öffentlichkeit präsentiert. Dieser Mordbereitschaftswagen wurde zu einer festen Größe der polizeilichen Arbeit, war weithin in der Bevölkerung bekannt und wurde bald auch in anderen Städten nachgebaut. Eine kleine Anekdote am Rande: Der stark übergewichtige Gennat saß immer rechts hinter dem Beifahrer, da diese Seite beim Bau eigens verstärkt worden war.

Wer glaubt, Castingshows seien eine Erfindung des 21. Jahrhunderts, täuscht sich. Zwar hat der Continental-Keller nie existiert, wohl aber das berüchtigte »Kabarett der Namenlosen«, das von 1926 bis 1932 im Monbijou Cabaret in der Friedstrichstraße stattfand. Hier wurden besonders talentlose Bewerber dem Publikum zum Fraß vorgeworfen, indem man ihnen vorgaukelte, sie träten vor potenziellen Arbeitgebern auf. Ganz so schlimm trifft es Roberts Freundin Jenny Blau zum Glück dann doch nicht.

Das Jofa-Atelier in Berlin-Johannisthal hat es gegeben, ebenso das Lixie- und das May-Atelier in Weißensee. Nur das berüchtigte Regina habe ich erfunden, um den historischen Filmateliers keine so zwielichtige Geschichte anzudichten. Interessante Informationen und Fotos dazu habe ich auf dieser Seite gefunden: http://www.cinegraph.de/etc/ateliers/index.html.

Die Wittenauer Heilstätten heißen seit den fünfziger Jahren Karl-Bonhoeffer-Nervenklinik.

Und wer noch nie die Pfaueninsel besucht hat, sollte das unbedingt nachholen. Ein wunderbares Fleckchen Natur vor den Toren Berlins, und die Spuren des Johannes Kunckel von Löwenstern findet man dort auch.

Danksagung

Auch dieser Roman ist mit der Unterstützung, Ermutigung und dank des Wissens vieler Menschen entstanden.

Mein großer Dank gilt wie immer meiner Familie:

Axel, Lena und Felix Klinkenberg
Hanne und Bernd Goga

Für ihr Fachwissen und ihr aufmerksames Testlesen danke ich:

Markus Aretz, Borussia Mönchengladbach
Prof. Dr. Urszula Bonter, Universität Breslau
Dr. Bärbel Fest, Polizeihistorische Sammlung Berlin

Dr. Wolfgang Kaisers
Angelika Maschke
Eva Wiederkehr Sladeczek, Zentrum Paul Klee, Bern

Außerdem danke ich meiner Lektorin Kristina Arnold und meinem Agenten Bastian Schlück, die Leo von Anfang an begleitet haben.